KB231635

신반도문학선집

- 제 1 집 -

이시다 코조(石田耕造) 편

노상래 역

┃ 머리말

친일은 부정할 수 없는 역사적 사실이다. 그리고 친일문학작품들은 그것을 입증하는 중요한 증거물이다. 『신반도문학선집』 1, 2는 그런 점에서 주목을 요한다.

이 두 권의 작품집에 실린 작품은 총 15편이다. 그 중에서 2집에 실린 카야마 미쓰로의 「대동아」와 키요카와 시로의 「길」을 제외한 13편은 최재서가 편집 겸 발행을 맡고 있던 『국민문학』에 실린 작품들이다.

『국민문학』은 일제 말기에 총력운동의 일환으로 만들어진 잡지이다. 창간호 권두언 제목에서도 알 수 있듯이 '조선문단의 혁신'이 필요하다고 조선총독부는 판단했다. 조선문단의 혁신이란 역사적인 전환기를 맞아 황국의 사명을 공고히 하며, 나아가서는 천황의 충실한 신민이 되는 것을 의미한다. 그 일을 위한 파수꾼 혹은 전도자로서의 사명이 바로 『국민문학』 창간에 녹아 있는 것이다. 『국민문학』 창간은 조선문학의 '새로운 출발'과 기왕의 문학적 행위에 대한 반성의 표상인 셈이다.

'국민'이 나아갈 바를 '문학'적으로 제시해야 한다는 목표 앞에서 조선인 작가들은 위축될 수밖에 없었다. 하지만 위축의 놀이갯감으로만 살아갈 수 없었던 '생활'은 이들에게 무거운 펜을 들게 했다. 그 결과물이 『신반도문학선집』 1, 2에 담겨있다.

『신반도문학선집』 1에 실린 작품은 모두 9편이다. 이광수의 「카카와 교장」은 K라는 신설 공립중학의 교장이 학생들을 군국의 충실한 신민으로 만들기 위해 분투하는 모습을 그리고 있다.

이태준의 「돌다리」는 이 작품집의 다른 작품에 비해 매우 특이한 작품이다. 왜냐하면 국민문학적 성격이 전혀 배어있지 않은 작품이기 때문이다. 이 소설은 병원 확장을 위해 아버지의 땅을 팔아 자금을 조달하려고 시골로 찾아 온 아들과 금전으로만 환산될 수 없는 땅의 가치를 들면서 팔 수 없다고 단호히 거부하는 아버지의 갈등을 그린 작품이다. 땅의 덕으로 살면서도 땅을 하찮은 종잇장처럼 취급하는 세태에 대한 강한 불만을 토로하고 있는 이 작품에서도 이태준 문학이 가지고 있는 기교주의적, 상고주의적 특징을 엿볼 수 있다.

정인택의 「뒤돌아보지 않으리」는 전쟁터에 나간 아들이 어머니와 동생에게 보내는 편지글 형식의 소설로, 시국의 분위기를 짐작케 하는 용어들로 가득찬 소설이다.

1931년 조선에 건너와 사립상업학교에서 일본어 교사로 재직하면서 16년간 조선에서 활동한 전형적인 '내지인 반도작가' 미야자키 세이타로의 「창백한 얼굴」은 어떤 독신 청년이 대동아전쟁 발발 이후 국책에 부응하여 성실 근면하게 후방 생활을 하는 모범적인 모습을 그리고 있다.

함세덕의 「에밀레종」은 희곡작품이다. 제목에서도 알 수 있듯이 에밀레종이 만들어지는 과정을 그린 작품으로, 1943년 '현대극장'에 의해 공연되었다. 이 작품은 역사적 사실에 당대의 현실을 접목하여 에밀레

종이 만들어지기까지의 애환을 담고 있다. 특히 완성의 고비에서 일본의 도움이 절대적인 역할을 했다고 그림으로써 당대적 사명에 충실한 작품으로 평가받을 수 있다.

한다 아키라의 「싸움」은 중국의 제일선에서 전투에 임하고 있는 청년과 후방의 생활 전선에서 충실한 생활을 하고 있는 청년 사이의 편지를 작품화한 것이다. 전쟁터와 후방이라는 이질적인 공간에 사는 젊은 이들이지만 자신의 처지에 맞는 방식으로 최선을 다해 국가에 봉사하는 모습에서 독자들에게 짜릿한 전쟁 욕구를 채워주었을 것이다.

시오이리 유사쿠의 「선택받은 한 사람」은 이와모토라는 조선인을 통해 대동아전쟁의 숭고함과 조선인 지원병제도의 당위성을 설파하고 있는 작품이다. 일본인인 '나'의 관점에서 조선인 이와모토의 삶을 찬양하고 있지만, 궁극적으로는 조선인을 전쟁터로 내몰려는 일제 당국의 속내를 미화하고 있다는 점에서 쓸쓸함을 금할 수 없는 작품이기도 하다.

김사영의 「성안」은 18세에 시집을 온 분녀가 정씨 집안에서 현모양처로 우뚝 서기까지의 과정을 그리고 있는 작품인데, 당대 현모양처론이 제국주의의 왜곡된 여성관에서 비롯된 것임을 입증할 수 있는 좋은 사례의 소설이다. 현모양처의 대명사인 분녀가 죽자 그녀의 얼굴을 거룩한 얼굴로 미화하고 있는 이 작품에서 현모양처는 이제 생활의 장을 넘어서 종교적 신앙으로까지 미화되고 있음을 확인할 수 있다.

쿠레모토 아츠히코의 「굴레」는 '토라야' 여관에 근무하는 권 노인이 자신을 돌봐 준 일본인 주인을 위해 목숨까지 걸면서 헌신하는 내선일체의 모습을 아주 잘 형상화한 소설이다. 국적을 초월한 아가페적 사랑의 일면을 보여줌으로써 조선과 일본은 하나라는 무언의 감동이 시국의 냄새를 무화하려고 애쓴 작품이기도 하다.

유독 삼한사온이 뚜렷한 올 겨울이다. 그래서 그런지 황량한 압량벌이 더 추워진 것 같다. 그런데 곰곰 생각해보면 비단 날씨 탓만은 아닌 것 같다. 이 소설집 속에 담긴 춥고 아픈 이야기들이 마음을 얼게 한 때문이리라. 이 소설집이 한국문학의 부끄러운 일면이지만, 부끄러움을 넘어 우리 역사를 보듬을 수 있는 계기가 되기를 바란다.

출판을 허락하여 준 제이앤씨 윤석산 사장님과 관계자 분들께 이 자리를 빌어 감사 드린다. 그리고 바쁜 와중에도 오역을 일일이 바로잡아 준 나공수, 김양선 교수님께 감사의 마음을 표한다. 오역은 전적으로 역자의 역량 부족으로 인한 것이니, 질정 부탁드린다.

2008년 겨울에

역자 지

│ 목 차

카카와 교장(加川校長)

카야마 미쓰로 香山光郎

구명(旧名) 이광수, 1892년 평안북도 경주에서 태어남. 와세다대 철학과 졸. 일찍부터 문학운동에 종사하여 『무정』『개척자』『흙』『그의 자서전』『사랑』『단종애사』 등 20여 편에 달하는 장편 및 약간의 단편과 시, 평론 다수를 발표. 그 외 동아일보 편집국장, 조선일보 부사장, 조선문인협회장 등을 역임하였음.

카카와(加川) 교장은 두 시간째 수업을 끝내고 교관실(敎官室)로 들어왔다. K라는 시골 신설 공립중학교의 가교사(仮校舍)로, 교장실이라는 것이 없다. 마을 사립학교 교실을 두 개 빌려서 하나는 교실, 나머지 하나는 교관실로 쓰고 있다.

백묵 상자를 놓고, 카카와는 국민복(国民服) 상의를 벗어서 의자 등받이에 걸쳤다. 셔츠는 땀으로 흠뻑 젖었다. 아직 젊은 카카와의 얼굴은 술을 마신 듯 붉다.

카카와는 한숨을 돌리듯 부채를 부쳐 시원한 바람을 쐬었다. 뜨겁게 땀이 난 피부에 부채 바람이 얼음처럼 차가웠다.

함석 지붕인 이 교사는 8월의 뜨거운 햇볕을 받아 화로를 천장에 걸어놓은 듯하다.

"교장 선생님, 이런 것이 와 있습니다."

학년 담임인 카미하야시(神林)가 한 통의 공문을 가지고 와서 카카와 앞에 내밀었다.

"T공립중학교."

카카와는 봉투 뒤에 인쇄되어 있는 발신인을 보았다. 경성(京城)의 공립중학교였다.

"이것은 뭡니까?"

"키무라(木村)의 성적 증명 청구입니다. 키무라 녀석, T교에 편입시험을 칠 모양입니다."

카미하야시는 교장석(席) 앞에 서 있다.

카카와는 봉투 속 내용을 읽었다. 그리고 힘을 빼듯이 눈을 감았다. 키무라 타로(木村太郞)의 아버지인 기도(義道)라는 사내가,

"아무쪼록, 제 아이를 잘 부탁드립니다."

라고 하면서, 입학시험 때에 찾아와서 비통한 얼굴로 부탁하던 것을 생각하고, 카카와는 배신당한 기분을 느꼈다.

"어떻게 할까요?"

카미하야시는 교장의 얼굴색을 살피면서 물었다.

"성적 증명을 해 주세요."

카카와는 가볍게 말했다.

"예, 그럼 키무라 타로오의 성적증명서를 발송하겠습니다."

카미하야시는 카카와에게 목례를 하고 자리로 돌아갔다.

카카와가 관사(官舍)에 돌아온 것은 오후 4시쯤이었는데, 무척 의기소침해 있었다.

"어디 몸이 안 좋으세요?"

카카와의 아내 나미코(浪子)가 남편의 얼굴색을 걱정할 정도였다.

"바보 같은 녀석이야. 왜 그런 학교에 편입시험을 치지?"

카카와는 이런 말을 중얼거리면서 서재에 들어갔다.

나미코는 남편이 무슨 말을 하고 있는지 알 수 없었지만 뭔가 또 하나 걱정거리가 늘어난 것이구나 생각하자 남편이 안 되어 보였다.

"목욕하세요. 아직 조금 뜨거울 지도 모르겠지만."

나미코는 남편의 옷을 뜰의 빨랫대에 널면서 말했다.

"후사코(芙佐子)는 어디에 갔어?"

"얼음을 사러 갔어요. 3시 열차로 H에서 얼음이 온다고 해서 갔어요."

후사코는 H여자고등학교 3학년인 카카와의 외동딸이었다.

카카와는 목욕을 하면서도 키무라의 일이 머리에서 떠나지 않았다. 키무라는 약한 아이지만 학업도 우수하고 어딘가 정신적인 부분이 있는 아이이다. 카카와가 가르치고 있는 영어 말고는 항상 만점이었다. 어쨌든 지방 유지의 기부금에 의해 신설된 학교여서 제1회생인 키무라네 반 60명은 꼭 구백구십 여명의 수험자 중 가장 우수한 학생이라고 할 수 없었던 사정도 있지만 학업성적이 대개 불량했다. 그런 만큼 그 중에서 23명의, 성적이 좋은 학생은 자연히 교장 이하 교관들에게 기대를 받게 된다. 그것은 단순히 교원으로서의 정으로만이 아닌, 제1회 졸업생에서 몇 명인가의 고교 입학생을 내지 않고서는 학교의 명예에도 상관이 있기 때문이다. 문제의 키무라나, 마츠모토(松本), 이시다(石田) 등은 이를테면, K교의 희망이었던 것이다.

카카와로서는 자신이 교장이기 때문에 제자에게 편파가 있어서는 안 된다. 질이 좋든 안 좋든 모두 한 사람 몫을 하는 일본인으로 만들고 싶은 마음이 가득하다. 카네모토(金本), 아라타(新田) 등이 가게에서 만년필이나 도화지 등을 훔친 사건이 일어났을 때, 카카와는 먼저 화를 냈지만, 이어서 울었다. 카네모토, 아라타 두 명을 앞에 세워놓고 카카와는 때리고 싶은 충동을 느꼈지만, 그것을 억누르자, 끊임없이 눈물이 흘러서, 내로라하는 카네모토, 아라타도 흐느껴 울며,

"교장 선생님, 맹세컨대, 훌륭한 사람이 되겠습니다."

라고 말했다.

교관들은 이 두 사람의 제명을 주장했지만, 교장은 개전(改悛)의 기회를 준다고 무기정학의 처분을 했다. 그들은 전 학기말 근로봉사 때에 복교를 허락 받았다.

이처럼 그는 60명 전부를 한 사람 몫을 하는 인간으로 만드는 것을 목표로 하고 있지만, 질이 좋은 아이는 역시 예쁘다. 교원도 15년이나 하고 있으면, 평생의 제자라고 할 수 있는 아이가 있었으면 한다. 교원 생활은 손해 보는 역할이라고들 한다. 카카와의 고등학교 동창생 중에는 벌써 친임관(親任官)이 되어 있는 사람도 있다. 문과 동창 중에는 학위를 받은 사람도 있고, 작가나 평론가로 이름을 날리는 사람도 있다. 그런데 카카와는 이제 겨우 고등오등(高等五等)의 중학교 교장으로 명예나 옥답도 없다. 카카와는 적어도 자신의 문하에서 몇 명쯤 인재를 내고 싶다. 자신을 스승으로 우러르는 사람을 적어도 한 사람이라도 가지고 싶다. 이런 속내를 아직 누구에게도 이야기한 적은 없다. 아내에게도 이야기한 적이 없고, 또 이야기하려고도 않는다. K중학의 교장은 결코 사람이 달려드는 위치는 아니었다. 나미코는 그리 생각하지 않지만, S교의 교감 쪽이 K교 교장보다 몇 배 빛나는 자리이다. S교에 있으면 지위나 명망 있는 사람들과의 접촉도 가능하다. 그것이 소위 출세의 시작으로서 도움이 되는 것일 것이다. 그것을 버리고 카카와는 K교 교장으로 온 것이다. 거기에는 부르심이라는 기분이 주(主)이기는 했지만,

자신의 설계대로 제자를 만들어 보고 싶다는 바람도 간절한 것이었다.

카카와가 K교로 오는 것을 말린 것은 아내인 나미코만은 아니었다. 그의 동료나 친구조차,

"자네, 사퇴하게."

라고 충고했다. 카카와가 K교의 교장이 된 것은 세상의 영리한 사람들이 보면 실로 바보스러운 일이었다. 모두가 싫어서 떠맡지 않는 것을 왜 떠맡는지 그 마음을 모르겠다는 것이었다.

"모두 사퇴하면, 도대체 누가 간단 말이야."

카카와는 진지하게 이렇게 말했다.

영리한 사람은 웃었다.

5월 1일, K국민학교의 강당을 빌려서 K중학교의 개교식 겸 입학식이 거행된 날에는 차가운 비바람이 몰아치고 있었지만, 카카와는 뼈를 K 땅에 묻겠다는 비장한 결의로 이 식에 임했다. 식장에 참여한 내객은 군수, 서장, 면장 등 그 지방의 공무원들과, 도(道)에서 내무부장, 학무과장이 와있었는데, 그 나머지는 교장이 말하는 것을 알아 듣지도 못할 것 같은 박눌(朴訥)한 농민이었다. 도시의 지식계급 모임밖에 본 적 없는 카카와로서는, 이 회중(會衆)에 대해 이상한 느낌도 들었고, 실망도 했지만 카카와는,

"이런 무지한 민중에게 황국 정신이나 문화를 심어 주는 것이 나의 임무이다."

라고 스스로에게 말하고, 마음을 다잡았다.

그러나 이후 4개월 학교의 일은 카카와가 생각하는 대로 되지 않는 경우가 많았다. 교사의 건축은 몇 시에 시작하는지조차 모르고, 교장이

되고 싶어 하는 사람조차 없는 이런 외딴 시골에는 교련으로 와주지도 않는다. 교련인 카미하야시는 군인이자 승려라서,

"좋아요. 도와 드리지요."

라며 대도시의 학교를 버리고 와주었지만, 토미나가(富永), 마스다(增田) 등 평생 교육계의 지사(志士)로 자임(自任)하고 있던 사람도 친구인 카카와의 권유에 응해 주지 않는다.

"어디에 교육 보국(報国)의 성의가 있는가?"

온후한 카카와는 격분했지만 토미나가나 마스다 쪽에서 말하자면, 시골 아이를 가르치는 것만이 교육보국은 아니었다.

"자네의 뜻은 장하지만, 요컨대 자네는 유별나."

마스다는 카카와에게 이런 말까지도 했다.

교원진(陣)은 꾸려지지 않는다. 학생은 생각한 것보다도 질이 나쁘다. 모처럼 승낙 받은 지리과목의 오쿠무라(奧村)는 취임 전에 병사한다. 학부형은 냉담하다. 더군다나 음료수는 나쁘고 모자라 나미코와 후사코는 설사를 한다. 뾰루지가 난다. 많이 있어야 할 야채조차 좀처럼 구할 수 없다. 설탕이나 비누 배급도 경성보다는 말이 안 될 정도로 양이 적다. 저녁 때 먹는 술도 구할 수 없다. 여자들은 이야기 상대도 없는데다 영화 하나를 보는데도, 흔들리는 기차로 한 시간이나 H까지 가지 않으면 안 된다.

카카와의 결심이 이까짓 어려움으로 꺾이지는 않겠지만 몹시 난처하긴 하다. 게다가 키무라의 전학 문제까지 겹친 것이다.

카카와는 기분 나쁜 것을 씻어 버리려는 듯 양손으로 물을 떠서 푸르르 얼굴을 씻었다.

"다녀왔습니다! 어머니, 얼음이 없어요. 표가 없으면 팔지 않는대요."

후사코의 목소리가 들렸다.

"얼음 같은 건 없어도 돼!"

카카와는 큰소리로 외쳤다.

"아버지, 다녀오셨어요?"

후사코는 앞에서 큰소리로 말한다.

후사코의 목소리를 듣자 카카와는 마음이 온화해졌다. 자기 아이의 즐거워하는 목소리가 카카와의 상처받은 마음을 쓰다듬어 준 것이다.

수질이 나빠서 비누 거품도 나지 않는다. 카카와는 그의, 이른바 손 비누를 쓴다. 손 비누라는 것은 싹싹 손으로 비비는 것이다.

"아버지, 갈아입으실 옷."

후사코는 유카타(浴衣)와 속옷과 띠를 옷 넣는 바구니에 둔다.

"물 떠다 드릴까요, 아버지!"

"있어."

"오늘은 맥주가 세 병 있어요. 제가 아까 사왔어요."

후사코는 이런 말을 하고 복도를 울리며 가버린다.

"조용히 걸어!"

라고 카카와는 야단을 쳤지만, 미소 짓는다.

후사코는 16살인데 아직 어린 아이 같다. 형제도 없고, 아버지와 어머니 사이에서 자랐다. 제멋대로이기는 하지만 순수하다고 카카와는 생각하고 있다.

카카와는 기분이 좋아져서, 남향 가장자리 쪽 등나무 의자에 앉았다. 잠자리가 풀이 무성한 앞뜰에 날아다니고 있다.

후사코가 맥주와 컵과 말린 새우가 담긴 접시를 담은 쟁반을 가지고 와서 아버지의 앞 테이블에 놓자 다다미에 손을 짚고,

"아버지, 잘 다녀오셨어요?"

라고 공손하게 인사한다. 후사코는 무릎까지 오는 스커트와 반소매 세일러복을 입고 있고, 머리는 단발이다. 아버지를 그대로 닮은 얼굴이다.

후사코는 컵에 맥주를 따른다. 카카와는 단숨에 한 잔을 다 비우고 점점 기분이 좋아졌다.

"후사코."

"예!"

"너는 전학했을 때에, 어떤 기분이었니?"

"어떤 기분? 힘들었어요. 애써 친해진 친구들과 헤어지는 것인걸요. 교관실을 나올 때에는 흐느꼈어요."

후사코는 슬픈 얼굴이었다.

"그랬니? 선생님과 헤어지는 건 괜찮았니?"

"선생님도 그리워요. 하지만 친구들과 헤어지는 게 제일 힘들었어요."

"H여고에도 이제 새 친구가 생겼겠지?"

"네, 두, 세 명. 하지만 아직 전학하고 나서 얼마 되지도 않았는걸요."

"쓸쓸하니?"

"네, 쓸쓸하죠. 경성에서 왔다고, 모두 괜히 싫어하는 것도 같고 ─ 모교가 그리워요."

후사코는 어리광부린다.

"H여고가 모교가 아니냐?"

카카와는 야단치듯 말했다.

"하지만, 하지만."

후사코는 승복할 수 없는 모양이었다.

아이에게 전학은 그만큼 힘든 것인가 하고, 카카와는 절실히 느꼈다.

저녁 밥상이 나왔다.

"생선도 없고."

라며, 나미코가 변명을 하자, 카카와는,

"그런 말 하는 게 아니라니까. 지금 전쟁 중이 아닌가?"

"미안해요."

나미코는 당황하는 목소리가 된다.

"나미코, 키무라라는 아이 기억하고 있지?"

카카와는 문득 이렇게 말을 꺼냈다.

"키무라 말입니까?"

"음. 언젠가 키가 큰 사람과 부자간에 집에 왔었잖아?"

"아, 그 아이 말입니까? 그 경성 아이. 잘 할 아이라고 생각했어요."

"음. 무척 잘 해. 신체는 약하지만 말이야."

"그 아이가 어떻게 되었나요?"

"전학을 갈 것 같아. T중학교에서 그 아이의 성적 증명을 청구해 왔어."

"어머, 어째서 전학을 하는 걸까요? 전 전학 정말 싫어요."

후사코가 끼어들었다.

"그 아이도 전학은 힘들겠지. 아무래도 그 아이 아버지가 아픈가봐."

"시골 학교가 싫어서 경성으로 옮기려는 건 아닐까요. 하지만 의리가 없군요. 1년도 되지 않아서 전학을 생각하다니."

나미코는 분개했다.

"일단 그렇게도 생각되지만 말이야. 키무라의 경우, 그렇지 않다고 생각해. 분명 뭔가 어쩔 도리가 없는 사정이 있기 때문이겠지."

"당신은 뭐든지 호의로 생각하세요. 세상은 그렇지 않은데. K에 오실 때도 사퇴하시면 되는데, 국가를 위해서다, 모처럼의 기대라고 하셔서는."

"어머, 어머니는 참. 또 그것."

후사코가 나미코를 노려보는 척 한다.

"당신이 이 고생을 싫어하면, 누군가 다른 부인이 이 고생을 하지 않으면 안 되겠지. 그지, 후사코."

카카와는 맥주가 돌아 기분이 매우 좋다. 그렇지 않으면 나미코의 그 푸념에 한마디 호통을 쳤을 것이다.

"하지만, 어머니도 안 됐어요. 이웃에 전혀 이야기 상대도 없고 하녀도 없고."

후사코가 이번에는 어머니 편을 들었다.

"바보. 과분한 말하지 마. 교장 부인이 된 것을 분에 넘치는 광영이라고 생각해."

카카와는 밥공기를 밑에 놓고 가슴을 폈다.

"하지만 하녀 하나 정도는."

후사코는 우겨댔다.

"여자가 두 사람이나 있는데 왜 하녀가 필요한가. 나는 아직 하녀를 둘 처지가 아니야. 어머니가 나이 들거든 두마."

결국 후사코도 침묵해 버렸다.

"이 호박은 맛있군."

카카와는 잠시 동안의 답답한 침묵을 깼다.

그래도 나미코나 후사코는 아무 말도 않는다. 석연치 않은 것이다.

"이 호박은 맛있어. 설탕 같은 건 필요 없지 않은가. 음식에는 천연의 단맛이 갖추어져 있어. 너희들은 군대에 간 적이 없지? 나는 산서(山西) 전선에서 취사병을 했지만, 고등관 육등 문학사 취사병님이다. 그래도 하녀를 쓴 기억은 없어. 설탕이 없고, 얼음이 없다고 해서 불평을 한 기억도 없어."

처음 후사코가 웃음을 터뜨리기 시작해, 나미코도 결국 의지를 굽히고 웃었다. 저기압은 완전히 해소되었다.

"하지만 당신은 너무 집의 일은 제쳐두고 있어요. 세상 물정도 잘 모르시고."

나미코는 웃음에 섞어 울분의 일부분을 내뱉는다.

"나는 군인이 아닌가, 상등병님이니까."

"카미하야시 씨는 군인이라도 그렇게 집안 일을 걱정하는데. 먹을 것도 그럭저럭 구하고. 당신은 호박이 달다고 하셨지만, 요즘 호박이 단 것이 있을 성 싶으세요. 카미하야시 부인한테서 얻은 설탕을 넣었기 때문에 단 거예요."

"그래. 그러면 설탕을 얼마든지 받으면 될 것 아닌가? 나는 교장이니까 학교 일에 전념하겠어. 당신은 부인이니까 호박을 달게 하는 일에 전념해—이것을 분업이라고 할까, 직역(職域)이라고 할까? 응, 후사코. 너도 이제 여학교 3학년이니까 그 정도의 일은 알겠지. 어머니는 미국과 영국 류(流)의 교육을 받은, 구체제의 여자라서 어쩔 수 없지만."

"어머."

나미코는 놀랐다.

"그리고 하녀가 꼭 필요하다면 말이야—"

카카와가 말을 꺼내자 후사코는 이 때다 싶어,

"아버지. 정말로 하녀만은 한 명 부탁해요. 어머니는 몸도 약하시고. 계집애라도 좋아요."

라고 강경한 요구를 한다.

"지금 아버지가 하녀의 일을 말하고 있는 참이 아니냐."

"그러니까 꼭요, 아버지. 그 대신 어머니도 이제 K에 온 것은 불평하지 않기로 하고, 네, 어머니, 약속해 주세요."

후사코는 나미코에게 합장해 보였다.

"하녀가 꼭 필요하다면 후사코가 1년 휴학해. 그리고 하녀가 되어 어머니를 도와드려. 지금부터 1년은 결전의 1년이니까. 적어도 이 1년은 고생의 1년으로 하자 꾸나. 전선 장병에 대한 의리 때문에라도."

카카와의 말에 후사코는 고개를 떨어뜨려 버리고, 나미코는 앉은 자세를 고친다.

"음, 그렇게 알아주면 고마워. 내가 인사하지."

카카와는 양 무릎에 손을 짚고 고개 숙인다. 나미코는 물론 후사코도 손을 짚고 절을 한다.

"나를 세상 물정 모른다고 했지?"

카카와는 수긍하면서,

"그 말 그대로야. 나는 세상 물정 모르고, 처세술이 서툴고, 아내한테는 믿음직스럽지 못한 남편이겠지. 후사코에게도 칠칠치 못한 아버지일지도 모른다. 교장으로서도 결코 수완 있는 교장은 아니야. 나는 자신이 교장 재목이 아닌 것을 잘 알고 있다. 그저 나는 일개 교사다. 교사가 좋아. 아이들이 무척 귀엽다. 그것을 가르치고 싶다. 이것뿐이야. 누군가 적당한 교장이 온다면, 나는 평교원으로 근무할 작정이지만, 그렇다고 해서 나는 교장을 그만두려고 생각하지는 않는다. 나는 서툴지만 할 수 있는 한의 것은 할 작정이다. K중학이 독립할 때까지, 자진해서 일을 그만두는 비겁자는 아니야. 그러니까 내 마음은 K중학으로 가득하다. 60명 아이들의 일로 가득하다. 그러니까 집을 생각할 짬이 없어. 당신이나 후사코한테는 정말로 미안한 말이지만 용서해줘. 오늘은 키무라의 전학 문제로 실은 내가 정신이 없어. 이래가지고서야 교장을 할 수 없겠지만 천성인걸. 나는 교장 그릇은 아니야. 교장은 교육가보다 행정관이야. 학교에 있는 동안에는 전학해 가는 녀석도 있을 것이고, 중도에 퇴학하는 녀석도 있을 거야. 퇴교 처분을 하지 않으면 안 되는 경우도 있을 테지. 그럴 때마다 나 같이 가슴 아파해서는 사실, 끝까지 할 수 없다, 생명이 계속되지 않아. 나는 내 학교 학생을 한 사람도 떠나보내고 싶지 않다. 모두 4년 동안 가르쳐서 졸업시키고 싶어. 그런데 키무라가 문제야. 나는 어떻게든 키무라를 이 학교에서 떠나지 않도록 하고 싶어. 그러나 내가 교장이고 보니 그만두게 할 방법이 없어. 오는 사람 말리지 않고 가는 사람 쫓지 않는다고 공자님도 말씀하셨다. 그러나 나는 가는 사람을 쫓고 싶어. 키무라를 말리고 싶다. 키무라는 좋은 아이야. 큰 사람이 될 아이야."

라며 카카와는 팔짱을 끼고 고개를 떨어뜨린다.

나미코와 후사코도 숙연한 마음이 되었다. 고맙고도 미안한 마음이 되었다.

"그렇게 키무라라는 아이를 떠나보내고 싶지 않다면 뭔가 방법이 없을까요?"

나미코의 마음은 남편의 마음과 하나가 되었다.

"아무리 생각해도 좋은 방법이 없어."

카카와는 눈을 감은 채였다.

"역시 시골 신설 학교가 불만이라서 경성의 설비가 좋은 학교로 옮기고 싶은 걸까요?"

나미코는 아무래도 그렇게 생각되었다.

"음. 나는 그렇게 생각하지 않아. 키무라에 한해서는 그렇지 않다고 생각해. 분명 그 아이의 아버지가 병인 거야. 그래서 K에 올 수 없는 거야. 그 아이의 아버지라는 사람이, 드물게 보는 진지한 사람인데, 특히 아이의 교육에는 진지해. 자기가 방을 빌려 자취하면서 아이를 돌본 정도니까. 예순살의 남자가 말이야."

"아, 그래요? 자취하고 있었어요?"

나미코는 감탄하며 고개를 끄덕였다.

"음, 자취하고 있었어. 그것은 무리였어. 키무라 씨가 K에 와서 눈에 띄게 늙어버려서 말이야, 너무 갑자기 여위었어. 얼마 전의 풀베기 할 때에도, 키무라 씨가 왔었는데 아이들에 섞여서 풀을 베고, 옮기는데도 숨 차해서 딱했어. 그래도 30관(貫)이나 되는 풀 묶음을 어깨에 짊어지고 그 비탈길을 올라오는 것을 보고 나는 눈시울이 붉어졌어. 그러나 여위었구나 하고 생각했다. 기침을 하고 있었어. 그래서 올 수 없는 것이 아닌가 생각해. 그 증거로는 키무라한테서 편지가 없어. '병으로 늦어짐'이라는 전보가 왔을 뿐이야."

"기숙사가 있으면 좋을 텐데 말이죠."

나미코는 치우면서 말한다.

"그래. 기숙사가 없으면 삼분의 일 교육밖에 안 돼. 기숙사가 절대적으로 필요해. 아무래도 아이들의 환경이 좋지 않아. 정말 불쌍해. 우리 학교는 어쩔 수 없는 사정이 없는 한 모든 학생을 기숙사에 수용할 작정이다. 그런데 아직 기숙사의 의의가 충분히, 모두에게 알려져 있지 않아. 기숙사만 있으면 키무라의 일도 문제는 없어."

"당신 그만큼 키무라의 일이 신경 쓰이면 집에서 맡을까요?"

나미코가 말하자 후사코는,

"그게 좋겠어요. 집에는 남자 아이도 없으니까요."

라며 눈을 빛냈다.

"그렇군."

카카와는 생각에 잠겼지만, 그것은 할 수 없는 의논이었다. 교장이 어느 한 학생을 집에 둔다는 것은 좋지 않다고 생각했다.

"아버지. 괜찮지 않나요. 제가 누나가 되어 돌볼게요."

후사코는 내키는 모양이었다.

"후사코의 마음에는 경탄해. 그러나 그것은 불가능할 거야."

카카와는 이렇게 판단해 버렸다.

그로부터 4, 5일 후, 카카와는 학교에 있었다. 해양훈련 방법이나, 후원회총회 같은 일 때문에 일요일임에도 불구하고 교장 이하 직원은 학교에 모여 있었다.

농촌인 이 지방에서는 모내기나 풀베기 등의 근로봉사라면 꼭 알맞은 곳인데 해양훈련을 하면 곤란하다. 바다에 둘러쌓이지 않은 지방이고, 강은 있지만 하등 시설도 없는 큰 강에서는, 위험이 동반되고, 수리조합(水利組合)의 저수지를 눈여겨보고 있었지만, 여름 동안의 가뭄으로 양쪽 다 방수해 버려서, 수영 같은 건 할 수도 없다. 먼 해수욕장으로 나갈 방법도 없는 것은 아니지만, 그것은 비용도 비용이지만 식량이 문제가 된다. 그뿐만이 아니다. 교원 중에는 수영할 수 있는 사람이 한 사람도 없다. 교장은 나가노(長野) 사람이고, 카미하야시는 후쿠이(福井) 사람이고, 어떻게 된 일인지 위탁 선생까지도 산이 많은 곳의 사람이고 보니 해양훈련 지도자가 없다. '한강에서, 학동이 익사했다', '대동강에서도 익사했다' 라는 신문기사가 해양훈련을 앞둔 교직원의 눈에는 크게 비춰, 다른 사람의 일이라고는 생각되지 않는다. 그렇다고 해도 오늘 해양훈련을 그만둘 수도 없다. 곤란한 일이다.

후원회라는 것은 K중학교 설립 기성회의 후신으로, 교사나 기숙사 건축, 요리나 체육에 관한 설비 등, 아직 이 후원회에서 수십 만 원의 돈을 끌어내지 않으면 안 된다. 그런데 지방의 부호는 대개 읍내에 살고 있어서 학교의 위치를 읍내로 하고 싶다고 강하게 희망했음에도 불구하고, 당국은 그 희망을 받아들이지 않았기 때문에 부호나 유력자들은 일부러 심술궂게 나오고 있어 좀처럼 협력해 주지 않는다. 또 어느 유력자 같은 경우에는 자신의 아이가 입학 못한 것에 불만을 품고 게으름을 피우고 있다.

이렇게 되자 모든 것이 교장의 수완에 달린 게 되는데, 카카와는 서재의 사람, 강단의 사람으로, 사람을 조종하는 능력을 가지고 있지 않다. 물에서 헤엄치지 못하는 것보다도, 세상 속에서 더 헤엄치지 못한다.

"교장이 있으니까."

라며, 당국이나 지방민도 모두 교장에게 책임을 떠넘긴다. 마치 교장이 자신의 돈으로 경영하는 학교처럼 말하고 있다.

교장은 사안 끝에 도청으로 가서 학무과장과 내무부장을 만난다.

"도의 예산은 정해진 것밖에 없어서 말이죠 어떻게든 잘, 후원회와 이야기를 해주지 않겠습니까? 교원한테도 여기에서는 말이죠……."

이래서는 기댈 데가 없다. 카카와는 왠지 자신이 심하게 짓밟힌 것 같은 기분으로 총총히 도청을 떠났다.

카카와는 취임인사 겸 지방의 관민 유력자인 사람을 찾아 다녔지만, 우선 문화 정도에 있어서 이야기 상대가 되어줄 만한 사람이 몇 명 없다. 가끔 사람에 따라서 이야기가 된다고 생각하면 그것은 경제적으로는 무력한 사람이고, 경제적으로 유력한 사람이면 뭔가 대상(代償)을 요구하는 그런 사람뿐이다. 후원회장은 역시 인격자로, 이를테면 이 학교 탄생의 아버지라고도 할 수 있는데, 이 사람은 이미 온갖 힘을 다 낸 후였다. 그는 타(田)라는 이름의 예순살 가까운 나이로, 원래 교육계에 있던 사람이지만 아이가 없었다. 타는 아이가 없는 사람이다.

또 한 사람, 아이가 없는 과부가 유언으로 자신의 재산 전부를 K중학교 설립 기금으로 기부한 사람이 있다. 이 유산이라는 것은 10만이 채 안 되는 것이었는데, 이것이 지방민을 분기시킨 바탕이 되었다. 이 사람들이야말로 진짜 의인으로, 카카와는 이 과부의 무덤에 공손하게 학교가 생긴 것을 보고했다.

이번에 생긴 후원회라는 것은 조금의 대상을 바라는 의인과 학부형을 합친 것으로 타가 여전히 중심인물인데, 조금 전에도 말했듯이, 타에게는 이제 돈을 낼 힘은 없다. 게다가 타도 카카와에 뒤지지 않는, 세상 물정 모르는 인물로 이른바 수완이라는 것을 가지고 있지 않다.

내일은 후원회의 제1회 총회로, 어떻게 해서든지 당장 5만 원의 돈을 이 모임에서 모으지 않으면 안 된다. 교사부지 3만 평, 평당 1원으로 3만 원, 임시 건축을 필요로 하는 창고, 운동장, 그 외 약 2만 원이다. 지금의 가교사로는 이대로 월동이 어렵다. 우선 바람으로 쓰러질 염려가 있다. 우물도 파지 않으면 안 되고, 숙직실도 짓지 않으면 안 된다. 소사실(小使室)도 없다. 변소도 없다. 정말 없는 것 투성이로, 교사, 기숙사, 운동장, 이과실(理科室)을 만들어 내는 것은 설립 기성회의 책임이라고도 하고, 그렇지 않다고도 한다. 카카와는 아무리 생각해도 묘안이 떠오르지 않는다.

"내일 후원회에 호소하자."

카카와는 멍하니, 이렇게 생각하고 있다.

그 때 이가시열(李家時烈)이 왔다. 그는 기성회 이사의 한 사람으로 기부금 모집의 공로자인데, 카카와는 이 남자가 싫었다. 그것은 이가가 책략가이기 때문이다. 학교가 생길 때까지는 책략을 쓰든, 술책을 부리든, 카카와의 알 바가 아니다. 그러나 일단 학교가 다 되어 자신이 책임자가 된 바에는, 학교의 이름으로 책략을 쓰는 것은 절대로 안 되기 때문이다.

"야, 덥네요."

이가는 쾌활하게 교장과 직원에게 인사했다.

카카와는 차갑게 이가를 맞이했다. 그는 내심 싫은 사람에게 일부러 웃는 기술을 모른다.

"덥군요."

카미하야시는 카카와의 차가움에 대해서, 이가를 감싸듯,

"교장 선생님. 이가 씨가 요즘 후원회 때문에 침식을 잊고 활동하고 계십니다. 이가 씨, 자, 앉으세요."

라고 말하며, 이가에게 의자를 권했다. 이가는 교장석 앞 의자에 앉고 싶어 하는 것 같은 기색이었지만 생각을 고쳐먹고 카미하야시와 마주보는 의자에 앉았다.

"아, 그렇습니까?"

카카와는 이렇게 말했을 뿐이다. "그것 참, 고생하셨습니다."라고 말하려다 그만뒀다. 그렇게 말하면, 이가의 책략을 인정하는 것이 된다고 생각한 것이다.

"어떻습니까? 수확이 있을 것 같습니까?"

카미하야시는 이가로 하여금 그 책략을 교장에게 들려주려는 것이다.

"그것은 교장 선생님의 태도 하나이지요. 요컨대 단(斷)이라는 한 글자입니다."

이가는 수수께끼 같은 말을 한다. 이것은 카카와에게 던져진 책략의 덫이다.

카카와는 일부러 이가가 말하는 것을 듣지 않으려고 한다. 부채질을 그만두고 부채로 사용하던 성적표를 펼쳤다. 학생들의 성적에 가(可)나 불가(不可)가 많은 것이 화가 난다. 키무라들의 수, 우 조(組)에 눈이 멈췄다. 키무라의 정직한, 자신처럼 영리하지 못하고, 세상 물정 모르는 것 같은 얼굴을 떠올린다. 키무라는 보기에 영리한 아이는 아니다. 오히려 우직함을 떠올리게 하는 눈매이다. 그것이 끝없이 카카와의 마음에 든다. 카카와의 지론으로는 세상을 부패시키는 것은 영리한 사람이라는

것이다. 특히 조선인이 그런데, 조선인 아이 중에는 너무 영리한 녀석이 많다. 카카와는 얼빠진 표정을 원한다. 토오고(東鄕)나 야마모토(山本)도 영리한 사람은 아니다. 오히려 우직한 사람이다. 우직하니까, 집도 몸도 잊고, 바다를 지키는 것만 생각한다.―카카와는 이렇게 믿고 있다. 타 회장도 우직해서 좋아한다.

"어쨌든, 철은 뜨거울 때 두드리지 않으면 딱딱해지니까요."

이가는 카카와의 주의를 끌려고 시험해 본다.

"지금이라면 카네가와(金川)나 보쿠자와(朴沢)도 아직 야심이 있어요. 내일의 총회 기회를 놓치면, 좋은 기회는 영원히 사라지겠지요. 실은 카미하야시 선생님, 어젯밤에도 철야를 해서, 카네가와를 설득했어요. 그도 보통내기가 아니라서 말이죠, 좀처럼 속을 보여주지 않습니다. 하하."

이것으로 이가는 책략의 전모를 대강 분명히 했다. 그 책략이라는 것은 다른 것이 아니다. 타 회장과 쿠레모토(吳本) 부회장을 그만두게 하고, 카네가와와 보쿠자와를 옹립하려는 것이다. 그렇게 하면 카네가와는 10만, 보쿠자와는 5만을 꼭 낸다는 것이다. 카네가와는 전 도회(道会) 의원이고, 보쿠자와는 양조(醸造) 성금으로 도회 의원이 되고 싶어 하는 사람이다. 어쨌든 타나 쿠레모토와는 정반대의 인물이다. 어디까지나 이기적이고, 하나를 주면 반드시 하나를 돌려 받아야 하는 사람이다. 실은 카카와도 이가의 소개로 두 사람을 만난 적이 있지만, 첫 대면의 인상이 군자(君子)라면 가까이 할 사람이 아니라고 보았다.

그러나 카카와가 이 두 사람이 회장, 부회장이 되는 것을 반대하는 이유는 그 인물에 있는 것이 아니다. 타, 쿠레모토 두 사람의 공적을 배신하는 것을 반대하는 것에 있다. 정말 타, 쿠레모토는 지금에는 무력한 사람이다. 이제 힘을 다 낸 후라서 필요 없게 되었다. 이것을 기화(奇貨)로 하여 타와 쿠레모토를 보내고, 카네가와와 보쿠자와를 맞이한다는 것은 카카와에게는 불가능한 곡예이다. 이가는 카카와에게 그것을 권하려는 것이고, 카미하야시는 학교를 위한 것이라면 그래도 좋지 않느냐고, 카카와의 우유부단을 안타까워하는 것이다.

이가는 표면상 카미하야시와 이야기하는 듯하지만 사실은 교장의 반응을 요구하고 있었는데, 카카와는 전혀 반응을 보이지 않는다. 카미하야시는 카카와의 성격으로 봐서 그 정도로는 꿈쩍을 하지 않을 것임을 알면서도, 이가의 책략이 실현되기를 바라고 있다. 아무래도 카카와처럼 정직 한 가지만으로 밀고 가는 방법으로는 K교에 언제까지나 좋은 날이 돌아올 기미도 없다. 조금만 양보하면 15만 원의 돈이 굴러 들어오는 것이 아닌가? 그렇게만 된다면 교관 관사도 생길 것이다. 그 15만 원이라는 것이 별로 정의롭지 못한 돈도 아니다.

카미하야시는 이가에게 눈짓을 했다. 직접 부딪혀 보라는 암호다.

이가는 그거라고 이해하고 천천히 일어서서 교장석 앞으로 가서 의자에 앉는다.

카카와는 마지못해 보고 있던 성적표를 겨드랑이에 낀다.

이가는 카카와가 자신에게 눈을 돌린 기회를 잡아,

"어떻습니까, 교장 선생님, 내일 총회의 대책은?"

이라고 추궁했다.

"대책?"

카카와는 모르는 척 한다.

"그렇습니다. 사전에 준비를 해두지 않으면 왁자지껄 시끄럽게 끝나

버리고 말 것입니다. 누구라도 돈을 내는 것은 싫어하니까요. 그렇습니다. 미리 대책을 잘 짜서, 사람들을 그 대책의 그물에 몰아넣는 것입니다. 그렇지 않으면 효과는 바랄 수 없습니다. 교장 선생님께서 뭔가 대책이 있으시면, 저도 미흡하나마 한 팔의 힘이 되도록 하지요.”

“아무 대책이 없습니다.”

카카와는 무뚝뚝하게 말한다.

“그럼, 내일, 어떻게 하실 겁니까?”

“그저, 여러분께 학교의 사정을 호소할 뿐입니다. 그리고 후원회 여러분의 협력을 기다린다고 말할 것입니다.”

“그럼 곤란한데요. 세상은 그렇게 간단한 것이 아니니까요. 고기를 잡으려면 그물도 필요하고, 먹이도 던지지 않으면 안 되고, 조수 시간도 잘 계산하지 않으면 안 되니까요.”

“…………”

카카와는 상대하지 않는다. 멍한 얼굴로 이가의 이야기를 듣고 있다. 듣고 있다기보다도 이가의 얼굴을 보고 있다.

“마침 지금이 조수 시간이라고 생각합니다. 큰 것이 그물을 기다리고 있는 겁니다. 아니 이미 그물에 들어 있습니다. 지금은 그저 끌어올리기만 하면 되도록 만반의 준비가 되어 있습니다. 교장 선생님만 좋다고 하시면 됩니다.”

“저는 그리 말씀드릴 수 없습니다.”

“어째서입니까?”

“아니, 그런 일은 안 됩니다. 안 돼요.”

“그럼, 이 일은 우리에게 일임하시고, 내일 교장 선생님은 가만히 있어만 주시면 됩니다. 타 씨나 쿠레모토 씨에게는 제가 이야기하겠습니다."

"아니, 안 됩니다."

"그럼 어떻게 하실 작정입니까? 그 15만이 들어오지 않는다면 당장—"

"돈이 들어오지 않으면 들어오지 않는 대로 괜찮습니다."

"그럼, 학교가 어떻게 되겠습니까?"

"카네가와 씨나 보쿠자와 씨가 학교를 위해서, 정말로 교육을 위해서, 돈을 내신다면 기쁘게 받도록 하지요."

"하지만 선생님, 부자라는 사람은 —"

"아니, 그런 더러운 돈은 필요 없습니다. 신성해야 할 교육 사업입니다. 이것은 국가사업이에요. 전쟁이에요. 학교에 돈을 내는 것은 국방헌금과 다름없습니다. 국방헌금에 교환조건이 있습니까?"

카카와는 열이 올랐다. 얼굴에 붉은 기를 띠며 눈이 빛난다.

"그것은 그렇습니다만 —"

"아니, 뭐라고 해도 그것은 안 됩니다."

"그러니까 교장 선생님은 가만히 있어 주시고, 이것은 후원회 일이니까 —"

"아니, 안 됩니다. 결단코 안 됩니다. 교사나 운동장은 없어도 괜찮아요, 학교의 정신이 더럽혀지면 끝입니다. 저는 이 정신을 지키는 것을 교장의 책무라고 생각하고 있습니다."

"그렇습니까?"

이가는 더 이상 말이 없었다. 교장의 말이 옳다는 것을 부인하는 것은 아니지만, 사업가로서의 통념을 모르는 우직함을 불쌍히 여겼다.

"실례했습니다."

이가는 "할 테면 해 봐"라는 마음으로 교관실을 떠났다.

카미하야시는 물론 다른 교관이나 직원들도 카카와의 공명정대함에는 경탄했지만, 그것만으로 과연 학교가 계속될 지 의문이 일었으며, 조금 불안했다.

한 30분 지나고 나서 카미하야시가 교장 석으로 가 정중히 허리를 굽혔다.

"교장 선생님. 제가 사과드립니다."

"뭡니까?"

카카와는 괴이한 얼굴을 했다.

"저는 교장 선생님의 태도를 완고하다고 생각하고 있었습니다. 그러나 선생님의 말씀을 잘 생각해 보니, 교장 선생님의 태도는 정말로 당연한 것이라고 깨달았습니다. 저의 어리석음을 사죄합니다."

카미하야시는 한 번 더 학생이 선생님 앞에서 하듯 허리를 굽혔다.

"아, 그것 말입니까? 고맙습니다."

카카와는 자리에서 일어서서 답례했다.

"카미하야시 선생님, 지금 일본은 바름을 구하고 있습니다. 파사현정(破邪顯正)의 가을입니다."

카카와는 카미하야시의 태도를 마음으로부터 기뻐했다.

"지당하십니다. 가난하나마 바르게 갑시다."

카미하야시는 한 번 더 교장에게 머리를 숙였다.

다른 교관들도 카미하야시와 같은 기분으로 머리를 떨어뜨렸다.

카카와는 마음속으로 15만 원보다 더 귀한 것을 얻은 것을 신께 감사했다.

이렇게 하여 내일 후원회는 전혀 무대책으로 가기로 방침이 확정되었다. 그저 성심성의껏 부형들을 대하자고 태도가 정해지자, 뭔가 매우 강하게 조르던 어떤 굴레로부터 벗어난 듯한 마음의 휴식을 일동은 느낄 수 있었고, 초라한 교사마저 좋고 훌륭하게 느껴지는 것 같았다.

일동은 엽차를 홀짝이면서, 전례 없는 온화한 잡담에 빠져 있었다. 그 때 한복을 입은 중년 부인 한 사람이 급사한테 안내를 받아 교관실로 들어왔다. 매우 안절부절 못하는 태도이다.

그 부인은 교장 앞에 정중하게 절을 했다.

"저는 키무라 타로의 어머니 미치코(道子)입니다."

"아, 그렇습니까? 자 앉으세요."

카카와는 키무라의 어머니에게 의자를 권했지만, 미치코는 앉으려고 하지 않는다.

"키무라 씨는 어떻습니까? 편찮으시다고요."

"예, 키무라는 경성으로 돌아간 뒤, 점점 쇠약해져서 지금 입원해 있습니다."

"아, 그렇습니까? 그것 참 안 되었군요. 아무래도 쇠약해져 있어서—."

카카와는 풀베기 날의 키무라의 여윈 모습을 떠올렸다.

"그래도 키무라는 학교에 죄송하니까 무리해서라도 온다, 아이의 교육도 전쟁이니까 아이의 교육을 위해서는 죽어도 좋다고 합니다. 특히 교장 선생님께 죄송하다, 어떻게 해서라도 아이를 교장 선생님께 맡기지 않으면 안 된다고 해서—"

미치코는 당황해서 말문이 막혀왔다.

"아, 그렇습니까?"

카카와도 미치코의 얼굴을 차마 보지 못하고 고개를 떨어뜨렸다.

"타로오는 타로오 대로 K에 간다, K에 간다 하면서 울고 있습니다만 제가 마음을 굳게 먹고, 무리해서 T중학에 편입 시험을 치게 했습니다. 교장 선생님, 정말로 죄송합니다."

미치코는 눈을 피하고 있다.

"아니, 사정은 압니다. 케이잔(景山) 씨가 경성에서 돌아와서 키무라씨의 병이나 전학에 관한 것도 이야기해 주어서 말이죠, 벌써 다 서류는 되어 있습니다."

카카와는 카미하야시에게,

"카미하야시 선생님, 키무라 씨 아이의 그 서류는 아직 보내지 않았지요?"

카미하야시는 자기 자리에서 일어서나,

"예! 괜찮으면 한 학기 동안 휴학으로 해서, 전학은 단념하는 게 어떨까 하고, 키무라 씨의 의향을 확인해 볼까 해서."

라면서, T중학 교장 앞으로 보내는 키무라 전학 의촉 공문 봉투를 가지고 와서 교장에게 내민다.

"카미하야시 선생님이십니까? 키무라나 아이도 자주 선생님 이야기를 합니다. 아이가 신세를 져서."

미치코는 카미하야시에게 절을 한다.

"키무라 씨가 병중이라, 무척 걱정이시겠습니다."

라며, 카미하야시는 자기 자리로 돌아간다.

"사정이 그러면 어쩔 수 없지요. 저도 실은 아이를 떠나보내고 싶지 않았습니다."

미치코는 처음 카카와를 만나는 것이지만, 카카와가 타로오를 얼마나 생각해 주는지를 알자, 이런 교장에게서 아이를 떼어놓는 것은 큰 죄를 짓는 것 같기도 하고, 물론 아닌 것 같기도 하고, 자기도 모르게 흐느껴 버렸다. 미치코는 걸으면서 교장과 카미하야시 선생의 적의 어린 얼굴을 예상한 만큼 미안함이 한층 강하게 가슴을 때렸다. 귀여운 아이를 자신의 옆에 두고 싶다고 말씀하시는 것이, 미치코에게는 부끄럽기도 하고 슬퍼지기도 했다.

미치코는 울음이 나와 어떻게 할 수가 없었다. 쉰살의 여자라는 사실도 잊고, 카카와에게 미안해서 하염없이 울었다.

15분이나 지났을까, 미치코가 교장으로부터 그 봉투를 받아 들고 가려고 하자 카카와는,

"이것은 공문이라서 개인에게 건네줄 만한 성질의 것이 아니지만, 한 번 더 키무라 씨와도 의논하신 후, 다시 생각할 기회를 갖게 하기 위해 드리는 겁니다. 아이는 제적하지 않고 기다리고 있을 테니까 깊이 다시 생각해 주시길 바랍니다."

라고 말하면서 눈에 눈물을 글썽였다.

미치코는 쓰러져 울고 싶은 것을 겨우 참고 흐느끼면서 교관실을 나와 도망치듯 교문을 빠져나갔다.

교문이라고 해봤자 두 그루의 다 썩은 말뚝이 서 있고, 거기에 K공립중학교라는 새 간판이 걸려 있을 뿐이었다.

미치코는 그 기둥을 잡고 엉엉 소리를 내어 울었다.

미치코는 이렇게 운 적이 생애 처음이었다.

미치코는 겨우 울음을 멈추고 백 미터나 떨어져 있는 교관실을 향해,

“교장 선생님, 죄송합니다.”

라고 중얼거리면서 허리를 굽혀 경례를 했다. 머리를 들었을 때 미치코의 글썽거리는 눈에는 창에서 바라보고 있는 교장의 얼굴이 비쳤다.

“결국 키무라는 가 버렸어.”

저녁 식사를 할 때 카카와는 나미코와 후사코에게 오늘의 이야기를 했다.

돌다리 (石橋)

이태준 李泰俊

1904년 강원도에서 태어남.
단편집 : 『월야』 『가마귀』
장편 : 『제2의 운명』 『성모』 『불멸의 함성』
    『딸 삼형제』 『청춘무성』 『황진이』
수필집 : 『무서록』

정류장에서 1리의 길을 천촌(泉村)으로 향하자, 반쯤 가서부터 천촌 마을보다는 그 건너 산기슭에 있는 공동묘지가 먼저 보였다.

창섭(昌燮)은 문득 발을 멈추고 잠시 바라보지 않을 수 없었다. 봄이라면 불타는 듯한 진달래가 만발할 작은 언덕이다. 지금은 단풍나무가 물들 때도 한참 지났고, 황갈색의 송진 나무가 묘지를 둘러싸, 생각하기조차 쓸쓸한 마른 잎의 소리만이 날 것 같았다. 딱히 어디라고 가리킬 수 없지만 창옥(昌玉)의 묘가 있는 주변이 짐작이 간다. 창섭은 마음속으로 "창옥아!" 하고 이름을 부르면서 조용히 목례를 보냈다. 단 하나뿐인, 나이가 무척 차이나는 여동생이었다. 지금도 선명히 떠오른다. 창섭이 여름방학을 맞아 잠시 귀향해 있었을 때였다. 창옥은 저녁 식사 중에 갑자기 격렬한 복통에 몸을 뒤틀기 시작했다. 읍내에 달려가서 의사를 불러왔다. 의사는 주사를 놓은 후 바로 돌아갔다. 하지만 밤새 열은 내리지 않을 뿐 아니라 새벽녘이 되자 점점 더 심해졌다. 한 번 더 의사를 부르러 갔지만 의사는 바쁘다며 환자를 데려오라고 했다. 할 수 없이 환자를 데리고 갔지만 그 때도 역시 오진이었던 것이다. 다음날이 되자 곪은 부위가 완전히 짓물러 복막이 절망적이 되었을 때에 겨우 맹장염이라는 것을 알았다.

그 때 창섭은 자신이 어른이었다면 분명 의사의 멱살을 쥘 텐데 하고 격분했었다. 이처럼 단념할 수 없는 여동생의 죽음을 떨치고 일어나, 아버지가 하시는 고농(高農)을 그만두고 의전(医専)에 가서, 지금은 맹장 수술에 관한 한 경성에서도 정평이 난 의사가 되었다.

(창옥아! 기뻐해 주렴. 이번에 좋은 건물을 찾아서 오빠 병원이 커진단다. 개인 병원으로는 설비가 제일 좋은 수술실도 생기고, 이제 입원실도 부족할 것 없어! 오빠는 네 사진을 크게 확대해서 이번에 완성되는 새 진료실에 걸어 둘게……)

쌀쌀한 바람이기도 했지만 오후 기차로는 돌아가려는 참이었기 때문에, 창섭은 갑자기 생각난 듯 걸음을 재촉했다. 길은 전과 비교하면 평평하고 폭도 넓어져 있었다. 비가 내릴 때는 빨려 들어갈 것 같은 진흙탕에 고생했지만, 중간 정도에는 자갈이 깔려, 군데군데 길 폭이 좁아져서, 걸핏하면 짐 싣는 소가 논 쪽으로 발이 미끄러지는 형편이었는데, 바위를 잘라내어 더 폭이 넓은 도로가 되어 있었다. 창섭은—이럴 줄 알았으면 정거장 부근에서 자전거라도 빌릴 것을, 하고 생각했다.

자주 보아 익숙한, 한 그루의 소나무가 있는 논이나 작은 돌을 돌려 쌓아 놓은 밭도 눈에 들어왔다. 자기 집 논밭이었다. 이랑에 선 한 그루의 소나무는 오래된 것이지만 저 작은 돌로 쌓은 돌담은 아버지가 만드신 것이다.

창섭의 아버지는 이 부근에서 근면하다고 이름이 난 노인이었다. 동시에 부친은 자신의 대(代)에 밭 한 자락 재산을 넓히지 못했다는 소문

까지 도는 노인이었다. 곡물 가격보다도 일반 물가가 높아졌을 뿐만 아
니라 전대에는 없었던 아들의 '유학비'라는 무거운 짐이 있어서,

"할아버지와 아버지가 대단한 재산가라고 할 수는 없지만 먹기에 궁
하지 않을 만큼은 남겨 주셨다. 턱없이 욕심을 부려 재산을 만드는 것도
안 될 것이다. 할아버지가 손수 거름을 준 논이나, 아버지가 손수 잡초
를 뽑은 밭을 지금보다 더 비옥한 논으로, 지금보다 더 결실이 많은 밭
으로 만들려고 돌보는 것만으로도 내 힘에는 부친다."

라고만 할 뿐, 가용(家用)을 절약해서 여분이 있으면 그것으로 날품팔
이를 넣어서는 논이랑을 고치고, 밭에는 작은 돌로 바람막이 석장(石檣)
을 쌓는 등 제방 손질에 여념이 없었다. 그 외중에 아들이 제구실하는
의사가 되어, 그에게 보내주던 용돈만큼 남고부터는 그것으로 마을길은
물론이고 읍내와 정거장의 도로 공사까지 해 버렸다. 다른 사람 손에
맡기면 토지가 거칠어진다면서 어지간히 성실한 곳이 아니면 소작으로
는 주지 않고, 경작하는 소 두 마리에 머슴을 3명이나 두고 상당한 논밭
을 대부분 자농으로 버티어 왔다. 실리적으로 보면 소작을 주는 것보다
떨어진다거나, 머슴들에게 속는다는 등 타산적인 평판도 들어왔지만,
창섭의 아버지는 토지에 관한 것이면 이득을 보려고 하지 않았다. 이러
한 소유주의 손을 거치는 토지이고 보면, 추수 후 잘린 기둥뿐인 논밭
이면서도 평평한 지면, 정돈된 이랑, 부드러운 토양이 마치 맛있는 식탁
에라도 향하는 듯 누구의 눈에도 훌륭하고 풍부한 느낌이었다.

이런 땅을 판다는 것은 아무리 수입이 좋은 병원 확장을 위한 것이라
고 해도 아버지에게는 미안한 일이 아닐 수 없었다. 하지만 담보로 넣는
것만으로는 3만원을 빌리는 것이 무리였다. 그리고 요즘 경성 주변에서

웬만한 양옥집 얻는 것이 돈만 있다고 언제든지 가능한 일도 아니었다.

(……아버지는 내년이 환갑이시다. 어머니는 겨울이 되면 언제나 천식으로 고생하신다. 사실 벌써 곁에서 돌봐드리지 않으면 안 되었다. 그렇다고 해서 내가 시골에 들어올 수도 없으니 당연히 두 분을 경성으로 모셔오는 수밖에 없다. 같은 마을에 있어도 당신만큼 땅을 돌볼 수 없는 사람에게는 소작을 주지 않는 분이다. 완전히 다른 사람에게 맡기고 경성에 사시게 되면 하루라도 느긋하게 계시지 못할 것임에 틀림없다. 아버지 노후의 고생을 덜어드리기 위해서라도 토지는 깨끗하게 정리하는 편이 좋아!)

창섭은 천촌에 다다르자 바로 마을 입구에서 아버지의 모습을 찾을 수 있었다. 가장자리에 얼음이 얼어 있는 개천에서 아버지는 무릎까지 적시며, 마을 젊은이를 독려해서 돌다리를 고쳐 쌓고 있었다.

"잘 모르겠지만, 어떻게 된 거냐?"

"예, 그게 갑자기 의논드릴 것이 좀 있어서."

"그래, 바로 돌아갈 테니 집에서 기다려라."

수십 명의 마을 사람들이 4, 5칸 앞으로 밀려나간 다리에 쓸 돌을 큰 망으로 건져 올리고 있었다. 작은 강은 마을 중앙을 흐르고 있고, 2, 3군데 변변치 않은 통나무 다리가 설치되어 있지만, 비가 하룻밤만 내려도 자주 강에 빠져 버리기 때문에 이 돌다리는 모두가 중요하게 여기고 있는 것이었다. 창섭은 어렸을 때 아버지로부터 이 다리의 유래에 대해 들은 적이 있었다.

"너의 증조할아버지가 돌아가셨을 때의 일이다. 묘의 돌을 옮기는데 통나무 다리로는 도저히 안 되었기 때문에 할아버지는 우선 이 튼튼한 돌다리부터 설치하신 것이다."

그리고 5, 60년이 지나는 동안 한 번도 흔들린 적이 없었는데 작년 큰비가 내렸을 때, 어떻게 된 일인지 제일 큰 중간 정도의 돌이 무너져 내려 밀려가 버렸다. 넉넉히 1척의 두께, 6척의 폭, 10척이 넘는 길이의 자연석으로, 웬만한 사람으로는 움직일 수도 없어 보였다. 게다가 거기에서 고작 십 수 발자국 떨어진 곳에, '면(面)'의 보조로 난간까지 붙은, 당당한 다리가 완성되고 난 후라 마을 사람들에게 완전히 잊혀져있던 다리였다.

우리 집에 발을 들이자 어머니도 돌다리 공사하는 사람들의 점심 식사 준비로, 많은 마을 부인들 속에서 바쁘게 여기저기 돌아다니고 있었다.

"어째서 또 너 혼자서?"

어머니는 우선 손자들의 얼굴이 보이지 않는 것을 의아해하셨다.

"오늘 돌아갈 작정이어서 혼자 왔습니다."

"그럴 생각이면 오지 말지."

"사실은 이제 아버지, 어머니를 저희 집으로 모셔 가려고 왔어요."

"그래, 정말 이제 아이들한테 둘러싸여서 살고 싶구나."

어머니는 토지보다도, 할아버지의 분묘보다도 손자들에게 한층 마음이 끌리는 모습이었다. 하지만 아버지만은 그렇게 쉽게 굽힐 성품이 아니었다.

아버지도 아들의 뒤를 쫓듯 강에서 돌아왔다. 의사인 아들은 마치 환자에게 주의를 줄 때처럼 차분하게 알아듣기 쉽도록 속내를 이야기했다. ―오직 외아들인 자신이 지금까지 부모님 곁에서 모시지 못한 것은 죄송한 일이었다는 것, 그래서 자신들과 함께 계시게 되면 병원을 접고 자신이 시골에 오기보다는 두 분이 농토를 처분하는 것이 섭섭하기는 해도 경성에 오시는 데 무리가 없다는 것, 병원은 나날이 환자가 늘어 입원실도 환자의 삼분의 일밖에 수용할 수 없는 형편인 것, 그렇지만 큰 건물을 신축하는 것은 거의 불가능한 것, 때마침 교통편도 좋은 곳에 3층 양옥집이 비었다는 것, 인쇄소였던 건물로 모두 철근 콘크리트 등으로 방화방공(防火防空) 면에서도 훌륭하고, 3층은 직공의 합숙소로 쓰고 있던 것으로 입원실로 바꾸기도 쉽다는 것, 각 층에 수도·가스가 설치되어 있다는 것, 게다가 가격이 적당하다는 것, 적당하다고는 해도 3만 2천원이나 나가 지금의 병원을 팔면 1만 5천원이 되지만, 그것은 이번 건물의 내부 수리나 수술기계를 정비하는 데 전부 들어가지 않으면 안 되고, 건물 매입비 3만 2천원은 별도로 마련할 수밖에 없다는 것, 요즘 토지를 가지고 있어도 3천원의 실수입이 최대한인데, 그것을 처분해서 병원을 확장하면 적어도 1만원의 연 수입은 거뜬하다는 것, 게다가 돈만 있으면 언젠가 또 경성 부근의 좋은 토지도 살 수 있다는 것……. 아버지는 아들이 말하는 것을 끝까지 가만히 들었다. 그리고

"그래, 좋다. 점심이라도 먹거라. 나도 신중히 생각해 보마."

라고 말씀하시고서는 곧장 다시 작은 강으로 나가 떨어진 돌을 붙이고 난 후, 다시 돌아와 점심 식사를 하기 시작했다.

식사를 하면서였다.

"어떻게 된 일인지 요즘 사람들은 완력마저도 옛날 사람보다 떨어지는 것 같구나! 저 다리만 해도 내가 어렸을 때 설치하는 것을 봤는데, 그래, 고작 5, 6명이 완성할 수 있던 일이었다. 그것을 지금은 십 수 명의 힘 좋은 젊은이가 반나절 걸려서 겨우 해냈다."

"훌륭한 다리가 완성된 마당에 저 다리는 어째서 또 고치시는 겁니까?"

"너도 역시 그렇게 말하는 것이냐? 아무래도 나무는 돌에 뒤지지 않느냐? 게다가 너는 저 다리 위에서 하던 낚시가 그립지 않느냐? 경성으로 공부하러 갔을 때도 저 다리를 건너가지 않았느냐? 생각해 보면 할아버지의 묘석도 저 다리를 밟아 옮겼고, 내가 천자문을 안고 서당으로 다닌 것도 저 다리다. 네 어머니도 가마에 흔들리면서 저 다리를 건너 우리 집 사람이 되었다. 내가 죽으면 저 다리를 건너 묘소로 옮기면 된다. ……나는 경성은 싫다."

"그래도……"

"돈이 궁하다고 한들 나는 토지를 처분하지 않겠다! 아버지가 애써 개척하는 것을 내 눈으로 보며 자란 밭이다. 할아버지가 피땀 흘린 돈으로 손에 넣은 논이 아니냐? 그것을 돈이 있다고 언제라도 살 수 있을 성 싶으냐? 마을 저 편의 밭, 강 건너의 논 같은 것을 어디에서 살 수 있다는 말이냐? 강 건너 가장자리에 선, 한 그루의 소나무는 할아버지의 손으로 심으셨고, 뜰 앞의 은행나무(公孫樹)는 아버지가 심으셨다. 그 나무들 아래 서서 우러르면 나는 그 분들의 동상이라도 우러러보는 것 같은, 경건한 마음으로 가득 찬다. 할아버지와 아버지로부터의 토지는 각각 한 때의 이해(利害)로 이러쿵저러쿵 할 수 없는 것, 생각해 보렴. 토지가 없었으면 어디에 집이 있고, 어디에 나라가 있다는 것이냐? 토지는 천지만물의 기반이다. 돈이 있다고 해서 토지가 어떤 것인지 전혀 알지도 못하고 욕심이나 내서 종잇조각만으로 사 모으는 무리들, 돈을 빌려 주는 것처럼 셈을 해서 그 토지와 자신의 할아버지, 아버지들이 맺은 가벼이 여길 수 없는 인연 등은 더욱 생각하지 않고 헌 신짝처럼 버리는 무리, 어느 쪽이라도 내 눈에는 모두 이상하게 비치지 않을 수 없다."

"………"

"너만 해도 그렇다. 누구 덕분에 오늘날 의사가 되었다고 생각하느냐? 내 덕분이냐, 아니다. 내게 토지가 없었다면 어떻게 너……너도 밭에 합장하고 논에 절하지 않으면 안된다. 예부터 하늘이니 신이니 하지만, 하늘의 은혜가 대지를 통하지 않고서 사람에게 미친다고 생각하느냐? 토지를 판다는 것은 정말로 하늘을 파는 것과 같은 일이다."

"………"

"모두 땅을 밟고 있기 때문에 그것을 소홀히 생각할지 모르겠지만, 대지만큼 응보(応報)가 확실한 것이 또 뭐가 있겠느냐? 하늘은 오히려 의지하기 힘들 때도 있다. 하지만 땅은 열심히 노력하는 사람에게는 분명 그만큼의 후한 보답을 주신다. 세상에 많은 지주들이 땅을 농민에게만 맡긴 채 자신들은 도회지에 거처를 마련해두고서는, 소출이 나오는 대로 족족 팔아서 몽땅 사치를 위해 흥청망청 써버리면서도, 토지를 비옥하게 하는 일에는 1원짜리 푼돈 하나도 내기를 아까워한다. 땅 덕택으로 살면서도 땅을 아무렇지도 않게 생각하는 자들은 사람 자식으로 치자면 방탕한 아들이다. 땅에 입이 있어 봐라. 배고프다고 호소하는 논밭이 얼마나 많을까! 매년 짜내기만 할 뿐 밭이 엉망이 되어도 신경도 쓰지 않고, 논이랑이 휩쓸려도 모른 척 한다. 당연히 거름은 한 번도 주지 않고, 점점 힘들어진 농민이 울며 들어오면 겨우 요즘의 너희들 선생이 주사를 놓는 식으로 금비(金肥)를 던져 넣는다. 땅을 그 따위로 대접한다면 후에 죽었을 때 땅이 무서워서 몸 둘 곳이 없을 거다."

　창섭은 혀가 얼어붙은 것처럼 손바닥만 비빌 뿐이었다. 자신의 생각이 이기적이고 짧았음을 반성하였다. 땅에 대해서는 이해를 넘어 말하자면 종교적인 신념으로 살아가는 아버지에게 아들의 이단적인 계획이 받아들여질 리 없었다. 아버지는 식사를 물리면서 말을 계속했다.

　"너로서는 어떻게 해서라도 우선 병원을 확장하고 싶겠지. 나는 그것이 전혀 잘못된 바람이라고는 생각하지 않는다. 하지만 욕심은 금물인 것이 세상의 이치이다. 게다가 의술은 옛부터 인술(仁術)이라고 하지 않느냐? 무슨 일이라도 무리하지 말고 그저 견실하게 해나갈 것을 생각하여라."

　"………"

　"네가 가업을 잇지 않는 것을 나는 탓하지 않는다. 너는 네 갈 길을 개척해간 것이고, 그것이 또 이익을 꾀하는 무리의 가업과 달라서, 사람을 살리는 인술이 아니냐? 나에게 무슨 불만이 있겠느냐? 그저 할아버지와 아버지 3대에 걸쳐 노력하여 가꾼 토지를 다른 사람 손에 넘겨버리는 것은 아무래도 참을 수 없다. 그것도 거짓 없는 마음이고 보면……"

　"정말로 이제 그 이야기는 그만두겠습니다."

　"그렇게 말하지만 내가 죽은 후에는 어떻게 되겠느냐? 너도 지금 내가 말한 종이조각뿐인 지주님이냐……안 된다! 처분하면 안 돼! 내가 죽을 때에는 완전히 정리할 것이다. 돈으로 파는 것이 아니다. 사람에게 파는 거다. 용문(竜文)이네 일을 너도 기억하고 있겠지만 그 사람은 강 건너 논을 1년만 지어보는 것으로도 농민으로서는 더할 나위 없는 복을 누리는 일이라 했고, 마을에서 떨어진 밭을 처분하게 되면 문보(文甫)나 덕길(德吉)이 같은 좋은 농민은 노숙을 하더라도 집을 팔아서 갖고 싶어

하는 사람이다. 그런 농민이 토지 주인이 되지 않고 누가 되겠느냐? 그래서 이야기가 나온 김에 유언인 셈치고 말할 테니 들어두거라. 그런 사람들에게 땅 값을 한꺼번에 지불하게 할 수 없으니, 해마다 수확으로 대체시킬 테니까, 너도 그리 알거라. 그리고 네 어머니가 먼저 돌아가시면 내 손으로 묻을 거고, 내가 먼저 죽으면 네 어머니만은 경성으로 모셔 가거라. 나는 이 마을에서 이런 순수한 농민으로 생을 끝낸다면 더 바랄 것이 없다! 부모로서 자식의 젊은 야망을 받아주지 못하는 것은 섭섭한 일이다만, 또 이 늙은이의 마음도 져버리지 마라……"

아버지는 일어나서 담뱃대에 불을 붙이자, 다시 또 다리가 있는 곳으로 나갔다. 곁에 있던 어머니의 눈에서는 눈물이 흘렀다. …….

"정말로 네 아버지는 언제나 저렇다니까."

"아니요, 아버지가 어떤 분이신지 오늘 절실히 깨달았습니다. 훌륭하신 분입니다."

하지만 창섭의 눈가도 뜨거워졌다. 자신의 계획이 수포로 돌아간 것은 오히려 순순히 받아들여졌지만 아버지와 자신의 세계가 너무 다른 것에 대해 뭔가 비통한 마음이 들어 견디기 어려웠다.

아들은 아버지가 다시 보수한 돌다리를 건너서 저녁 기차에 맞추어 정거장으로 향했다. 마을 저 멀리 점점 작게 멀어지는 아들의 뒷모습을 지켜보는 아버지의 마음도 그야말로 임종을 앞두고 유언이라도 한 것처럼 고독한, 어떤 불안감이 콕콕 쑤셔왔다.

종일 강가에서 지친 몸이지만 밤이 돼도 오히려 잠을 들 수가 없었다. 예전에 서당에서 배운 백낙천(白樂天)의 시가 떠올랐다. 그것은 '연가(燕歌)'라는 암수 한 쌍의 늙은 제비를 읊은 것이다. 자신의 굶주림은 참더라도 쫀 것은 무엇보다 새끼의 입으로 가져가 키운 새끼 제비는 커져서 날개에 힘을 얻자, 제각각 날아가 버려, 늙어 초췌해진 부모 제비만 두 마리, 스산한 가을바람을 처마 끝에서 피해 쭈그리고 있는 정경을 그려, 시인은 늙은 제비에게 가르치고 있다. —가버린 새끼들을 원망할 일은 없다, 너희들도 예전에 그랬다는 것을 깨닫는 것이 좋다는 것이다.

"흠!"

노인은 어두운 천장을 바라본 채 쓴 웃음을 지으며 밤이 하얘지기 시작하자 누구보다도 먼저 일어나서 어제의 돌다리를 보러 갔다. 작은 강에는 어디에도 흐린 물이 없었다. 풍부하고 맑은 물결이 다리의 목을 씻으며 춤추면서 달리고 있다. 다리 중간쯤에 서서 쿵 하고 발을 굴러 보았다. 발이 다시 팅길 뿐 꿈쩍도 않는다. 노인은 천천히 뛰어 집으로 돌아와서 소금 접시와 수건을 가지고 나왔다. 다리 가장자리의 돌에 자리를 잡고 입을 헹구고 얼굴을 씻었다. 이윽고 한 번 더 이빨에 느껴지는 차가운 물을 입 안 가득 물고서 일어났다. 몸 안 구석구석까지 씻기는 것처럼 상쾌했다. 그리고 수염의 물방울을 털면서 생각했다.

(……아무리 많은 비가 오는 날이라도 어느 한도를 넘지 않는 법이다. 지나친 물의 양으로 다리가 흘러간 것이 아니라 흙이나 모래가 밀려들어 수구(水口)가 좁아졌거나, 그렇지 않다면 어느 기둥인가 돌의 바닥이 물결의 힘에 밀렸음에 틀림없어. 늘 바닥을 돌아보고, 평소에 기둥돌을 고쳐두기만 한다면 만년이 지난들 무너지지 않을 것이다. 그저 언제나 반성하지 않으면 안 된다. 사람은 누구나 하늘이 준 숨이 끊어질 때까지는 하루라도 하늘의 이치를 소홀해서는 안 된다…….)

뒤돌아보지 않으리(かへりみはせじ)

정인택 鄭人沢

1909년 경성에서 태어남. 경세제대 예과 중퇴 후 3년 가량 동경에서 공부함. 1930년 중앙일보 신년 현상소설에 「준비」가 2등으로 당선된 이후 30편 가량의 단편을 발표. 문학 잡지 기자를 거쳐, 매일신보 기자, 동사 발행 『국민신보』의 편집에 관여하면서 오늘에 이름.

1

어머니.

오랫동안 격조했습니다. 그 후 별일 없으신지요? 켄(賢)도 건강하게 학교에 다니고 있을 거라고 생각합니다. 동리 여러분들도 모두 건강하다니 무엇보다 다행입니다.

어머니.

종종 보내주시는 편지와 마음이 담긴 센닌바리(千人針 — 전쟁에 나가는 사람의 복대에 천명의 사람이 바늘로 한 땀씩 뜬 부적 같은 것 : 역자)나 위문 봉지는 정말로 고맙습니다. 받을 때마다 미안함과 그리움과 황송함이 함께 뒤섞여 복받쳐와 저도 모르게 눈물이 나왔을 정도였습니다. 다시 뜨겁게 감사드립니다.

어머니의 배웅을 받고 마을을 떠난 것이 바로 어제의 일 같은데 어느 사인가 전지(戰地)로 와서 두 번째 가을을 맞이해 버렸습니다. 손가락을 꼽아보니 벌써 1년하고 석 달이나 됩니다. 시간이 지나가는 것이 정말 꿈처럼 빠른 것이군요.

그 1년 동안 본의 아니게 일부러 소식을 드리지 않았지만 한시라도 어머니를 잊고 있었던 것은 아닙니다. 소식이 없으면 무사히 봉공(奉公)하고 있다고 생각하시라고 말씀드리고는 왔었지만 그것만을 구실로 삼아 여러 가지를 받은 인사 편지조차 하지 않은 것도 아닙니다.

변명이 늘어 대단히 말씀드리기 어려운데, 전지에 왔다는 것은 이름뿐 공훈은커녕 무엇 하나 나라의 도움이 되지 않는 자신이 부끄러워서 어머니 앞에조차 얼굴을 들 수 없는 마음이었기 때문입니다. 그러나 어쨌든 혼자서 쓸쓸히 집을 지키고 계실 어머니를 1년 동안이나 위로해 드리지 않았다는 것은 대단한 불효입니다. 무거운 죄입니다. 용서해 주실 지 어떨 지 모르겠으나 깊이깊이 용서를 빕니다.

어머니!

그 불효자가 어째서 갑자기 이런 긴 편지를 쓸 마음이 생겼는지 어머니는 필경 이상하게 생각하시겠지만 사실은 저 자신도 모르겠습니다. 그저 왠지 갑자기 어머니와 이야기가 하고 싶어졌습니다.

전지로 오기까지의 여러 가지 경위, 전지로 오고 나서의 여러 가지 일, 앞으로의 생활 방식, 마음의 준비, 왠지 무척 이런 것을 어머니와 끝없이 이야기해 보고 싶어진 겁니다. 그다지 뽐낼 것도 아니지만 자랑스럽게 어머니께 알려드릴 만한 훌륭한 공훈을 세운 것은 아닙니다.

응석꾸러기였던 어린 시절, 저는 자주 바쁜 어머니를 붙잡고는 옛날 이야기를 졸랐습니다. 그 때와 같은 기분으로 저는 지금 어머니께 응석부리고 있는 겁니다. 어머니는 필경 이 큰 응석꾸러기를 달래는 방법도 알고 계실 테지요.

계속될 지 모르겠지만 그런 마음으로 지금부터 매일 조금씩 써 모아

가겠습니다.

내일이라도 적의 총탄에 맞아 죽으면 그뿐입니다만…….

오늘밤은 무척 좋은 달밤. 낮의 피곤으로 전우들은 아까부터 푹 자고 있습니다. 저도 조금 졸려오는 것 같으니 내일 전쟁에 대비해서 몸을 쉬어야겠습니다.

그런데 내일은 무엇부터 쓸까요? 그럼, 어머니 안녕히 주무십시오. 켄도 잘 자.

2

어젯밤은 숨막힐 듯 더워 잠자기가 힘든 밤이었습니다. 잔적토벌(殘敵 討伐-이 뜻 아시겠습니까?)에 나가, 바닥을 거적으로 간 민가에 머물렀는데 피곤했을 텐데도 아무리 해도 잠이 안 오는 겁니다. 깜빡 졸았나 싶더니 무슨 소리에 깜짝 놀라 눈이 뜨였어요. 이래선 안 된다, 내일 전투에 낭패를 보겠다 싶어서 억지로 눈을 감고 또 조금 깜빡 졸았어요. 이러기를 밤 내내 반복했습니다.

그리고 끊임없이 어머니의 꿈을 꿨습니다. 어머니의 얼굴만 크게 비치기도 하고, 그런가 싶더니 어머니가 혼자서 열심히 풀을 뽑고 있기도 하고, 강가에서 마을 아낙들과 함께 빨래를 널고 있기도 하고……그때, 그 시점에서 아무런 연결도 없이 어머니의 다른 모습이 나오는데, 그것이 오히려 집을 지키고 계시는 어머니의 평소 생활 모습을 확실히 보여주고 있는 것 같아서 저에게는 무척 즐거웠습니다. 그리고 어느 꿈에 나오는 어머니의 얼굴도 모두 한결 같이 건강하고, 시종 웃고 있는 것이 저에게는 더할 나위 없이 기뻤어요. 제가 없어도 어머니는 이렇게 건강하게 계시다, 필경 그럴 것이다, 그렇게 생각하는 것만으로도 저의 마음은 갑자기 용기가 납니다. 그것만으로 어젯밤의 수면 부족 같은 것은 어디론가 날아가 버렸습니다.

어머니!

꿈은 어리석은 것, 격한 싸움의 틈바구니에서도 우리들은 문득 눈앞에 어머니의 환상을 보는 일이 있습니다. 그 때 어머니의 얼굴이 웃고 있으면 우리들은 갑자기 피곤이나 괴로움도 잊어버리는 겁니다. 그와는 반대로 어머니의 얼굴이 슬픈 듯하거나, 여위어 초라하거나, 울고 있거나 하면 이번에는 갑자기 힘이 쑥 빠지는 겁니다. 하필이면 이런 때에 군인들은 실수하거나 적의 총탄에 맞거나 합니다.

그래서 어머니는 언제라도 어젯밤의 꿈 속 어머니처럼 건강한, 명랑한, 씩씩한 어머니로 계셔 주십시오. 그것이 저에게 있어서는 무엇보다 큰 격려입니다. 어떤 많은 적이 있어도 나 혼자서 맞설 것이다라는 용기가 힘차게 솟아옵니다. 그리고 이 어머니를 위해서라도 나라에 도움이 되지 않으면 죄송하다 싶어 곧바로 적진을 향해 돌격할 수 있습니다.

어머니!

언젠가 어머니는 편지에 다른 사람한테 뒤지지 마라고 쓰셨지요. 그건 어머니의 진짜 마음이겠지요.

다른 사람한테 뒤지지 마라, 용감한 행동을 해라고 하는 것은 어머니, 천황의 은혜와 나라를 위해 죽어라고 한 거예요. 죽는다, 당신이 가장 힘이라고 믿고 지팡이처럼 의지하는 장남인 제가 죽는다, 어머니는 그 것을 정말로 마음속으로부터 바라실 수 있습니까? 그럼 한 번 더 꿈속 에서처럼 웃으면서 저에게 "나라를 위해 죽어라"라고 말씀해 봐 주십 시오. 그것을 말씀하실 수 없으면 어머니는 진짜 군인의 어머니가 아닙 니다. 지원병의 어머니가 아니에요.

제가 고향을 떠날 때,

"어머니, 곧 도쿄(東京)를 보여 드릴게요. 벚꽃이 가득 핀 꽃의 도쿄를 말이에요."

그렇게 말씀 드렸더니 어머니는 어리둥절해서 껄껄 웃고 있는 저의 얼굴을 가만히 쳐다보고 계셨죠? 그 말의 의미는 제가 죽는다고 하는 거예요. 죽으면 저는 황송하게도 야스쿠니(靖国) 신사에 신으로 모셔질 거예요. 어머니는 유족의 한 사람으로 저를 만나러 도쿄에 갈 수 있어 요. 그런 의미였던 거예요. 어머니는 하루라도 빨리 도쿄를 보고 싶다고 는 생각하지 않으십니까?

웃으며 죽는다는 것이 가능한 어머니라면 물론 제가 정말로 죽었을 때, 울거나, 한탄하거나, 평정을 잃거나 하시지는 않겠지요. 천황 대신 전쟁의 뜰에서 꽃으로 진 아들을 위해서 보기 흉하게 울며 슬퍼하는 일본의 어머니는 한 사람도 없었습니다.

어머니!

나라를 위해서 전쟁에 나와 훌륭하게 죽는다, 그것은 황국(皇国)의 나 라에서 태어난 남자의 가장 자랑스러워 할 일이고, 바라는 바입니다. 그렇기 때문에 그것은 어머니에게도 결코 슬픈 일이 아니에요. 한탄스 러운 일이 아니에요. 그렇기는커녕 더할 나위 없는 명예이고, 기쁨이기

조차 한 것입니다. 그렇기 때문에 내지에서는 유족의 집을 방문했을 때,

"이번에 대단한 공훈을 세워 명예로운 전사를 하셨다니 정말로 축하드립니다." 라고 인사합니다.

그렇습니다. 남자로 태어나 전쟁의 뜰에서 죽는다, 그것은 어디까지나 축하할 일이지 결코 슬픈 일이 아니에요. 그래서 곡을 하는 대신에 축하 인사를 해요. 그리고 그것을 기쁘게 받아 들여요. 우리나라 군인이 세계에서 가장 강한 것은 이런 씩씩한 어머니를 가지고 있고, 이런 훌륭한 후방의 사람들을 가지고 있기 때문입니다. 아시겠습니까, 어머니?

어머니!

혹시 무운(武運)이 나빠서 제가 죽었다는 통지가 도착할 경우, 어머니는 그 통지를 가져 온 사람에게 먼저 물어봐 주십시오.

"우리 아들은 어떤 죽음을 맞이했습니까? 혹시 비겁한, 보기 흉한 최후를 맞이한 것은 아닙니까?"

그 때, 눈물을 보여서는 안 됩니다. 바르게, 똑바로 무릎을 모으고 앉아서, 어머니는 가만히 그 사람의 대답을 기다리는 겁니다.

"아니오, 당치도 않습니다. 대단히 훌륭한, 용감한 행동을 하셨다는……"

혹시 이런 대답이라면 그대로 어머니는 동쪽을 향해 엎드려 절하시고,

"고맙습니다."

강하고도 확실하게 감사의 예를 드리셔야 합니다.

그러나 그 사람의 대답이 혹시 반대라면 그 때야말로 어머니는 마음껏 울어도 됩니다. 이 무슨 어리석은, 바보 같은 녀석인가 하고. 그러나 그런 일은 절대로 없습니다. 왜냐하면 미국, 영국군이라면 모를까, 그래

도 황군의 한 사람이기에 적에게 치욕을 당하거나 죽음의 문턱에서 비겁한 행동을 하거나 할 리는 꿈에도 없으니까요.

저도 또 뽑혀서, 황군 속에 포함되어 받은 명예의 일원, 싸울 때는 용감하게 싸우고, 죽을 때는 미련 없이 깨끗하게 죽을 각오입니다. 저에게 지지 않도록 어머니도, 또 어머니의 각오를 확실히 다져 주십시오. 만일의 경우에 당황하거나 갈팡질팡하시지 않으시기를 ―

3

어머니!

어제는 죽는다, 죽는다 하고 죽는 것만을 썼기 때문에 불길한 소리 마라고 화 내실지도 모르겠지만, 전쟁에 나가는 우리나라의 군인은 모두 죽을 각오로 나가는 것입니다. '살아서 돌아와야지' 같은 연약한 생각을 가지고 전쟁에 나가는 사람은 한 사람도 없습니다.

오늘부터는 뒤돌아보지 않고 천황의
신의 선택으로 떠나는 우리는

옛날 노래에 이런 노래가 있는데, 이것이야말로 일본 군인 한 사람 한 사람의 마음을 그대로 노래한 것입니다. 자, 지금부터 선택 받아 천황을 수호해 드리기 위해서 전쟁에 나가는 거야, 오늘부터는 이제 모두 아무것도 생각하지 않고 나라를 위해서 죽을 뿐이야—이것이 노래의 의미입니다. 이처럼 우리나라의 군인은 모두 죽을 각오가 되어 있습니다. 더욱이 여기에서 죽는다고 하는 것은 결코 슬픈 일도, 쓸쓸한 일도 아니기 때문에 하물며 불길한 일일 리는 없습니다.

저의 몸은 이미 나라에 바친 몸, 저는 이제 어머니만의 아들이 아닙니다. 저는 나라의 아들인 것입니다. 이 것을 잘 분별하여 주십시오. 그러면 어머니의 지금까지의 생각은 확 바뀔 것입니다.

부모님을 앞서는 자식은 불효하는 자식이라고 합니다. 이 말이 틀렸다고는 할 수 없지만, 이것은 평화로운 때의 이야기일 뿐 거국적으로 싸우고 있을 때에 적당한 말은 아닙니다. 오히려 이 반대의 경우가 지금인 것입니다.

천황의 은혜를 위해서 충의를 다해 죽는다면 부모님은 당연히 기뻐할 것입니다. 부모님을 기쁘게 해 드리는 일을 불효하는 자식은 할 수 없습니다. 충과 효는 결코 다른 것이 아닙니다. 불효처럼 보여도 실은 이것이야말로 가장 큰 효행인 것입니다.

한 번도 어머니를 기쁘게 해 드린 기억이 없는 저는 지금 천황께 선택되어 죽고, 어머니께 단 한 번의 효행을 하고 싶습니다. 어머니. 제가 귀여우시면 부탁이니 제가 용감하게 싸우고 죽었다는 말을 들었을 때, 뛸 듯이 기뻐해 주십시오. 잘 해냈다, 우리 아들, 하고 자랑스럽게 왁자지껄 떠들어 주십시오. 이런 훌륭한 아이를 가져서 나는 행복합니다라고 온 마을에 자랑하며 돌아다니십시오.

지기 싫어하고 오기 있는 어머니시니까, 어머니는 분명히 지금까지의 잘못된 오랜 관습으로부터 벗어날 수 있음에 틀림없습니다. 저는 어머니를 믿고 있습니다. 어머니는 꼭 누구에게도 지지 않는, 늠름한 군국 (軍国)의 어머니가 되어 주시겠지요. 그것을 생각하니 저에게는 무엇 하나 미련이 없습니다. 저는 언제라도 웃으며 죽을 마음의 준비를 갖추고 있습니다.

4

어머니!

"지기 싫어하고 오기 있는 어머니"에서 생각 난 것인데, 어머니는 정말로 부드럽다기보다도 무서운 어머니였어요. 아버지가 돌아가시고 난 뒤라, 어머니는 분명히 아버지를 대신해서 우리들을 가르치려고 생각하셨음에 틀림없어요. 그렇지 않으면 갑자기 그렇게 무서운 어머니로 바뀔 리가 없으니까요.

아버지가 돌아가셨을 때, 저는 아홉 살, 켄 녀석은 태어난 지 얼마 되지 않았습니다. 아버지가 외아들이셨기 때문에 기댈 만한 친척도 없었으니 어머니는 켄 녀석을 안고 얼마 동안 망연자실하셨죠. 저는 어린 마음에도 어머니가 불쌍하다고 생각해, 그 자리에서는 어머니의 말씀을 잘 지켜야지, 동생도 돌봐야지, 장난을 그만두고 정신 차려 공부해서 훌륭한 사람이 되어야지……아무에게도 말하지 않았지만 이런 결심을 할 정도였습니다.

하지만 아버지의 장송(葬送)을 끝내자, 이튿날부터 벌써 어머니는 반

듯하게 다시 일어나 계셨습니다. 머슴들을 지휘해서 큰 세대(世帶)를 여자 손 하나로 척척 해내는데 조금의 틈도 없어, 마을 사람들이 놀라서 혀를 내두를 정도였습니다.

그 무렵부터 어머니의 얼굴 어딘가에 남자와 같은 늠름함이 조금 보이기 시작해, 남자 이상으로 씩씩한 여지주(女地主) 같다고 주변에 평판이 자자했습니다.

기분이 좋으실 때는 문득 옛날의 부드러움을 되찾으셔서, 핥듯이 우리들을 귀여워해 주실 때도 있었지만, 대체로 일에 쫓겨 무서운 얼굴만 하고 계셨죠. 그 때의 어머니는 정말로 무서운 어머니셨어요…….

풀이 죽어 있는 어머니를 보았을 때, 기특한 결심을 한 저이기는 했지만, 어쨌든 한창 개구쟁이, 다음 날부터는 까맣게 잊고 예전보다 더한 장난만 ─ 그런 때에는 어머니는 꼭 우리들을 아버지의 사진 앞에 데리고 가서 용서를 빌게 했죠. 8자 수염을 팽팽하게 기른 아버지의 사진 앞에 가면, 그것만으로 벌써 우리들은 몸이 수축되는 기분이어서 아무런 이유 없이 눈물을 뚝뚝 흘렸습니다. 그렇기 때문에 거기서 듣는 어머니의 꾸지람은 이상하게 뼈저리게 느껴져 언제까지라도 잊지 못했습니다.

그리고 어머니는 거짓말을 대단히 싫어하셨습니다. 어떤 나쁜 일을 했을 때라도 순순히 자백하고 용서를 빌면 의외로 어머니는 쉽게 용서해 주셨습니다. 그러나 그것이 나중에 거짓말이라는 것이 탄로나기라도 한다면……어머니께는 지금도 그 기운이 있으실까, 다른 사람보다 덩치가 큰 저를 거꾸로 매달아 마을 입구 느티나무 가지에 달아 놓으셨죠…….

하지만 그러한 어머니의 지독한 가르침 덕분에 아무래도 우리들은 근성이 비뚤어진 사람이 되지 않고, 제 몫을 하는 어른으로 자라, 어떻게든 저는 지금 나라에 도움이 되고자 마음먹고 있습니다. 그것을 생각하니 저는 뭐라고 어머니께 감사 말씀을 드려야 할지 모를 정도입니다. 그러나 꼭 그 안에 은혜를 갚겠습니다. 아무에게도 지지 않는 용감한 행동을 해서, 우리 반도의, 우리 마을의, 그리고 우리 어머니의 자랑스러운 씨앗이 되어 보이겠습니다. 저에게는 지금 나라를 위해 몸을 버리고, 그래서 어머니께 은혜를 갚는 것 외엔 방법이 없으니까요. 하지만 그것이 가장 효도하는 것임을 어머니께서는 이제 이해가 되셨는지요?

감사라는 말에 생각이 났는데, 위문 봉지 고맙습니다. 지난 달분과 합쳐 두 개를 한꺼번에 어제 받았습니다. 쇠고기를 말린 것과 떡이 전우들에게 무척 인기가 있어 저도 우쭐했습니다. 그러나 사탕이나 과자는 그렇게 때마다 보내 주시지 않아도 됩니다. 어머니는 배급을 받으시면 당신은 하나도 드시지 않고 전부 저한테 보내 주시는 거지요. 그러지 마시고 어머니도 조금은 드세요. 켄 녀석에게도 먹이십시오. 켄 녀석도 언젠가는 군인이 될 귀한 몸. 어머니도 오래 사셔서 그 군인을 키우지 않으면 안 될 귀한 몸. 저에게는 석 달에 한 번이면 됩니다. 중국군이 아니니까 전지에 와 있어도 먹는 것에 조금도 부족한 것이 없습니다.

5

켄!
축하한다! 축하한다!

아, 형은 이제 이대로 죽어도 좋다고 생각할 정도로 기쁘다. 고맙다. 켄, 이 행운아야. 너는 얼마나 행운의 운수를 잘 타고 태어난 녀석이냐? 부럽고, 질투 나고, 형은 이제 가만히 있을 수 없는 기분이야. 곁에 있으면 실컷 한 번 때려주고 싶은데, 안타깝다.

켄!

네가 준 소식 가운데 오늘 도착한 짧은 소식만큼 형을 기쁘게 한 소식은 없었다. 네가 말한 대로, "아무것도 쓰지 않아도" 너의 기분은 완전히 그대로 형에게 전해졌다. 쓰는 게 뭐가 필요하겠냐? 그 신문을 오려낸 조각만으로도 충분하다. 전 세계에서 그런 멋진 위문 봉지를 받은 것은 아마 형이 처음일 거다.

그래도 얄미운 켄, 그러한 형의 기분을 잘 알아채고, '위문 봉지'라고 쓴 봉투에, 그 오려낸 것만을 아무 말 없이 넣어 보내다니 뻔뻔스러운 녀석이다.

언제, 어디서, 너는 그런 수단을 배웠냐 —고 묻고 싶지만 때도 때이니만치, 소식도 소식이니까, 이쯤 야단쳐 놓고 용서할게. 이것도 '징병제' 덕분이니까, 실제로 켄 너에게는 '징병제 만세'다.

켄!

그 '위문 봉지'를 받았을 때 형은 눈물이 나와 어찌할 수가 없었다. 요즘은 적의 모습도 잘 보이지 않고, 조금 풀이 죽어 있었기 때문에 완전히 형은 날아오를 것 같았다. 나도 모르게 형은 그 신문 오려낸 것을 양손으로 머리 위에 번쩍 쳐들면서, 웃옷도 입지 않고 부대장님 방으로 뛰어들었을 정도다. 이것만으로도 얼마나 형이 열중했는지를 알겠지?

그리고 그 후가 대단했다. 금세 부대 안에 그 신문기사는 쫙 퍼졌다.

다 읽은 사람은 먼저 형한테 다가와서 손을 잡고 축하한다고 퍼붓고, 만세를 외쳤다. 그 때의 형의 기분 —. 글쎄, 뭐라고 해야 할까? 그래, "아무것도 쓰지 않아도 켄은 잘 알겠지?"

다음 순간에는 뜻밖에 부대장을 선두로, 부대 전원이 본부 앞에 정렬해서 동쪽으로 요배(遥拝)를 한 뒤, 국가를 합창했다.

천황폐하만세를 외쳤다. 그리고 그 다음에 뭐라고 외쳤다고 생각하니? 켄! '반도징병제실시만세'라고 외친 거야. 모두가 목소리를 모아서 말이지. 외친 후, 형은 점점 참을 수가 없어, 그 자리에 주저앉아 아무도 신경 쓰지 않고 엉엉 울었다. 부끄럽지도, 아무렇지도 않았다. 모두 형의 기분을 이해하여 실컷 울도록 가만히 내버려두었다. 오늘의 이 기쁨이야말로 지원병이 되고 나서 가장 기쁘고, 태어나서 가장 기쁘다. 앞으로 천 년 만 년 산다 해도 두 번 다시 이 이상의 기쁨은 결코 없을 거라고 생각한다. 아, 이제 형의 이 작은 몸뚱아리 같은 건 내일 날려간다 한들, 아깝게도, 안타깝게도 생각하지 않는다.

켄!

축하한다. 이 이외에 갑자기 할 만한 말이 없다. 정말 너는 행운아다. 지극히 행운아야. 생각해 봐. 너는 스물이 되면 경사스러운 곳에 맡겨진다. 황공하게도 수족같이 믿는다고 반도 출신의 너에게 황공한 천황의 마음을 보여 주신 것이다. 죽음으로써 이 천황의 은혜에 보답하지 않고서는 정말 천황의 가호라도 두려울 것이다. 켄, 힘내. 신의 방패가 되어, 형의 시체를 넘어 가렴.

광대무변(広大無邊)한 성은에 보답하는 길은 오직 그것 하나 뿐이다.

징병제 만세!

켄 만세!

6

어머니!

어제, 오늘 제게는 정말 대단한 기운이 넘치고 있습니다. 어쨌든 저 혼자서 어제는 3명, 그저께는 5명이나 적병 한가운데를 꿰뚫어 버렸거든요. 요즘 저는 부대에서 제일 가는 인기인입니다.

어머니!

드디어 기다리고 기다리던 징병제가 반도에도 실시되었군요. 켄으로 부터 그 소식을 들었을 때는 황송하기도 하고, 고맙기도 해서 눈물만 앞을 가려, 정말로 곤란했습니다.

이것으로 우리들은 황국신민으로서 겨우 제 몫을 하는 어른이 된 것 인데, 그러나 어른이 된 것은 반드시 우리들만이 아닙니다. 어머니도, 그리고 반도의 어머니들도 모두 이것으로 역시 어른이 된 것입니다. 반도의 청년들도 그렇지만, 그와 마찬가지로 어머니들의 역할도 대단히 무겁고 커졌습니다. 훌륭한 군인을 만드는 것은 전적으로 어머니들의 각오와 결심으로 정해집니다. 그것에 대해서는 몇 번이나 썼으니까 이제 반복하지 않겠습니다만 그저 앞으로는 더욱 더 그 마음가짐을 강하고, 견고하게 하시지 않으시면 안 됩니다.

어머니!

켄의 소식을 받던 날에는 조금 상기한 듯 했는데 요즘은 완전히 안정을 되찾았습니다. 긴장은 하고 있지만, 허둥대고 있는 것은 아니니까 안심하십시오.

그러니까 어머니께도 이런 마음 편한 편지를 쓸 수 있는 겁니다. 갑자기 고참병처럼 훌륭하게 되었다고 모두로부터 겉치레 인사로 끊임없이 칭찬을 받았습니다.

이제 정말로 아무것도 마음에 걸리는 것이 없습니다. 잔물결 하나 일어나지 않는, 거울처럼 맑은 호수를 볼 때의 기분입니다.

지금 저는 열심히 죽을 곳을 찾고 있습니다. 그리고 어떤 죽음을 맞이하면 가장 지원병답게, 가장 징병제 실시를 본 반도인답게, 그리고 이 아무개의 아들답게 죽을 수 있을까 하고 그것만을 생각하고 있습니다.

공훈을 세우려고도 생각하지 않습니다. 다른 사람에게 보이지 않는 곳이라도 좋으니까, 나라의 가장 도움이 될 만한 행동으로 죽고 싶다고, 그것만을 생각하고 있습니다.

어머니!

켄을 멋진 군인으로 키워 주십시오. 본인이 원하면 소년비행병이나 뭐라도 좋을 대로 시켜 주십시오.

그리고……아니, 하나 더 어머니께 말씀드려 둘 것이 있는데, 잠시 더 있다가 나중에 말씀드리겠습니다.

7

어머니!

죽기에 좋은 장소라는 것은 찾아도 좀처럼 찾아지지 않는군요. 이제 서두르지 않고 때가 오는 것을 천천히 기다리기로 했습니다. 그 사이에 분명 저에게 가장 알맞는, 목숨을 걸기에 충분한 일이 주어지겠지요.

그럼 잠시 동안 옛날이야기라도 하기로 할까요!

그렇다 치더라도 어머니!

적은 시간에 반도는 얼마나 멋진 변화를 한 것일까요? 제가 겨우 철이 들었을 때의 반도와, 보통학교(그 때는 보통학교였습니다)를 다니고 있던 때의 반도와, 중학생 때의 반도와, 사변이 시작돼 지원병제도가 실시되어 제가 학교를 중도에서 그만두고 응모했을 때의 반도와, 그리고 지금 훌륭한 징병제까지 실시 된 반도와⋯⋯20여 년 동안에 이렇게나 대단한 발전을 한 곳이 전 세계에 또 있을까요? 지금까지의 역사에는 물론 없고, 앞으로도 좀처럼 있을 거라고는 생각할 수 없는, 정말로 놀랄 만한 발전상이고, 자각입니다.

백 호(戸)가 채 안 되는 부락을 다시 고치기 위해서 아버지는 일생을 바치셨습니다. 그래도 부락은 아버지가 생각하고 계셨던 것보다 절반도 좋아지지 않았습니다. 지금 굳이 생각하자면 반도를 이렇게까지 훌륭하게 다시 만들고, 다시 두드린, 그 뒤의 큰 힘에 우리들은 지금에서야 눈을 크게 뜨지 않을 수 없습니다. 그리고 "그 뒤의 큰 힘"에 나도 모르게 머리를 숙이지 않을 수 없습니다.

어머니!

학문이나, 인품이나 어디에 내놓아도 부끄럽지 않을 정도의 아버지가 모든 영달(栄達)의 길이나 명예를 버리고 일생을 부락을 위해서 바쳤다는 것은 우리 아버지이시면서 정말로 마음으로부터 존경해도 될 만한 분이라고 생각합니다. 아버지가 돌아가신 것은 제가 아홉 살 때였기 때문에 저는 아버지가 하신 일에 대해 거의 아는 것이 없습니다. 아버지의 모습조차 지금에는 어렴풋하게만 생각날 뿐이니까요. 그러나 중학교에 들어간 해부터 저는 우연한 일을 계기로 아버지의 생전의 일에 흥미를 품고, 귀성할 때마다 그것을 조사하며 다녔습니다. 언젠가 여름방학 때 밤새도록 어머니께 꼬치꼬치 아버지의 일을 캐물은 것도 그때문이었습니다.

그 '우연한 일'이라는 것은 어느 여름 날 아무렇지도 않게 아버지가 남기신 오래된 문갑을 만지작거리면서 발견한 한 권의 장부를 말하는 것입니다. 한지로 철한, 얇은 수제 장부였는데, 거기에는 아버지께서 늘 그랬던, 가는 글자로 부락을 재생시킬 방법이 몇 개조(個条)로 나뉘어 가득 쓰여 있었습니다. (이 장부는 제 책장 서랍 안에 소중하게 넣어 두었습니다. 기회가 있으면 켄에게도 보여 주십시오. 아버지께서는 드물게 언문이 섞인 쉬운 문장이니까 켄도 편하게 읽을 수 있습니다.)

그 속에는 우선 자세하게 부락의 나쁜 곳, 즉 고치지 않으면 안 되는 곳이 차례로 쓰여 있고, 그 다음에는 차츰 고쳐도 되는 것, 바로 고치지 않으면 안 되는 것, 그리고 새롭게 시작하지 않으면 안 되는 것 등 세 개로 나누어, 어떻게 하면 이 가난한, 혜택 받지 못한 부락이 훌륭히 일어서서, 아무데도 뒤지지 않는 모범 부락이 될 수 있는가 하는 것과 그것을 행하기 위해서는 이런 주의나 마음씀씀이가 필요하다는 것을 실로 정성 들여 써 놓으셨던 겁니다.

그 때 갑자기 저는 아버지를 다시 보게 되었고, 이전보다 더 존경하게 되었습니다.

마을 입구에 있는 아버지의 송덕비에는 놀라지도, 감탄하지도 않았던 저였지만, 그것을 읽고 처음 저는,

"우리 아버지는 대단하신 분이야. 아버지는 단순한 자선가가 아니야, 멋진 지도자다."

그렇게 생각하고, 아버지를 우러러 보게 된 것입니다.

어머니는 아시겠지만 아버지가 젊으셨을 때의 마을 모습은 정말 심했다고 하더군요. 무지하고, 게으른 사람들만 모인, 지저분하고, 예의범절 모르고, 그러면서 잔꾀나 부리고 비겁하고⋯⋯참으로 이미 결점뿐인 사람들의 집단이었다고 하더군요.

산의 나무는 마음대로 베고, 논이나 밭은 제멋대로 거칠고. 노인들은 진종일 긴 곰방대를 물고 방 안에 틀어 박혀 있고, 젊은이들은 낮이나 밤이나 술과 색에 빠져있고. 그것보다 나은 생활 같은 것은 바라지 않고, 하루에 삼시세끼의 밥만 먹을 수 있다면 그것으로 만족하고 있다⋯⋯그러한 부락에서 잘도 아버지와 같은 인물이 나왔구나 하고 저는 이상한 기분이 들 정도였습니다.

그 장부의 메모를 보니 아버지가 얼마나 부락의 일을 잘 알고 계시고, 얼마나 부락을 사랑하셨는가 하는 것을 확실히 알 수 있었습니다. 아버지는 목숨을 걸고 부락을 사랑한 사람이었습니다. 그렇기 때문에 아버지는 자신을 버리고, 부락을 살리기 위해서 40 수년의 생애를 바친 겁니다.

아무리 입에 신물이 나게 나무를 심으라고 말해본들, 누구 한 사람 들어주지 않는다, 물은 얼마라도 있으니까 더욱더 수전을 넓히자고 아무리 목소리 높여 외쳐도 누구 한 사람 응해 주지 않는다, 문자를 열거해라, 더 일 해라, 술을 마시지 마라, 도박을 그만둬라……말을 알아듣지 못하는 부락 사람들을 상대로 아버지는 얼마나 계속 안절부절 했을까요?

그러나 그런 난관을 헤쳐 온 아버지이기 때문에 그 메모를 만들 수 있었습니다. 부락 사람들로부터 비난을 받고, 바보, 멍청이라고 욕을 들으면서도 묵묵히 자선가를 가장해 싸워낸 아버지이기 때문에 그 메모를 만들 수 있었습니다. 부락의 재생을 위해서 조상에게서 물려받은 땅을 거의 처분한 아버지시지만, 아마 숨을 거두는 순간까지 그것을 후회한 적은 한 번도 없으셨을 테지요.

위대한 아버지셨습니다. 훌륭한 아버지셨습니다. 저는 그 메모를 읽어 가는 동안에,

"그래, 아버지의 뜻을 이어 나도 부락을 위해서 한 몸 바쳐 일하자."

그렇게 결심할 수 있었습니다. 제가 대학에 진학하지 않고 고등농림학교에 들어간 것은…….

8

……고등농림학교에 들어간 것은 그 결심이 섰기 때문이었습니다. 하다가 남기신 아버지의 일을 제가 이어야지. 열심히 하면 제 힘으로

라도, 슬슬 부락 사람들도 자각하기 시작하고 있기 때문에 아버지가 생각하셨던 것과 같은 멋진 모범 부락으로 만드는 것이 가능할지도 몰라요. 안 되면 제 아이의 대로 이어가게 하면 돼요. 되든, 안 되든 어쨌든 저는 부락을 사랑하겠어요. 그리고 부락 사람들을 사랑하겠어요.

그 해 7월, 갑자기 중국사변이 일어났습니다.

사변이 점점 크게 번져, 어쩔 수 없이 우리나라가 본격적으로 전쟁 준비를 시작했을 때, 반도는 처음 깊은 잠에서 깨어났습니다. 찾고 있던 조국의 모습이 너무나도 갑자기 크게 눈앞에 떠올랐기 때문에, 조금 두근두근하면서도, 그러나 반도는 심각하게 조국을 가지는 기쁨과 슬픔을 배워, 조국의 운명에 모두를 완전히 맡기려고 서둘렀습니다. 그 표출이 헌금으로, 증산으로, 저축으로 애국 정성이 되어 샘솟았습니다. 그리고 그것만으로 끝나지 않고,

"우리들도 총을, 총을!"

이라는 외침으로까지 나아갔습니다.

그 염원이 이루어져, 다음 해에 명예로운 지원병제도가 실시된 것입니다.

어머니!

이것은 자랑해도 되는 것이라고 생각하는데, 아마 그 때 곧바로 조국 일본의 모습을 인지한 것은 우리 젊은이들이 아니었을까요?

그것을 확실히 알았을 때, 저는 정말로 부끄러운 생각을 했습니다. 자신의 모습이 무척 작고, 볼품없고, 가련하게 보여 어쩔 수 없었습니다. 구멍이 있으면 들어가고 싶은 기분이었습니다.

나라가, 조국이 이런 큰, 언제까지 계속될지 모르는 싸움을 하고 있

는데도 불구하고, 백 호도 채 안 되는 부락이 어쨌다는 것인가? 그런 부락 한 둘 무너지든, 불에 타든 지금의 나라 운명과 어떤 관계가 있단 말인가? 부락을 위해서 목숨을 바치는 것도 나쁜 일이 아닐지도 모른다. 그러나 나라가 큰 전쟁을 하고 있는 지금, 그것은 얼마나 보잘것없는 초라한 생각인가? 눈을 크게 뜨고 일장기를 우러러 보라. 여러 나라 중에서도 훌륭한 나라. 그 나라의 자랑과 명예를 지키기 위해서, 그 몸을 던지려고 생각하지 않는가?

나라가 망하면 부락도 망해요. 나라가 불에 타면 부락도 불에 탑니다. 그러면 부락을 위해서 몸을 바치는 것이나 나라를 위해서 몸을 바치는 것도 결국은 똑같은 일인 겁니다. 저는 이것을 알아챘을 때 정말로 부끄러웠어요. 그러나 그 다음에는 그런 부끄러움 같은 것은 한꺼번에 날아가 버릴 정도의 큰 기쁨이 마음 밑바닥으로부터 샘솟아 나왔습니다.

아버지의 뜻을 바르게 잇기 위해서 저는 어떻게 해서라도 나라를 위해서 이 몸을 내던지지 않으면 안 됩니다. 지하에 계신 아버지도 분명 그것을 기뻐해 주실 거고, 부락 사람들도 그 사이에 분명 제 마음을 알아주겠지요. 마을 입구에 제 송적비 같은 건 세우지 않아도 돼요. 제 송적비는 황공하게도 나라가 야스쿠니 신사에 세워 놓으셨으니…….

어머니!

그 때 저는 어머니께 아무 말 없이 지원병으로 지원했습니다. 학교도 그만뒀어요. 어머니는 의논도 않고 혼자서 정했다고 그것만을 질책하셨죠.

그러나 저를 질책하는 어머니의 마음속에 옛날의 부락 사람들과 같은 마음이 남아 있지 않으셨습니까? 분명히 그 때의 어머니의 마음속에는 제가 군인이 되는 것을 한탄하며 슬퍼하는 마음이 숨겨져 있었을 겁니다. 그 때까지도 어머니는 조국 일본의 모습을 모르셨습니다. 어머니는 지금 조용히 되돌아보고, 그게 아니었다고 말씀하실 수 있습니까? 제가 지원병이 되고 싶다고 말해본들, 그 때의 어머니는 (지금은 다르지만) 결코 마음 좋게 용서하지는 않으셨을 겁니다.

"지금은 어머니도 아실 수 있습니다."

저는 이것만 말씀드리고 결국 강행해 버렸던가요? 하지만 그 때 거역했던들 어머니는 지금 저를 야단치실 수 있습니까?

어머니!

어머니는 마을 사람들에게 센닌바리를 가르치시고, 신사 참배를 가르치시고, 앞장 서서 일하셨습니다. 고맙습니다, 어머니. 그걸로 족합니다. 지금에는 어머니가 일하시는 것만으로, 부락은 아버지가 꿈꾸시던 것보다도 더욱더 훌륭한 모범 부락이 될 거예요.

누군가 한 사람의 힘만으로도 집이나 부락, 나라를 좋게 만들 수 있습니다. 그러나 모두가 마음을 모아서 보조를 맞추면 순식간에 몰라볼 만큼의 성적을 올립니다. 부락을 좋게 하는 길도 그런 방법을 취하지 않으면 안 됩니다.

어머니는 마을에 있는 마을 사람들을 위로하고 북돋아 주십시오. 그리고 켄을 누구에게도 지지 않는 제 몫을 하는 군인으로 키워 주십시오. 그것만이 어머니의 역할입니다. 그리고 아버지의 뜻을 잇는 것입니다. 그 사이에 그것이 "뒤의 큰 힘"에 보답하는 것이 되기도 합니다.

어려운 일입니다, 어머니. 어머니께는 다 짊어질 수 없을 정도의 무거운 짐일지도 모르겠군요. 정말로 죄송하지만 온 국민이 모두 싸우고 있습니다. 아무쪼록 잘 해 주십시오.

어머니와 비교하면 저의 일은 간단합니다. 저는 그저 죽으면 되니까요……기다리고 바라고 있던 그 죽을 장소가 머지않아 찾아질 것 같습니다.

안녕히 주무십시오, 어머니.

9

어머니, 소식 고맙습니다.

저는 마을 사람들에게 뭐라고 인사를 하면 좋을까요. 고맙고, 기쁘고, 미안하고, 저는 하염없이 눈물을 흘렸습니다. 여기까지 자각해 온 부락의 모습을 보고 죽을 수 있기 때문에 저는 정말로 행복한 사람입니다.

자기 집 전원조차 황량하게 그냥 두고 돌보지 않았던 부락민들이 하나로 뭉쳐 함께 힘을 모아 부락 전체를 위해 일하고, 게다가 출정병사의 집이라고 하니까 곧장 우리 일을 도와 줬다고 하니……한 번이라도 좋으니까 이 부락 사람들의 모습을 아버지께 보여 드리고 싶다 생각하니 저는 가슴이 벅차 올랐습니다.

아무쪼록 마을 분들에게 안부 전해 주십시오. 저는 꼭 훌륭하게 죽어 보여서, 이 은혜에 보답할 결심입니다. 제 보잘 것 없는 몸 하나, 아 이제 어떻게 되어도 좋아요.

그렇다고 해도 너무 마을 분들의 신세를 지지 말고 될 수 있는 대로 우리 집의 일은 어머니의 손 하나로 하시기를 — 부락 사람들도 모두 바쁘실 테니까요…….

우선 급한 대로 이것만. 어제, 오늘, 제 몸은 무척 바쁩니다.

10

어머니!

드디어 죽을 때가 왔습니다.

오늘밤 우리 부대는 쐐기처럼 적의 무리 한가운데 깊이 들어가, 어떤 장소를 점령하라는 명령을 받았습니다. 어떤 시기가 올 때까지는 무슨 일이 있어도 그 장소를 지켜내지 않으면 안 됩니다. 많은 적에 둘러싸인 채 며칠씩이나 그곳을 지켜 적을 막지 않으면 안 되기 때문에, 살아서 다시 돌아간다고는 생각하지 않습니다. 저는 이번에야말로 자신의 역할을 훌륭히 해내서 미련 없이 죽을 각오입니다. 어머니의 말씀에 따라, 꼭 "다른 사람에게 뒤지지 않겠습니다." 그러니 안심하십시오.

이 명령을 받은 우리 부대는 지금 열광할 정도로 야단 법석입니다. 얼마 동안 지겨웠으니까 무리도 아니지만, '죽어'라는 명령을 받고 이렇게 기뻐하는 군대가 세상 어디에 있을까요? 이런 군대가 있기 때문에 이번과 같은 쐐기 전술이 가능하고, 이런 군대가 있기 때문에 그 전술이 성공한 것입니다. 이 군대의 한 사람으로서 지금 죽으러 가는 저는 정말로 운 좋은 놈임에 틀림없습니다.

그렇다고 해도 개죽음은 되지 않겠습니다. 꼭 이 명예로운 역할을 다

한 후, 보기 흉하지 않는 죽음을 맞을 작정입니다.

전우들은 지금 죽을 준비에 쫓기고 있습니다. 저도 빨리 이 편지를 다 쓰고, 신변을 정리하지 않으면 안 됩니다. 이 편지를 쓰기 시작한 밤도 달밤이었는데, 오늘밤도 보름, 추석 때처럼 둥근 달이 동쪽 하늘에 걸려 있고, 지금에라도 손으로 잡을 수 있을 것 같습니다. 마치 대낮 같은 밝기. 그 달빛 아래에서 이 편지를 쓰고 있습니다.

아무것도 쓸 것은 없습니다. 지금까지 거의 다 썼기 때문에 이제 어머니의 결심도 서셨겠지요.

그저 어머니가 오래 사시도록 그것만을 빌고 있습니다. 오래 사시지 않으면 번영해 가는 나라의 모습을 보실 수 없습니다. 반도의 젊은이들이 나날이 훌륭해져 가는 모습도 보실 수 없습니다.

어머니, 오래 사시려면 평소에 몸조심하시지 않으면 안 됩니다. 어떻게 하면 튼튼해 질 수 있는지, 책에서 읽거나 사람들에게 물어보거나 한 것을 알려드리겠습니다.

1. 무엇보다도 마음을 안정시키는 것이 중요하다고 합니다. 걱정하는 것이 제일 몸에 나빠요. 가능하면 모든 일에 참고, 보고도 못 본 척 하십시오.

2. 하나의 일을 언제까지나 계속 생각하는 것도 몸에 좋지 않습니다. 귀찮은 일은 전부 젊은 사람들에게 맡기고, 어머니는 될 수 있는 대로 편안히 계십시오.

3. 밤 늦게까지 일하는 것도 좋지 않습니다. 대부분의 일은 다음 날로 돌려 밤에는 빨리 쉬십시오.

4. 먹을 것은 잘 씹어서 드십시오. 나이가 들면 될 수 있는 대로 부드

러운, 입에 맞는, 몸에 좋은 것을 드셔야 합니다.

5. 들에는 너무 많이 나가지 마십시오. 어머니는 지시만 하시면 됩니다. 운동 부족도 안 되지만, 운동이 과해도 몸에 나쁩니다. 좋은 것이든 나쁜 것이든 무리하시는 것은 금물입니다.

6. 먼 거리 여행 같은 건 피해 주십시오. 부득이한 볼일이라도 있으면 모르겠지만 탈 것에 흔들리는 것도 몸에는 좋지 않습니다.

7. 탈 것을 타실 때는 될 수 있는 대로 천천히 자세를 취해서 나중에 타십시오. 타는 것이 늦으면 하나 뒤의 것을 탄다고 생각하시고, 미끄러져 서두르거나, 허둥대거나 하는 것은 몸에 좋지 않습니다.

8. 신사 참배는 될 수 있는 대로 빠지지 마십시오. 신께 의지하시면 걱정거리는 없어집니다. 신을 마음속으로 빌면 마음도 저절로 안정되어 올 것입니다.

9. 마을 사람들을 위하는 것이라면 우리 집 돈을 먼저 쓰십시오. 좋은 일을 하면 그만큼 마음이 명랑해지니까요. 지금이라도 켄 녀석이 군대에 가면 우리 집 돈은 쓸데가 없어집니다.

10. 어떤 괴롭고, 힘들고, 슬픈 일이 있어도 명랑하게 웃어넘기십시오. 웃기만 하면 사람은 오래 산다고 합니다.

마지막으로, 혹시 제 유골이 돌아갔을 때 마을 사람들이 보기에 과장되게 법석을 떠는 일이 있을지도 모르지만 될 수 있는 대로 그런 일이 없도록 잘 말씀해 주십시오.

그저 묵묵히 어머니의 손으로 어머니의 무덤 옆에 묻어만 주시면 됩니다. 그것만으로도 저와 같은 불효자에게는 고맙고 눈물이 날 정도입니다. 게다가 지금은 전쟁을 하고 있는 중이어서 모두 바쁘니까, 괜한 일에 시간을 써서는 안 됩니다.

켄 녀석이 군대에 들어가면 어머니가 혼자 사실 수 있을 만큼 남겨 두시고, 우리 집 재산을 둘로 나누어 반은 국방헌금으로, 반은 부락 연맹(連盟)에 내십시오. 부락이 번영하고, 나라가 번영하는 것은 아버지 일생의 바람이셨고, 저도 또한 그것만을 바라고 있으니까요. 켄 녀석도 그럴 거고 어머니도 분명 그것을 가장 바라시겠지요.

마지막으로 하나 더……

말씀드리기 조금 힘들고, 부끄럽지만 지금 말하지 않으면 말할 시간이 없으니까 상관 않고, 큰맘 먹고 말하겠습니다.

어머니, 실은 저, 옆 마을의 쥰키를 좋아했어요. 어머니께 숨기고, 저희들, 결혼 약속을 했었는데……

어머니도 아시다시피 쥰키는 예쁘진 않지만 순수하고 좋은 아이입니다. 저는 잊고, 훌륭하고 좋은 신부가 되도록, 그리고 슬퍼하지 않도록 어머니께서 잘 말씀해 주십시오. 그리고 꼭 어머니 손으로 어디 좋은 곳으로 시집을 보내 주십시오. 이것으로 이제 저의 바람은 끝. 아, 진땀 났네요.

그럼 어머니.

건강하십시오.

켄.

빨리 자라서, 누구에게도 지지 않는, 충성스럽고 용감한 군인이 되어라. 형은 한 발 앞서 간다. 전사자의 형제라고 해서 꿈에도 그것을 자만하는 일이 있어서는 안 된다.

그럼 켄. 안녕. 자, 마지막으로 목소리를 모아 노래 부르자 '바다에 가면(海ゆかば)'을.

  그래, 어머니도 국어강습회에서 배우셨을 거예요 자, 어머니도 함께
목소리를 모아 노래 불러주십시오

  바다에 가면 물에 잠긴 시체
  산에 가면 풀에 덮인 시체
  천황과의 인연이기에 따를 것이다
  뒤돌아보지 않을 것이다

  ((붙임)……가타카나로 된 편지는 지난해 동경만 남태평양상의 마리아나군
도에서 조난 당한 이호(伊号) 제 67 잠수함장 大畑正 대좌(大佐)의 편지를 모방
했습니다. 양해의 말씀 드립니다. ……작자의 말)

  (원문에서 가타카나로 된 부분은 이탤릭체로 표시해 두었음 : 역자)

창백한 얼굴 (蒼い顔)

▌미야자키 세이타로 宮崎清太郎 **▌**

1904년 8월에 히로시마에서 태어남. 1931년 조선으로 건너와 지금까지 경성에 거주. 『성대(城大)문학』에 『어머니의 편지』『아버지의 손』『불행한 보리이야기』 등을, 『국민문학』에 『아버지의 발을 내리고』『아들과 함께』『창백한 얼굴』 등의 여러 단편을 발표함.

삼일 연속으로 그는 지각했다. 삼일 연속으로 1시간 가까이나. 그로 서는 전대미문의 일이었다.

4일째부터 그는 종전대로 그답게, 정확히 1분도 틀리지 않게 정각 15분 전에는 출근했는데. 버스를 못 탄 듯하다. '오늘은 심한 일을 당했다', '십× 대 기다렸다, 십× 대', '오는 버스도 전부 만원이어서' 등의 변명을 보통 회사원이라면 대개 이런 경우 큰 소리로 말하면서 들어온다. 반은 멋쩍음, 반은 지각의 변명으로. 그러한 쿄덴(京電)의 욕이라도 한 번 요란스럽게 말하는 법인데, 그는 예의 완전히 똑같은, 엄숙 —이라고 할 만한 얼굴로 방으로 들어서자, 자기 자리에 보따리를 놓고, 출근부에 날인하러 과장실(課長室)로 들어갔다. 그와 같은 남자가 1시간 가까이나 늦은 것에 동료들은 우선 놀라서 기가 막혔다. 그와 같은 남자에 대해서는 어느 회사에서도 그렇듯이 ×× 씨, 오늘 아침은 정말 천천히 나오셨군요, 동료는 그런 놀림 하나라도 하고 싶은 유혹에 이끌리겠지만, 과장실에서 나온 그는 늘 같은 표정으로, 그러한 동료들의 자리 앞을 쓱쓱 지나가, 사무실 구석에 있는 자기 자리로 돌아가서는 바로 자신의 사무를 보았다.

버스가 붐비는 것은 어제 오늘의 일이 아니다. 그러나 그 날은 특히 차 대수라도 줄인 것일까? 아니면 그 날부터 운전 계통이 변해서, 그 버스의 승객이 갑자기 는 것일까? 오는 버스는 어느 것이나 만원이라서 그 정류소를 서지 않고 지나갔다. 그는 다른 승객들에 섞여 망연히 그것을 쳐다보고 있었다. 가끔 정차한 버스가 있으면 아직 한줄서기가 만들어지기 전이라서 사람들은 서로 앞을 다투어 차로 밀려들었다. 멈춘 그 버스도 실은 이미 만원이었다. 하지만 거기서 내리는 손님이 있었기 때문에 어쩔 수 없이 멈추었을 뿐인데 3, 4명이 내리자 (아니 아직 덜 내렸는데) 사람들은 차를 향해서 일시에, 운전수나 차장이 말리는 것도 아랑곳없이 입구에 매달렸다. 그러한 손님을 주렁주렁 매단 채 버스는 발차했다. 한편, 교차점인 이 정류소에는 전철을 내려서 모이는 승객이 점점 늘어갔다. 버스가 멈출 때마다 그도 사람들과 함께 달려들었다. 그러나 늘 그는 남겨졌다. 그런 상태이지만 그는 결코 다른 사람과 앞을 다투는 짓은 안 했다. 하물며 다른 사람들처럼 누르거나 떠밀거나 하는 짓은 추호도 하지 않는다. 그저 형식적으로 — 그렇게밖에 생각할 수 없다, 모든 사람이 그렇게 하니 그 쪽으로 달려드는 것에 지나지 않는다. 다른 사람이 그를 밀어젖히기라도 하면 (거의 시비조로 타려고 모두 허둥대고 있는 경우이므로, 버스가 멈출 때마다 그가 그렇게 당하지 않는 것은 아니다) 자기 몸을 빼어 그 남자를 앞에 가게 해 준다. 그러고 있으니 못 타는 것은 당연하다. 한줄서기가 되지 않고 있다고는 해도 저절로 거기에 순서가 생긴다. 사실 그보다 먼저 온 사람은 전부, 지금은 타고 가 버렸다. 그렇게 해서 그만은 다음에, 다음에 온 사람들에게 앞을 넘겨주고 있다.

그는 입사이래 ×년, 아직 한 번도 늦게 온 일이 없다. 이번에 타지 않으면 오늘 늦는다는 것을 그도 생각하지 않은 건 아니지만 그의 태도는 마지막까지 변하지 않았다. 다른 사람이 뒤에서 미는 대로 두면 자연히 탈 수 있는 기회도 두, 세 번 있었는데도 불구하고. 그 때마다 타세요라는 식으로 그는 몸을 빼고 뒤로 물러났다. 될 수 있는 대로 늦게 타는 것을 바라고 있는 듯이 ─.

버스가 멈추어도 이제 그는 그 쪽으로 달려가지 않았다. 사람들의 파도에 밀리거나 부딪히거나 하면서, 몸집 작은 그는 버스 정류소라고 쓰인 팻말 옆에 가만히 서 있었다. 버스가 멈출 때마다 일어나는 혼잡을 조용히 바라보고 있었다.

그의 태도나 표정은 그가 처음 여기에 내려섰을 때와 조금도 다르지 않다. 사람들에 섞여 조용히 행동을 취한 것처럼 지금은 혼자 떨어져 조용히 그것을 지켜보고 있다. 사람들의 혼란과 싸움하며 소동 부리는 모습을 감상하듯이 ─.

그가 버스에 탄 것은 그로부터 40분 이상이나 지나고 나서였다. 그 동안 그는 그곳에 가만히 서 있었다. 썰물이 나간 듯 그만큼 그의 주위에 바글거리던 사람들의 무리는 그림자도, 형태도 없었다. 아침 출근 시간은 벌써 지나 공무원도, 회사원도, 학생도 모두 다 가고 없었다.

그의 옆에는 단 한 명, 아까 전철에서 내린, 한복 입은 노인만 그와 함께 버스를 기다리고 있었다. 얼마 지나지 않아 빈 차나 다름없는 버스가 천천히 왔다. 비어 있지는 않고, 두, 세 명 타고 있었다. 시장에 가는 듯한, 손가방을 든 하녀풍의 여자와, 병원에 가는 듯 머리에 붕대를 한 소녀를 데리고 있는 부인이었다. 노인의 뒤에서 그는 느릿느릿 발판에 발을 걸쳤다. 그는 벨벳 쿠션에 똑바로 앉았다. 도시락 보따리를 무릎에 얹고 그 위에 단정하게 양손을 놓았다. 창문 밖을 이동하는 거리 나무의 녹색을 엄숙하게라고 할까, 수심에 잠겼다고 할까, 언제나의 표정으로 바라보고 있었다.

이렇게 해서 그는 입사이래 처음, 게다가 1시간 가까이 지각했다. 다음날도. 그 다음날도. 똑같이 1시간 가까이. 버스의 혼잡이 일시적인 현상이 아니라는 것을 안 그는 다음날부터는 버스를 타지 않기로 했다. 정확히 시간을 계산한 후, ×십 ×분만 빨리 아파트를 나왔다. 그래서 4일째부터는 종전대로 정확히 정각 15분 전에 ××회사 입구 돌계단을 그는 천천히 올라갔다.

귀갓길에는 이미 이전부터 그는 버스를 타지 않는다. 산책 겸사겸사 ×거리를 ×번지까지 걸어, 거기에서 ××행 전철을 타고 있다. 다른 동료들처럼 함께 맥주 스탠드에 들어가거나 저녁을 함께 먹고 영화를 보러 가는 일은 전혀 없다. 그는 언제나 혼자이다. 언제나 혼자서 똑같은 길을, 똑같은 시각에 지나서 돌아간다. 그리고 늘 같은 표정이다. 유쾌해 보이는 것은 물론 아니다. 하지만 지겨워 보이지도, 쓸쓸해 보이지도 않는다. 조용한, 얌전한, 그런 표정, 그런 걸음걸이다.

×번지에서 전철을 탈 때도 달려가서 뛰어오를 그가 아니다. 두, 세 대 일부러 지나치고, 비교적 빈 차를 기다려서 탄다. 꼭 규정대로 뒤에서 탄다. 그리고 앞으로 하차한다. 문이 3개 있는 대형차의 경우에는

꼭 중앙에서 타고, 앞이나 뒤에서 내린다.

그는 좌석에 앉지 않는다. 어지간히 널찍하게 비어 있는 경우가 아니면. 연약한 몸매의, 창백한 얼굴을 한 그는 저녁 퇴근 때는 상당히 피곤해 보이는데도 뛰려고 하지 않는다. 똑바로 손잡이에 한 손을 걸치고 우두커니 서 있다. 입구와 반대쪽 창가에 몸을 기울여 서 있는 일이 자주 있다. 두 개의 손잡이에 각각 좌우 손을 걸치고, 그 사이에 턱을 내미는, 그런 예의바르지 못한 행동은 아무리 몸 상태가 나빠도 그는 하지 않는다. 그가 서 있는 바로 앞이 (거기에 있던 사람이 하차하고) 비어도 아이쿠 이거하고 그는 앉지 않는다. 한 정거장이 지나고, 두 정거장이 지나도, 거기에 앉으려는 사람이 아무도 없을 때 비로소 그는 앉는다. 차가운 땀방울이 즐비한, 창백한 얼굴을 반대 창 쪽으로 향한 채 꼼짝 않고 앉아 있다.

노인이나 아이가 나타나면 그는 슬그머니 일어선다. 그리고 두, 세 걸음 멀리 물러나, 엉뚱한 다른 쪽을 향해 있다. 그것이 국어를 모르는 조선의 노인이고, 얼굴색만으로 가볍게 인사를 하면서 그가 만들어 준 자리에 앉는 그런 경우라도 그는 돌아보려고도 않는다. 또 그것이 시끌벅적한 내지 부인으로 자리에 아이를 앉히고, 자신도 반 걸터앉아, 어머 미안해요. 잘 됐구나 ×야. 정말 고맙습니다. 붙임성 있게 인사를 해도, 얼굴조차 한 번 그는 움직이지 않는다. 시치미를 떼고 의연하게 창 밖을 보고 있다. 냉담이라고 말하기가 뭣하면, 숙연하게 있다.

아기를 업은 여자가 붐비는 전철 안에서 시달리고 있는 경우가 있다. 그런 때 아기 모자가 비뚤어져 아기 눈까지 보이지 않는 경우가 있다. 잘 알아차린 그는 꼭 그것을 고쳐준다. 어머니나 주위 승객도 알지 못하게 살짝. 혹시 어머니가 알아차리고, 고맙습니다 하고 그를 향해 머리를 숙여도 늘 외면하고 있다. 제가 아니에요라는 식으로 ―. 모자를 손끝으로 고쳐줌과 동시에 냉담한 얼굴을 하고 있다. 아기가 어머니 등에 얼굴을 비비며 자고 있는 경우가 있다. 잘 알아차린다고 하기보다 다소 신경질적인 그는 가냘픈 양손으로 작은 얼굴을 살짝 들어 방향을 바꾸어 편히 숨 쉴 수 있게 해준다. 역시 차가운 표정으로. 마찬가지로 아기를 업은 부인이 혼잡해서 내리기 어려워 보일 때는, 그는 양팔을 좌우로 밀어 벌여서 (그답지 않은 큰맘 먹은, 또한 그답지 않은 민첩한 방법인데) 어머니와 아기를 자신의 손으로 둘러싸면서 문까지 따라가 준다. 어머니의 발이 안전지대를 밟았음을 확인하자마자 휙 방향을 바꾸어 원래 위치로 돌아가, 언제나처럼 냉담하게 있다. 따귀를 때려주고 싶다고 생각했다. 그런 장면을 목격한 동료가 다음날 회사에서 이야기한 적이 있다.

하차할 때도 물론 허둥댈 그가 아니다. 사람들의 맨 뒤에서 내린다. 그가 채 내리기도 전에 차가 움직이기 시작하는 일도 종종 있다. 보통 사람이라면 뛰어내린다거나, 뛰어내리는 정도까지는 아니더라도, "아, 잠깐만요!", "아직 덜 내렸어요!" 등의 기성(奇声)을 지르며 조금 당황하는 기색을 보이는데, 그는 예전에 한 번도 그런 적이 없다. 다음 정류장에서 태연하게 내린다. (작은 몸집의 그이지만 그렇게 형용할 수밖에 없다.) 그리고 걸어서 지나온 정류장으로 돌아가, 거기에서 아파트의 어느 작은 길 쪽으로 꺾어서 간다.

"예, 있습니다." 사람을 미는 것이 아니라, 한 손을 내밀고 고개를 숙이며, 예, 있습니다, 맑고 아름다운, 그러나 그 얼굴과 똑같이 조금도 따뜻하지 않은 목소리로, 그렇게 말하면서 조금 서두르며 하차하는 일도 가끔은 있다 ―.

아파트에 돌아오면, (아파트라고 할 만큼도 아닌, 작은, 그러나 깨끗한 하숙집) 바로 서양식 옷을 벗고 일본식 옷으로 갈아입는다. 서양식 옷 ―시국이 시국인 만큼 물론 국민복이다. 그리고 훌륭한 옷감, 훌륭한 바느질은 아니지만 작은 몸집인 그의 몸에 딱 맞아 정말이지 멋진 느낌이다. 국민복을 벽 옷걸이에 잘 걸자, 그 옆에 걸려 있는 올이 굵은 평상복을 집어 입는다. 검은 무명 띠를 꽉 맨다. 중학생이라도 입을 법한 이 평상복이 서른 가까운 그에게 대단히 잘 어울린다.

하숙집 아주머니가 밥상을 차려올 동안 약 30분 가까이 창가에 단정하게 앉아 책을 읽는다. 그렇지 않을 때는 수건과 비누를 봉지에 넣어 근처 목욕탕에 간다. 목욕탕에는 3일에 한 번 가기로 작정하였다. 그 날이 월요일인 경우에 하루 앞당겨 일요일 오후를 지나, 2시 반쯤 간다.

오늘은 월말이라서 책 대신에 창가에서 수첩을 펼쳤다. 다음 달 쓸 예산을 원만하게 써넣어 갔다. 하숙비, 전기세, 신문 대금, 전철 값……등등 일반적으로 그와 같은 독신의 봉급생활자에게 정해진 입비(入費) 외에 위문 봉지와 국채대(国債代)가 있다. 이 위문 봉지라는 것은 제일선의 장병에게 위문 봉지를 보내기 위해서 회사나 마을회에서 가끔 돈을 걷으러 오는 그것과는 전혀 다른 것이다. 그것들 외에 그는 혼자서 매월 위문 봉지를 한 개 (자필의 위문문을 덧붙여서) 보내고 있다. 이것은 하숙집 아주머니 이외에 아무도 모르는 일인데, 재작년 12월 영국과 미국과의 개전이래 한 달도 거르지 않고 실행하고 있다. 하숙집 아주머니도 친척이나 지인인 용사에게 보내는 거라고 생각하고 있다. 그러나 누구 앞이라는 것 없이 그는 의무로서, 아니 의무라기보다 그러지 않는 것이 뭔가 불안해서, 매월 한 개, 군(軍)으로 혹은 부(府)로 익명으로 보내고 있다.

국채대도 이것과 완전히 똑같다. 회사나 반(班)의 할당과는 다른 것이다. 그것들 외에 국채대로서 그는 매월 3원 50전이나 되는 돈을 계상(計上)하고 있다. 회사에서 월급날이나 보너스 받을 때에 공제로 사게 된다. 국채는 물론 기쁘게(라고 해서 여느 때와 같이 그런 표정을 짓는 것은 결코 아니지만) 구입한다. 동료 중 누군가와 같이 할당액에 대해 일단 이러쿵저러쿵 말하는(마음속으로부터 불만인 것은 아니지만)— 일은 절대로 없다. 일언반구도 그런 변명을 그는 해본 적이 없다. 어쨌든 이것 또한 대동아(大東亜) 전쟁 발발(勃発) 이래 한 달도 거르지 않고 실행하고 있다. 매월 계속해서 3원 50전, 결코 그 이상도 아니고, 그 이하도 아니다. 그리고 연말에는 그것들의 합계액인 42원이나 혼자서 따로 국채를 사고 있다.

그 외에 서적비, 커피 값, 구두 수선비, 수건 값, 비누 값, 식대. 또 그 외에 5원이 더 계상되어 있다. 매인 것이 없는 그이지만, 아니 오히려 그 때문에 병 같은 불시의 경우를 고려해서 다달이 5원을 저금해 두는 것이리라. 서적비는 15원. 그로서는 의외로 큰 액수라고 생각되고, 그밖에 무슨 취미를 가지지 않은 그로서는 조금 지나치다고도 생각된다. 커피 값 3원. 언제나 혼자 가서, 늘 커피 한 잔만 마시고 나가니까. 이것으로 충분할 것이다. 매일 거르지 않고 갔다고 해도, 12전 곱하기 각 30, 4원까지는 필요하지 않은 것이다. 식대 3원. 이것은 물론 먹는 것에 크게 베푼 돈이다. 어린 시절에는 5전, 어른이 되어서는 10전이라도 정해 두었다.

저녁 식사 후에는 신문을 읽는다. 식사는 저녁 식사에 한 하지 않고 아무튼 시간이 걸린다. 잘 씹어서 천천히 먹는다. 40번 내지 50번 씹는다. 입 속의 음식물이 완전히 풀 같은 상태가 된 후 비로소 삼킨다. 후렛차 식(式)이라고 하는 것일 것이다. 식사 중에는 따뜻한 물을 절대로 마시지 않는다. 그저 식사를 끝내고 젓가락을 놓은 후 생수를 컵에 반 정도 마신다. ―신문은 다소 의외로 세 종류나 받아 본다. 이 지역의 것과 내지 것 두 종류. 어느 특정 난만 골라서 읽어간다. 그러나 거기만은 시간을 들여 상세히 읽는다.

신문을 읽고 나면 깨끗하게 접어 책상 옆 가장자리에 둔다. 일어서서 커튼을 치고, 되돌아와서 책상 위의 전기스탠드를 돌린다. 그리고 그 앞에 단정하게 앉는다. 책장에서 (혹은 책상 위에 쌓아놓은 것 중에서) 한 권 빼서 서서히 페이지를 넘긴다. 스탠드 갓은 녹색의 얇은 비단으로 되어 있다. 천정이나 벽, 책장, 다다미도 이 아름다운 덮개에서 흘러나오는 빛으로 모두 희미하게 녹색으로 물들어 있다. 비추어지는 책과 그 주변만 작고 둥근 흰 빛을 남기고……. 몇 시간 후 그는 일어나 창가에 선다. 밤하늘을 올려다본다. 멀리 별의 깜빡임을 잠시 바라본 후 창을 닫고 커튼을 친다. 벽과 책장과 책상 사이에 아담하게 이불이 깔린다. 천천히 스탠드를 돌린다. 이불 속에 들어가 똑바로 손발을 뻗는다. 산의 호수처럼 조용한 잠에 빠져든다.

"여보세요" 그는 열(列)을 벗어나가 조용히 말을 걸고 다시 열 속으로 되돌아왔다.

전철 타는 곳에서 한줄서기가 시작된 것은 언제부터였을까? 그는 그 날 아침도 아파트를 나와 이 정류소까지 오자, 벌써 만들어진 줄 제일 뒤에 여느 때와 마찬가지로 똑바로 섰다. 앞사람의 뒤를 따라 천천히 나아갔다. 물론 그의 뒤에도 곧장 차례차례 사람들이 와서 늘어섰다.

"여보세요" 그는 두, 세 걸음 그 쪽으로 가까이 다가서자 맑은 목소리로 그렇게 말하면서, 자기보다 5, 6명 앞에서 끼어든 남자의 어깨를 가볍게 손가락 끝으로 두드렸다. 셔츠만 입은 노동자풍의 그 반도 청년은 큰 밀짚모자를 쓴 머리를 휙 하고 돌렸는데, 순순히 바로 줄 뒤 끝자리로 서둘러 갔다.

"여보세요", 그는 또 열에서 벗어났다. 자기보다 5, 6명 앞에서 도중에 끼어들려고 한 신사에게 말을 걸었다. 역으로라도 뛸 참인지 양손에 각각 가방과 보따리를 들고 있었다. 일단 포장도로에 거의 내려놓다시피 한 가방과 보따리를 다시 들면서 신사는 되돌아보았다. 무표정하게 다른 쪽을 보고 있는 그의 얼굴을 보고 신사는 자신에게 말을 건 사람이 그라는 것을 일순 알 수 없다는 표정이었다.

"모두 줄을 서서 기다리고 있으니까요." 부드러운 태도로 역시 신사 쪽은 보지 않고 그는 말했다. 당혹, 수치, 분노—그런 것들이 뒤섞인 표정으로, 뚱뚱하게 살찐 붉은 얼굴의 신사는 그의 창백한 얼굴을 잠시 쳐다보고 있었다.

"빨리 타고 싶은 것은 똑같습니다. ……누구에게도 볼 일이 있으니까요……." 혼잣말처럼 온화하게 그렇게 말하자 신사 쪽은 여전히 보지 않고 뚜벅뚜벅 원래 자리로 돌아갔다. 어느 쪽도 상당히 무거운 듯한 그 가방과 보따리를 양손에 든 신사는 멀리 저쪽, 줄의 뒤 끝으로 고개를 숙이고 서둘러 갔다.

"자네", 어느 아침 중학생에게 열 속에서 말을 걸었다. 중학생에게는 제법 여러 번 이러한 주의를 그는 하지 않으면 안 된다. 누구에게 말을 걸 때라도 그의 태도는 똑같다. 정중하고 조용하다. 주의라고 하기보다 그의 쪽에서 '부탁'하고 있는 형태이다. 그저 중학생의 경우, '여보세요' 가 '자네'이다. 그리고 상대의 나이가 어리기 때문에 말수가 저절로 많아진다. 자네, 중학생분이지요. (중학생분이라고 한다.) 어느 학교입니까? 모두 빨리 타고 싶어요. 봐요! 저런 작은 국민학교의 남자아이, 여자아이도, 그죠, 똑바로 늘어서 있잖아요. 안 돼요. 중학생분은 일반 사람의 모범이 되지 않으면 안 돼요…….

그가 열 속에서 서서히 나아가고 있을 때 뒤에서 무작위로 밀리기라도 하면, (혼잡할 때의 일이기 때문에 종종 있는 일이지만) 엄한 기색으로 몸을 뒤집어 뒤돌아본다. 조용한 그에게 어울리지 않는, 마치 전기에라도 감전된 듯 재빠른 동작으로. "어서요." (물론 입으로 내뱉어 그렇게 말하는 것은 아니지만 창백한 얼굴로 그를 민 사람 쪽을 보면서) 자신은 몸을 빼고 그 사람에게 앞으로 나가기를 종용한다. 그것을 그대로 친절하기 때문이라고 이해해, "고맙습니다." 하고 머리를 숙이고 앞으로 나가는 사람도 있고, 조금 부주의하게 어깨에 부딪힌 정도의 일로 삐딱하게 항의를 하면 (해석해서) 밉살스럽게 그를 쳐다보는 사람도 있다.

"쓸데없는 참견하지 마!" 그의 "여보세요"가 이러한 욕으로 보답 받는 경우도 있다. "하지만 모든 분이 줄을 서 있는 거니까요." 그는 어깨하나 움직이지 않고, 전과 완전히 똑같은 상태로 말한다. 이런 경우 상대는 원래 잘못은 자기 자신에게 있으니까, "다른 사람 일에 참견하지

마!”라든가 “당신에게 상관 있는 일인가?” 등, 똑같은 욕을 무의미하게 반복하든가, “쳇” 하고 크게 혀를 차며, 이런 녀석은 상대해서는 안 된다는 식으로, 나중에는 끝까지 잠자코 있기 마련인데, 그는 상대에게 걸려서 얼굴색이 변하거나, 즉 창백한 얼굴에 잠깐이라도 붉은 기가 돌거나, 목소리가 높아지거나, 떨거나 하는 일은 절대 없다. “그렇습니까?” 인사라도 하듯, 늘 그러하듯이 아름다운 목소리로 말한 뒤 조금 머리를 숙이고 원래 자리로 되돌아간다. 상대의 불합리한 처사를 어처구니없게 생각하고 있는 것처럼도 보이지 않는다. 상대로부터 그러한 취급을 받은 것을 주위 사람들의 앞이라고 해서 부끄럽게 생각하고 있는 것 같지도 않다. 열 속의 남녀노소에 섞여, 그의 버릇대로 늘어선 집 위의 하늘을 보면서 서서히 나아가고 있다. 창백한 얼굴이 일상보다 기분상 긴장되어 보이는 정도의 일이다.

저녁에 정확하게 회사를 나온 그는 여느 때와 마찬가지로 ×거리를 ×번지 정류소 쪽으로 걸어갔다. 5월 중순의 상쾌한 계절이었다. 그는 ××서점에 들러서 최신판 이와나미(岩波) 문고(文庫)를 한 권 샀다. 손에 들고 있는 보라색 보따리에 도시락과 함께 싸서 비스듬하게 맞은편의 ××에 들어갔다.

그가 즐겨 들어가는 곳은 ×거리나 ×거리 뒷길에 있는 공들인 다방은 아니다. ×거리 큰 길에 접한, 가게의 반은 식료품이나 계절 과일을 팔고, 다른 반은 찻집으로 되어 있는, 그러한 가게이다. 손님도 부인이나 아이나 가족 동반자가 많다.

지금 그가 커피를 마시러 들어간 곳도 그러한 가게인데, 마침 시간이 시간인 때라 대단히 붐볐다. 그 즈음에는 아직 이런 가게에서는 과자를 주었었다. 지금 그것을 파는 시각으로, 그것을 노린 손님들이었다. 어느 자리나 만원이어서 나중에 온 손님은 자리 옆이나 계산대 옆에 우두커니 서서, 지금 자리에 앉아 있는 사람들이 돌아가는 것을 기다리고 있었다. 그러한 혼잡 속에서 13, 4세에서 16, 7세 정도까지의 소녀가 5, 6명 바쁘게 서서 일하고 있었다.

그는 겨우 한 구석에 빈자리를 발견했다. 지금 거기에서 서서 나가려는 사람에게도, 그 빈자리 옆에서 기다리고 있는 사람에게도 고개를 숙이며 자리에 앉았다. 그리고 무릎에 보따리를 놓고, 그 위에 양손바닥을 놓고 기다렸다. 손님은 차례차례로 나가고, 또 차례차례로 들어왔다. 그들에게 소녀들은 일일이 주문을 받고, 주문한 것을 가져다주는데, 하여튼 일시에 손님이 붐벼서 여기도 전철이나 버스와 똑같이, 혼잡과 싸우며 소동 부리는 것이 — 조금 과장했지만 — 무척 심했다.

그가 자리에 앉고 나서도 벌써 제법 시간이 지났는데, 그가 있는 곳에는 아직 주문도 받으러 오지 않는다. 그의 앞에는 앞사람이 마신 콜 커피 컵과 양갱 접시가 탁자 위에 그대로 놓여 있다. 그보다 훨씬 뒤에 온 손님이지만 벌써 다 먹고 나간 사람도 있다. "여긴 어떻게 된 건가?", "어이, 여기 케이크와 커피 2인분." 등, 그와 똑같이 부당하게 기다리고 있는 손님이 참지 못하고 말을 걸어도 소녀는 못 들은 척 하고 그냥 지나친다. 못 들은 척 하기 어려울 정도로 재삼 반복하거나 혹은 목소리를 높여 말을 걸었을 때에는, "불평하지 말고 기다리세요."라고 하듯, 그 손님 쪽을 노려보듯 응시하고 역시 그냥 지나쳐버린다고 생각할 즈음 깜짝 놀랄 만큼 큰 목소리로, "아이스크림은 없습니다."라고 심술 사납고 매정하게 말한다. 이것은 간단한 문제가 아니다. 고작 15, 6세의 소녀가 신사 —어쨌든 다 큰 남자 어른에게 이러한 오만방자한 태도를 취하는, (이 가게만이 아니다. 전쟁이래 다른 다방이나 다른 여러 상점도 마찬가지인데) 그리고 그것을 당사자인 소녀들이 반성하며 부끄러워하는 기색이 없는 데에다, 신사들도 깊이 책망하려고 하지 않는다. 왜? 시국이 시국이라서 그런가? 이것은 간단한 문제가 아니겠지요. 소녀들의 장래를 위해서나 국가의 가르침에서라도……등 마음속으로 혼자 걱정하고 있는지 어떤지, 그의 꼼짝 않는 얼굴에서는 알 수도 없는데, 그는 계속 똑바로 앉아 있었다. "여보세요"라든가 "자네"라든가, 오늘 아침처럼 일어나서 주의는 하지 않았다. 계산대 뒤에 있는 진열장에 늘어선 통조림에 붙은 예쁜 색채의 상표를 쳐다보거나, 가게가 아닌 맞은편에 늘어선 집 위의 하늘색 저녁 하늘을 쳐다보거나 하고 있었다.

그인들 커피를 빨리 마시고 싶지 않은 것은 아닐 것이다. 소녀들의 무례한 언행이 행동거지 단정한 그에게 신경 쓰이지 않는 것도 아닐 것이다. 특히 커피를 좋아하는 그이다. 또 그밖에 무엇 하나, 술이나 담배도 좋아하지 않는 그이다. 회사에서 돌아오는 길에 뜨거운, 향기 높은 것을, (지금 향기 높은 커피 같은 것은 없지만 그가 볼 때—맛을 본 바에 따르면 경성 안에서 현재, 아무래도 마실 수 있는 커피를 내는 곳은 이 가게뿐이다.) 향기는 그만두고서라도 뜨거운 것을 꿀꺽 삼켜 내리면 오늘의 피로나 걱정도 씻기는 듯 사라지지 않을까 하여 억지로 욕망을 억누르며 조용히 기다리고 있는 것인지도 모른다. 그도 아니라면 이러한 부당(?)한 취급을 소녀들로부터 받은 것에 대해 자신을 반성하고, 이러한 가게에 들른 것을 부끄러워하고 있는지도 모른다. 소녀를 비난

하는 것은 아니다. 지금 같은 때 기세 좋게 양갱이나 커피를 (그는 커피만이다. 식사할 때를 제외하고는 결코 고형물(固形物)을 입에 대지 않는다. 설령 커피만이라고 해도) 입에 대려고 뻔뻔스럽게 들어온다는 것이 애초에 잘못이다. 커피가 어쨌다는 것인가? 후방 생활과 어떠한 관계가 있나? 커피를 마시지 않으면 그 날의 피로가 가시지 않는가? 커피를 마시지 않으면 그 날의 걱정을 털거나 내일을 향한 새로운 희망이 생겨나지 않는가? 학창 시절부터 어리석은 감상은 아닌가? —한 잔에 12전인 커피를 홀짝이는데도, 엄하게 자기를 꾸짖으면서 엄숙하게 계속 앉아 있는 것인가? 물 같은 표정에서는 아무것도 알 수 없지만.

이런 경우 책을 좋아하는 사람이라면 자주, 산 지 얼마 되지 않은 이와나미 문고를 보따리에서 꺼내 보곤 하는데 그는 그러지 않는다. 보라색 보따리를 의연하게 무릎 위에 놓고, 그 위에 깍지 낀 손바닥을 겹쳐 놓았다. "어이, 언제까지 기다리게 할 건가?", "대답이라도 해, 건방지게." 참지 못하고 그런 말을 하는 청년도 있었지만, 이러한 경우 청년 쪽으로 뒤돌아보는 그런 행동을 그는 하지 않는다. 이러한 손님들 속에서, 그만은 똑바로, 언제까지라도 계속 기다리고 있다. 그런 행동이 빈정댄다고 보였을지도 모른다. "점잔빼고 있군.", "같잖은 녀석이야, 쳇." 소녀들에 비하면 비교도 되지 않는, 정말 증오를 띤 눈으로 그의 창백한 얼굴을 노려본 손님도 있을지도 모른다. 한 장의 풍속화—그도 그 속의 인물—라도 보는 듯 그는 여전히 맑은 눈으로 통조림의 모양이나 탁자의 나뭇결이나 창 밖의 하늘을 바라보고 있었다.

행동을 바르게 하고 있으면 오히려 빨리 받을 수 있다고 생각하고 있을 것이다, 그렇게 생각한 사람도 있을지도 모른다. 그러나 투덜거린 손님이 소녀로부터 무시당하듯, 계속 가만히 있는 그도 아는 척 하지 않았다. (그런 손쉬운 소녀로는 —××는 아닌 것 같다.) 그는 탁자 위의 회색 중절모를 집어 들었다. 그리고 일어났다. 그는 이래저래 40분을 기다렸다. 뜨겁고 향기 높은 커피로 기분 좋게 목구멍을 적시지도 못했다. 결국 그가 있는 곳에는 주문을 받으러 오지 않았다. "여보세요!" 그쪽에서 말을 걸든가, 잠깐 손을 들어 부르면 소녀 중 한 사람이 언젠가 그의 탁자에도 왔을 것임에 틀림없는데—. 들어왔을 때와 똑같이 정중하게 고개를 숙이고 손님들의 탁자와 탁자 사이를 빠져나갔다. 모처럼 이러한 가게에 들어와서 무엇 하나 주문하지도 않고 나가서 정말 죄송합니다. 가게 사람들이나 손님들에게 그렇게 사과하는 것 같은 모습으로 —. 중절모를 한 손에, 보라색 보따리를 반대 겨드랑이 밑에 꽉 끼고, 조금 고개를 숙인 모습으로 ×번지 정류소 쪽으로 걸어갔다.

'정오의 묵도(黙禱)'가 화제가 된 적이 있다. 그가 근무하는 회사 ××과(課)의 큰방에는 과장을 빼고, 나이든 사람과 젊은 20여 명의 사원이 책상을 나란히 하고 있다. 어느 회사라도 그러하겠지만 이들 사원들은 점심 식사 후 담배를 피우면서 세상 이야기로 꽃을 피운다. 그러한 어느 날 정오의 묵도 시간(그 시간은 처음에는 1분 동안, 그 후 30초로, 다시 지금은 원래대로 1분으로 되었다.)이 화제가 되었다. 갑론을박, 1분 동안은 너무 길다고도 하고, 딱 좋다고도 하고, 쾌활하게 시비를 가리고 있었는데, 마지막으로 '그'가 끼어들어 찬물을 끼얹어 버렸다. '1분파(派)'는 물론 '30초파'도 화가 치밀어 잠자코 있었다. "이 빌어먹을—" 하고 내지인인 어느 청년은 옆 사람을 향해 중얼거리고, "쳇쳇쳇……"

하고 반도 출신인 젊은 사원은 혀끝을 계속 찼다.

그가 나서서 끼어든 것은 아니다. 그는 언제나처럼 화제 밖에 초연히 있었다. 무리하게 화제로 억지로 끌어들여, 무리하게 의견을 말해보라고 한 것이다. 대다수의 의견은 1분으로는 길다는 것이었다. 1분 동안은 너무 기니 30초가 딱 좋다, 1분으로는 모처럼의 묵도에 불순한 마음이 들어간다, 망상이 떠오른다라는 것이다. 그러나 그것에 대해, 1분설을 주장하는 사람도 다소 있고, 활기차게 양쪽에서 기탄 없이 논의하고 있었다. 그런데 이런 경우에 이러한 의논에서 흔히 있는 일로서, 깊은 고찰이나 훌륭한 전개가 차례차례 생겨나는 것이 아니고 그저 말로만, 아니 길다, 아니 짧다를 반복하고 있는 것에 지나지 않았다.

"×× 씨 어떻게 생각하세요?", 돌연 한 사원 (1분파의 한 사람)이 '그'에게 물었다.

"하……"라고만 하고 그는 역시 다른 쪽을 보고 있었다. 그에게 물었던 사원 쪽에서 보면 자신들의 의논을 스스로도 힘겨워했을 것이다. 발전 없는 의논을 반복하고 있는 스스로가 조금 부끄러워졌을 것이다. 그래서 혼자 초연하게 있는 '그'를 얄밉게 여겨, 그도 의논 속으로 끌어들이고 싶어졌을지도 모른다. 혹은 여느 때와 같이 '그'를 이참에 또 놀려보고 싶어졌을지도 모른다.

"×× 씨 어떻게 생각하세요?" "하" "×× 씨도 의견이 없는 것은 아니겠지요?" 힐문하듯 또 다시 연이어 물음을 당하자, "1분 동안이 좋겠지요." 하고 그는 자신의 책상에 눈을 떨어뜨렸다. 그러고는 가만히 있다. 이야기는 그게 다다하는 식의 표정을 짓고 있다. 이유도 아무것도 말하려고 하지 않는다.

그가 침착하게 있는 것에 비해 상대 남자는 기를 쓰고, "왜 그렇지요?" "이유를 듣고 싶어요, 이유를." 하고 다그쳐 물었다. 그에 응해서 바로 돌아설 그가 아니다. 상대 남자가 시비조로 달려들 태세라서 귀찮은 듯, 또 툭 하고 한 마디 했다. 남자가 기세를 부려 차례차례 그의 입에서 끄집어낸(?) 한 구절 한 구절을 계속해서 써 보면 대충 아래 대로이다. 1분이 좋겠지요. 망상이 떠올라도 좋겠지요. 그렇습니까? 무리해서 망상이 떠오르지 않도록 할 필요는 없겠지요. 어쩔 수 없습니다. 차츰 떠오르지 않게 되겠지요. 30초라도 좋겠지요. 어느 쪽이든 좋습니다. 현재 그대로 1분이 좋겠지요.……그의 창백한 얼굴은 마음이 없거나 애처롭게 보였다. "이 빌어먹을 —." "쳇쳇쳇" 등 동료가 그를 노려보면서 말한 것은 앞에서 말한 대로이다.

설령 끌어들여서 그랬다고 해도, 설령 띄엄띄엄이라고 해도, 그가 동료를 상대로 이러한 의논에 참여하는 것은 전례가 없는 일이다. 그는 언제나 그들의 화제 —그들의 분위기 밖에 초연하게 (혹은 맥없이) 서 있다. 점심 식사할 때 동료들이 자리에 돌아다니고, 담배를 피우고, 수다를 떨고 있는 사이, 그만 엉덩이에 뿌리가 난 듯 움직이지 않는다. 그는 버릇대로 창 밖 하늘이나 먼 산을 보고 있다.

그만큼 독서를, 책을 좋아하지만 아니 오히려 그 때문인지 회사에는 결코 책을 가져오지 않는다. 자주 발견하는 모습인데, 구청이나 전철 안이나 혹은 정류소에서 버스를 기다릴 동안 수시로 어디에서나 책을 꺼내어 펼치는 그런 일을 그는 회사에서는 하지 않는다. 그래서 그가 어떤 책을 평소 읽고 있는지는 물론 그가 그만큼 독서를 좋아한다는 것조차 사내의 아무도 최근까지 몰랐다. 담배를 피우지 않는 그는(실내 20여 명

중 담배를 피우지 않는 것은 그와 급사뿐) 자주 책상 위에서 양 손바닥을 맞대어 쥐고 있다. 지겨워 보이지도, 쓸쓸해 보이지도 않는다. 언제나 소탈한 얼굴(동료들의 말에 의하면), 점잖은 얼굴을 하고 있다.

동료의 화제는 대개 어디라도 같을 것이다. 황군(皇軍)의 전과(戰果) 다음에는 술, 설탕, 목탄, 성냥, 감자……등등. 이 ×개월 설탕이 하나도 손에 들어오지 않는다든가, 집에서는 아이에게 주먹밥을 간식으로 주고 있다든가, 3월에 고기 맛도 못 보고라든가. "백화점에 나가는 지인에게 부탁해 최근 두 봉지 받았습니다." "모퉁이에서 ×번째 있는 ×번지의, ××집에, 어제 돌아가는 길에 들러 보니 본토 버터, 홋카이도(北海道)의 유키지루시(雪印)가 와 있었습니다. 오늘 아직 있을지도 모르겠습니다." "××에서 조금 들어간 곳의 작은 찻집, 그래 ××, 요즘 치고는 맛있는 단팥죽을 먹을 수 있어요." "어젯밤 친구와 둘이서 ××에 가서, 맥주 두 병과 안주, 뭔가 정체를 알 수 없는 것을 가져와서, 9원이나 했어 9원. 맥주 한 병에 4원 50전이나 든 셈이지." "있잖아, 내가 아는 곳에 말이지, 이것은 조금 먼 ×대문 근처인데, 세금 없이 맥주를 마실 수 있습니다. 맥주 1원 20전, 안주 25전, 1원 50전 이하로 맥주 한 병 마실 수 있습니다."…이렇게 해서 천진하게 이야기하고 있을 때, 방구석의 그의 창백한 얼굴이 눈에 들어오면 겁이 나서 소름이 끼친다. 그들 자신이 물자 부족에 불평을 품고 있는 것은 아니다. 또 시국을 벗어나 언제나 들떠서 돌아다니고 있는 것도 아니다. 어느 정도 신중함이 결여된 것은 틀림없으나, 그저 그 자리의 상황으로 다소 과장도 더해, 이래저래 재미를 숨겨 이야기하고 있는 것에 지나지 않는다는 생각인데 '그'(이 자리에 있으면서 이 자리의 공기 밖에 있다, 제3자의 그)의 얼굴이 눈에 들어오면 정말이지 자기 자신의 경솔이 반성된다. 시종 다른 쪽을 보고, 하나에서 열까지 남김없이 듣고 있음에 틀림없다, 그리고 마지막까지 한 마디도 끼어들지 않는 그의 태도는 자신들의 지금 언동을 냉정하게 감시, 비난, 경멸하고 있는 것이라고 여기지 않을 수 없다. 그러한 불안, 후회에서 회복한 후 그들이 그에 대해 똑같이 느끼는 것은 창백하고 단정한 얼굴을 찢어 버리고 싶은 증오이다.

그리고 나서 반년 가까이 지난 일이었다. 중등학생의 전철 내의 좌석이 점심 식사 때의 화제가 된 적이 있다. 중등학생은 남녀 모두 차내에서 앉아서는 안 된다. 보도연맹(?)에서 그런 지령이 나왔다. 비상식이다. 혼잡을 더할 뿐이다라는 것이 사원의 일치된 의견이었다. 빈자리가 있는데 일부러 안 앉을 필요가 어디에 있는가? 붐비고 있을 때 어린 여중학생이 자리를 양보하는 것은 당연하다. 노인이나 부녀자가 탔을 때, 서서 자리를 양보하는 것은 당연하다. 시간과 경우에 따른다, 시간과 경우. 자리가 완전히 비었는데도 앉아서는 안 된다면 학생도 불쌍하다. 빈자리가 있어도 앉지 않고 앞을 가로막고 있으면 폐일 뿐이다. 다른 사람은 지나가지도 못하고, 앉지도 못하고. 절대로 자리에 앉아서는 안 된다는 그런 바보 같은 규칙이 있을 리 없다. 학생 쪽에서 심술쟁이가 되어 빈자리 앞에 선 채 자리에는 자기 가방을 놓아둔다면 두 사람 몫의 자리를 뺏는 것이 된다, 두 사람 몫의. 자신도 앉지 못하고 다른 사람에게도 앉지 못하게 한다. 말하자면 실정에 어두운 연맹(?)이 이런 몰상식한 지령을 최근 끊임없이 낸다는 것에 일치한 것인데, 마지막에 '그가' 끼어들어 이번에도 자리의 흥이 깨어져 버렸다. 찬물을 끼얹은 듯.

'묵도'의 경우와 똑같은 일이 반복되었다. 이번에도 그가 스스로 끼어든 것이 아니다. "×× 씨 어떻게 생각합니까?" 요전의 일을 어느덧 완전히 잊은 모양으로 동료 한 사람이 그에게 물었다. "하…" "×× 씨는 어떻게 생각하는지 묻고 있어요." "하" "어느 쪽이냐고 묻고 있어요." "지금대로가 좋겠지요.", 조용한 모습으로 툭 내뱉고, 이전과 똑같은 모습이 물은 사람과 그와의 사이에 반복되었다.

그와 같이 몇 시간이나 침묵하고 있는 사람은 그 침묵이 부자연스럽다, 싫은 소리라고 생각해, 가끔 요구를 받아서 입을 열면 연 것으로 그 이야기하는 것이 부자연스럽다, "점잔빼고 있군."이라고 비난받는다. 특히 그와 같이 조용하고 아름다운 목소리로, 게다가 그대로가 문장이 될 만한 반듯한 말투로 차분하게(동료의 말에 의하면 깐죽깐죽) 이야기하게 되면 논지 여하에 상관없이 바로 반감을 가지게 한다. 더욱이 그의 의견이 언제나(라고 해도 이것으로 두 번인데) 동료 일반의 의견과는 늘 정반대인 것. 늘 현재 상태를 긍정, 당국의 지시에 전적으로 순응하는 것. 그 언사가 이로정연(理路整然)해서 조금의 틈도 없는 것. 이러한 것들도 그들이 "기분이 나빠지는" 원인일 것이다. …이번에도 상대에게 재촉을 받아서 어쩔 수 없이 애처롭게 띄엄띄엄 그가 말한 것을 이어 맞추면, 지금 그대로가 좋겠지요. 앉아서는 안 된다. 그렇게 명령할 밖에 없습니다. 불쌍할 것은 없습니다. 우리들의 시골에서는…. 소학생이 1리(理)나 2리나 산을 넘어 통학합니다. 앉아서는 안 됩니다. 경우에 따라서는 앉아도 된다. 그러면 명령이 되지 않습니다. 될 수 있는 대로 앉지 마라. 실행되지 않습니다. 그렇습니다. 중등학생은 차 안에서 절대로 앉아서는 안 된다…. 그렇습니까? 저 개인의 의견입니다.

그가 맞았다는 소문이 났다. "맞았다고? ×× 씨가?" 동료들은 일제히 호기심의 눈을 빛냈다. 그는 그 자리에 없었다. 퇴근 시각 ×시를 조금 지나서 그는 여느 때와 마찬가지로 누구를 기다리지도 않고 이미 혼자서 퇴근했다.

그가 맞는 것을 본 사람은 아무도 없다. "맞았습니다"라고 처음 말한 사람은 실은 그 자신이다. 오늘 아침 출근해서 자기 자리에 앉아, 안녕하세요 하고 옆자리 사람과 형식적인 인사를 주고받은 뒤, 어제 맞았습니다, 정말 그것만 말했다고 한다. 너무 정직하다고 할까, 비상식이라고 할까, 어쨌든 당돌하게 이러한 일을 말로 꺼내는 것은 평소의 그답지 않다고 생각되지만 이것이야말로 정말로 그답다고도 생각되는, 말하자면 보통 사람에게는 조금 이해하기 어려운 부분이다. 맞았다고만 하고 그 뒷말은 무엇 하나 말하지 않아서 그 자리의 정경은 알 턱이 없지만, 그의 일이니까 어떤 사람과도 고성으로 싸움, 항론을 할 리는 없다. 하물며 서로 때리거나, 서로 물어뜯거나 하는 건. 그저 상대 쪽에서 그의 태도가, 혹은 말투가 마음에 들지 않아, 음, 그러니까, 갑자기 때린 것일 것이다. 그러면 그는 미남의 서툰 배우가 무대에서 연기하는 명연기 그대로, 흐트러진 머리카락을 조용히 쓸어 올리면서(그는 대머리니까, 그래 안경, 찌그러진 안경을 고쳐 쓰면서) 모자를 주위 먼지를 털고, 목례를 하고 상대의 앞을 물러났던 것일 것이다.

더욱이 그를 "영화관에서 보았다"거나 "전철이 신궁(神宮) 앞을 통과할 때" 그가 어땠다는 이야기도 나왔다. 그는 보통의 영화관에 가지 않기 때문에 뉴스 전문 영화관에서의 일일 것이다. 황군의 전투 뉴스를 할 때, 여보세요 하고 앞 사람에게 모자를 벗게 했다는 것이다.

"지금 막 신궁 앞을 통과하고 있습니다."라고 여차장이 말했는데, 깜빡 잊고 예배하지 않았다, 그런 손님이 "여보세요" 하고 그한테 주의를 받은 것은 아니었다. 경배는 했지만 그 하는 법이 "그러면 안 되지요."라고 그한테 한 소리 들었다는 것이다. "여보세요, 그건 안 되지요. 일부러 일어서서, 붐비고 있을 때는 말이죠, 일부러 자리에서 일어서서 예배하지 않아도 되게 되어 있습니다. 그러나 그건 아무래도……. 머리만 숙이면 되겠지요. 앉은 채로 말이죠. 마침 신궁 앞에 다다랐을 때 일부러 그쪽으로 허리를 돌출하게 되니까, 허리는 움직이지 말고, 머리만 조용히, 그죠……."

　사원들은 일을 마무리하고, (어떤 사람은 이미 책상 위를 치우고, 언제라도 돌아갈 수 있는 준비를 해서, 의자에 등을 대고 미도리(みどり)를 피우면서) 또 다시 '그에 대해서' 수다를 떨고 있었다. 과자점 앞에 줄을 서 있었다. ××좌(활동사진관)의 앞에서 입을 벌리고 간판을 바라보고 있었다. 모두가 하나가 되어 욕을 한다, 그를 매도한다라는 정도는 아니다. 물론 대개의 소문(혹은 험담)이 그러하듯, 화제의 주인공이 된 그에 대한 비난, 야유 등이 섞이는 것은 당연하지만, 이 경우 어쨌든 사원 중에서 각별(예외)한 그의 일을 모두 함께 이야기하는 것은 그들에게도 언제나 쉽게 떨 수 있는 수다의 '즐거움'이다. 그저 그의 일을 모두 함께 이야기하는(대부분은 비난의 말투지만) 것만으로도 서로 동지 사이에 친근감, 허물없음, 그러한 분위기를 자아낸다. 서로 친밀감을 높이는 데에는 무척 효과가 있다. 다른 동료의 험담을 할 때처럼 말하는 중간이나 후에 양심의 가책이나 자기혐오 등을 전혀 느끼지 않아도 된다.

　동료 중에는 연령으로 봐도 그보다는 훨씬 젊은, 스무 살이 안 된 사람도 있고, 학력으로 봐도 내지의 관립 전문학교를 나온 그에 비교하면 훨씬 낮은, 을종 상업 정도의 사람도 상당히 있는데 이런 사람들이 똑같이 그만은 바보 취급한다. 일의 여하에 상관없이 얕본다. 아무렇지도 않게 험담을 한다. 그저 그와 얼굴을 마주보고는 그의 학식, 맑은 눈, 창백하지만 정돈된 얼굴 등에서 오는 이상한 기품에 압도되어, 특히 젊은 무리들은 그만큼 노출된 태도는 잘 취하지 않음에도 불구하고.

××당(그가 매일 저녁 걸어서 가는 길의 큰 과자점) 앞에 그가 서 있었던 것은 사실이다. 그러나 과자를 사기 위한 것이 아니다. 하물며 행렬에 섞여 그곳에 길게 우두커니 서 있었던 것은 아니다. 그는 일체 과자를 즐기지 않는다. 과자라는 것을 아주 싫어한다. 어린 아이의 간식 이외에 과자에 어떤 존재 이유가 있는가하고 생각하고 있다. 하물며 코밑이 검은 남자 어른이 우적우적 볼이 미어지게 음식을 입에 넣는 경우를 보면 그는 도무지 이해를 못한다. 그만큼 과자를 싫어하는 그가 과자점 앞에 계속 서 있다. 과자를 즐기는 것과 마찬가지로 과자를 싫어하는 사람도 그가 싫어할지 어떨지 모르겠지만, 한 봉지의 과자를 손에 넣으려고 길게 줄 서 있는 사람들을, 행로를 사이에 두고 반대 쪽 처마 아래에 서서 그는 가만히 바라보고 있었다.

그는 영화관 앞에 자주 서 있다. 그것도 저녁에 회사에서 ××정류소에 갈 때까지의 일이다. 일부러 외출하는 것은 아니다. 이미 말한 바대로 그는 뉴스 영화 외에는 거의 보지 않는다. 그러나 영화관 앞에서는 좋아서 발을 멈춘다. 입장권을 사는 사람의 행렬을 보거나 그림 간판을 올려보거나 하고 있다. 행렬을 바라보는 것을 어지간히 좋아하는 것 같다. 영화관 앞의 행렬에는 가끔 대단한 일이 일어난다. 그가 그 앞을 지나는 시간은 저녁 5시나 6시이기 때문에 특히 그런지는 모르겠지만,

두 열로 늘어선 행렬이 3구획이나 4구획이나 계속 이어져, 앞머리는 저 멀리 옆 마을로 굽어 있다. 그는 물론 한 번도 이러한 행렬에 참가한 적이 없지만(아침마다 전철을 탈 때의 행렬은 제외하고) 그는 행렬을 따라서 천천히 걸으면서, 그리고 열 속의 얼굴을 바라보며 영화관의 정면 쪽으로 다가간다. 그러할 때 그는 행렬 무리의 분별 없는 행동을 꾸짖는다거나 차가운 눈매를 한다거나 하지는 않는다. 비분강개(悲憤慷慨), 어깨를 젖히며 그들 앞을 지나갈, 그런 행동을 할 그는 물론 아니다. 여느 때와 같이 늘 온화한 언행이다. 나도 행렬에 참가하여 여러분과 이 영화를 감상하고 싶지만 너무 많이 계셔서 오늘은 실례하겠습니다 라고 말하는 것 같은 표정이다. 실제로 그들 속에는 그런 친근감, 선망의 기분으로 보며 지나가는 사람과, 이 작은 몸집의 아름다운 청년을 어느 정도 득의양양하게 전송한 사람도 있을지 모른다. 영화관 정면에 오면 제목이나 그림이 그려진 간판을 그는 올려다본다. 때에 따라서, 영화관에 따라서 다르지만 '오야지 산쥬우소오(親爺三重奏)' '신변사향묘(神変麝香猫)' '유령 크게 분노하다(幽霊大いに怒る)' '탄게사젠(丹下左膳-양쪽 눈의 권)' 등등. ××킨고로오(金語楼)라는, 전신은 라쿠고(落語)가인 큰 머리의 배우의, 석류가 벌어진 것 같은 웃는 얼굴. 흰옷, 흰 두건, 한쪽 팔, 한쪽 눈, 이 용모 괴위(魁偉)한 쾌남자(?)가 좌우의 칼집에서 뺀 칼을 들고, 에잇 하고 한 번에 몇 명을 베어 쓰러뜨리고 있는 참…등을 절실히, 정말 절실한 표정으로 바라보고 있다. 그리고 긴 행렬 쪽을 잠깐 쳐다보고, 다시 또 그림 간판을 올려보고 있었다고 한다.

"……다." 갑자기 방의 한 구석에서 외치는 사람이 있다. 지금까지 동료들의 수다에는 한마디도 끼어들지 않고 책을 읽고 있던 청년 한 사원이 탁 하고 그 책을 덮었다. 그리고 의자에서 벌떡 일어나면서 외쳤다. "……다." 뭐라고 했는지, 처음의 말을 일동은 알아들을 수 없었지만, 화제의 '그'에 대한 것임은 틀림없었다. ……진면목이다. 친절하다. 겸손하다. 온화하다. 예의바르다. 나무랄 데가 없다. 갑자기 쏘기 시작한 기관총처럼 선 채로 말하기 시작했다. 근면하다. 정직하다. 슬플 정도로 정이 많다. 아름답다. 조금도 거짓말하지 못한다. 음지 양지가 조금도 없다. 생활은 간소하다. 술이나 담배도 안 한다. 그러나 구두쇠는 아니다. 나무랄 데가 없다. 양심적이다. 의지가 강하다. 일반적으로 어떠한 규칙도 엄수한다. 누구보다도 선량하다. 누구보다도 황국신민이다. 멋지고 머리가 좋다. 그런 명석한 두뇌는 없다. 무서울 정도로 독서가다. ……책상 위를 서툴게, 조금 거칠게 정리하고 돌아갈 준비를 하면서 지금까지 가만히 있던 청년은 천성의 가늘고 날카로운 상태로 두드리듯, 토해 내듯, 계속 '외쳤다'. "모두 갖추어져 있어. 품행방정, 학력우등이다. 모두 한 점 나무랄 데 없어. 그러나 말이지. 단 한 가지, 그에게 한 가지만 빠지는 것이 있어. ― 사랑. 사랑이다. 사랑이 없어. 인생에 대한, 자연에 대한 열애가 없어." 재잘거린다 ― 이야기한다고 하기보다는 '외친다' 혹은 '아우성치'는 모습이다. '그'를 큰소리로 매도하는 것보다 고성으로 혼잣말하는 식으로도 보였다. 반은 자기 자신을 매도하고 있는 것 같기도 하다. 혹은 눈앞의 동료들을 ―보통 사람이라는 것 이외에는 어디에도 쓸모가 없는, 추궁할 양심도 없다면 항상심, 분발심도 없는 그런 주제에 다른 사람의 일이라면 사소한 일에도 이래저래 잔소리한다―, 이 칠칠치 못한 동료들을 큰소리로 야단치고 있는 것으로도 생각되었다. 실제 이 청년은 평소 동료들과 '수다'를 떨지 않는다. '그'와는 다른 의미로 동료들을 상대하지 않는다. 동료에게 무조건 찬성해서 '그'를 비웃거나, '그'의 험담을 듣거나 하는 일은 결코 하지 않는다. 게다가 이 청년은 '그'의 경우와 달리 모두가 두려워하고 있다. 경의를 표하고 있다. 아니 경외의 대상이다. 그리고 청년 쪽에서는 그들의 이러한 태도 ─그를 이유 없이(?) 외경하는 것을 냉소하고 있다. '그'와는 다른 의미로, 다른 형태로 진면목이다. 동료 중에서는 가장('그'와 달리) 양심적으로 공부하는 사람이다. 용모는 물론 태도도 '그'와는 전혀 대조적이다. 보통 사람과 다르게 장신이고, 날카롭고 사나운 얼굴을 하고 있다. 물론 '그'와 개인적으로 친하게 지내는 것은 아니다. 그러나 사내에서 '그'에게 호의를 가지고 있는 유일한 남자일지도 모른다. "아깝게도 사랑이 없어. 불행하게도. 그가 소유하는 모든 것이 '영(零)'이다. 그가 말하는 것, 그가 하는 일, 모든 아름다운 점이 아픈 결점이 되어 추한 모습을 들추어 내. 사랑의 뒷받침이 없어서 ─. 가련한 성격이다. '그' 자신이 가장 잘 알고 있어. 어찌할 도리가 없어⋯⋯체구에서 오는 건지도 몰라." 마지막에 조금 목소리를 낮추듯 말하더니, 청년은 가방을 들고 빠른 걸음으로 동료들 자리 사이를 지나, 인사도 하지 않고 문을 밀어젖히자 딱딱딱⋯⋯구두소리를 내며 시멘트 계단을 내려갔다.

일동은 깜짝 놀란 모습으로 잠시 가만히 있었다. 그리고 생각난 듯 각각 소지품을 들고 자리를 일어서기 시작했다. "지난번 ××군의 아파트에 가서 보았습니다." 미련이 더해 또 '그'의 소문을 꺼내는 사람이 있다. '그'의 아파트를 방문한 사람이나 친하게 그의 방을 본 사람은 아직 한 사람도 없다. 이것은 솔깃한 뉴스이다. 누구라도 자세히 그 보고를 듣고 싶은 참이다. 그러나 조금 전 청년의 야단(?)을 들은 지 얼마 되지 않아, 아, 그래 하고 그 이야기에 아무도 끼어들려고 하지 않았다. 말을 꺼낸 사람도 지금까지의 서로의 말투와는 달리, '그'에 대한 자신들의 태도를 다소 반성했는지, 그래서 '그'에 대해서 어느 정도 친밀감에 가까운 것을 느꼈는지, 마치 '그'와 같은 조용한 모습으로 띄엄띄엄 무척 짧게 이야기한 것에 따르면……요전 일요일이었다. 저녁에 거리에서 만났다. 목욕 후 돌아가는 것 같았다. "어." 하고 나(화자)는 말을 걸었다. 나는 생맥주를 한 잔 걸쳐 좋은 기분이었다. 어디에 라고 하니, 목욕탕에 다녀왔습니다. 언제나의 모습이다. 어디에 라고 다시 말하니, 바로 저기입니다 하고 아파트 쪽을 가리켰다. "잠깐 들러도 되겠어요?" 취해 있었다고는 해도 어떤 곳에 있는지 한 번 보자, 그런 불손한 생각이었다. 싫은 얼굴을 할까, 적어도 당혹이라도 할까 생각했는데, "그러세요." 하고 순순히 앞장섰다. 방은 정말로 정연하게 정리되어 있었다. 회사원으로서는 어울리지 않을 정도로 큰 책장에 빽빽하게 책이 정렬되어 있었다. 국민복이 벽 옷걸이에 단정히 걸려 있었다. 장식품 같은 것은 없었다. 그저 세잔 풍경이 벽에, 책상 바로 위쯤에 걸려 있었다. 조용하고 안정된 방이었다. 청결한 느낌이었다. 길게 있으면 심심하고 쓸쓸해지는 방이었다. 그는 손수 홍차를 끓여 주었다. 대단히 맛있었다. 그런 향기 높은 것을 요즘 마신 적이 없다. 조금 단맛이 모자라는 듯 생각되었지만 ―. 찻잔을 선반에서 내리자 말차를 또 매우 맛깔스럽게 잘 끓여 내었다. 여느 때와 같이 그는 아무것도 말하지 않았다. 서로 가만히 있었다. 책상 위의 전기스탠드에는 아름다운 녹색 갓이 씌워져 있었다. 그것만이 조신한 그의 소지품으로서는 조금 값나가는 것으로 보였다. 두 개의 책장 중 좀 작은 쪽에는 수백 권의 이와나미 문고가 빽빽하게 들어 있었다. "전부 모았습니까?" 설마 하고 생각해 물었더니, "예, 십 ×권 빠져 있습니다."라고 한다. 그렇게 정밀하게 들은 것은, "전부 있습니다."라고 대답하는 이상으로 놀랄만한 것이었다. "전부 읽었습니까?" 묻기 시작하며, 나도 모르게 나는 입을 다물었다. 독서가인데다 정직한 그가 "예, 읽었습니다."라고 아무렇지 않게 대답할 것이 무서웠다. 말할 수 없는 불안, 굴욕을 느꼈다. 고작 15분 정도 있었나, 그럼 하고 나는 일어섰다. 그는 아파트 현관까지 배웅을 나와 인사를 했다. 나도 조금 전 만났을 때와는 달리, 다소 친밀감 담긴 정중한 인사를 하고 헤어졌다…….

오랜만에 선배 K씨는, '그'를 마을에서 만났다. 일요일 오후 넘어서였다. 그가 마을을 산책하는 것은 매일 퇴근 후와 일요일 점심 식사 후 목욕탕에 가기 전이었다. 그의 산책은 언제나 그답지도 않고, 아니 결국 무척 그다운 것이 되는데, 교외의 산이나 들이 아니고, ×거리에서 ×거리를 거쳐, 경성에서 제일 번화한 구역에서 이루어진다. 여름의 쨍쨍한 햇빛에도 아랑곳하지 않고 여느 때와 마찬가지로 사람이 붐비는 ×거리의 복잡한 길을 조용조용히(?) 걷고 있는데 K씨가 말을 걸었다. ××백화점 앞에서였다. K씨는 가족과 함께였다. 위인 아들의 손을 K씨가 끌고, 아래인 딸(아직 갓난아기)을 부인이 안고 있었다. K씨의 권유로 큰길에서 면한 바로 근처의 ××제과에 들어갔다.

"왜 그래, 얼굴 좀 보여줘. 잘 지내나?" 당당한 풍모의 K씨는, 그 큰 몸으로 자리에 앉으면서 활달하게, 그러나 마음으로부터 친근하게 말했다. 아름답고, 솔직한 부인은 자리에 앉자 바로 가슴을 열어 아기에게 젖을 물리면서 "상당히 오랜만이군요. ×× 씨, 가끔 놀러오세요."라고 한다. 그들과 같은 탁자에, 그러나 조금 떨어진 곳에 공손하게 앉아, "예!" "예!" K 씨에게도, 부인에게도 그저 그것만 입 속으로 말하고 머리를 숙였다. K 씨는 동향(同郷), 동창(같은 중학)의 대선배였다. 도쿄 ×대 법과를 나와, 고문(高文)을 따고, 지금은 ××부(府)의 상당한 지위에 있었다. 부인도 역시 그와 동향으로 현립(縣立) 여학교 출신이었다. 그들 앞에는 금방 과자와 차가운 음료가 나왔다.

"요전 ××당의 것은 맛이 없었죠. 오늘 것은 어떨까?" 부인은 남편에게 그렇게 말하면서 아들이 접시의 과자를 포크로 집는 것을 옆에서 거들고 있었다. 그는 그의 앞에 있는 서양과자와 콜 커피를 언제나의 맑은, 그러나 참으로 말로 설명하기 힘든 눈길로 슬쩍 보고, 다시 고개를 숙여 무릎 위에서 깍지 낀 손에 눈을 떨어뜨렸다. "드세요." 부인은 그에게 권하면서 자신도 아기를 안고 있지 않은 손으로 컵을 들어 그 속에 떠오른 빨대에 입술을 가져갔다. 예라고만 말할 뿐 그는 여전히 공손하게 있었다.

그만큼 냉정한 남자가 오늘은 평상시와는 다른 것 같다. 어딘지 안정되지 못한 모습이 창백한 얼굴에 엿보였다. 평소 좀처럼 보지 못한 사람, 특히 지금처럼 대선배 앞이어서 조심스럽다거나 어렵다거나 해서 그런 것이 아니었다. 그와는 달리 그와 같은 남자에게도 마음을 동요시키는 일이 이 세상에 얼마나 많은가? 적어도 세 가지는 있었다. 게다가 이 경우 그에게 있어 불행하게도 그 세 가지 모두가 그의 앞에 얼굴을 내밀고 있었다. 우선 첫째는 ―대충 상상이 되듯 ―젊은 여성. 미추에 상관없이 '젊은 여성'이 근처에 있다는 것만으로도 벌써 마음이 안정되지 않고 불안하다. 평소의 그가 아니게 된다. 이것은 그가 여성 숭배자이기 때문인가? 아니면 정반대로 여성 혐오자이기 때문인가? 다음은 다른 사람의 호의. 다른 사람으로부터 상냥하게, 스스럼없이 대우받는 것. 다른 사람으로부터 차갑게 대해지고, 그것에 대해 그도 냉담하게 처신할 때, 그의 마음은 가장 안정을 얻는다. 셋째, 이것이 제일 심한 것으로, 그의 정신을 현재 어지럽히고 있는데 탁자 위의 과자와 콜 커피. 그의 위장에 맞지 않는 음식 앞에서 그는 더 이상 참고 있을 수 없다. 그의 눈에 띄지 않는 곳으로 바로 가져가든가, (그렇게 나온다면 그릇째로 던져 버리고 다시 아무도 먹지 못하게 하든가) 그렇지 않으면 그의 쪽에서 일어나 버릴 수밖에 없다.

"드세요."라며 거듭 부인이 말하자, 그는 깍지 끼고 있던 손을 풀고 탁자에 얹어, 비켜 놓으면서, 서서히 앞으로 움직여 컵을 들었다. 빨대 앞에서 쭉 한 입 ─ 이라고 말하고 싶지만 반입 ─ 홀짝이고서는 바로 탁자에 놓고 고개를 숙였다. 오랜만에 만난 동향인에 대한 그리움, 그들이 보여준 마음으로부터의 친절, 그것에 대한 감사, 눈물겨운 느낌 같은 건 지금 그의 마음에 조금도 없다고 말해도 좋다. 어떻게 하면 이들 여러 문제 ─ 몇 년간 입에 댄 적도 없는, 찐득찐득 혀에 단맛이 나는 이 젠체하는 음식이나, 얼음 덩어리가 떠다니고 있는 냉혹한 액체에서 어떻게 하면 빠져나갈 수 있을까 하고 그는 가진 애를 다 쓰고 있었다. "먹게." 이미 다 마시고 '하토(はと‒담배 : 역자)'에 불을 붙이면서 선배가 턱으로 가볍게 케이크 쪽을 가리키자, 작은 포크를 집어 슬프게도(?) 케이크에 가져갔다. 상층부에 빈틈없이 무섭게 발려 있는, 순백한 크림

에는 닿지 않게, 아래쪽의 카스텔라 부분을 조금 베어내어 입으로 가져갔다. 될 수 있는 대로 단맛을 느끼지 않도록, 될 수 있는 대로 청결한 위벽을, 맞지 않는, 초대하지 않을 수 없는 손님에 의해 더러워지지 않도록 애쓰며, 입 속의 타액을 다량 분비시켜 충분히 섞은 후 조심조심 삼켰다. "×× 씨 싫지 않으면 드세요." "예!" 부인이 말하자, 이번에는 콜 커피 컵을 손에 들고 마찬가지로 쭉 반입만 빨고 탁자에 놓았다. 그리고 이 부자연스럽고, 냉철 무참한 액체가 그의 얌전한 위장에 급격하게 내려가지 않도록, 혀를 전후좌우로 굴리면서 입 속에 오래 머금고 있었다.

"자네", 그는 중학생에게 말을 걸었다. 가을의 상쾌한 바람을 창으로 맞으면서 전철은 질주하고 있었다. "자네", 언제나처럼 똑바로 손잡이를 잡고 우두커니 서 있던 그는, 함께 있는 세 명의 중학생에게 다가가서 한 명의 어깨를 뒤에서 가볍게 두드렸다.

세 명 다 교과서를 넣은 가방 외에 검도구를 가지고 있었다. 머리·몸통·손목 부분의 보호대를 죽도에 꽂고, 셋이 똑같은 모습으로 어깨에 짊어지고 차내에 서 있었다. 오늘 학교에서 검도 시간이 있었으며, 지금 학교에서 돌아오는 길일 것이다.

어깨를 맞은 중학생은 고개를 뒤로 돌려 그의 얼굴을 보자마자 바로 그 이유를 깨달은 듯하다. 다른 두 명도 마주본 채로 갑자기 가만히 있었다. "안 되지요. 너무 한 거 아닌가요? 운전수는 열심히 운전하고 있습니다. 고의가 아닙니다." 언제나의 모습이다. 온화한 맑은 목소리로. 그저 평상시보다 말이 조금 많았다. '주의' '설교'라기보다 역시 늘 그렇듯 스스로에게 하는 혼잣말처럼. "무심결에 격동했습니다. 급발차했습니다. 기계의 불비(不備)일지도 모릅니다. 일부러 제군을 넘어뜨리겠습니까? 운전수 뭐해. 멍청히 있지 마. 잘 해, 운전수. 큰 목소리로. 너무 한 거 아닙니까?" 각반(脚絆)을 두른 양다리를 언제나 조심하면서 중학생은 듣고 있었다. 다른 두 사람도 신기하고 묘하게 밑을 보고 있었다. 정말로 미안하다고 생각했는지, 아니면 그를 다른 중학교 교원과 착각해서, 보도연맹을 통해서 자교에 보고되는 것을 두려워했는지. 맑은 목소리로 또 그는 계속했다. 주위의 승객들에게 일부러 자랑하고 있는 것은 물론 아니다. 그래서 조금도 주위에 거리낌이 없다. 그들에게는 전혀 무관심한 모습이다. 실은 그도 중학생 앞에 고개를 숙이고 있다. 그리고 아마 승객은, 교사와 생도가 마주해 묵도를 하고 있거나 혹은 뭔가 슬픈 내용의 이야기를 예의 낮은 목소리로 하고 있다고 이해했을지도 모른다.

"직업의 모욕입니다. 운전수께서는 열심히 일을 하고 있습니다. 가만히 있으려고 했습니다. 너무 자네가 끈질겨서. 중학생 분이지요. 모범이 되어 주지 않으면 안 되지요……." "예, 사과드립니다. 주의하겠습니다." 중학생은 꾸벅 머리를 숙였지만 그는 그것을 감지하지 못한 듯, 모자와 가슴의 명찰을 슬쩍 바라본 후 의연히 억양이 없는 목소리로 계속했다.

"연성(延城) 군. ××학교이군요. 국어 상용은 말입니다. 국어를 쓰면 좋다. 국어로 이야기만 하면 된다. 그렇지 않습니다. 국어로 싸운다. 국어로 욕을 한다. 뭐가 됩니까? 국어 상용의 본래 취지에 반합니다. 국어의, 야마토 언어의 진짜 정신을 체득합니다. 그리고……"

그는 갑자기 입을 다물었다. 학생 앞에서 쓱 몸을 뺐다. 자네, 하면서 이번에는 그가 누군가에게 어깨를 맞은 듯. "사과했습니다." 중학생은 한 번 더 머리를 숙였다. 그것은 거들떠보지도 않고, 벌써 좀 전의 장소에 돌아간 그는 손잡이를 잡고, 창 밖을 꼼짝 않고 바라보고 있었다. 세 명의 중학생은 그 다음 다음 정류소(교차점)에서 내렸다. ××행으로 갈아타는 것일 것이다. 무구(武具)를 짊어지고 선로를 가로질러 가는 모습이, 정차하고 있는, 그가 타고 있는 차에서 보였다. 사람이 뜸한 안전지대 위에 뿔뿔이 서 있었다. 서로 이야기하는 것도 아니고, 세 명 다 끝까지 침묵을 지키며 다가오는 전철을 기다리고 있었다.

덜컹덜컹 높은 소리를 내며 교차점 선로를 지나 차츰 질주하기 시작한 전철 속에서 맑은, 가련한 눈길로 그는 창 밖의 노랗게 물든 가로수를 바라보고 있었다.

에밀레종 (エミレエの鐘)

함세덕 咸世德

1915년 5월 경기도 인천에서 태어남. 인천상업 졸. 1939년 「극연좌(劇研座)」 문예부에 가입하면서부터 극단 활동에 관계함. 1941년「현대극장」 창립에 참가, 1942년 동경 「전진좌(前進座)」 연출부에 가입, 1944년 7월 츠키지(築地)소극장에서 우에즈미히데노부(上泉秀信) 작 「옛 친구」를 연출함. 같은 해 귀향, 현대극장에 있으면서 오늘에 이름. 그 사이 「산허구리」 「동승」 「해연」 등의 극작품을 발표함.

제1막

혜공왕(惠恭王)	신라 제36대 왕
만월부인(滿月夫人)	태후, 섭정(攝政)
시모나(詩牟那)	왕의 누나
무라사키 아가씨(牟羅沙紀姬)	일본 파견 신라 유학생
김은거(金隱居)	집사부(執事部) 시중(侍中) 이찬(伊湌)
김옹(金邕)	주종검교사(鑄鐘檢校使)
	상대등(上大等) 겸 병부령(兵部令)
김체신(金体信)	동(同) 부사(副使)
하전(下典)	동 대박사(大博士)
미추홀(弥鄒忽)	동 차박사(次博士)
박한매(朴韓眛)	동 조교(助校)
충봉(忠封)	동 판관(判官)
일상(一桑)	동 녹사(禄仕)
시위부감(侍衛部監)	

그 외 도제(徒弟), 주정(鑄丁), 부역인부(賦役人夫)들 다수

혜공왕 6년, 경술(庚戌) 봄 3월.
당(唐) 대력(大曆) 5년.
일본(日本) 쇼오토쿠 천황(称德天皇) 신호경운(神護景雲) 2년. 지금으로부터 1156년 전.

신종주조(神種鑄造) 성전(成典).
신라 서울, 서라벌(현 경주) 시외를 흐르는 알천(閼川) 근처에 가설한 주종 공방.
높은 토병(土屛)에 둘러싸여 내부는 보이지 않는다. 공방의 입구에는 성덕대왕(聖德大王)신종주조영성전이라고 쓰인 편액이 걸려 있고, 전기 검교정부사를 필두로 하여 주종에 따른 박사부터 녹사 등의 이름이 붓글씨로 가지런히 쓰여 있다. 장내에는 목탄, 점토, 모래 등이 이곳저곳에 산더미처럼 있고, 발판, 사다리 등이 거미집처럼 퍼져 있는 용광로의 일부가 보인다. 위쪽에 주종 사무실의 편액과 입구.
아래쪽에 꽃 울타리와 복숭아나무 두, 세 그루. 그 뒤쪽으로 흰모래가 드넓게 펼쳐진 알천이 흐르고 있다. 강 건너에는 비옥한 평야가 펼쳐지고, 수려한 소금강(小金剛)의 산들이 3월의 햇볕에 잠자는 듯하고, 저 멀리에 봉덕사(奉德寺)의 모습 등.

효성왕(孝成王)은 개원(開元) 26년, 무인년(戊寅年)에 봉덕사를 창건하여 부왕(父王) 성덕왕의 명복을 빌었다. 아우인 경덕왕(景德王) 또한 그에 이어, 큰 종을 주조하여 부왕의 인덕과 위업을 널리 알리려고 뜻한 바 있어 국가적 대업에 착수한 것이다. 장내에는 의식에 적합한 장식과 설비가 훌륭하게 꾸며져 있고, 보

는 사람에게 경건하고 엄숙한 기분을 불러일으킨다. 오랜 부역에 지친 주정들의 느슨한 노랫소리나 주변의 정숙을 깨는 캉캉캉 쇠를 두드리는 소리 등, 공방의 소음 속에 막이 오른다.

주종 검교부사(檢校副使)인 젊은 장군 김체신(金体信)이 초조와 불안 속에 장내를 왔다 갔다 한다.

공방 안에서 나이든 조교(助校-주정의 우두머리) 박한매(朴韓眛)가 허둥지둥 뛰쳐나온다.

화기를 담은 전신에 흠뻑 땀을 흘리고 있다.

부사   (뛰어와서) 어쨌느냐?

박한매   지금 막 박사가 주형(鑄型)을 떼라고 명령하신 참이옵니다.

부사   주형을? 오오, 그럼 일단락 지었다는 거로구나?

박한매   그러하옵니다.

부사   이번에야말로 틀림없겠지.

박한매   주형을 뗄 때까지는 뭐라고 말씀드릴 수 없사옵니다. 새긴 글자(銘)가 한 자라도 비뚤어져도 안 되고, 금이 가거나 상처가 생기거나 해서는 더욱 아니 되기 때문에, 확실하게 말씀드릴 수는 없사옵니다. 그것보다도 뒤쪽에 모인 사람들을 물리쳐 주셨으면 하옵니다.

부사   도성의 젊은 관리들이 또 다시 모여들었다는 것이냐?

박한매   오늘 주형을 뗀다는 얘기를 어디선가 들은 듯하옵니다. 첫 종소리를 들으면 극락왕생 한다고들 해서 멀리 전라도에서 온 여자도 있다 하옵니다.

안에서 대박사(大博士)의 흥분한 목소리가 들려온다. "판관, 무엇을 꾸물거리고 있느냐? 빨리 물을 길어 오지 못 하겠느냐?"

박한매   예, 지, 지금!

박한매, 서둘러 공방 안으로 뛴다.
주정들 3, 4 명 땀 범벅이 되어 수통을 매고 나온다.

부사   (사무소를 향해) 녹사(祿仕).

녹사, "예" 하고 대답하면서 나온다. 조종(造鐘)에 속하는 서무를 포착하는 지금의 서기역.

부사   신종(神鍾)이 완성되었다는 말을 듣고, 또 다시 사람들이
              모여들었다고 하는군.
녹사   예, 즉시 물리치겠습니다.
부사   대박사는 뭐라도 드신 것 같으시더냐?
녹사   오늘로 5일째, 물 한 방울도 드시지 않고 계시옵니다.
부사   그만큼 지시해 두었는데, 입에 맞지 않는 것을 드린 것이
              겠지.
녹사   입에 맞을만한 것을 정성을 다해 드려도 전혀 입에 대지
              않으시옵니다.
부사   나이 드신 몸으로 대업 도중 쓰러지시면 어찌할꼬. 돌이

킬 수 없는 일이지 않느냐?

녹사　보행도 불안할 정도로 쇠약해지셔서 박사께서 동 가마 쪽
　　　으로 다가가실 때마다 발이라도 미끄러지시면 큰일이라고,
　　　제자들도 조마조마하며 신경 쓰고 있사옵니다. 특히 여섯
　　　번이나 실패한 뒤의 일이라, 쉬이 흥분하셔서, 사소한 일로
　　　야단을 맞는 제자들도 몹시 난처해하고 있습니다.

이 때, 공방 안에서 대박사의 날카로운 목소리가 들려온다.

대박사의 목소리　미추홀(弥鄒忽), 빨리 물구멍을 막지 못하겠느냐!
미추홀의 목소리　아, 예!
대박사의 목소리　판관. 아니, 빨리 물을 붓지 않고 뭣들 하고 있는
　　　　　　　　게냐!

쫙 ― 하고 물을 붓는 소리.
뜨거워진 동을 식히는 소리. 입구 틈에서 자욱하게 뜨거운 김이 피어오른다.
박한매, 다시 등장한다.

부사　결과는 어떠하냐?
박한매　예, 지금 무사히 주형을 떼어냈사옵니다. 금도 가지 않았
　　　을 뿐만 아니라 종명(鐘銘)도 한 글자 빠짐 없이 명료하게
　　　나왔사옵니다.
부사　그 긴 종명이 한 글자도 비뚤어지지 않았다는 것이냐?

박한매 예! 이번에야말로 결과가 좋을 것이옵니다. 이전에 희미했던 용의 부조(浮彫)도, 비를 맞으면 지금에라도 꼬리를 흔들며 날아오를 것 같은 기세이오며, 향로를 올린 관세음의 승천상(昇天像)도 말할 것 없이 잘 나타나 있습니다.

부사 음. 형태만은 일단 갖추어졌다는 거군.

박한매 그렇사옵니다만 어떤 소리를 낼지 그것이 걱정이옵니다. 언젠가처럼 온전한 모습으로 완성되었어도, 당목(橦木)을 댄 충격을 못 견디고 완전히 두 동강이 날지도 모르고, 토기 깨지는 소리를 낼는지도 가늠할 수 없사옵니다.

부사 이번에야말로 그런 일은 없어야지.

박한매 대박사도 그것만을 걱정하고 계십니다. 동으로 만든 종이라면 당목을 대면 소리는 날 것이옵니다. 하오나 이번 종은 다른 형태보다도 음색 쪽에 심혈을 기울였습니다. 흔한 음색으로는 충분하지 않사옵니다. 12만근이나 되는 큰 종이 손가락으로 튀겨도 소리가 크고 우렁차게 울려 퍼지고, 이 세상 모든 죄장(罪障)을 씻어 정화하고, 악귀 나찰(羅刹)을 쫓고, 국가의 평안을 반석(磐石)에 올려놓고, 선왕의 인덕과 위업을 만대(万代)까지 전하듯 우수한 음색을 내는 것이 쉬운 일은 아니옵니다.

박한매, 다시 안에 들어간다.

녹사, 충봉(忠封)이 나온다.

녹사   말씀하신 대로 물리쳤사옵니다. 이번에는 말이 필요 없는 만듬새이므로 보러 온 것인 듯합니다.

부사   음. 부처님의 가호인 것이야.

이 때, 차박사(次博士) 미추홀, 공방에서 허둥지둥 뛰쳐나온다. 청수(淸秀)한 눈 속에 불굴의 의지를 담고 있다. 숨겨진 빼어난 인품은 직업과는 거리가 멀다.

미추홀   (격하게 부사 앞에 엎드리며) 부사 어른. 이번에도 결국 종은 울리지 않사옵니다.

부사   뭐라고?

미추홀   조금도 맑은 음색이 나지 않사옵니다. 토기를 깨는 듯한 둔탁한 소리가 납니다.

부사   혹시 금이 간 것은 아니냐?

미추홀   모양은 한군데도 나무랄 데가 없사옵니다. 석동(錫銅)으로 만든 종에서 토기 소리가 나는 것은 무슨 연유일까요?

부사   주조하기 전 잡물이 섞인 것이 아니냐?

미추홀   소홀히 했다고는 생각하지 않사옵니다.

부사   어찌 된 일인고?

미추홀   이유를 몰라 사장(師匠)은 미칠 지경이옵니다.

부사   (녹사에게) 서둘러서 검교사(檢校使) 어른에게 이 일을 전하여라.

미추홀   칠칠치 못한 놈들 하시면서, 아마 낙담하실 터이겠지요.

녹사, 서둘러 나간다.

부사　　　대박사께서는?

미추홀　　거의 쓰러지실 지경입니다. 죽음으로 상감마마와 검교사
　　　　　어른에게 용서를 빈다며 홍분하여 이성을 잃으신 것을 제
　　　　　자들이 겨우 말려 놓았습니다.

이 때 공방 안에서 "놓아라, 나를 누르지 마라." 하며 노호(怒号)하는 하전(下
典)의 목소리와, "사장 어른 다시 한 번 더 시험해 주십시오." "사장 어른, 칼을
이리 주십시오."라며 제자나 주정들의 떨리는 목소리가 들려온다. 김체신(金体
信), 공방 안으로 뛰어 간다. 계속해서 헝클어진 머리에 더러운 얼굴의, 눈만
날카롭게 빛나는 하전이 칼을 들고 나온다. 제자나 주정들이 둘러싸고 있어서,
뿌리치려고 발버둥친다.

부사　　　대박사, 칼을 놓으시오!

하전　　　부사 어른. 벌레만도 못한 이 늙은이를 죽게 해 주십시오.

부사　　　(칼을 빼앗아 멀리 던지면서) 그대가 죽은들 망친 종이 음을
　　　　　내는 것도 아니지 않소.

하전　　　결국 오래 살아도, 상감마마를 배알할 수 있는 몸은 아니
　　　　　옵니다.

부사　　　상감마마의 하문에 답하는 것은 신종주조 검교 정사(正使)
　　　　　인 김옹(金瓮) 님과 부사인 김체신이요. 박사가 죽을 일은
　　　　　아니오.

하전   미숙한 솜씨로 5년이라는 긴 세월동안 종 하나를 달랑 남
기고, 지금 또 실패했으니 배를 갈라서 사죄 드리는 것 외
달리 길이 없사옵니다.

부사   뭐라 하는 것이오. 신라 888개 절의 대소 수천의 신종은
모두 박사와 박사의 제자들의 손으로 완성된 것이 아니
오? 본국 신라에서보다 일본이나 당나라에 박사의 이름
은 더 알려져 있다고 하지 않소. 주종 기공(技工)을 배우고
자 하는 유학생이 여러 나라에서 다투어 박사 밑으로 몰
려들고 있는 상황에 미숙한 솜씨라고 할 수는 없지요.

하전   미숙한 자가 아니라면 고작 종 하나에 여섯 번이나 실패
를 할 리 없지요.

부사   하늘이 하시는 일, 박사의 솜씨 때문이 아니오.

하전   저도 만정이 다 떨어져 두 번 다시 손을 댈 용기가 없사
옵니다.

부사   이 종이 완성될지 안 될지는 박사의 면목과 상관 있을 뿐
만 아니라, 우리나라의 문화 정도를 대변하는 일과도 관
련이 있습니다. 일본이나 당나라에서도 12만근의 큰 종을
주조 중이라고 들은 때에 중도에 그만두어서는 국위에도
상관이 있다 할 것이오.

하전   부사 어른, 그럼 어떻게 하면 좋겠습니까?

부사   성취할 때까지, 백 번 천 번 실패를 반복하더라도 반드시
만들어야 할 것이오.

하전   검교사 어른께 말씀드려 주시겠사옵니까?

부사   오늘의 결과를 들은 바에야 머지않아 달려 올 것이오. 그 성질에 그냥 넘어가지는 않을 것이오. 그렇지만 어떠한 책망을 받더라도 반드시 함께 화를 내서는 안 될 것이오. 다시 한 번 더 굽히고 대업을 맡겨달라고 특별히 부탁할 밖에 도리가 없소.

부사, 공방으로 들어간다.
이 때, 멀리서 달려오는 말발굽 소리.

미추홀   사장 어른, 검교사 어른이 오셨사옵니다.

말발굽 소리, 가까워져 와서 딱 멈춘다. 녹사를 앞세우고 상대등(上大等)겸 병부령(兵部令)인 검교 정사 김옹이 들어온다. 하전 이하 제자, 주정들, 바닥에 엎드린다.

김옹   (추상과 같이) 토기가 깨지는 소리가 난다는데 그것이 정 말인가?
하전   ……….
김옹   동이나 주석으로 주조한 종에서 토기 소리가 난다니, 어 떻게 된 일인가?
하전   어찌된 일인지, 하늘을 우러르며 한탄할 뿐이옵니다.
김옹   종 하나에 5년의 세월을 보내고, 여섯 번이나 다시 주조 하면서, 그것으로 끝날 것이라고 생각하는가? 검교사 김

옹 혼자 면목이 서지 않는 것이 아니라 천만년 뒤에라도
신라의 수치야.

하전　부끄럽사오나, 용서를 빌 여지가 없사옵니다.

김옹　박사도 부끄럽다고 생각하는군. 신하로서 상감마마께 황
송하다고 생각하지 않는가?

하전　……….

김옹　낭비한 재보(財宝)가 얼마나 많은가? 박사는 모를 것이야.
주조하고 버린 동이 몇 만근인가? 쓸데없이 쓴 목탄이 몇
만 가마인가? 그대는 짐작도 하지 못 할 것이야. 얼마나
많은 부역을 쓰고, 얼마나 많은 물자를 들였다고 생각하
는가? 이미 국고(国庫)도 바닥나고, 병부령에 있는 내가,
나라를 지키는 병비(兵備)를 정리하려고 해도 돈 나올 곳
이 없는 지경이야.

하전　모두 어리석은 저, 하전의 죄이옵니다.

김옹　그대는 그대의 어리석음을 이제야 알았는가? 지난 겨울
에 실패했을 때, 다시 한 번 맡겨 주시면 꼭 이루어 내
보이겠다고 호언장담한 것이 그대 아니던가? 부끄러움을
아는 신라의 사내라면 배를 갈라 용서를 비는 것이 지당
할 것이야.

하전　……….

김옹　상감마마께는 뭐라고 말씀드려야하누? 지난번 실패했을
때도 침전에 누우신 채 닷새나 식음을 전폐하시고, 조의
(朝儀)조차 하지 못하셨는데, 한 번 더 내 입으로 이 일을

　　　　　　　말씀드릴 수 있다고 생각하느냐?

하전　　　……….

김옹　　　선왕이신 형님 효성대왕께서 개원 26년에 문왕(文王)이신
　　　　　성덕대왕의 위덕을 기리시어 봉덕사를 창건하신 것하며,
　　　　　동생에게는 주종해서 봉납하라고 하시는 마음 등등, 이
　　　　　대업을 말씀 꺼내신 일의 경위는 그대들도 알고 있을 것
　　　　　이오. 허나 일을 성사시키지 못하고 돌아가신 뒤부터, 대
　　　　　를 이어 지금 금상께서는 아바마마의 뜻을 받들려고 황송
　　　　　하게도 신종 주조에 대해서는 혼자 가슴 아파하고 계실
　　　　　것이오. 보위에 오르셔서 4년, 14세가 되시는 약년(若年)의
　　　　　상감마마의 가슴을 이렇게 괴롭혀 드리는 어리석은 자들
　　　　　이 어느 우주, 어느 나라에 있겠는가?

부사, 공방에서 나온다.

부사　　　아무래도 기괴한 일이옵니다. 어디 하나 나무랄 데도 없
　　　　　을 정도로 잘 만들어졌는데도 탁한 음색이 나는 것은 납
　　　　　득이 가지 않사옵니다. 하늘이 노여워하는 것이지, 박사
　　　　　의 미숙함 때문이라고는 조금도 생각되지 않사옵니다.

김옹　　　(추상과 같이) 그대는 박사를 감쌀 필요가 없네!

김옹, 공방을 쳐다보지도 않고 나간다.

부사　　　　(녹사에게) 어디에 가시는지 보고 오너라.

녹사　　　　(밖을 보면서) 봉덕사에 가시옵니다.

미추홀　　　왜 봉덕사에 가시는 걸까요?

부사　　　　이 종을 주조하는 것은 숭덕대왕(崇德大王) 영전에 바치려
　　　　　　는 조지(朝旨) 때문이 아니겠느냐? 이번의 좋지 않은 결과
　　　　　　를 영전에 용서 빌려는 생각이실 거야. 자, 여러분, 서 있
　　　　　　기만 한다고 도움 되는 것은 없소. 공방으로 돌아가, 다시
　　　　　　한 번 종이 울리지 않는 원인을 납득이 갈 때까지 연구해
　　　　　　봅시다.

　　하전, 절망 속에, 자기를 잊고 쓱 공방 안으로 들어간다. 제자들, 뒤를 따른
다. 이 때, 공방을 향해 달리는 말발굽 소리.

부사　　　　누구시냐.

녹사　　　　(소리 나는 쪽을 쳐다보면서) 시위부감(侍衛部監) 어른인 듯
　　　　　　보이옵니다.

부사　　　　이런, 검교사 어른이 이미 궁에 들어가셨다고 생각되는
　　　　　　데…….

녹사　　　　상감마마께서 납신다는 전교는 아닌지요?

부사　　　　글쎄.

　　녹사, 집무실에 들어가, 빗자루를 가지고 나와 주변을 쓴다. 말발굽 소리,
문 앞에서 멈추고, 시위부감이 들어온다.

시위부감   상감마마께서 납시옵니다.

부사   행렬로 납시는 것이옵니까?

시위부감   미행(微行)이니 신경 쓰지 말라는 황공하신 말씀이 있으셨소.

부사   바로 맞을 준비를 하겠사옵니다.

시위부감   특히 오늘은 국모님을 거역하고서라도, 시모나(詩牟奈) 공주마마와 야마토국(大和國)의 석학 키비노 마키비(吉備眞備)의 따님인, 공주마마의 유일한 말동무 무라사키 아가씨를 데리고 임행(臨幸)하시므로, 만사 소홀함이 없도록 조처하라는, 집사부시중(執事部侍中)의 말씀이시오.

부사   만사에 소홀함이 없도록?

시위부감   그렇소! 게다가 다시 한 번 마음에 새겨둘 것은…….

부사   (조금 불쾌하게) 마음에 새겨둔다?

시위부감   (아불관언의 투로) 시중 김은거(金隱居) 어른께서는 나에게 그렇게 분부하셨소. 공주마마께서는 올해 열여섯……(손가락을 꼽으면서) 아니, 열일곱……(불안해서 녹사에게) 공주마마께서는 몇 살이 되시느냐?

녹사   (웃으면서) 나이 열여덟이 되시옵니다.

시위부감   (약간 위엄을 잃었지만, 다시 거만하게) 열여덟 해만에 처음으로 궁중을 나오셔서, 지상에 옥보를 디디시니, 티끌만큼의 추한 것, 더러운 것도 눈에 띄어서는 안 된다는 엄명이 있었오.

시위부감, 전할 말만 전하고는 나간다.

녹사   (분개하며) 시중의 직에 있는 분이, 신하 중에서도 가장 높
         은 상대등 겸 병부령으로서 일국의 군정을 일신에 관장하
         는 김옹 님에게 만사 소홀함이 없도록 하라느니, 마음에
         새겨두라느니 하니 좀 불손한 말씀은 아닌지요?
부사   그렇게 타고난 분이니……당나라에 2년 동안 유학하셨다
         고는 해도 방약무인한 사람이니.
녹사   상대등 어른께서는 좀 더 강하게 나가시는 편이 좋을 듯
         하옵니다.
부사   시중은 금상의 숙부에 해당하는 분이라서 상대등이 지위
         는 높다 하나 궁중에서의 권세는 시중에게 비할 바가 못
         되네. 그대들이 생각하는 것처럼 되지 않아. 그것보다도
         빨리 봉덕사로 달려가 상대등 어른께 임행을 알려드려라.

녹사, 밖으로 나간다.

부사   (공방 안을 향해) 상감마마의 임행이시다. 빨리 치워라.

부사, 영접차 밖으로 나간다. 미추홀과 도제, 주정들, 주변을 쓴다.

주정1   드디어 큰일났군!
주정2   그렇다고는 해도 나라를 떠나가시는 공주마마의 얼굴을

	뵐 수 있다면 죽는다 해도 여한이 없네.
도제	공주마마는 어디로 가시오?
주정1	봄이 되면 당나라 황태자님께 시집을 가네.
도제	시집?
주정2	공주마마가 타실 가마를 대신한 견당선(遣唐船) 조립에, 선부(船府)에서는 밤을 새며 눈이 돌아갈 정도로 바쁘다고 하는 소문도 그쪽은 못 들었소?
도제1	그럼 벌써 정식으로 결정되었다는 겁니까?
주정2	지난 달, 창부낭중(倉部郎中) 도귀숭경(途歸崇敬)이 왔을 때 결정되었다는군.

"쉬쉬, 상감마마 행차시다."라고 누군가가 외친다. 모두 좌우로 엎드린다.

부사 김체신, 혜공왕(열네 살), 만월부인(滿月夫人-섭정), 공주 시모나를 도와 들어온다.

계속해서 시중 김은거와 무라사키 아가씨.

혜공왕	이번에도 음색이 탁하다는 것이냐?
부사	(엎드린 채) 황공하옵니다.
혜공왕	무언가 저주라도 내린 게지.
만월부인	전혀 쓸 수 없는가?
부사	한 번 더 고치지 않으면 안 될 것 같사옵니다.
시모나	들어가 보아도 괜찮겠지요?
부사	예!

부사, 일행을 안내해서 공방에 들어간다.

김은거는 봐도 달라질 것이 없다는 듯이 우두커니 서 있다.

부사, 혜공왕, 만월부인, 공방에서 나온다.

만월부인 상대등께서는 어떤 묘책이라도 있으신겐가?

부사   아직 아무런 말도 하지 않았습니다.

만월부인 부사, 그대는 어떻게 생각하는가?

부사   다시 한 번 분부해 주시기를 바라는 미련한 마음이옵니다.

김은거   (부사를 노려보면서) 이대로 계속하게 해 달라니 황송한 줄
         아시오, 자기 주위조차 여의치 못한 것을 생각하지 못하
         는 형편이라니.

혜공왕   부왕의 유언 때문에 어떠한 일이 있어도 그만두는 것은
         허락할 수 없다.

김은거   황송하오나, 선대왕의 유지에 등을 돌리시라고 말씀드리는
         것은 아니옵니다. 모든 국력을 기울여 다시 주종하실 주조
         대박사 하전 이하 도제, 주공(鑄工)에 이르기까지 모두를
         바꾸심이 지당하다고 생각되옵니다.

만월부인 (부사에게) 서울의 우수한 주공에는 어떤 자들이 있느냐?

부사   분황사(芬皇寺) 종을 만든 소공(蘇工), 백율사(栢栗寺) 약사여
         래를 완성한 백서장(白徐匠)이 있사오나, 하전에 비하면 하
         전의 제자에도 못 미치는 자들이옵니다. 그 밖의 자는 그
         저 도끼를 만드는 주물사에 지나지 않사옵니다.

만월부인　그러한 자들에게 분부한들 하전이 실패한 이 종을 만들어
　　　　　낼 수는 없겠군.

김은거　　신라의 주공만 고르실 것은 없사옵니다.

만월부인　아주버님께서는 당나라에서 부르라는 말씀이신지요?

김은거　　숙위왕자(宿衛王子)로 당나라에 머물 때부터 몇 번이나 말
　　　　　씀드렸사옵니다. 섭정마마께서는 그것을 거두어 주시지
　　　　　않아 오늘날까지 실패를 거듭하고 계십니다.

만월부인　나도 그 때에, 상대등에게 시중의 말씀을 전해드렸습니다
　　　　　만, 선왕이 계실 때부터 신종 주조의 모든 것을 맡고 있던
　　　　　상대등이 들어주지 않아 어쩔 수 없었습니다.

김은거　　상대등의 완고함이 재앙의 씨앗이옵니다. 신라의 오랜 전
　　　　　통, 신라의 자랑스러운 문물이라고 입버릇처럼 말씀드리
　　　　　고는 있지만, 노자(老子)나 공맹(孔孟)의 제자가 들어와 처
　　　　　음 학문으로의 길이 열리고, 불도가 전해져 요즘 겨우 공
　　　　　예 등도 발전했다고 하는데, 문물도 그렇고, 제도도 그렇
　　　　　고, 사원의 건축법에서 고분의 벽화에 이르기까지 대국의
　　　　　것을 보고 따라하지 않은 것은 없사옵니다. 어째서 신라
　　　　　의 오랜 전통이라고….

만월부인　대국에는 우수한 주공이 있습니까?

김은거　　셀 수 없을 정도로 많사옵니다.

이 때, 김옹, 달려와서 넙죽 엎드린다.

김옹　　　황송하게도 상감마마의 행차를 맞지도 못하고, 황송하기
　　　　　그지없사옵니다.

만월부인　이번에야말로 사람을 바꾸는 것이 어떠하오?

김옹　　　예?

만월부인　지금까지 실패를 거듭하여서, 그대도 납득하겠지요. 이미
　　　　　대박사도 나이가 들었고, 솜씨 좋은 젊은 자로 바꾸는 것
　　　　　은 어떻소?

김옹　　　신라에는 하전에 견줄만한 주공이 없사옵니다.

만월부인　신라에 없으면 대국에서 데려오시오.

김옹　　　선대왕의 유지가 아니옵니까?

만월부인　종 하나에 5년의 세월을 보내고, 여섯 번이나 실패한 것
　　　　　이 선대왕의 유지라고 합니까?

김옹　　　석굴암의 석불, 불국사의 석교, 석탑을 위시하여 신라의
　　　　　888개 절의 종과 탑 모두를 신라 기공의 손으로 만들었사
　　　　　옵니다. 지금에 이르러 이 종 하나를 주체하지 못해 대국
　　　　　에서 주공을 부르신다면, 위광(威光)에도 상관이 있으리라
　　　　　생각되옵니다.

만월부인　그렇다 해도 이러한 때에 이르러 변명이 되지 않소. 나는
　　　　　섭정으로서 명령하오. 빨리 주종사를 파면하시오.

김옹　　　……

만월부인　그대가 말을 듣지 않는다면 내 친히 지시하겠소. 박사를
　　　　　이리로 불러 오라.

이 때, 공방 뒤에서 작은 여자의 비명이 들려온다. 모두 소리 나는 쪽을 응시한다. "누군가." "이리 오너라." 등등. 그리고 공주와 무라사키 아가씨가 공포에 떨면서 들어온다.

미추홀, 겨우 엉겁결에 엎드려 있는 사람들 중에 사장이 없는 것을 눈치 채고, 불길한 예감에 휩싸여, 황급히 공방 뒤로 뛰어 들어간다.

"누군가가 강둑에서 할복해서 죽었어요."

멀리서 "사장 어른, 사장 어른!" 하고 부르는 목소리가 점점 떨린다.

결국 "사장 어른!" 하고 부르는 목소리, 이어서 오열의 목소리, 통곡의 목소리. 김옹, 부사, 도제들, 일제히 달려간다.

시모나   (공포에 떨면서) 어마마마.
만월부인   공주, 정신 차려라!

김옹, 맥없이 돌아온다.

김옹   박사가 자결하였사옵니다.
부사   실패했다는 것을 알고 바로 할복을 하여 상감마마와 섭정
             마마께 용서를 빈다고 하는 것을 제가 말렸었는데…….
김옹   상감마마께 드리는 박사의 유서가 있사옵니다.
혜공왕   (동심의 순정에서) 뭐라고 써 있느냐. 빨리 읽어 보아라.
김옹   (유서를 읽는다)
             대죄인 하전, 황송하옵게도 상감마마의 홍은을 받자와 신
             종주조의 대임을 임명 받아, 도제들과 함께 성은의 만분

의 일에라도 보답하려고 분골쇄신하였사옵니다. 하오나, 나면서부터 둔하여, 애석하게도 5년의 세월을 낭비하고, 여섯 번이나 실패를 거듭하여, 상감마마를 걱정시켜 드린 지금, 정말로 그 죄는 몇 번이고 되풀이하여 죽어 마땅하옵니다.

신 하전, 8세에 아버지를 따라 당나라로 들어가 20년 동안 주물 기술을 배우고, 다시 돌아온 후라고는 하나 늘 기술 단련하기를 40여 년에 이르러도, 둔재가 결국 그 이름을 이루지 못하고, 상감마마의 배려를 어지럽히어, 황공하여 몸 둘 바를 모르겠사와 죽음으로서 용서를 비옵나이다.

무신(戊申) 3월 주종 대박사 대나마(大奈麻) 하전

만월부인　(눈물을 닦으면서) 가여운 사람이야.

혜공왕　　황룡사(皇竜寺)의 48만 근의 큰 종을 고작 3개월만에 완성한 하전이……

미추홀, 비통한 얼굴로 초연히 들어와 바닥에 넙죽 엎드린다.

미추홀　　상감마마께 간곡히 말씀드리옵니다. 이 대업을 저희들에게 한 번만 더 맡겨 주시옵소서. 뼈를 깎고 몸을 가루로 만들어서라도 반드시 성공하여 사장의 명복을 빌어드리고 싶습니다.

김은거　　사제의 정애(情愛) 때문에 국가의 대사를 소홀히 할 수는 없소.

미추홀　　부디, 부디 다시 한 번 맡겨 주시옵소서. 꼭 성공하여 보여드리겠사옵니다. 이대로 저희들이 공방을 나가면, 마음을 남기고 돌아가신 사장이 가엾사옵니다.

김은거　　(섭정에게) 주공을 대국에서 부르시면 빨리 대업의 성취를 볼 수 있을 뿐만 아니라 당 황제의 신임도 한층 깊어져, 일거양득의 묘책이라고 생각하옵니다.

만월부인　　………

미추홀　　섭정마마, 황송하오나, 당의 주공의 손으로는 선대왕이 바라시는 음색을 낼 수 없사옵니다.

김은거　　뭐라는 것이오?

미추홀　　사장도 당나라에 20여 년이나 머물러 계셨고, 저희들도 20년 동안 아진(阿真)이라는 당대(当代) 제일의 주물사에게 입문해 있었사오나, 이 공방의 구조, 주종의 비술에 이르러서는, 외람된 말씀이오나 당나라를 모방한 부분은 조금도 없고, 이것 모두 사장과 저희들이 안출한 것이옵니다.

김은거　　당나라의 흐름은 미치지 않았다는 것인가?

미추홀　　황송하오나, 자세히 조사해보시면 아실 것이라고 생각되옵니다. 당나라 종의 음색은 그 나라의 지형에도 닮아 그저 넓게 단조롭고, 외형도 크기는 하지만 아름답다고는 할 수 없사옵니다. 한 번 치면 화랑의 피를 용솟음치게 하는 웅장한 울림을 전하고, 두 번 치면 성수(聖寿) 만세를

축복하는 민초의 외침이 되고, 세 번 치면 젖먹이를 잠들
게 하는 자장가도 되는, 삼라만상(森羅万象) 모두를 감싸는
부처의 자애에도 닮은 음색을 당나라 주공의 손으로는 도
저히 만들 수 없사옵니다.

강렬하고, 정열적인 사상에 시모나와 무라사키 아가씨는 감격해 같이 운다.
김옹은 만족하는 듯.

김은거   대국과 친교를 두텁게 하려는 것은 선조 대대로부터 신라
           의 국시(国是)요.

시모나   (한 발 앞으로 나와) 국시의 희생은 저 한 사람으로 충분하
           다고 생각하옵니다.

김은거   희생?

시모나   제가 당 황실에 시집 가면 신라의 사직(社稷)은 대반석(大
           磐石)이라고 시중 어른은 말씀하셨습니다. 저는 시중 어른
           과 중신들의 말씀에 따라 신라의 종사를 무궁히 발전시키
           기 위해서 참고 당나라에 시집 갈 작정입니다. 더 이상 당
           황실에 아부하고 추종할 이유가 어디에 있사옵니까?

김은거   혼례와 주공을 부르는 것과는 아무런 상관도 없사옵니다.

시모나   주공을 불러서 친교를 두텁게 해 보십시오. 저는 다른 나
           라로 시집가지 않아도 될 터이니……

시모나, 던져버리듯 말하고 나가 버린다.

만월부인　공주, 공주, 무슨 말을……

　　　　　　（김옹에게） 그 젊은이에게 다시 한 번 대임을 맡기시오.

김옹　　　황공하옵니다.

　김옹 이하 관계자 일동의 얼굴에 안도의 빛이 돈다. 미추홀의 고조된 흥분과 시중의 불복하는 듯한 표정.

—막—

제2막

김옹　　　　　　　　주종검교사 상대등 겸 병부령

김체신　　　　　　　동(同) 부사

미추홀　　　　　　　동 차박사

박한매　　　　　　　동 조교

충봉　　　　　　　　동 판관

일상　　　　　　　　동 녹사

시모나　　　　　　　왕의 누나

무라사키 아가씨　　　일본 파견 신라 유학생

지조대사(智照大師)　봉덕사 주지

탁발승(托鉢僧)

이화녀(梨花女)   과부(寡婦)

그 여자

김초정(金初正)   견일본사(遣日本使)

시위부감

혜공왕 6년, 경술, 5월

신종주조성전, 집무실.

성덕대왕 신종주조성전이라고 쓰인 편액.

문서, 의자, 탁자, 종 모형, 화병 등 적당히.

벽에는 주종 설계도, 아래에는 유기(鍮器)를 넣은 가마니가 산적해 있다.

뜰에는 모란, 수국, 석죽, 작약 등의 화원.

판관 충봉과 녹사 일상, 다시 주(鑄) 자재 견적서를 다 읽고, 옮겨 적고 있었다.

판관   1, 열동(熱銅) 12만근(읽는다)

녹사   1, 열동 11만근(받아 적는다)

판관   1, 금은 2천근

           1, 주석 5백근

           1, 아연 백근

           1, 점토 5백석(石)

           1, 각재(角材) 5백개

           1, 편재(扁材) 5백장

           1, 목탄 4백 섬

녹사   어째서, 박달나무 숯이 아니면 안 될까요?

판관   다른 숯으로는 화력이 약해.

녹사   받아 적기는 합니다만 12만근의 동이 모일까요?

판관   나라 안을 뒤져서 긁어모아야지. 도자기를 사용하고, 유기는 나라에 바치라고 군(郡)마다 방을 붙인 것 같으니까, 모으면 상당히 모일 것이다.

녹사   주석을 넣지 않으면 좋은 음색이 나오지 않는다고 하는데, 이번에는 한 번 큰맘 먹고 섞어보면 어떻겠사옵니까?

판관   너무 섞으면 깨어지기 쉽다고 하지 않느냐? 그런 일은 박사에게 맡기면 된다.

녹사   그래도 또 실패했잖습니까?

판관   시중 어른의 말씀대로 당에서 명공을 불러오면 당장 완성할 수 있을 것을……

녹사   자존심만 높고, 우월감으로 우쭐거리며, 당나라 주공으로는 결단코 안 된다고, 고언을 내뱉었다고 하지 않사옵니까?

판관   이번의 실패는 이전처럼 금이 갔다거나 좋은 음색이 나오지 않는다거나 하는 것이 아니었다. 조산대부(朝散大夫), 전 태자 사의랑(司議郞) 님이 상감마마의 교찬(敎撰)을 받들어 쓴 종명에 죽은 우충(蚨蟲)이 끼여 한 글자가 비뚤어졌기 때문이야.

녹사   한 자 정도야 어떻든 상관없지 않사옵니까?

판관   검교사 어른의 귀에 들어가면 당장 쫓겨날 일이네.

이 때 말발굽 소리와 차바퀴가 삐걱거리는 소리가 뒤 쪽에서 멈춘다. 시위
부감이 들어온다.

시위부감　공주마마 납시오.

판관, 당황하며 집무실 본관 쪽으로 서두른다. 이윽고 부사와 함께 나온다.
일동, 넙죽 엎드린다. 공주 시모나와 무라사키 아가씨가 들어온다.

시모나　　유기 모으는 것은 어떻습니까?
부사　　　민초들이 앞 다투어 거국적으로 봉납하고 있사옵니다. 저
　　　　　기에 쌓아 놓은 것이 그것이옵니다.
무라사키　어머, 이 많은 유기들……
시모나　　화랑의 젊은이들이 온 나라를 두루 돌아다니며 봉납을 권
　　　　　하고 있다고 들었습니다.
부사　　　백성들의 정성은 정말로 눈물겨울 뿐이옵니다. 완전히 새
　　　　　것 같은 아이의 숟가락이나 젓가락까지도 가지고 옵니다.
시모나　　탁발하러 나간 도사(道師)들은 어찌 되었습니까?
부사　　　오늘 모두 돌아올 것이옵니다.
무라사키　서라벌 888개 절의 사승(寺僧)들이 구석구석 온 나라를 두
　　　　　루 돌아다니며 희사(喜捨) 받은 유기는 산처럼 많을 것이
　　　　　옵니다.
시모나　　봉덕사 주지님이 제일 앞장 서셨다고 합니다.
무라사키　그럼, 저희들 것도 봉납하지요.

시모나	저희들도 조금 가져 왔습니다.
부사	공주마마께서도?
시모나	무라사키 아가씨와 둘이서 궁중에 있는 것을 모아서 왔습니다. (시위부감에게) 이쪽으로 옮겨 오세요.
부사	아니요, 저희들이 하겠사옵니다.

부사, 판관, 녹사, 나간다. 판관과 녹사는 유기가 들어있는 봉지를 짊어지고 되돌아와 부사 뒤를 따라 창고로 옮긴다.

무라사키	온 백성의 정성이 들어있어 이번에야말로 분명 좋은 결말이 있을 것입니다.
시모나	부처님의 가호가 없으면 안 됩니다.
무라사키	공주마마께서는 어찌하여 그토록 미추홀 박사를 신경 쓰시는지요?
시모나	저는……그저, 박사의 지성에 감명 받았을 뿐……신경 쓴다니……아가씨도 기억하고 있습니까? 대박사가 자결하셨을 때, 이 종은 신라의 주공이 꼭 완성하지 않으면 안 된다고 어마마마를 설득하던 때의 일을……
무라사키	기억하고 있사옵니다.
시모나	숙위왕자인 숙부님이 당에서 돌아오시고 나서 신라에는 당을 숭배하고 당에 의지하는 풍조가 넘쳐 저는 여자이면서도 몹시 불쾌하게 생각하고 있었습니다. 그러한 때 박사는 처음 신라의 특색을 확실히 하고, 다른 나라에 아

첨하는 것을 경계하게 한 것입니다. 그때까지 우리나라는
당의 것을 흉내내는 일만 생각하고 있었습니다. 삼국이
통일 되고 난 후 한꺼번에 당의 문물이 있는 그대로 밀려
와서 정돈하거나, 선택해서 취하거나 할 틈도 없이 그대
로 받아들여 왔으니까요. 계속 그리 하였다가는 신라의
문물은 망한다고 박사는 말씀하신 겁니다. 취해야 할 것
은 취하고, 버릴 것은 버리고, 신라의 새로운 문물을 만들
어내지 않으면 안 된다고 박사는 말씀하신 겁니다. 저는
그 말씀에 감명 받았습니다.

무라사키　현명하신 공주마마!

시모나　박사라면 반드시 좋은 결과를 낼 것이라고 저는 박사를 믿
고 있습니다. 그래서 저는 어마마마께 부탁드렸을 뿐……

부사, 판관, 녹사, 다시 나온다.

시모나　(부사가 내미는 종잇조각을 받아들면서) 이것은 무엇인지요?

부사　유기를 희사해 받았다는 예장(礼狀)이옵니다.

시모나　박사는 어디에 가셨습니까?

부사　점토 주형에 관세음 승천상을 새기고 있사옵니다.

무라사키　보러 가도 괜찮습니까?

시모나　일에 방해가 되어서는 죄송하지요. 그것보다도 도사들이
되돌아온다고 하니까 절에 갑시다. 희사를 받은 물건들도
보고 싶고……

무라사키　공주마마의 말씀에 따르지요.

두 사람, 미소를 지으며 나간다. 시위부감이 뒤따르고, 부사는 배웅하러 나간다.

녹사　　　보십시오. 공주마마와 부사 어른이 저렇게 나란히 계시는 모습이 얼마나 잘 어울리는지……

판관　　　신라에 사내도 많지만 공주마마의 부마가 될 사람은 김체신 장군밖에는 없을 거야.

녹사　　　그런데도 불구하고 왜 당나라로 시집가시는 것입니까?

판관　　　선대왕께서는 부사 어른을 부마(駙馬)로 삼으려고 하셨어. 그것을 모르는 사람은 없을 것이야. 이번의 혼례는 모두 김시중 어른의 사주로 결정된 것……

녹사　　　부사 어른의 안색이 좋지 않은 것이 그 때문인가요?

판관　　　국시를 방패로 궁중에서 결정하신 일이라 부사 어른은 가만히 물러나신 게지. (인기척이 난다)

부사가 들어온다. 모란 가지를 하나 꺾어 향기를 맡는다. 흥이 나지 않는지 던져버린다. 이 때 김옹이 들어온다. 일동 맞이한다.

판관　　　자재 견적서이옵니다.

김옹　　　(검사한 후, 서명한다)

판관, 녹사, 견적서를 가지고 나간다.

김옹   그래도 동이 모자랄 것 같구나.

부사   전부 3만 5천근이옵니다.

김옹   당으로부터는 운반이 어려운지라, 무슨 일이 있어도 가까
         운 다자이후(太宰府)에 가서 바꾸든가, 빌리든가 하지 않
         으면 안 되는데……

부사   일본국으로 바로 사람을 보내는 것이 어떻습니까?

김옹   빌려 줄지 어떨지. 신종 주조에 대해서는 일본국에서 이
         미 3만근의 동을 받았네. 그것을 다 쓰고 또 부탁하는 것
         도 미안한 형편이야.

부사   일본국에는 금이 적다고 들었사옵니다. 금과 바꾸면 좋겠
         지요. 작년, 영락(寧楽-나라(奈良)를 가리킴 : 역자)의 동대사(東
         大寺)에서 대불을 건립했을 때도 백제의 경복왕(敬福王)이
         금을 보내 금박을 입혔다고 하옵니다. 예부터 일본국과
         우리나라는 국가간의 교제에 친밀한 사이지만, 나아가 부
         처님의 도를 통해서 끊으래야 끊을 수 없는 인연으로 맺
         어져 있어서, 신종 주조에 쓸 동이라고 하면 흔쾌히 빌려
         줄 것임에 틀림없을 것이옵니다.

김옹   동대사의 대불을 창건한 행기(行基)라는 대사는 우리나라
         사람이라고 했던가?

부사   그렇사옵니다. 그뿐 아니라 한산(漢山)시대의 아진기(阿真
         岐)와 왕인(王仁)이 논어와 경전을 가지고 건너간 후, 셀 수

없을 만큼 역박사(易博士), 역박사(曆博士), 의박사(医博士), 채약사(採藥士), 악인(樂人)들이 일본으로 건너갔사옵니다.

김옹   일본에도 부처님의 도가 널리 알려져 있는 모양이군.

부사   제가 선대왕 22년 2월, 수행원 211명을 따라 친교를 위해 바다를 건넜을 때도 직접 보고 왔습니다만, 판전사(坂田寺), 법륭사(法隆寺), 법기사(法起寺), 법륜사(法輪寺), 백제대사(百済大寺), 봉강사(峰岡寺), 태응사(態凝寺), 난바(難波)의 천왕사(天王寺) 등, 대사대찰(大寺大刹)이 많이 창건되어 있었사옵니다. 이들 공사에 힘을 더한 조사공(造寺工), 조불공(造仏工), 와박사(瓦博士), 벽화공(壁画工), 주종사(鋳鐘師) 등이 거의 우리나라 사람이었사옵니다.

김옹   그러면 사람을 보내어 다시 한 번 부탁해 볼까?

부사   그것이 좋겠지요.

김옹   그대가 가장 적임자인데, 그대가 없으면 공사가 진척되지 않고……누구를 보낼까?

부사   급찬(級湌) 김초정(金初正)은 어떻사옵니까?

김옹   음, 초정이라면 할 수 있을 것 같네.

부사   시중, 김은거 어른이 당으로부터 귀국하실 때, 재당 일본국 대사 후지와라 키요카와(藤原清河)로부터 영락으로 보내는 소식을 맡았다고 하지 않사옵니까?

김옹   기회가 없어서 보내지 못하고 있다고 생각하는데……

부사   좋은 기회에, 그것도 보낸다면……

김옹   음. 괜찮은 생각이군. 그럼 급찬에게 이 일을 전해, 밤늦게라도 내게 오도록 적절한 조치를 취해 주게.
부사   알겠사옵니다.

부사, 밖으로 나간다. 말의 울음, 말발굽 소리, 멀어진다. 봉덕사의 주지, 지조대사(智照大師)가 들어온다. 봉지를 짊어지고, 지팡이를 짚은 탁발승의 모습.

김옹   (기쁘게 맞이하면서) 이런, 이런. 언제 돌아오셨는지……
지조대사   지금 막 도착했사옵니다.
김옹   서울을 떠나신 지 한 달 이상 지났군요.
지조대사   40일째이옵니다.
김옹   그래 희사는?
지조대사   가는 곳마다 소승의 모습을 보기도 전에 먼저 유기를 모
             아 내다주었습니다.
김옹   오로지 스님의 고덕(高德)의 보람입니다.
지조대사   그런데 아직 주종의 유래를 모르고 원망을 하는 사람들도
             있사옵니다.
김옹   그것은 어떠한 이유인가요?
지조대사   국고는 바닥이 나고, 백성은 도탄의 괴로움에 허덕이고
             있는데, 국세 징수는 엄하고, 주종은 계속 실패하고, 이제
             도저히 참을 수 없다, 빨리 주종 공사를 중지하지 않으면
             검교사 김옹 어른과 미추홀을 베어야 한다며 몰려드는
             사람도 있사옵니다. 그 때마다 소승은 마을 사람들을 모
             아서, 이 종을 만드는 것은 오곡풍양을 기원하고 민초로

하여금 배부르게 하고, 평화로운 날들이 오래 계속되어 편안한 생활이 영위되며, 국위를 빛내고 신라의 사직을 무궁히 하기 위한 것이라고 설명했사옵니다.

김옹   스님께서 몸소 방방곡곡을 유세하면서 애쓰셨는데, 그에 보답하기 위해서라도 이번에는 기필코 모든 것을 제물로 하여 이 종을 완성해야 할 것입니다. 동이 모자라면 각 사찰의 크고 작은 종을 거두고, 동전을 녹여서라도 완성해내려고 합니다.

지조대사   제물이라고 해서 생각났는데, 상대등 어른께 긴히 의논드리고 싶은 것이 있사옵니다. 사실은 그 때문에 사량부(沙梁部)까지 갔지만 안 계시다고 하여 이쪽으로 온 것입니다.

김옹   뭔가 좋은 사안이라도 있습니까?

지조대사   가는 곳마다, "이것은 천제(天帝)의 분노가 틀림없기 때문에, 제물을 바쳐서 분노를 푸는 것 외에 달리 방법이 없다"고 했사옵니다.

김옹   제물이라고?

지조대사   그렇습니다. 깨끗한 아이를 제물로 바쳐서 천제의 분노를 풀라고 세간에서는 이구동성이옵니다.

김옹   그럼 천제께 제물을?

지조대사   어떻게든 성대한 제사를 드린 후, 아이의 혼을 종 안에 담으라고 하옵니다.

김옹   …….

지조대사   그 옛날 진의 시황제가 아방궁을 건립할 때도 몇 번이나 실패를 거듭한 끝에, 벽에 소녀의 제물을 넣은 후 칠을 해서 그 빛나는 궁전을 완성했다고 합니다. 그러고 보면 반드시 근거 없는 말이라고는 할 수 없사옵니다.

김옹 사실은 이미 몇몇 사람이 그 이야기를 듣고 전해서, 서울에서도 제물을 바치자고 들끓고 있습니다.

지조대사 궁중에서는 윤허해 주실까요?

김옹 오늘도 그것에 대해서 하문이 있으셨는데.

지조대사 뭐라고 하십니까?

김옹 태후마마 만월부인께서는 이러한 실패를 반복할 것 같으면 믿음직스럽지 않다, 전하여 들은 제물을 바쳐보면 어떻겠는가라고 말씀하셨소.

지조대사 시중 어른께서는?

김옹 처음에는 반대하셨지만 이제는 어찌된 일인지 같은 생각인 듯 하고, 다른 중신들도 찬성하는 뜻을 나타냈소.

지조대사 상대등 어른은 어떻게 말씀드리셨습니까?

김옹 잠시 생각할 말미를 주십시오, 차후 말씀드리겠습니다 하고 어전을 물러나왔소. 사실은 오늘 스님이 돌아온다고 하기에 찾아가 의견을 듣고 싶었습니다. 스님의 의향은 어떠신지요?

지조대사 소승은 제물을 바쳐 보고 싶습니다.

김옹 그럼, 방법은?

지조대사 신궁에서 제사를 행하고 동을 주조할 때 함께 넣으면 될 것입니다.

김옹   남자 아이로 말씀이오?

지조대사   여자 아이가 좋겠지요. 남자는 두려운 존재이므로 어리다
         하더라도 누를 끼칠 우려가 있사옵니다.

김옹   연령은?

지조대사   일곱, 여덟 살 정도면 좋겠지요.

김옹   하지만 아이를 내놓을 사람이 없을 것이오. 섭정마마께
         말씀드릴 수 없는 것도 그것을 걱정했기 때문이오.

지조대사   그 일은 염려하지 않아도 됩니다. 나라의 대사를 걱정해
         자기 딸을 내놓겠다고 말한 기특한 여인이 있사옵니다.

김옹   그것이 사실입니까?

지조대사   사찰의 도사가 탁발하러 나갔다가 그 이야기를 듣고 와서
         말했사옵니다.

김옹   그 도사를 만날 수 있도록 해주시겠습니까?

지조대사   같이 왔사옵니다. (밖을 향해) 원각(圓覚), 거기에 기다리고
         있는가? 이쪽으로 오게!

탁발승이 들어온다. 고깔을 쓰고 목에는 염주를 걸고 쇠고랑을 손에 들고
있다.

김옹   가까이 오게.

탁발승   예!

김옹   아이를 내놓겠다고 한 여인이 있다고 ―

탁발승   예!

김웅   어디에 살고 있는 사람인가?

탁발승   명치산(明治山) 기슭에 사는 여인이옵니다.

김웅   남편은 무엇을 하는고?

탁발승   마을 사람들의 이야기에 따르면 선부대사(船府大舍)로서
           칙사를 수행, 당나라로 건너가던 도중, 난선(難船)해서 죽
           었다고 합니다. 집 안팎으로 빙 둘러 배나무를 심어, 봄이
           되면 마을 전체가 환할 정도로 꽃이 피기 때문에 이화녀
           (梨花女)라고 부르고 있사옵니다.

김웅   그럼, 아이는?

탁발승   외동딸이옵니다.

김웅   그 아이를 내놓겠다는 것이군?

탁발승   저희가 문 앞에서 희사를 청하자 유기 같은 것은 한 조각
           도 없다, 쌀도 한 톨도 없다, 이 아이라도 드릴까요 라고
           말하기에 아이는 받아도 소용이 없다고 한 뒤 그대로 돌
           아온 것이옵니다.

이 때, 김체신의 말이 문 입구에서 멈춘다, 부사가 들어온다.

부사   지금 막, 다녀왔습니다.

김웅   급찬은 뭐라고 하던가?

부사   미흡하나마 심혈을 기울여 대임에 임하겠다고 했사옵니
           다. 자세한 것은 차후에 전할 테니 서둘러 출발 준비를
           해 두도록 말해 놓았사옵니다.

김옹　　음, 그건 그렇고……지금 스님과 의논한 끝에 여자 아이를 제물로 바치기로 했네.

부사　　궁중에서는요?

김옹　　섭정마마께서 그렇게 하라고 하셨네. 여자 아이를 내놓겠다고 한 기특한 여인도 있다네. 지금까지 고심해서 돈을 모아 놓았지만 계속 실패를 거듭한다면 면목이 서지 않을 것이네. 우리들은 그것을 염려하여 마지막 길을 선택하기로 했다네.

부사　　박사는 뭐라고 하는지요?

김옹　　아직 아무 말도 없었네. 하지만 설마 응하지 않기야 하겠는가? 판관에게 말해, 이 도사의 안내를 받아서, 그 여자 아이를 데려오도록 조처해 주게.

부사　　예!

김옹　　그 아이의 어머니에게는 슬픔을 주지 않도록, 예쁘게 가마를 꾸미고, 새 옷도 준비하도록 전해 주게. 그리고 악부(樂部)에 준비시켜 행렬에는 주악(奏樂)을 붙이도록 하게.

부사　　예!

김옹　　그대는 바로 입궁해서 궁중에도 이 일을 말씀드리게. 전사서(典祀署)에도 들러 빨리 신궁에도 제사 준비를 하도록 말해 주게. 우리들은 여자 아이가 오면 바로 데리고 가겠네.

부사　　예!

김옹　　나가면서, 박사를 불러 주게.

부사　　예!

부사, 탁발승, 나간다.

지조대사　　그럼 소승은 절로 돌아가 선대왕의 영전(靈前)에 이 일을
　　　　　　보고 드린 후 되돌아가도록 하지요.
김웅　　　　한 발 앞서 돌아가시오. 우리들도 머지않아 그쪽으로 가
　　　　　　겠소.

지조대사, 나간다. 엇갈리게 미추홀이 나와서, 허리를 굽힌다.

미추홀　　　부르셨사옵니까?
김웅　　　　며칠 안 본 사이에 상당히 초췌해졌군. 하지만 낙심마시
　　　　　　게. 부단한 희망과 용기 없이는 대사를 이룰 수 없네.
미추홀　　　고마우신 말씀, 절실히 느껴지옵니다.
김웅　　　　궁중에서는 그대 한 사람만을 의지하고 계시기 때문에 이
　　　　　　번에도 낙담이 크셨을 것이네. 하지만 어디까지나 그대를
　　　　　　믿고, 할 수 있는 데까지 해 보자는 고마운 말씀이셨네.
미추홀　　　비할 데 없는 큰 성은, 몸과 마음을 다해 보답할 생각이옵
　　　　　　니다.
김웅　　　　그런데 그대도 이미 들었을 것이네만 궁중에서도 묘의(廟
　　　　　　議)에 올랐고, 여러 가지 소문이 돌고 있기 때문에, 여자
　　　　　　아이를 제물로 주조할 때 넣기로 결정했네.
미추홀　　　(깜짝 놀라며 김웅을 올려다본다.)
김웅　　　　(의외의 태도에 조금 당황하는 기색이지만, 다시 계속해서) 부

사가 지금 그 여자 아이를 데리러 갔다네. 내일 아침 신궁에서 제사를 드린 후, 주조할 때 동 속에 넣을 수 있도록 계획을 세워두게……

미추홀　(단호하게) 그것은 아니 되옵니다.

김옹　(화나는 마음에) 뭐라? 안 된다고?

미추홀　황공하오나, 제물을 바치는 것은 아니 되옵니다.

김옹　이유를 말해보게.

미추홀　제물을 바쳐도 얻는 것은 없사옵니다.

김옹　있는지 없는지 그대가 어찌 아는가?

미추홀　있을 도리가 없사옵니다. 금이나 동은 쇠붙이를 만들어도, 화폐를 만들어도 치면 울립니다. 그것은 스스로 그 안에 소리를 담고 있기 때문이옵니다. 사람은 생물이기 때문에 살아 있는 동안은 입에서 목소리를 내어도 죽으면 그뿐이옵니다. 사람의 뼈나 살은 그것들 속에 소리를 담고 있지 않기 때문이옵니다. 사람의 몸은 끓는 동 속에 섞이면 녹아 없어질 뿐이옵니다.

김옹　이러쿵저러쿵 그대는 우리들에게 주종법을 설법할 참인가…….

미추홀　사물의 이치를 말씀드린 것뿐이옵니다.

김옹　그만큼 사물의 이치를 판별하고 있다면 왜 여러 번이나 실패했는가? 나라에 퍼져 있는 이 우려의 기색은 도대체 누가 만든 일인가?

미추홀　사람의 힘으로 안 되는 것을 제물에 의지하려고 하는 것

은 한심한 일이라고 생각되옵니다. 근거 없는 미신을 믿
으시고, 상감마마의 백성인 아이의 목숨을 제물로 바친다
는 것은 아니 되옵니다.

김용 미신이라고? 건방진 사람이네. 이만큼 국비를 소비하고,
숟가락, 젓가락에 이르기까지 긁어모아 놓았는데, 이번에
도 또 실패하면, 어떤 사태에 이를지도 모를 일이야. 5년
동안 숯 굽는 데만 혹사 당해, 금화(金化)의 백성들은 숯
굽기를 싫어하고, 밤에 도망간다는 풍설도 그대는 듣지
못했는가? 게다가 상대등을 죽인다고 도처에서 위협해
올 정도야. 이것은 모두 누구 탓이란 말인가? 안 된다고
하면 주공을 바꿀 밖에. 신라 천지에 그대만이 주공일까?
미추홀 외에 사람이 없단 말인가?

지조대사 상대등 어른, 진정하십시오.

김용 돌아가 있겠다, 고얀 놈. 구족을 멸해도 시원찮을 녀석.

김용, 나간다.

지조대사 박사, 무슨 말씀을 드린 것이오. 인명을 존엄하게 여겨,
미신을 믿지 않는 박사의 심중을 헤아려 말씀드린다고
하면, 돌로 만든 부처님에게 죄장소멸(罪障消滅)을 기원하
고, 극락왕생을 바라는 이것 또한 모두 미신이 아니오.

미추홀 ……

지조대사 겸교사 어른에게는 소승이 잘 말씀드려 놓을 테니, 한 번

더 생각해 보시오.

지조대사, 김옹, 뒤를 따라 나간다. 미추홀, 땅에 엎드려 운다. "사장 어른, 어떻게 하면 좋겠사옵니까?"

시모나, 들어온다.

시모나   박사 어른.

미추홀   공주마마. 저는 이 대임을 사임하고 당나라에 건너가 다시 한 번 수업을 받고 싶습니다.

시모나   지금 막 상대등 어른으로부터 대충 전해 들었습니다. 하지만 이 시기에 물러서는 것은 안 됩니다.

미추홀   저에게는 뭐가 뭔지 모르게 되었사옵니다. 초조하면 초조할수록 실패만 반복하옵니다. 저의 솜씨가 미숙하여 제물을 바친다는 말까지 나오니 저는 견딜 수가 없사옵니다.

시모나   그럼, 이 대사를 누구에게 맡기지요?

미추홀   당의 주공이라면 완성시킬 수 있겠지요.

시모나   그러면 박사가 지는 것……

미추홀   ……

시모나   참으십시오. 고생이 없으면 즐거움도 없습니다.

미추홀   뭐라고 말씀하셔도, 제물만은……

시모나   저도 그것은 한심한 일이라고 생각하고 있었습니다. 그렇지만 그렇게만 말할 수 없는 이유가 있습니다. 사람의 힘이나 기술만으로는 할 수 없는, 더 큰 힘이 요망되는 때에

는 눈에 보이지 않는 뭔가에 매달리려고 하는 것도 무리
라고는 할 수 없습니다.

미추홀　……

시모나　저는 꿈속에서 호랑이나 뱀 같은 것에 쫓겨 도망갈 곳을
잃어버리면, 그대로 풀숲 속에 무릎 꿇고 앉아 구해주십
시오라고 신께 빌었습니다. 그리고 나서 꼭 구해주실 것
이라고 굳게 믿기 시작합니다. 그러면 조금도 무섭지 않
습니다. 저는 태연하게 앉아 있을 수 있었습니다.

미추홀　그것과 이것은……

시모나　(저지하면서) 우리 사람은 작고 가련한 존재입니다. 우리
들 위에는 더 큰 힘을 가지신 분이 계십니다. 왜 실패하는
지, 어디에서 실패하는지, 그것도 알아내지 못하고 똑같
은 실패를 반복하는 것은 무익합니다. 이제 이상한, 눈에
보이지 않는 힘에라도 의지할 수밖에 없습니다. 박사의
말씀대로 한심한 방법일지도 모르겠지만 또 한결같은 마
음이기도 합니다.

미추홀　……

시모나　여자 아이를 주조할 때 넣는다고 해서 그 뼈나 살에서 소
리를 낸다고는 상대등 어른도 생각하고 계시지는 않습니
다. 신라 건국이래 손꼽히는 학자, 병법가인 상대등 어른
도 모든 힘을 다해 사안을 낸 끝에, 백성들의 풍설에 지나
지 않는 한심한 일에까지 의지하실 생각이 드신 것임에
틀림없습니다.

미추홀   ……

시모나   세상에 제물만큼 아름다운 것이 있을까요? 스스로를 버
           려 다른 사람의 행복을 기원한다는, 이 마음보다 더 이상
           맑은 것은 없습니다. 제물로 바친 여자 아이의 혼을 헛되
           게 하지 않겠다고 굳게 마음을 정하시면 이번에야말로
           분명히 좋은 결과를 얻을 것입니다.

미추홀   공주마마, 정말 이번에야말로 좋은 결과를 얻을 수 있겠
           습니까?

시모나   저는 굳게 믿고 있습니다. 게다가 박사는 천부적인 재능
           을 타고나셨으니……

미추홀   ……

시모나   (손가락에 끼고 있던 반지를 빼서 생각하면서) 이것은 제가
           오랜 동안 소중하게 여기던 것인데 동과 함께 주조할 때
           넣어 주십시오.

이 때 금오산(金鰲山) 중턱에 있는 신궁 쪽에서 큰북이 울린다.
무라사키 아가씨가 "공주마마" 하고 부르면서 들어온다.
시모나와 미추홀이 함께 있는 것을 알아채고 멋쩍어 한다.

무라사키   저것은 무슨 소리인지요?

시모나   큰북 소리일 것입니다. 제사 드릴 시각이 다 된 것 같군
           요.

무라사키   무슨 제사인지요?

시모나　　이 종에 제물을 바치는 겁니다.
무라사키　공주마마. 저희들도 갑시다.

무라사키 아가씨, 시모나를 재촉해서 간다.
김옹과 탁발승, 떠들썩하게 들어온다.

김옹　　　이제 와서 뭐라고 하는 것인가?
탁발승　　어떤 일이 있어도 여자 아이는 줄 수 없다고 애를 먹이고
　　　　　있사옵니다. 어떻게 조처할까요?
김옹　　　이유를 물어 보았는가?
탁발승　　전날은, 너무나도 시끄럽게 울며 졸라서 무심결에 마음에
　　　　　도 없는 말을 했다고 지껄이고 있사옵니다.
김옹　　　그럼 농담이라는 말인가?
탁발승　　농담은 아니지만, 갑자기 말을 잘못했다고 하옵니다.
김옹　　　국사를 망하게 할 고얀 사람이네.
탁발승　　판관 어른이 여자 아이를 가마에 태우자, 그 아이를 데려
　　　　　가려거든 이 몸을 먼저 죽이라고, 가마에 매달려 울부짖
　　　　　고 야단이었습니다.
김옹　　　이미 궁중에 말씀도 다 드렸고, 신궁에서는 제사 준비를
　　　　　갖추고 있을 뿐 아니라 선대왕 영전에도 말씀을 올린 참
　　　　　이네. 지금에 와서 그만둘 수는 없다. 빨리 이곳으로 끌고
　　　　　오너라.

이 때 가마꾼들의 구령소리와, 주악의 소리가 울려온다. 어딘지 슬픈 느낌이 담겨 있다.

탁발승　　　기어코 데려온 모양이옵니다.

가마가 문 앞에 도착한 것 같은 떠들썩함.
판관, 흰옷을 입힌 여자 아이를 동반하여 들어온다. 그 뒤를 따라 울면서 쫓아오는 이화녀. 인품이 부드럽지 않은 25, 6세의 과부.

이화녀　　　(김옹에게) 아기를 돌려보내 주십시오. 아기를 돌려보내
　　　　　　주십시오.

김옹　　　　울지 마라. 신라의 큰 행복을 위해서 제물이 필요하다.

이화녀　　　하늘에도, 땅에도 이 몸에게 아이는 저것 하나뿐이옵니다.
　　　　　　아이를 가진 부모가 신라에는 이 몸만이 아니옵니다. 다
　　　　　　섯 명이나 여섯 명이나 되는 아이를 가진 사람도 하고 많
　　　　　　은데, 꼭 저 아이를 데려갈 이유가 있사옵니까?

김옹　　　　많은 아이들 중에서 한 사람을 바쳐서는 정성이 통하지
　　　　　　않는다고 하는데, 그대의 아기에 의해 신라는 잃어버린
　　　　　　기쁨이 되돌아오는 것이다. 그대의 진심은 꼭 상감마마께
　　　　　　말씀드려, 공양미 5백 석을 받을 수 있도록 조처해 주겠
　　　　　　다. 죽은 여자 아이의 영혼을 위로하기 위해, 신종의 완성
　　　　　　과 동시에 효녀문(孝女門)을 세워, 녹색의 소나무 사이에
　　　　　　서 영주할 수 있도록 조처해 주겠다.

이화녀	제겐 아무 소용이 없는 말씀이옵니다.
김옹	남자 아이라면 어떻게 했겠나? 화랑으로 내보내 호패를 붙이고, 나라 보호하는데 반드시 보내지 않았겠느냐? 국민의 몸은 모두 상감마마로부터 맡은 것, 나라에 바쳐서 되돌려 주는 것이 우리들의 의무이니 그렇게 한탄하지 마라.
이화녀	(체념한 듯, 나가려다, 미추홀을 노려보면서) 당신이지? 일곱 번이나 실패한 것……힘이 닿지 않으면 죄송하다고 물러나는 것이 당연한 것, 이 몸의 아이를 주조할 때 넣어도, 당신의 미숙한 솜씨로 마무리한 종에서 절대로 좋은 소리는 나지 않을 것이오. 안 날 것이오.

미추홀, 놀라서 몸을 떤다. 신궁 쪽에서는 큰북 소리가 한층 높아진다. 부사, 들어온다.

부사	다녀왔습니다.
김옹	뭐라고 분부 내리셨느냐?
부사	상감마마, 섭정마마께서는 한층 더 만족하고 기뻐하시는 모습으로 바로 가마를 불러 친히 신궁에서 제사를 행하신다고 말씀하셨습니다.
김옹	행렬의 방향을 바꾸어라. 신궁으로 간다.
이화녀	정말이시옵니까.
김옹	울지 마라. 울지 말고 우리를 따라 오너라.

김옹, 여자 아이의 손을 끌고 간다.

이화녀 울면서 뒤를 쫓는다. 이어서 가마꾼의 구령소리. 미추홀, 슬픔이 북받쳐 올라 기둥에 얼굴을 묻고 운다.

—막—

제3막

혜공왕	신라 제36대왕
만월부인	태후, 섭정
시모나	왕의 누나
무라사키 아가씨	일본 파견 신라 유학생
범지(范知)	당의 황자
김옹	주종검교사
김은거	시중
김체신	주종검교부사
시모나의 시비(侍婢)	
수문장(守門將)	

혜공왕 6년, 경술, 8월

가배절(嘉俳節-추석)의 전야

내전.

훌륭하게 꾸며놓은 공주 시모나의 거실. 늘어선 붉은 기둥. 멋있는 염색의 원앙 기와. 당장이라도 날아갈 듯한 고운 곡선을 담은 지붕의 휘어짐. 감아올린 주렴. 편액. 돌계단. 웅장한 신라의 건축미를 이것들을 통해서 엿볼 수 있다. 돌계단 앞에는 궁전의 관례대로 상수리나무가 서 있다.

중앙은 마루방. 아래에 2층 누각.

위는 회랑(廻廊)을 통해서 태후의 처소 영명궁(永明宮)으로 이어져 있다.

궁전 주위에는 단청을 입힌 난간이 둘러져 있다.

마루방 건너에는 조원술(造園術)의 극치를 나타낸 정원. 물푸레나무, 수련, 국화, 산다화(山茶花) 등이 가득 흐드러지게 피어 있다.

연못에는 인공으로 만든 작은 산과 문아와 돌다리.

마루방 한 구석에 화로. 그 위에 자탕이 얹혀 있다.

성벽 너머에 수려한 토함산(吐含山)과 보름 가까이를 연상시키는 밝은 달.

막이 오르면,
공주 시모나와 무라사키 아가씨가 난간에 기대어 달을 바라보고 있다.
풀숲에 우는 벌레 울음소리 한차례.

무라사키　(회향의 정에 빠진 듯 읊조린다)
　　　　　하늘을 우러러 보면 봄날인데,
　　　　　미카사야마(三笠山)[1]에 떠오른 달인지도.

시모나　　어느 분이 읊으신 노래인가요?

무라사키　아버지와 함께 당에 가신 아베노 나카마로(阿部仲麻呂)[2]님

---

1) 三笠山-나라(奈良)의 나라공원 안에 있는 달의 명소로 유명한 곳 : 역자

의 노래입니다. 장안에서 달을 바라보면서 미카사야마를
그리워하시며 읊으셨다고 합니다.

시모나   아가씨도 고향으로 돌아가고 싶습니까?

무라사키   돌아가고 싶습니다.

녹청색으로 단장한

네이라쿠3)에

피는 꽃이

아름답기도 해라

지금 한창일 텐데.

시모나   아가씨는 뭔가에 홀려 있어요. 지금 돌아가면 아버님이나
대신들에게 야단맞을 거예요.

무라사키   어째서요?

시모나   아가씨에게는 아직 할 일이 남아 있어요. 아가씨는 3년
동안 신라 말을 익히기 위해서 파견되었다는 것을 잊지는
않았겠지요? 지금이 한 고비인데 앞으로 4개월만 참으면
됩니다. 그대의 신라 말은 아직 미덥지가 않습니다. 향가
(鄕歌)의 사독(史読)도 충분하지 않고요.

무라사키   공주마마 때문이옵니다. 공주마마께서 이번에는 뱃놀이
다, 이번에는 가야금이다, 같이 가자고 하셔서 책을 볼 짬
이 없사옵니다. 게다가 공주마마는 진종일 종에 대한 이

---

2) 阿部仲麻呂, 701~770, 견당사로 파견된 유학생. 일본으로 돌아오지 못하고 당나라
   조정의 관리가 되어 일생을 당에서 보냄 :역자
3) 寧楽-나라(奈良)의 옛 지명, 이 노래는 오노노오유(小野 老)가 지은 것임 : 역자

야기뿐이고.

시모나   제 탓이 아닙니다. 박사의 강의에는 귀를 기울이지 않고 아가씨는 다른 일만 생각하고 있는 듯하니.

무라사키   어머, 공주마마께서는 자신의 일은 제쳐두고 무슨 말씀을 하시는 거예요?

시모나   그대에게는 분명 마음속에 둔 분이 있음에 틀림없어요. 말해 보세요. 어떤 분입니까? 마음이 상냥한 분?

무라사키   어머, 공주마마는 어떠시고요……저보다도 공주마마의 사랑스러운 황태자님은 대단한 의기시옵니다. 생각만 해도 몸이 떨릴 정도로. 공주마마를 맞으러 먼 당나라에서 바다를 건너오시다니……마치 소설을 읽는 것 같은 느낌이 듭니다.

시모나   (쓴웃음을 지으면서) 아가씨는 무슨 시시한 소리를 합니까?

무라사키   게다가 비단이 백 반(反), 자포면(紫袍綿)이 백 필, 연소(練素)가 2천 필, 금은동기(金銀銅器)가 50 개, 서문면(瑞紋綿) 오색라채(五色羅彩)가 3백 반. 금 항아리에는 큰 금화가 가득, 은 항아리에는 작은 금화가 가득. 그 많은 것이 이번의 선물이지요? 부럽사옵니다.

시모나   그리 부러우면 제 대신에 아가씨가 가면 되겠군요.

무라사키   먼 바다를 건너온 황태자님을 울리시면 안 되옵니다. 황태자님은 공주마마께 얼마나 마음을 두고 계신데. 오늘 임해전(臨海殿)의 연회에도, 어제 숭례전(崇礼殿)의 인견(引

見) 연회에도 황태자님은 공주마마 얼굴만 바라보고 계셨습니다.

시모나　그래서 아가씨는 고향으로 돌아가고 싶어진 거지요?

무라사키　말리셔도 의욕이 없사옵니다. 공주마마는 곧 새롭게 만들어진 5백 명 승선의 견당선을 4척이나 거닐고 당나라에 시집가시고……저는 혼자서 나라(奈良)로. 공주마마 이번 생에서는 이제 뵐 수 없을지도 모르겠습니다.

시모나　（매달리며 운다.）

무라사키　공주마마의 자비 덕분에 즐거운 3년을 보내었습니다. 이 난간에 기대어 공주마마와 이렇게 나란히 서서, 추석 밝은 달을 바라보는 것도 이것이 마지막이겠지요.

두 사람, 끌어안고 조용히 운다.
시비, 들어온다. 옷이 든 보자기를 안고 있다.

시모나　다림질을 하였느냐?

시비　　예!

시모나　이쪽으로.

시비, 보자기를 풀고 한 벌의 옷을 꺼낸다.

무라사키　누구 옷인지요?

시모나　저……주종 박사께……

무라사키　주종 박사의 것이라고요.

시모나　　내일이 가배절이라서 선물로 드릴까 하고……

무라사키　선물로 말씀입니까?

시모나　　갈아입을 옷도 가지고 계시지 않은 듯, 옷깃과 소매 단이
　　　　　몹시 더러워져……보고 있을 수가 없어서……

무라사키　어머. 박사는 아직 혼자이신가요?

시모나　　그렇다고 합니다. 나라의 대사를 일신에 짊어진 분이 너
　　　　　무나도 지저분한 모습으로는 가배절을 맞이해 신궁에 예
　　　　　를 올리러 갈 때도 어떨까 싶어 이것을 지었습니다.

무라사키　박사는 백제 분이지요?

시모나　　그렇습니다.

무라사키　주공이라고는 해도 어딘가 감도는 고귀한 인품이 분명 비
　　　　　천하지 않은 가문 출신일 것입니다.

시모나　　의자왕(義慈王)의 직계 후손이라고 합니다.

무라사키　그러하신 분이 왜 주공이 되셨을까요?

시모나　　우리나라가 부여성(扶余城)을 다시 함락시켰을 때 백제의
　　　　　왕을 위시하여, 태자, 왕자들을 생포해서 당나라로 보냈
　　　　　습니다. 그 때 박사의 아버님은 젖먹이인 박사를 유모에
　　　　　게 맡겨 궁중을 탈출시켰습니다. 그 후 유모의 고향인 미
　　　　　추홀에 남겨져 박사는 거기에서 자랐다고 합니다. 박사의
　　　　　아버님은 큰배를 만드셔서 부락 사람들을 이끌고 바다를
　　　　　건너 일본으로 가셨습니다. 그 와중에 박사를 부르신 아
　　　　　버님은 너는 성인이 되면 꼭 이 원한을 갚아야 한다, 원한

을 갚기 위해서는 우수한 도검(刀劍)이 필요하다, 당으로
건너가 훌륭한 도공(刀工)이 되어서 오너라, 그렇게 말씀
하셔서 당으로 향하는 상선을 타게 된 것뿐입니다.

무라사키　……

시모나　당에 도착하신 박사는 3년 동안 도공이 되고 싶어서 열심
히 힘썼다고 합니다. 그 사이에 조상이 같고, 땅이 같은
동족동지끼리 서로를 베는 도검을 만드시는 것이 싫어졌
다고 합니다. 그 때부터 박사는 그림과 조각과 주물을 배
우신 겁니다.

무라사키　……공주마마는 박사의 일을 어찌 그렇게 소상히 알고
계시옵니까?

시모나　(당황하며) 인편에 들었을 뿐.

무라사키　누구에게 들으셨사옵니까?

시모나　들은 것은 아닙니다.

무라사키　어머……그렇더라도 공주마마가 옷을 보낸 것이 섭정마마
나 검교사 어른의 귀에 들어가게 되면 곤란할 텐데요

시모나　그래서 다른 사람 몰래 가져가게 할 거예요.

무라사키　깊은 생각 하나에 망설이는 듯
들에도 산에도 없는 사랑의 길을

시모나　(당황하며) 무라사키 아가씨. 그러한 쓸데없는 추측을 하
는 게 아니에요. 저는 그러한 마음에서……

무라사키　어떤 마음이라고 아직 말씀드리지 않았는데……(웃는다)

시모나　(시비에게) 안에 들어가지 말고 문지기에게 전하여라!

시비　　예!

시모나　사람들 눈에 띄지 않도록, 조심하여라!

시비　　잘 알고 있사옵니다.

시비, 밖으로 나간다.

이 때, 복도를 건너오는 사람들의 발소리.

무라사키　섭정마마와 황태자님의 행차시옵니다. 저는 이만 물러가겠사옵니다.

시모나　상관없어요, 있어요.

무라사키　황태자님에게 미움 받사옵니다.

무라사키, 나간다. 무라사키 아가씨는 궁중의 한 칸을 받아 그곳에서 기거하고 있다. 이어서, 당의 황태자 범지와 만월부인, 김은거, 나온다.

시모나　어쩐 일이시옵니까?

범지　김시중이 거짓말하는 데에는 질려버렸습니다. 황룡사 벽에 그린 솔거(率居)의 소나무에는 새가 날아 들어온다는 말씀에 그만 혹했습니다만, 무슨 그 정도의 그림이라면 우리 대국에는 셀 수 없이 많습니다.

김은거　무릇 저희 나라(属国)의 서화로 말씀드리면 그 정도가 어울리고, 좀처럼 대국에 견줄 단계가 아니옵니다.

만월부인　내일은 신라 제일의 축제인 가배절입니다. 상감마마는 신궁에 가셔서 친히 예를 올리십니다. 행차하심이 어떠신지요?

범지　금오산 중턱이라고 하셨지요?

만월부인　그렇습니다. 그뿐 아니라 신궁 앞 광장에서는 화랑들이 단련하고 단련한 검술, 궁술, 마술(馬術)의 재주를 겨룹니다. 굉장한 구경입니다.

김은거　대국의 용맹한 동궁마마 앞에서 재주를 겨루다니, 화랑들에게는 명예이옵니다.

이 때, 시비들, 상을 들고 왔다가 나간다.

만월부인　한 잔 하십시오.

범지　(수박 위에 쌓아 놓은 얼음을 보고 놀라면서) 신라에는 요즘에도 얼음이 있습니까?

만월부인　겨울 동안에 채취해서 석빙고에 저장해 놓습니다.

범지　밤에는 육부(六部) 처녀들이 두 조로 나뉘어 어전 뜰에서 베짜기를 한다지요.

만월부인　예! 진 조가 새로운 청주와 새로운 찹쌀과 갓 딴 과일을 늘어놓고, 금소(金蘇)의 노래와 춤을 보입니다.

범지　조의 대장은 누굽니까?

만월부인　유리왕(儒理王) 대부터 공주 자매가 한 조씩 나누어 맡는 것이 관례입니다만, 아시다시피 시모나에게는 언니나 동생이 없어서 한 조는 시모나의 친구 무라사키 아가씨에게 맡겼습니다.

범지　　　일본 여자라고 하셨지요?

만월부인　키비노 마키비(吉備真備)라는 학자의 따님입니다.

범지　　　키비노 마키비, 알고 있습니다. 우리 대국에 유학생으로
　　　　　와서 17년 동안이나 머물러 있었기 때문에. 그럼, 요즘도
　　　　　일본과는 칙사의 왕래가 있사옵니까?

김은거　　김체신이 211명의 수행원을 대동하고 다녀온 후 일시적
　　　　　으로 끊긴 상태였지만 이번에 동을 손에 넣으려고 급찬
　　　　　김초정을 5월 초에 파견하였사옵니다.

범지　　　왜 일본에 동 같은 것을 받으러 가는 것입니까? 우리 대
　　　　　국에 남아돌 만큼 있지 않습니까? 그런 줄 알았으면 제가
　　　　　가져왔을 것을……의외입니다. 어째서 그런 일을 우리
　　　　　대국에 의논하지 않으십니까?

김은거　　그럴 틈이 없었기 때문에……

시모나　　(불쾌한 마음을 참고 있었지만) 당나라의 동은 일본국의 것
　　　　　에 비해서 질이 매우 떨어지기 때문이라고 들었습니다.

범지　　　어떤 자가 그런 말을! 우리 대국의 동은 일본의 동과는
　　　　　비교도 되지 않을 만큼 우수합니다. (만월부인에게) 이후
　　　　　부터는 일본에 칙사를 파견하지 마시기를 바랍니다.

만월부인　말씀에 따르겠습니다.

범지　　　일본국은 아무런 쓸모 없는 무력한 나라입니다. 문물도
　　　　　볼 만한 것이 없습니다.

김은거　　지당하신 말씀.

시모나   나라(寧樂)를 아십니까? 법륭사의 정창원(正倉院)과 벽화를 보시면 놀라실 것입니다. 동대사의 대불은 당나라에서도 볼 수 없을 만큼 큰 불상이옵니다.

범지   무라사키 아가씨와 친구가 되시고 난 후 공주마마는 완전히 일본의 후원자가 되셨군요. 만약 그러한 말씀이 대국 황제의 귀에 들어간다면 노여움을 살 것입니다.

만월부인   (눈으로 저지하면서) 그렇게 무례한 말을 하는 게 아니다……(왕자의 기분을 누그러뜨리려고 술을 따라 권하면서) 한 잔 드십시오.

범지   (받아서 단숨에 다 마시고, 수박씨를 씹는다.)

시모나   (웃으면서) 어머, 수박씨를…

범지   (조금 위엄을 잃은 모습으로) 공주는 이것이 싫습니까?

시모나   (결국 웃음이 터져 버린다.)

만월부인   아직 어리고, 철이 없어서……몸만 컸지 완전히 아이입니다. 당 황실에 가도 이상한 짓을 하지나 않을까 해서 하루도 마음 편할 날이 없습니다. 특히 당나라는 예의의 나라인데……잘못이 있더라도 아무쪼록 여동생처럼 귀여워 해 주시기를 미리 부탁드립니다.

범지   알겠습니다.

만월부인   그럼, 그 증표로 한 잔……

범지, 술을 마시고 공주에게 권한다.

만월부인   술을 받으려무나.

시모나   받고 싶지 않사옵니다.

만월부인   대국 황태자님의 술이니라. 황공한 일이다. 받아라.

시모나   (싫지만 받아서 마신다)

이 때, 한 사람의 시비가 들어온다.

시비   섭정마마께 아뢰옵니다. 바로 대학감(大学監)으로 오라는
            상감마마의 어명이시옵니다.

만월부인   음.

범지   상감마마는 매일 강의하는 자리에 나가십니까?

만월부인   국학의 대박사가 진강(進講)하고 있습니다. 상서(尚書), 모
            시(毛詩), 예기(礼記) 등을 끝내시고, 춘추좌씨전(春秋左氏伝)
            에 들어가셨다고 들었습니다.

만월부인, 시비를 앞세워 간다.

시모나   (태후가 없어지자 공주의 언사는 모두 경멸과 조롱에 가득 차
            있다.) 언제쯤 귀국하시옵니까?

범지   3, 4일 지나서 출발하려고 합니다. 제가 곁에 있으면 방해
            가 됩니까?

시모나   그런 일은 없사옵니다.

범지   공주 때문이 아니라면 만 리 길을 머다 않고 여기까지 올

이유가 없습니다.

시모나   당나라에는 양귀비와 같은 아름다우신 분이 얼마든지 계실 텐데……저와 같은 신라의 여식을……

범지   공주에 견줄 사람은 없습니다. 작약도, 모란도 공주에게는 견줄 수 없습니다. 하물며 당의 여자는……

시모나   저는 작약과 모란이 가장 싫습니다.

범지   예?

시모나   뒤룩뒤룩 살 찐 음분녀(淫奔女)를 보는 것 같은 기분이 드옵니다.

범지   빨리 궁전 뜰에 있는 작약과 모란을 모두 뽑아 버리도록 하겠습니다. 그럼 공주는 어느 꽃이 가장 마음에 드시는지요?

시모나   옥수수를 좋아합니다.

범비   (얼굴을 찡그리면서) 옥수수를?

시모나   날씬하게 뻗은 그 줄기를 좋아합니다. 특히 그 수염이 마음에 듭니다.

범지   공주님이 좋아하는 꽃이라면 저도 좋아하도록 하지요. 궁전 뜰 전체에 빽빽이 옥수수를 심게 하고, 화분에도 옥수수만 심게 하겠습니다. 공주님을 위해서라면 삼신산의 불로초라도 꼭 구해 보이겠습니다. (점점 흥분해서) 신라 반월부보다 훨씬 큰 사방 십리나 되는 궁전을 축조해 드리겠습니다. 아니, 요즘은 이미 완공되어 있을지도 모르겠습니다. 뜰에는 연못을 파고, 연못 안에 작은 언덕을 만들

어……진기한 꽃과 아름다운 풀을 전면에 깔고……진기
한 꽃과 아름다운 풀이 아닌, 옥수수를 가득 심고……

시모나 (쓴 웃음을 억지로 참고 있다.)

범지 우유로 목욕을 하고……우유 속에는 금가루를 섞어서 공
주의 몸이 밤이 되면 야광주(夜光珠)처럼 빛나게 해 드리
겠습니다. 순금의 사두마차를 장만해 비취와 청석과 홍옥
을 박은 의자에 공주를 앉혀서, 시조묘(始祖墓)와 왕릉을
돌고자 합니다. (돌계단을 내려가면서) 공주님, 뱃놀이나
하지 않으시겠습니까?

시모나 아까 무라사키 아가씨와 함께 했사옵니다.

범지 그럼 호수 근처를 걷는 것은 어떠하신지요?

시모나 매일 같이 걷고 있는 걸요.

범지 그럼 후원(後苑)에라도 데려가 주십시오.

시모나, 어쩔 수 없이 범지를 따라 돌계단을 내려간다. 만월부인과 혜공왕,
뭔가 이야기하면서 들어온다.

혜공왕 어마마마. 누님은 무슨 일이 있어도 당나라에 시집을 가
시지 않으면 안 되옵니까?

만월부인 (어린 왕의 눈에 번진 눈물을 닦아주면서) 그래요, 무슨 일이
있어도 가지 않으면 안 돼요. 신라의 행복을 위해서 큰
제물이 되는 겁니다.

혜공왕 신라의 행복이라고 하시면?

만월부인　신라는 삼국을 통일했지만 이미 지쳐서 무력하게 되어 버렸습니다. 고구려는 멸망했지만 북에 발해국(渤海国)을 수립하여 호시탐탐 신라를 엿보고, 백제의 잔당도 언제 재거(再挙)를 꾀할지 모릅니다. 안으로는 상감마마의 보령이 아직 어리시어 언제 어느 때 보위를 위협하는 자가 나오지 않는다고 할 수도 없습니다. 작년 7월에도 일길찬 대공(一吉湌大恭) 및 아찬 육렴(阿湌六廉)이 모반하여, 한 달 동안이나 궁성을 둘러싸게 했습니다. 김옹과 김체신이 이것을 평정하지 않았다면 사직도 위태로운 지경에 빠졌을 것입니다. 이후에도 이러한 일이 없다고는 할 수 없습니다. 대아찬 김융(大阿湌金融), 전 시중 정문(正門), 이찬 염상(廉相), 김지정(金志貞) 등, 모두 방심할 수 없는 자들입니다. 시중 김은거 어른도 표면상 충성을 다하는 것처럼 가장하고 있지만 어떠한 흉계를 품고 있을 지 알 수 없습니다.

혜공왕　숙부님도?

만월부인　궁중에서는 형제라도 마음을 놓아서는 안 됩니다. 그렇기 때문에 왕위를 살얼음이라고 비유하는 것입니다. 우리나라는 상감마마가 성인이 되실 때까지 무슨 일이 있어도 당나라의 비호를 빌리지 않으면 안 됩니다.

혜공왕　언제라야 신라는 당의 범속국에서 벗어날까요? 부왕의 위를 이어 왕위에 올라도, 당 황실의 책봉이 있을 때까지는 왕이 될 수 없다니……이런 경우가 또 있을까요? 특히 누님까지…(운다)

만월부인　(따라서 울면서) 강해지지 않으면 안 됩니다. 이기지 않으면 안 되는 겁니다. 시모나가 당나라에 시집가는 것도 상감마마가 어리기 때문입니다. 하루라도 빨리 성인이 되시어 당나라가 신라 앞에 엎드릴 수 있도록 국위를 높여 주십시오. 이 어미도 이제 시끄러운 섭정의 자리를 물러나 영명궁에서 조용히 지내고 싶어졌습니다.

혜공왕　어마마마, 잘 알겠사옵니다. 어마마마의 말씀 마음에 잘 새겨 어떠한 나라 앞에도 두려워하지 않는, 강한, 강한 신라로 만들겠사옵니다.

만월부인　(혜공왕을 꼭 끌어안고) 총명한 내 아들. 저에게는 상감마마와 공주 둘뿐. 그 공주를 말을 타고 육로로 몇 천 리, 배로 대해(大海)를 몇 개월이나 가야 한다는 먼 타국으로 보낸다고 생각하면 이 가슴도 찢어지는 듯……

혜공왕　어마마마. 누님이 당으로 가지 않고, 당 황태자가 이 궁중에 와서 살면 어떤지요?

만월부인　그래서는 마치 인질인 것 같아 그것도 안 되는 일. 특히 황태자는 동궁이시라 언젠가는 황제의 위에 오르실 분, 시모나는 비가 되는 것이기 때문에 그것도 안 될 말.

혜공왕　잠자리에 들고 싶어졌습니다.

혜공왕, 맥없이 간다.

시모나, 후원에서 나온다.

만월부인　황태자님은 어디에 계시느냐?

시모나　　연못가에서 원앙(鴛鴦)에게 먹이를 주고 계십니다.

이 때, 시비 들어온다. 만월부인을 발견하고, 말을 더듬으며 놀라 멈춰 선다.

만월부인　너는 어디에 가 있었느냐?

시비　　　………

만월부인　궁전 밖에 갔었구나.

시비　　　봉, 봉덕사에……

만월부인　봉덕사를 뭐 하러 갔느냐?

시모나　　(가리면서) 어마마마. 제가 심부름 보냈습니다. 찌그러진

　　　　　유기가 있다고 해서 그것을 들려 보냈습니다.

만월부인　오늘밤에도 일을 계속하고 있더냐?

시비　　　아, 예!

만월부인, 회랑을 지나서 영명궁으로 돌아간다.

시모나　　잘 전해 드렸느냐?

시비　　　예! 열심히 일을 한 때문인지, 안색이 아주 좋지 않은 듯

　　　　　보였습니다.

시모나　　많이 초췌하셨다고?

시비　　　사다리 위에서 주부(鑄釜) 속을 들여다보고 계셨는데, 그

　　　　　대로 헛디디면 큰일일 것 같아 마음 졸였사옵니다.

시모나   (걱정이 되는 듯) 어딘가 안 좋으신 것은 아니겠지.
시비   제정신인 분이라고는 생각되지 않을 정도로 허공을 응시
         하시며, 발걸음도 힘없이 흔들흔들……
시모나   옷은 받으셨느냐?
시비   받으셨지만 마음속으로는 다른 것을 골똘히 생각하고 계
         시는 것 같았사옵니다.

이 때, 범지, 후원에서 나온다.
시비, 자리를 떠난다.

시모나   궁전 밖을 걸으시면 어떻겠사옵니까?
범지   (매우 기뻐하며) 궁전 밖을?
시모나   달이 이렇게나 맑게……
범지   어디에 가실 겁니까?
시모나   문천(蚊川)가에서 일정교(日精橋), 월정교(月精橋)까지 가고
         싶사옵니다. 돌아오는 길에는 봉덕사에도 들르고. 주종공
         방의 밤 작업도 보고 싶사옵니다.
범지   그런 공사까지 볼 필요가 있겠습니까?
시모나   그렇긴 하지만 돌아오는 길이니까……
범지   그럼 바로 준비해서 가십시다.
시모나   동궁께서 권하신 것처럼 어마마마께는 말씀을 드려 주십
         시오.
범지   알겠습니다.

범지, 만족하고 뛰어간다.

이 때, 희미한 시비의 비명. 잠시 후 쿵 하고 뭔가가 벽에서 뛰어내리는 소리.

공주, 소리 나는 쪽을 응시한다.

시비   (달려오면서) 공주마마. 급찬 어른이……

시모나   뭐라고, 급찬 어른이……

시비   성벽을 뛰어넘으셔서……

부사 김체신 들어온다.

부사   놀라시면 아니 되옵니다.

시모나   (쏠 듯이) 무슨 일이오, 정문에서 오지 않고……게다가 야

         밤에……

부사   미추홀 박사가 동(銅)물 때문에 눈이 멀었습니다.

시모나   눈이 멀었다……(쓰러지려고 하는 몸을 겨우 지탱하며) 어

         머, 어찌 된 일이요?

부사   열도(熱度)를 재던 중 현기증을 일으켜 쓰러진 것이옵니

         다.

시모나   정말로 눈이 머신 건지요?

부사   예!

시모나   다른 상처는 없으십니까?

부사   다행히 뒤쪽으로 쓰러져서 허리를 조금 부딪쳤을 뿐, 다

         른 화상은 없습니다. 성벽 밖에 말을 끌어 놓았사오니 한

시라도 빨리 준비하십시오.

시모나　섭정마마께는?

부사　　자세한 것은 검교사 어른이 말씀 올리겠지요. 저는 보시
　　　　다시피 성벽을 뛰어넘어 온 자, 자, 한시라도 빨리. 함께
　　　　가겠사옵니다.

시모나, 재빨리 준비해서 내려선다. 갑자기 발을 멈춘다. 자신의 마음속을,
이 젊은이에게 들킨 것 같아, 속옷이 보였을 때처럼 부끄러워 얼굴이 붉어진다.

시모나　부사 어른은 어째서 박사의 일을 저한테 먼저 알리셨습니
　　　　까?

부사　　어서요, 말씀드릴 시간도 없사옵니다.

시모나　박사가 눈이 멀든, 죽든 저를 부르러 올 이유가 없을 텐데
　　　　요.

부사　　공주마마는 오로지 박사를 사모하고 계십니다.

시모나　네?

부사　　황공하오나, 멀리에서 공주마마를 사모하고 있던 저에게
　　　　는 저의 일처럼 공주마마의 마음속을 볼 수가 있사옵니다.
　　　　질투하는 마음이 없다고는 할 수 없사옵니다. 하지만 박사
　　　　가 눈이 멀었다고 나중에 듣게 되었을 때 공주마마가 비
　　　　탄해하는 것을 보게 되면, 저의 가슴은 쥐어뜯기는 듯 아
　　　　플 것이옵니다. 공주마마께 바로 전해 드리는 이유는 이것
　　　　뿐이옵니다.

시모나   (격해서) 부사 어른.

시모나를 안아 올려 성벽을 넘게 하고, 자신도 비조(飛鳥)처럼 뛰어 넘는다.
화랑 대장에 어울리는 유쾌한 의리다.
만월부인과 범지, 들어온다.

만월부인   밤길에는 어떤 해괴한 일이 벌어질지 모르기 때문에, 시
           위부에서 뽑은 장정 열 명 정도를 호위로 붙이라고 했습
           니다.
범지   잠시 강가를 걸을 뿐이옵니다.
만월부인   시모나는 어디 있습니까?
범지   옷을 갈아입는 것이겠지요.

이 때, 수문장(守門將)이 들어와서 넙죽 엎드린다.

수문장   섭정마마께 아뢰옵니다. 대각간(大角干) 상대등 어른의 입
           궐이옵니다.
만월부인   상대등이!
수문장   그러하옵니다.
만월부인   어서 이쪽으로.

수문장과 엇갈리며 김옹이 들어온다.

만월부인 (불안한 얼굴로) 무슨 변고라도 있는지요?

김옹 변고는 아니옵니다만……주공이 동 가마의 열기에 쏘여 눈이 멀었사옵니다.

범지 밤 작업을 계속하니, 실수도 있을 수 있겠지요.

김옹 피로 때문이 아니옵고, 여자 아이 탓인 것 같사옵니다.

만월부인 여자 아이 탓이라고.

김옹 제물로 바친 여자 아이옵니다. 여자 아이의 어머니가 매일 같이 공방 주변을 어슬렁거리면서 "너의 눈을 멀게 해서 종이 만들어지지 않도록 저주하겠다."고 저주하고 있었사옵니다.

만월부인 집념이 강한 여자군요.

김옹 동의 열기를 잴 때마다 가마 속에서 "어머니" 하고 여자 아이의 울음소리가 들린다고, 제게 몇 번이나 박사는 호소했사옵니다. 요즘에는 그 아이 어머니의 저주의 목소리가 등뒤에서 들린다는 둥, 마음 약한 말을 하고 있었는데 결국 현기증을 일으킨 것 같사옵니다.

만월부인 (불쌍해져서) 그래서 어떻게 했소?

김옹 우선 공방 안으로 눕혀, 의박사에게 살펴보게 한 결과 눈만은 돌아오지 않는다는 것이었사옵니다. 모두가 각간(角干)이 부덕한 탓, 죄송하여 드릴 말씀이 없사옵니다.

만월부인 전생의 운명이겠지요. 대각간의 죄가 아닙니다.

김옹 제물을 바치자고 말씀드린 저의 잘못이옵니다. 박사는 처음부터 제물을 거부했었는데, 제가 밀어붙여……이런 일이⋯⋯

만월부인　가배절 전야에 이런 흉사가 일어나다니 이 무슨 일인가?

김옹　　　세간의 말에 따르면 불길한 생각에 쫓겨, 1년에 한 번인 대제(大祭)도 불이 꺼진 듯 쓸쓸하답니다.

만월부인　(범지에게) 저는 가슴이 두근거려 어찌할 바를 모르겠습니다. 외출은 그만두시고, 이대로 잠자리에 드시는 것이 좋겠습니다.

범지　　　그럼 공주께는 섭정마마가 그렇게 전해 주십시오.

만월부인　공주! (대답이 없어서) 어디에 갔느냐. 공주, 공주!

범지　　　없습니까?

만월부인　거기 아무도 없는가?

시비 "예!" 하고 대답하고 들어온다.

만월부인　공주는 어디에 갔느냐?

시비　　　좀전까지도 분명히 여기에 계셨사옵니다.

범지　　　한 발 앞서 나가신 것은 아닌지요?

만월부인　그럴 리가 없습니다.

　　　　　(시비에게) 수문장을 불러라.

시비, 나간다. 이윽고 수문장이 들어와서 넙죽 엎드린다. 김옹과 범지는 궁전 안팎을 돌며 찾고 있다.

만월부인　공주마마가 나가시지는 않았느냐?

수문장　　지금 막 대각간 어른이 입궐하신 외에는 아무도 지나가지 않았사옵니다.

김옹　　　(범지에게) 어디에 가시려던 참이었사옵니까!

범지　　　일정교, 월정교를 건너, 문천가를 걸어 볼 참이었소 돌아오는 길에 주종 공방에 들러 보고 싶다고 말씀하셨는데……

김옹　　　주종 공방에?

범지　　　불꽃이 떨어지는 것이 상당히 볼만하다고 하셨소.

만월부인　(수문장에게) 한시라도 빨리 시위부에 알려라. 경종을 울려 시위졸(侍衛卒)을 사방으로 보내 공주의 행방을 찾아보아라.

수문장　　예!

수문장, 서둘러 나간다. 범지는 후원 쪽을 향해 "공주마마, 공주마마."하고 부르면서 나간다.

만월부인　어찌 된 일인가?

김옹　　　알 수 없는 일이옵니다. 공방에 가실 일은 없사옵고……

방방에서 "공주마마" "공주마마" 하고 부르는 시녀들과, 시위부령, 감, 항, 졸들의 목소리.

정숙에 싸여 있던 후원 일대가 떠들썩해진다. 다급한 경종.

김옹　　　공주마마께서는 혹시?

만월부인　그렇소. 입에 담기 그렇지만 공주는 당 황태자를 몹시 싫
　　　　　어했기 때문에……
김옹　　　밤늦게 어찌하여 밖으로 나가실 마음이 드셨는지……
만월부인　공주가 말을 꺼낸 것이 아닙니다. 황태자가 권했지요.
김옹　　　여러 가지로 마음 고생하고 계시는 때에, 뭔가 성가시게
　　　　　졸라서, 그만 자기를 잊고 얼떨결에 성 밖으로 나가신 것
　　　　　은 아닐까요?

무라사키 아가씨, 눈을 비비면서 나온다.

무라사키　공주마마가 성을 나가셨다고 들었습니다만……
만월부인　공주가 갈 만한 곳을 무라사키 아가씨는 모릅니까?
무라사키　글쎄요. 제게도 전혀……
만월부인　그런데……황태자님께서는 어디에 가셨는가?
무라사키　연못가에 계십니다. "나의 생애도 지금까지, 기쁨도 희망
　　　　　도 잃어 버렸다."면서 울고 계십니다.

김은거, 화난 마음을 억누르며 들어온다.

김은거　　공주님을 찾았습니다.
만월부인　(기쁨에 울듯이) 어디에 있었느냐?
김은거　　급찬, 김체신과 함께 나란히 말을 타고 공방에 갔었습니
　　　　　다.

김옹·만월부인　공방엘?

김은거　　　그렇습니다. 뿐만 아니라 미주홀을 붙잡고 매달려 공주가 눈물에 잠겨 있다고 합니다. 다른 사람의 눈도 의식하지 않고 의박사에게, "어떤 방법으로도 눈을 뜨게 할 수 없는 건가요"라며, 평정을 잃고 호소하고 있다고 합니다.

김옹과 만월부인은 놀라서 듣고만 있다.

김은거　　　예전부터 서로 마음을 허락한 사이임에 틀림없사옵니다. 황송하게도 상감마마의 누님이시고, 신라 여성의 귀감이 되어야 할 공주의 몸이면서도, 하천한 자와 밀통을 하시다니 신라 왕실로서는 이런 불미스러운 일이 없사옵니다. 상대는 각간의 아래 사람인 주공, 장소가 공방, 이 책망은 누가 받아야합니까? (갑자기 김옹을 노려본다)

김옹　　　　……

만월부인　　이제 국운도 여기까지인가, 이 몸이 죄가 깊어서인가, 이 무슨 일이란 말인가?

김은거　　　특히 용서하지 못할 일은 김체신이옵니다. 부끄러움을 아는 신라 화랑의 몸이면서 주종검교의 일을 소홀히 하고, 공주와 주공의 중개 역할을 하는 등 당치도 않습니다. 정말로 국적(国賊)이옵니다. 각간은 내일 아침 조의(朝儀)에 앞서, 꼭 두 사람을 규명(糾明)하시오.

김은거, 내뱉는 것처럼 말을 내던지고 간다.

만월부인   어찌 되었든, 정전(政殿)으로 물러갑시다.

만월부인, 김옹, 나간다.
무대에는 무라사키 아가씨만 남는다.
시모나, 들어온다. 무슨 말을 해야 할지, 무라사키 아가씨는 잠시 망설이고 있다. 시모나는 "무라사키 아가씨" 하고 외치며 안긴다.

무라사키   어머, 공주님께서 이렇게 부들부들 떠시고……
시모나   무라사키 아가씨 박사의 눈을, 눈을 뜨게 할 수 없을까요?
무라사키   가엾사옵나이다.
시모나   부탁해요. 박사의 눈을 고쳐주세요. 고쳐주세요……지금
            고백할게요. 저는 마음으로부터 박사를 사모하고 있었습
            니다.
무라사키   공주마마, 전정하시옵소서. 제가 훌륭한 의사를 알고 있
            사옵니다.
시모나   무라사키 아가씨. 그게 정말입니까?
무라사키   오노 히로토미(小野博臣)라는 고금무쌍(古今無双)의 명의입
            니다.
시모나   어머, 그 분은 일본의 의박사입니까?
무라사키   예! 전 좌대신(左大臣) 후지와라 나카마로(勝原仲麻呂)의 주
            치의였습니다만 사정이 있어서 도시를 떠나 치쿠시(筑紫)

에 계시다가 요즘 서라벌에 오셔서 동네 의원을 하고 계
십니다. 오노님이라면 반드시 박사의 눈을 고쳐줄 것임에
틀림없사옵니다.
시모나　　무라사키 아가씨. 그 분에게 매달릴 밖에 달리 희망이 없
습니다. 아무쪼록, 아무쪼록…

이 때, 만월부인, 들어온다.

만월부인　너는 어찌 단정치 못한 행동을 한 것이냐? 하천한 자와
밀통을 하다니, 바른 정신이라고는 생각되지 않는구
나……
시모나　　……
만월부인　너는 정혼자가 있는 몸이다. 그 정혼자를 눈앞에 두고 있
으면서, 어찌 도리에 어긋난 짓을 하는 것이냐. 나는 너를
그런 단정치 못한 딸로 키운 기억이 없다.
무라사키　섭정마마. 오늘은 아무쪼록 그대로 돌아가 주셨으면 하옵
니다. 무슨 일이든 모두 내일 하시기를 간청 드리옵니다.
그렇게 책망하셔서는 공주님의 마음도 점점 복잡해질 것
입니다. 그러면 또 어떤 행동을 하실 지 모르니.

만월부인, 수긍하고 또 나간다.

시모나　　하천한 몸으로 태어났으면 이러한 고통은 받지 않았을 것

을……

무라사키　공주로 태어났기 때문만도 아니옵니다.

시모나　　그럼, 어떤 이유일까요?

무라사키　공주님이 다른 사람보다 뛰어나고 아름다우시기 때문입니다.

시모나　　제가 아름답다고요?

무라사키　그렇습니다. 이 세상 분이라고는 생각되지 않을 만큼 그 귀한 아름다움 때문에 당 황태자도 굳이 혼례를 원하고, 주공까지 사모하는 것이옵니다.

시모나　　그럴지도 모릅니다. 제가 아름답게 태어났기 때문일지도 모릅니다. 그래 나는 너무 아름다운 거야.

시모나 "아름답기 때문에, 아름답기 때문에." 하고 절규하면서, 화로의 부지깽이를 빼내어 방에 뛰어든다. 무라사키 아가씨, 너무 놀라서 뒤를 쫓는다. 찰나, 작은 비명. 쿵하고 뭔가가 넘어지는 소리.

무라사키　빨리, 빨리, 의박사를, 의박사를……공주님이 부지깽이로 얼굴을 지지셨습니다.

김은거, 허둥지둥 밖으로 나간다.
만월부인의 "내게 이 무슨 불행인가" 하며 한탄하면서 오열하는 목소리.

—막—

제4막

미추홀

공주 시모나

김옹

무라사키 아가씨

오노 히로토미　　　　　　일본의 의박사

김초정　　　　　　　　　신라 견일본사

지조대사

이화녀

박한매

녹사

김초정의 수행원들. 주정들. 부역 인부들.

2개월 후.

혜공왕 6년 10월 15일.

주종 공방의 내부.

　정면에 점토 더미. 그 안에 종의 토형(土型)이 묻혀 있다. 주위에 용광로가 세 개. 배출구는 모두 토형의 상부 기삽부(旗挿部)를 향해 있다. 용광로 밑 화구에는 바람을 보내기 위한 풀무 (이것은 땅에 묻고, 발로 밟도록 되어 있다) 사다리가 거미집처럼 펴져, 오르는 입구에는 지휘자가 열도와 동침(銅針)을 볼 수 있도록 발판이 설치되어 있다. 아래에 동재를 끌어올리기 위한 기중기.

막이 열리면 주정들이 "에-호이, 에-호이" 하면서 풀무를 밟거나, 새빨간 화구에 숯을 던져 넣거나, 사다리로 자재를 옮기거나 하고 있다. 가마의 입에서는 보라색 불꽃이 피어오른다.

부역 인부　당 황태자가 창피를 당하고 도망치듯 돌아갔으니까, 예삿일은 아니야.

주정1　아무도 혼례를 그만둔다고는 하지 않았어. 스스로 도망쳤을 뿐이지.

주정2　공주마마가 부지깽이로 얼굴을 지지셨기 때문이지. 그 괜히 파담(破談)이 될 리는 없어.

주정3　공주마마도 무서운 분이시지. 스스로 얼굴을 지지시다니.

부역인부2　엄청난 사건에 말려든 것은 김체신 장군이지.

도제　반년 동안 폐문을 명 받으셨다지요? 불쌍하신 부사어른, 부사어른은 죄가 없다고 모두 그렇게 말하고 있어요.

주정1　쓸데없는 일을 하셨기 때문이지. 죄 없이 폐문을 명받으실 리는 없지.

부역인부1　박사의 눈이 멀었다고 알린 것이 무슨 죄인가?

주정2　알리기만 한 것이라면 나쁜 건 없지. 벽을 뛰어넘어 모시고 간 것이 잘못 된 것이지. 알기 쉽게 말하면, 몰래 빼내어 간 것이 안 될 일이지.

부역인부1　그럼 박사도 똑같이 처단되는 것이 당연하지. 장군만 문책을 피한다는 것은 편파적인 처리지.

주정1　지금 박사를 처치하시면 종은 어떻게 되겠누? 5년이나

계속해온 공사를 그만두겠다는 건가. 동만 오면 주조하려
는 마당에. 안 될 일이지.

부역인부1 박사를 처단하면 종이 완성되지 않는다고 해서 죄를 문책
하지 않는다는 것은 신라 국법에는 없네.

주정1 종이 완성되고 나서 처단하더라도 별로 달라질 것도 없
네.

도제 쉬. 검교사 어른이 오십니다.

김옹과 지조대사가 들어온다.

김옹 공주마마는 정말로 스스로의 잘못을 후회하고 계시는가?

지조대사 불도에 정진하면서 남자를 사모한다는 것이 여자를 얼마
나 번뇌로 이끄는가에 대하여 깨달으신 것 같사옵니다.

김옹 그럼 독경도, 염불도 열심이겠구려.

지조대사 대앙(大仰)이 말하기를, 피를 토할 때까지 나무관세음을
계속 외시게 하고 있답니다. 지금이 고비지요. 이 고비만
무사히 넘기면 속세의 모든 인연으로부터 해방되어, 부처
님의 자비 속에 안길 수 있을 것이옵니다.

김옹 그 나이쯤에는……잘못이 있어도 책망할 수가 없소.

지조대사 시중 어른이 공주마마를 모셔올 시각이옵니다.

김옹 빨리 가야겠군.

지조대사와 김옹 따로 나간다.

이 때, 대문 쪽에서 떠들썩한 사람들 목소리.

주정1　　　갈 수 없다니까. 잠깐 기다리시오.

이화녀　　　잠깐 보기만 하면 된다 하잖아요.

주정1　　　갈 수 없소. 당신을 공방에 들여보낸 것이 알려지기라도

　　　　　하면 박사님으로부터 크게 꾸중을 듣소.

이화녀　　　아이까지 바친 이 몸이옵니다. 공방에 들어갈 수 없다는

　　　　　것이 도무지 이해가 안 됩니다.

주정1　　　안 되오. 안 된다면 안 되오.

이화녀, 주정을 밀치고 들어온다. 아이를 잃은 슬픔 때문에 상당히 초췌해져

있다. 박한매, 과부를 밀어낸다.

박한매　　　뭐 하러 왔느냐?

이화녀　　　박사님을 만나게 해 주십시오.

박한매　　　바쁘셔서 안 돼. 너 때문에 얼마나 공사가 늦어진 줄 아느

　　　　　냐? 박사님이 눈이 머신 것을 너도 알고 있겠지. 박사님

　　　　　이 눈이 멀게 되신 것이 누구 탓이지?

이화녀　　　(하는 수 없이) 이 몸 탓이라고 하시는 겁니까?

박한매　　　말하지 않아도 뻔하지.

이화녀　　　(고개를 떨어뜨리면서) 매일 치료하러 다니십니까?

박한매　　　밤낮을 가리지 않는 의박사의 노력으로 머지않아 눈은 뜨

일 것 같네.

이화녀　　(기쁜 듯) 눈이?

박한매　　눈이 나으신다고 해도 이전의 동은 도움이 되지 않기 때
　　　　　문에 몇 천섬의 숯만 소비하지 않았느냐? 일일이 세면 끝
　　　　　도 없어. 빨리 돌아가는 것이 좋을 것이다. 박사님도 요즘
　　　　　에야 마음의 안정을 찾으셨네. 오늘은 마무리 날인데 또
　　　　　다시 저번 같은 잘못이 있어서는 큰일이야.

이화녀, 체념한 듯 비틀비틀 나가기 시작한다.

미추홀, 도면과 자를 손에 들고 들어오는데 이화녀와 부딪친다. 눈에는 붕대
가 감겨 있다.

이화녀　　박사님!

미추홀　　누구요?

이화녀　　그 아이의 어미이옵니다.

박한매　　(주정들에게) 저자를 끌어내어라.

미추홀　　(저지한다) 그대로, 그대로.

박한매와 주정들, 이화녀의 팔을 누른 채 박사를 바라본다.

미추홀　　원하던 대로 눈이 멀었습니다. 마음이 풀렸습니까?

이화녀　　(가슴이 벅차 말이 나오지 않는다.)

미추홀　　원한은 사라졌습니까?

이화녀   ……

미추홀   나에게 무슨 일이오?

이화녀   (조용히 젖은 얼굴을 든다.)

미추홀   무슨 용건인지요?

이화녀   저—저……

미추홀   듣지요, 말하세요.

이화녀   (작게 울면서) 하루라도 빨리, 하루라도 빨리, 종을 완성해
         주십시오.

미추홀   (이상한 듯) 그대가 나에게?

이화녀   예!

미추홀   나를 위해서, 그렇게 생각하는가요? 그렇게나 나를 미워
         하고, 종을 만들지 못하도록 그렇게도 저주의 말을 퍼붓
         던 그대가……

이화녀   지금에서야 박사님께 말씀드리지만, 이 몸은 매일 아침
         신궁에 가서 하루라도 빨리 종이 완성되도록 기원하고 있
         었습니다.

미추홀   이 눈이 머니 불심을 일으킨 건가요?

이화녀   (얼굴을 옆으로 흔들면서) 아니옵니다.

미추홀   그럼요?

이화녀   아기의 목소리를 듣고 싶사옵니다. (갑자기 호소하는 듯)
         박사님, 이번에야말로 반드시 성공하여 종을 완성시켜 주
         십시오. 부탁드리옵니다. 그 아이를 잃은 이 몸은 슬퍼서,
         쓸쓸해서, 살아갈 마음조차 없사옵니다. 부슬부슬 비가 내

리는 밤이나, 개가 짖는 새벽에도, 그 아이를 떠올리면 이 몸은 애가 타서 가만히 있을 수가 없어 옷을 갈아입고 공방으로 왔습니다. 무덤이라도 있으면 이 몸을 내던져 마음껏 울어도 볼 것을……풀이 자라는 것을 바라보면서 그 아이는 이 아래에 잠들어 있다고 생각해 볼 것을……박사님과 주정들이 잠들어 있을 때 이 몸은 몇 번이나 동 가마를 구석구석 어루만졌는지 아십니까? 어슴푸레한 이 공방 안을 왔다 갔다 하다가 몇 번이고 이 몸은 마음을 남기고 그냥 돌아갔답니다. (말끝은 과부 독특한 애조 속에 오열로 바뀐다.) 박사님! 그 아이의 목소리가 듣고 싶사옵니다. 완성된 종 안에는 분명 그 아이의 목소리가 감추어져 있음에 틀림없사옵니다. 그 아이는 죽었지만 그 아이의 혼백은 종 안에 살아 있겠지요. 매일 밤 종소리를 들으면서 그 아이의 목소리를 그리워할 수 있게 해 주십시오. 그 아이의 목소리는 구슬이 구르는 듯 아름다운 목소리였습니다. 지금도 밤이 되면 그 아이의 천자문 읽는 소리가 확실히 귓가에서 들리옵니다. 기러기 건너는 가을밤에는 그 아이가 맑은 목소리로 노래를 불러도 주었습니다. 하루라도 빨리 종을 완성시켜 주십시오.

미추홀   알겠소, 그리고 고맙소. 그렇게 한탄하지 마시오. 오늘밤 구리물을 흘려 넣으면 내일은 종이 완성될 것입니다. 따님은 한 번 죽었지만 그 종과 함께 신라 천만년 후세까지도 살아 있을 것입니다.

이화녀   (희망에 가득 차서) 그럼 내일 새벽에는 종소리를 들을 수
          있겠지요?

이 때, 야마토(大和)의 의박사로, 경주에서 동네 의원을 하고 있는 오노 히로
토미가 들어온다. 이화녀, 한쪽 구석으로 몸을 붙인다.

미추홀   어서 오십시오.
오노 히로토미   드디어 오늘 구리물을 흘려 넣겠군요.
미추홀   예!
오노 히로토미   (이화녀를 보고) 저 여인은?
미추홀   따님을 제물로 바치신 분입니다.
오노 히로토미   음. 박사가 눈이 멀도록 저주했다고 하는 그 과부입
              니까?
미추홀   예!
오노 히로토미   생각했던 것보다 부드러운 여인이군요. 저는 무서운
              도깨비 형상은 아닐까 했습니다.
이화녀   (자신의 일을 이야기하고 있는 것을 알아채고) 내일 새
              벽에는 종이 완성되는 것입니까?
미추홀   식을 때까지 하룻밤 놓아두고, 새벽에는 주형을 뗍
              니다.
이화녀   그럼 내일 오도록 하겠사옵니다.
미추홀   조심하시오.

이화녀, 무거운 짐을 내려놓은 듯 홀가분하게 나간다.

오노 히로토미　그런데 눈은 좀 어떻습니까? 눈물이 나왔습니까?

미추홀　　　　나오지 않습니다.

오노 히로토미　아픕니까?

미추홀　　　　아프지도 않습니다. 시원합니다.

오노 히로토미　그럼 방으로 가십시다. 새로운 약을 가져 왔으니까
　　　　　　요……

미추홀　　　　저…… 말씀드리기 매우 곤란합니다만……오늘은
　　　　　　바빠서, 하루 정도 늦추면 안 되겠습니까?

오노 히로토미　무슨 말씀입니까? 일도 중요하지만 몸도 중요합니다.
　　　　　　종도 마지막 마무리라고 하셨는데, 눈 치료도 오늘
　　　　　　이 마지막입니다. 순조롭다면 내일쯤 붕대를 풀 수
　　　　　　있을지도 모릅니다. 중요한 고비입니다.

미추홀　　　　죄송합니다.

오노 히로토미　박사 한 명한테만 붙어있으니 환자들이 제 문 앞에서
　　　　　　기다리다 지친 모양입니다. 빨리 박사의 치료가 끝
　　　　　　나야지 그렇지 않으면 다른 환자들에게 미안할 따름
　　　　　　입니다. 자, 자, 방으로 가십시다.

미추홀　　　　예!

오노 히로토미와 미추홀, 나간다.

주정1　　　　언제까지 이 풀무질을 해야 하는 거지?

주정2　　　　일본에서 동이 올 때까지지.

주정3   일본의 동은, 언제나 올꼬?

주정4   동은커녕 삽 한 자루 받지 못하고 빈 배로 돌아온다면 큰
         일 아닌가?

이 때, 녹사, 서둘러 들어온다.

녹사   검교사 어른은 어디에 계시느냐?

주정1   지금 막 절에 가셨습니다.

녹사   박사는?

주정2   방에서 눈 치료를 받고 계시옵니다.

녹사   일본으로 향한 급찬 어른이 동 3만근을 싣고 일행 187명
         이 그저께 밤에 영일만(迎日灣)에 무사히 도착하셨다고 하
         는구나.

주정들   그저께 밤에요?

녹사   그렇다는구나. 이제 머지않아 도성에 도착하실 것이다.

주정1   저기, 저기, 벌써 검교사 어른이 오십니다.

김옹과 여장(旅裝)을 한 김초정, 이야기하면서 들어온다.

김초정   서두르고 서둘러서 7월 7일 칠석날 밤에 츠쿠시 다자이
         후(筑紫大宰府)에 도착했사옵니다. 일본원 다자이 대이(大弐)
         가 바로 나라에 사자를 보냈더니, 보름째에 천황폐하께서
         는 외우중변(外右中辨) 오오토모 슈쿠비하쿠마로(大伴宿弥伯

麻呂) 및 셋츠 대진(摂津大進)의 츠노렌신마로(津ノ連真麻呂),
좌대신(左大臣) 현부의 사주인주(堅部ノ使主人主)를 보내시어
8월 4일에 회견을 했사옵니다.

김옹   음. 그래서?

김초정   입국 이유를 물어서 전부 상세하게 이야기하고, 칙서와 함
         께 가져간 작은 말 5 필, 개 3 마리, 금괴 천 냥, 포목 60
         필, 머리털 80 냥, 바다표범 가죽 10 장, 호랑이 가죽 30
         장, 우황 20 냥, 인삼 200 근을 보냈더니 매우 기뻐하며,
         앞으로도 더욱 더 손을 맞잡고 힘이 되자고 하였사옵니다.

김옹   고마운 일이군.

김초정   일본에서도 불상 건립을 위해 금이 필요해 사자를 보낼까
         생각하고 있던 터이라, 산에서 캐낸 동괴(銅塊)로는 가지
         고 돌아가더라도 시간이 걸릴 것이라고 해서 동대사의 대
         불 건립 때 쓰다 남은 것이 있어서, 제련이 끝난 숙동(熟銅)
         을 정미 3만 관이나 받았사옵니다.

김옹   그럼, 그대가 가지고 돌아온 것은 숙동인가?

김초정   그렇사옵니다.

김옹   고마운 일이군.

김초정   그뿐 아니라, 돌아가신 검교사 어른의 조부이신 김순정(金
         順貞-전 상대등) 어른의 영전에 향을 보냈사옵니다.

김옹   (받아들고 감격하여 동쪽에 절한다.) 조부께서 대단히 기뻐
         하실 것이야.

김초정   돌아올 때는 상감마마께 명주 25 필, 실 100 줄, 목화 250

	돈을 보냈고, 저희들에게도 각각 선물을 주었사옵니다.
김옹	서두르면 9월까지는 돌아올 수 있었을 텐데 왜 이리늦었느냐?
김초정	돌아오는 길에 폭풍을 만나 대마도에 들렀는데, 방인(防人)들이 연회를 열어 저희들을 환대하여 배를 고쳐 주는 등 이루 다 말할 수 없는 은혜를 입었사옵니다.
김옹	빨리 폐하께 알리세. 상감마마가 요즘 같은 때에 이 이야기를 들으시면 얼마나 기뻐하시겠느냐!

김옹과 김초정, 서둘러 나간다.
엇갈리게 오노 히로토미와 미추홀, 치료를 끝내고 나온다.

박한매	(달려가서) 급찬 어른이 숙동을 3만근이나 가지고 돌아오셨답니다.
미추홀	(감격해서) 숙동을?
박한매	예!
미추홀	어디, 어디에?
박한매	마차는 아직 도성에 도착하지 않았고, 급찬 어른만이 먼저 도착하셨다고 하옵니다.
미추홀	이제 붕대를 풀어도 괜찮겠습니까?
오노 히로토미	그래요. 괜찮습니다. 박사는 이제 완전히 나았습니다.
미추홀	(서둘러서 붕대를 풀려고 한다.)
오노 히로토미	(당황하여 말리면서) 터무니없는 일을 하시는 게 아닙

니다. 오늘밤 축만시(丑滿時)에 붕대를 풀어야 합니다.
우선 맑은 물로 약을 씻어낸 다음 밤하늘을 올려보십
시오. 오래간만에 아름다운 별과 하늘이 보일 정도로.

미추홀   축만시라 했습니까?

오노 히로토미   그렇습니다. 축만시의 물이 가장 맑고, 눈을 위해서
좋지요. 그건 그렇고 이 주변에 맑은 샘은 있습니까?

미추홀   봉덕사 뒷산에 대밭이 있습니다. 그 대밭 건너에 수
정처럼 맑은 샘물이 솟고 있습니다. 산 목련이 주위
를 둘러싸고 있으며, 물에서는 산삼 맛이 납니다. 상
감마마와 공주마마께서는 매사냥에서 돌아가실 때,
꼭 한 번은 그 샘에 들리셔서 목을 축이십니다.

오노 히로토미   그것 참 다행이군요. 좋은 일은 서둘러야지요. 조속
히 검사해 봅시다. (가기 시작하다가 다시 발을 멈추고)
오늘도 밤 작업을 하십니까?

미추홀   예! 다자이후에서 동을 가지고 돌아왔기 때문에……

오노 히로토미   다자이후에서? 그것 참 잘 됐군요. (갑자기 고향 생각
이 난 듯, 동쪽을 향해 묵례를 올린다.) 하지만 밤 작업은
눈에 좋지 않습니다. 내일로 늦추면 어떻겠습니까?

미추홀   늦추면 안 됩니다. 가마 속에는 애처로운 제물까지
들어있기 때문에 하루라도, 한시라도 빨리 완성해야
만 합니다.

오노 히로토미   그렇다면 어쩔 도리가 없겠습니다. 그렇지만 용광로
쪽에는 부디 가지 마십시오. 구리물의 열기에 쏘이면

	그 때야말로 두 번 다시 눈을 뜰 수 없을 것입니다.
미추홀	멀찌감치 떨어져 지도만 할 터이니 안심하십시오.
오노 히로토미	그럼 저는 샘을 검사하러 가도록 하지요. 맑은 물이라면 바로 사람을 보낼 테니 함께 오십시오.

오노 히로토미, 웃으면서 나간다.

여장한 김초정 일행 중의 한 사람, 서둘러 들어온다. "신라 견일본사 급찬 김초정 일행 187명, 도송자(導送者) 39명"이라고 쓴 깃발을 들고 있다. 주정들, 일을 멈추고 일제히 그 쪽으로 모인다.

견일본사수원	박사 어른은 어디에 계시느냐?
미추홀	여기 있소!
견일본사수원	동을 운반하는 마차가 문천가의 논이랑에 빠졌사옵니다. 말은 지쳐버려서 아무리 채찍질을 해도 일어나지 않고, 모든 일행도 긴 여행에 기진맥진해 어려움을 겪고 있습니다. 조력을 부탁드리옵니다.
미추홀	정말로 고생했습니다. (박한매에게) 판관. 힘을 빌려 주시오.
박한매	박사 어른은 몸도 불편하실 것이니 그대로 머물러 계십시오. 저희들만으로도 충분하옵니다.

박한매, 앞서려고 하는 박사를 말리고, 수행원을 따라 일동을 데리고 씩씩하게 뛰어나간다.

미추홀, 그들이 나간 쪽을 응시한다. 공주 시모나, 목탁을 손에 들고, 주변을 돌아보면서 들어온다. 박사 혼자 서 있는 것을 보고 서둘러 다가선다.

시모나   박사님!

미추홀   (반신반의하면서) 공주마마시옵니까?

시모나   예! 시모나이옵니다.

미추홀   어찌 여기에?

시모나   동이 도착했다고 하는데, 정말인지요?

미추홀   예!

시모나   독경에 지쳐서 문득 눈을 돌리니 마차의 행렬이 꾸불꾸불
            공방을 향해 있기에 기쁜 나머지 저도 모르게 뛰어왔습니
            다. 더 일찍 뵙고 싶었지만 늘 시중 어른이 곁에 계시고,
            출구는 위병이 지키고 있어서, 마치 수인(囚人)과 같은 생
            활입니다…….

미추홀   그 속을 어떻게 빠져 나오셨습니까?

시모나   부처님의 가호겠지요. 스님이 시중 어른께 바둑의 자웅을
            겨루자하셔서 두 분 다 승방에 가 계시는 틈에 빠져 나왔
            습니다.

미추홀   (격해서) 공주님. (손으로 더듬는다.)

시모나   (박사의 손을 쥔다. 그러자 억누르고 있던 감정이 풀려) 박사
            님, 뵙고 싶었습니다!

시모나, 박사의 손을 끌어 옆의 큰 돌 위에 앉히고 자신도 나란히 앉는다.
어느새 밤은 깊어 주위는 정적에 둘러싸였고, 멀리 강 건너 토함산 위에 몽

롱하게 달이 비친다. 떨어진 민가에서 다듬잇돌 소리, 숲 속의 벌레 소리가 두 사람 사이를 간간히 오간다.

시모나   종이 완성되면, 박사님은, 이 서라벌을 떠나시겠지요.

미추홀   떠나는 것은 떠나는 것이지만. 섬에 유배라도 당하는 기분입니다.

시모나   아니요. 그렇게 말은 해도, 종이 완성되면 검교사 어른은 분명, 이전의 일은 용서하실 것입니다.

미추홀   설령 용서하신다 해도, 신라 천지에 이 몸을 받아들일 곳이 없사옵니다. 저희는 바다를 건너 야마토에 가려고 생각하고 있사옵니다.

시모나   야마토 말씀이십니까?

미추홀   예! 양친이 그 곳에 계시기 때문에 제 고향과 다름없사오나, 본 적도, 친숙하지도 않은 먼 고향이옵니다.

시모나   야마토 어디쯤인지요?

미추홀   무츠(陸奧)라는 곳이옵니다. 다자이후에서 나라 정도의 거리를, 나라(奈良)에서 더 동북쪽으로 가야하옵니다.

시모나   어머!

미추홀   일본에서는 백제나 신라에서 건너 간 사람들에게 무츠의 넓은 토지를 주어 경작케 하고, 부락도 만들게 하여, 모두 행복하게 살고 있다고 하옵니다.

시모나   고구려 사람들도 많이 가 있다고 들었습니다만…….

미추홀   그 사람들은 지금 무사시노(武蔵野)라는 곳에서 고려촌(高

麗村)을 만들었다고 하옵니다.

시모나　(미지의 나라에 대한 동경을 담아서) 무츠, 무츠.
（조용히） 천황의 시대가 번성하면
동북 지방인
무츠에 황금 꽃 핀다.

미추홀　무슨 노래옵니까?

시모나　무라사키 아가씨한테 배운 오오토모노 야카모치(大伴家持)
라는 분의 노래이옵니다. (갑자기 뭔가를 결심한 듯) 박사님,
저를 데려가 주십시오.

미추홀　(놀라며) 어디에 말씀입니까?

시모나　무츠에 말씀입니다. 저는 무라사키 아가씨와 3년이나 함
께 했기 때문에 일본에 대해서는 잘 알고 있습니다. 육로
를 통하지 말고 세토(瀬戸) 바다를 배로 가요. 3월에는 벚꽃
이 핀다고 하니, 나라(奈良)에서 봄을 맞고, 3개월 후인 6월
까지는 무츠에 도착할 것입니다. 무츠에는 신라처럼 번거
로운 제도도, 엄한 규율도 없겠지요. 밭을 갈거나, 낚시를
하거나, 송이를 따거나, 베를 짜거나……대추가 익으면,
대추 넣은 떡을 만들어 추석을 축하하고, 봉선화가 새빨갛
게 피면 명반(明礬)을 넣고 짓이겨 손톱을 물들이고……지
금까지 궁중에서는 흉내조차 내지 못했던, 여러 가지 즐거
운 풍습 속에서 그저 하루라도 살아보고 싶습니다.

미추홀　공주님, 공주님은?

시모나　(가로막으면서) 저는 상감마마의 누나, 박사는 일개 주

공……그래서 결국 부부로서 함께 살 수 없다고 말씀하시는 것인지요?

미추홀   공주님. 공주님은 자신이 자신을 어떻게 할 수 없는 위치에 계시는 분이옵니다. 일거일동, 모두가 신라 여성의 모범이 되고, 귀감이 되지 않으면 안 되는 분이옵니다. 공주님이 주공의 뒤를 쫓는다는 것은……천만년 후에도 신라의 수치라고, 섭정마마는 물론이고 중신원로 분들도 허락하실 리 없사옵니다.

시모나   (쓱 일어나) 태어날 때부터 이 몸, 귀에 딱지가 앉을 정도로 들어온 설법, 그만두십시오. 박사님한테까지 그딴 소리 듣고 싶지 않습니다.

미추홀   공주님!

시모나   박사님. 저를 사랑하는 사람이라고 생각하시면 데려가 주십시오. 데려가 주시면, 저는 모든 것을 바치겠습니다.

미추홀   공주님!

시모나   가야합니다.

미추홀   공주님! (하고 공주의 손을 쥔다)

시모나   놓으십시오. 박사님에게는 이 시모나가 사랑스러운 여자이기보다도 신라 여성의 모범이 되고, 평화의 사자가 되는 것을 바라시겠지요?

미추홀   공주님! (격렬하게 공주를 끌어안는다. 공주도 그 품속에 몸을 맡기고 흐느껴 운다.)

미추홀   공주님, 우시는군요. 땅 끝까지라도 함께 하겠습니다.

시모나　　（얼굴을 들고） 어디에라도, 어디에라도 데려가 주십시오.

미추홀　　（시모나의 눈물을 닦아주면서） 이제 우시면 안 됩니다.

시모나　　（미소 지어 보이면서） 저는 울지 않습니다.

미추홀　　눈물의 흔적이, 보세요, 이렇게……

시모나　　（서둘러 눈물을 닦고） 그만큼, 기쁩니다.

미추홀　　공주님의 눈물은, 어떤 눈물인지요?

시모나　　어머, 박사님께서는…….

미추홀　　공주님의 맑은 눈에서 흐르는 눈물은 아마 이슬방울이나
　　　　　수정처럼 맑겠지요.

시모나　　박사님. 저의 얼굴이 보이십니까?

미추홀　　아니오. 하지만 가슴속에는 호수 가운데에 뜨는 달처럼
　　　　　공주님의 모습이 비치고 있습니다. 그대로 그릴 수도 있
　　　　　고, 그대로 동으로 만들 수도 있을 것입니다.

시모나, 무의미하게 손으로 볼의 상처를 만진다. 안타까워하는 얼굴.

미추홀　　하지만 오늘밤 만축시가 되면 두 달 동안이나 가슴 깊이
　　　　　감추고 있던 공주님의 모습을 이 두 눈으로 확실하게 볼
　　　　　수 있습니다.

시모나　　만축시? （갑자기, 큰 돌에라도 맞은 듯 비틀거린다. 다시 한 번
　　　　　몸을 떤다. 밀려오는 슬픈 결과를 눈앞에 두고, 공포로 핏기가
　　　　　없어져 창백해진다. 신음하는 것 같은 목소리로 겨우） 만축시?

미추홀　　예, 만축시에 샘물로 약을 씻어 내면 눈이 뜬다고 했습

니다.

시모나, 일어선다. 몸 둘 바를 모르는 모습. 다시 한 번 앉는다. 가만히 있지 못하고 다시 일어난다.

이 때 무라사키 아가씨가 "공주님, 공주님." 하고 부르면서 들어온다. 시모나, 서둘러 뒤로 숨는다.

무라사키 아가씨, 들어온다.

무라사키　(미추홀을 발견하고) 박사님. 의박사님이 기다리고 계십니
　　　　　다. 빨리 가십시오.
미추홀　　어디에서 만나셨습니까?
무라사키　봉덕사에 오셨었습니다. 공주님을 찾아오셨다고 하셨는
　　　　　데, 박사님께 말씀을 전해 달라고 하셨습니다.
미추홀　　고맙습니다.

시모나가 조용히 흐느끼는 소리가 들린다. 미추홀, 밖으로 나가려고 한다. 무라사키, 주위를 돌아본다. 아무도 보이지 않아서 나가려고 하자, 시모나, 울면서 뛰쳐나와 매달린다.

시모나　　무라사키 아가씨.
무라사키　어머, 공주님. 이런 데서.
시모나　　(매달리며 호소하듯) 무라사키 아가씨, 박사를 말려 주세요.
　　　　　시모나의 부탁이니, 박사를 샘으로 가지 못하도록 해 주
　　　　　세요.

무라사키   (놀라면서) 무슨 말씀이십니까?

시모나   (울면서) 박사님 눈의 붕대를 풀어서는 안 됩니다. 박사는 지금도 저의 얼굴이 옛날처럼 아름답다고 생각하고 있어요. 박사가 눈을 떠서 이 추한 얼굴을 보면 얼마나 실망하시겠어요.

무라사키   (냉정하게) 공주님. 그건 안 됩니다.

시모나   (따지 듯 덤비면서) 어째서이지요?

무라사키   공주님. 상처 입은 얼굴을 보이고 싶지 않다고 해서, 박사님을 언제까지나 눈이 먼 채로 두려하시는 것은 사람을 사랑하는 길이 아닙니다.

시모나   (가슴이 벅찬 듯, 몸을 떤다.)

무라사키   사랑스러움은 얼굴에 의한 것만이 아니옵니다. 이 말씀은 공주님이 몇 번이나 저에게 들려주셨던 것…….

시모나   그렇다고 해도……그렇다고 해도……박사님께 이 추한 얼굴을 보이는 것보다는 차라리 제가 죽어버리는 것이……무라사키 아가씨. 그것 말고 다른 방법은 없을까요?

이 때, 마차가 가까워지는 소리가 들린다.

무라사키   머지않아 저 마차가 여기로 올 것입니다. 자, 자, 우선 절로 돌아가세요.

시모나, 무라사키 아가씨한테 이끌려서 절망 속에 초연히 나간다. 공주가 나가자 바로 미추홀이 "공주님." 하고 외치며 들어와서 뒤를 쫓는다. 무라사키 아가씨와 시모나의 이야기를 듣고 있었던 것으로 보인다. 돌연 무엇을 생각했는지 갑자기 멈춰 서서 되돌아온다.

미추홀　　　(공주가 나간 쪽을 향해) 공주님. 이 가슴 속에는 언제까지나, 언제까지나 공주님의 아름다운 모습만을 새겨둘 것입니다.

이 때, 김초정 일행이 마차를 이끌고 가까워져 온다. 가을 하늘에 울려 퍼지는 말 울음 소리. 채찍 소리, 바퀴의 흔들림 등이 점점 가까워져 온다.

미추홀, 손을 더듬으면서 용광로의 사다리를 오른다. 의박사 오노 히로토미, 들어와서 이 광경을 보자마자 큰 소리로 외친다.

오노 히로토미　무엇을 하시는 겁니까? 박사님, 제정신이십니까?
미추홀　　　（태연하게 사다리를 오른다.）
오노 히로토미　박사님, 내려오십시오. 열기에 다가가서는 안 된다니까요!

미추홀, 말리는 오노 히로토미를 밀치고 용광로 위에 얼굴을 밀어 넣고 눈의 붕대를 푼다.
오노 히로토미　아, 무슨 짓을. 그러면 눈이……
미추홀　　　일본국의 의박사님. 정말 죄송합니다.
오노 히로토미　에이, 바보 같은 사람! 지금까지 치료한 저의 수고는 아랑곳하지 않고, 일부러 눈을 망치다니, 의외의 행동이군요. 바보 같은 사람! 무슨 변명을 해도 용서할 수 없소. 검교사 어른께 말씀드려 꼭 규명할 것이오.

오노 히로토미, 몹시 화를 내고 나간다. 수행원과 함께 동 가마니를 짊어지고 들어온 주정, 부역 인부들, 이 장면을 목격하고 망연자실 미추홀을 바라볼 뿐. 이윽고 박한매가, 박사 앞으로 달려온다.

박한매　　무슨 짓을 하신 것이옵니까, 박사님!

미추홀　　판관. 동이 도착했습니까?

박한매　　예! ……이리 될 줄 알았으면 저희들이 곁에 있었을 텐데……

미추홀　　동을 보여주시오.

박한매　　여기에 있사옵니다.

미추홀　　(하늘을 우러러보고 깊은 한숨을 쉬면서) 일을 합시다. 지금이 고비입니다. 저는 눈마저 망쳤지만 그 대신 용솟음치는 구리물 같은 힘과 용기가 생겼습니다. 빨리 하시오. 무엇을 꾸물거리고 있소!

일동, 자신의 부서로 간다.

미추홀　　한시라도 빨리 동을 녹이시오. 오늘밤에야말로 이 몸에 벅찬 감격과 정열로, 미추홀 일생일대의 명예를 건, 천만년 후까지도 남을 신종을 완성시키겠습니다.

일동, 미추홀의 말에 활기를 띄고 힘차게 일에 뛰어든다.

하늘 높이 오르는 불꽃이, 사다리 위에 서서 지휘하는 희망과 창조의 말로 빛나는 박사의 모습을 비춘다. 풀무를 밟는 사람, 화구에 숯가마니를 집어넣는 사람, 동 가마니를 옮기는 사람, 장내의 이상한 긴장 속에 건설의 진군보가 씩씩하게 연주되고 있다.

—막—

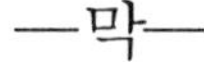

혜공왕

만월부인

시모나

무라사키 아가씨

김옹

김은거

김체신

미추홀

박한매

오오토모 슈쿠비하쿠마로(大伴宿弥伯麻呂)　일본국의 칙사

이화녀

지조대사

당 황태자의 사자

기타 중신원로. 문무백관

악인들. 궁녀들

혜공왕 6년 12월 14일.

신종 주조 성전.

공방 안에 임시로 설치한 극성(克成)식장.

국업(国業)이 완성되어, 신종 낙성 축하식이 성대하게 펼쳐지고 있다.

중앙에 가설한 종각.

붉고 푸르게 빛나는 4개의 원기둥.

그 가운데, 신라 최고의 기술이 섞여 완성된 화려, 전아, 웅대한 신종이 걸려 있다. 쌍룡과 기포가 있는 종 꼭대기로부터 오색 테이프가 무수하게 둘러쳐져 있다.

식장 주위에는 장막.

중앙에 한 단 높게 왕좌. 왼쪽에 섭정이 앉아 있고, 그 옆에 시모나와 무라사키 아가씨가 나란히 있다. 그 아래 단부터 관위 순으로 김옹, 김은거를 필두로 중신원로들.

오른편에 외국사신의 자리.

왼편에 악인과 궁녀들.

아래 한 쪽에 미추홀과 박한매의 모습이 보인다.

지축도 흔들릴 것 같은 장중한 낭독 목소리 속에 막이 열린다.

검교사 김옹이 왕의 어전에 한 발 나아가, 조산태부, 전 태자, 김필해가 성지를 받들어 편찬한 종명을 읽고 있다.

김옹 궁극적인 묘한 도리는 형상의 바깥까지를 포함하므로, 아무리 그 모습을 보려고 하여도 그 근원을 찾아볼 수 없으며, 큰 소리는 하늘과 땅 사이의 모든 곳에 진동하고 있지만 이를 아무리 듣고자 하여도 도저히 그 소리를 들을 수 없다. 그러므로 부처님께서 수기설법(隨機說法)인 방편가설(方便仮説)을 열어 삼진(三真)의 깊은 이치를 관찰하시고, 신종을 높이 달아 일승(一乘)의 원음(圓音)을 깨닫게 하였다.

범종에 대한 기원을 상고해 보니, 불토인 인도에서는 카니시카왕 때부터이고, 당향(唐郷)인 중국에서는 고연(鼓延)이 시초였다. 속은 텅 비었으나 능히 울려 퍼져서 그 메아리는 다함이 없으며, 무거워서 굴리기 어려우나 그 몸체는 구겨지지 않는다. 그러므로 임금의 으뜸가는 공훈을 표면에 새기니 중생들의 이고득락(離苦得楽) 또한 이 종소리에 달려 있다.

엎드려 생각하건대 성덕대왕의 덕은 산과 바다처럼 높고 깊으며 그 이름은 해와 달처럼 높이 빛났다. 왕께서는 항상 충성스럽고 어진 사람을 발탁하여 백성들을 편안히 살 수 있게 하였고, 예와 악을 숭상하여 미풍양속을 권장하였다. 들에서는 농부들이 천하의 대본인 농사에 힘썼으며, 시장에서 사고 파는 물건에는 사치한 것은 전혀 없었다. 풍속과 민심은 금옥(金玉)을 중시하지 아니하고, 세상에서는 문학과 재주를 숭상하였다. 40여년간 왕위에 있는 동안 한 번도 병란으로 백성들을 놀라게 하거나 시끄럽게 한 적이 없는 태평성세였다. 그러므로 사방 이웃 나라들이 만리 이국으로부터 와서 주인으로 섬겼으며 오직 흠모하는 마음만 있을 뿐, 일찍이 화살을 겨누고 넘보는 자가 없었다. 어찌 연(燕)나라의 소왕(昭王)과 진(秦)나라의 목공(穆公)이 어진 선비를 등용하여 서융(西戎)을 제패하고, 제(齊)나라와 진(晋)나라가 무도(武道)로써 천하를 서로 탈취한 것과 나란히 비교하여 말할 수 있겠는가! 성덕대왕의 붕거(崩去)를 예측할 수 없었으며, 세월이 무상하여 천년이라는 세월도 어느덧 지나가는 지라 돌아가신 지도 벌써 34년이라는 세월이 흘렀다. 근래에 효자이신 경덕대왕이 살아계실 때 왕업을 이어받아 모든 국정을 감독하고 백성을 어루만졌다. 일찍이 어머님이 돌아가셔서 해마다 그리운 마음이 간절하였는데, 얼마 되지 않아 이어 부왕인 성덕대왕이 승하하였으므로 궐전(闕殿)에 임할 때마다 슬픔이 더하여 추모의 정이 더욱 처량하고, 명복을 빌고자 하는 생각은 다시 간절하였다.

그리하여 구리 12만근을 희사하여 대종 일구(一口)를 주조코자 하였으나, 마침내 그 뜻을 이루지 못하고 문득 세상을 떠났다. 지금의 임금이신 혜공대왕께서는 행하심은 조종에 명합하고, 뜻은 불교의 지극한 진리에 부합하였으며, 수승(殊勝)한 상서는 천고에 특이하며, 아름다운 덕망은 당시에 으뜸이었다. 경주의 육가(六街)에서는 용이 상서로운 비와 구름을 옥계(玉階)에 뿌리고 덮으며, 구천의 북소리는 금궐(金闕)에 진동하였다. 쌀알이 꽉꽉 찬 벼 이삭이 전국의 들판에 주렁주렁 드리웠고, 경사스러운 구름은 경사의 하늘을 훤하게 밝혔으니, 이는 혜공왕의 생일을 경하한 것이며, 또한 왕이 8세 때 즉위한 후, 어머니 만월부인(滿月夫人)의 섭정으로부터 벗어나 친정(親政)하게 된 서응(瑞応)인 것이다. 살펴보건대 소덕태후(炤德太后)의 은혜는 땅과 같이 평등하여 백성들을 인으로써 교화하고, 마음은 밝은 달과 같아서 부자의 효성을 권장하였다. 이는 곧 아침에는 외삼촌(元舅)의 현명함이 있고, 저녁에는 충신들의 보필이 있었기 때문임을 알 수 있다. 왕은 신하들이 제언하는 안을 선택하지 않는 것이 없었으니 무슨 일을 결행한들 잘못됨이 있었겠는가? 경덕왕의 유언에 따라 숙원을 이루고자 유사(有司)는 주선(周旋)을 맡고, 종의 기술자는 설계하여 본을 만들었으니 이 해가 바로 혜공왕 7년(771년) 12월이었다. 이와 때를 같이하여 해와 달이 밤과 낮에 서로 빛을 빌리며, 음과 양이 서로 그 기를 조화하여 바람은 온화하고 하늘을 맑았다. 마침내 신종이 완성되니 그 모양은 마치 산과 같이 우뚝하고, 소리는 용음(竜吟)과 같았다. 메아리가 위로는 유정천(有頂天)인 색구경천(色究竟天)에까지 들리고, 밑으로는 무저(無底)의 가장 아래인 금륜제(金輪際)에까지 통하였다. 모양을 보는 자는 모두 신기하다 칭찬하고, 소리를 듣는 이는 복을 받았다. 이 신종을 주조한 인연으로 존령(尊霊)의 명복을 도

우며, 보문(普聞)의 맑은 메아리를 듣고 무설(無説)의 법정(法筵)에 올라, 삼명(三明)의 수승(殊勝)한 마음에 결합하고, 일승(一乗)의 진경(真境)에 이르며, 내지 모든 경악(瓊蕚) 들이 금가(金柯)와 함께 길이 번창하고, 나라의 대업은 철위산(鉄囲山)보다 더욱 견고하며, 유정과 무정이 그 지혜가 같아서 모두 함께 진구(塵区)인 중생의 미혹한 세계로부터 벗어나, 아울러 각로(覚路)에 오르기를 원하옵나이다. 신 필중(弼衆)은 옹졸하며 재주가 없으나 감히 왕명을 받들어 반초(班超)의 붓을 빌리고, 육좌(陸佐)의 말을 따라 혜공왕께서 원하시는 성스러운 지시에 따라 종명을 짓게 되었다.

검교사 : 병부령(兵部令) 겸 전중령(殿中令) 사어부령(司馭府令) 수성부령감(修城府令監) 사천왕사부령(四天王寺府令) 병검교진지대왕사사(並検教真智大王寺使) 상상(上相) 대각간(大角干) 신(臣) 김옹

부사 : 집사부시랑(執事部侍郎) 아찬(阿湌) 김체신

판관 : 우사록관감(右司禄館監) 급찬(級湌) 김피득

판관 : 급찬(級湌) 김충봉

녹사 : 나마(奈麻) 김일상

　　　대력(大暦) 육년 세차(歳次) 신해(辛亥) 12월 14일

　　　　　주종대박사 대나마 하전

　　　　　차박사 나마 미추홀

　　　　　조교 나마 박한매

김은거   (식순 낭독)
         논공행상.
         주종검교정사 상대등 겸 병부령, 대각간 김옹.

김옹, 어전으로 한 발 나아가, 넙죽 엎드린다.

만월부인 상대등, 고생하셨습니다. 오늘 신종이 완성되어, 섭정이
         선대왕께 충성할 수 있는 것은 오로지 그대의 수고 덕이
         오. 뿐만 아니라 일길찬의 모반 때도 그대가 없었다면 상
         감마마께서도, 섭정도 이 자리에 앉는 것이 불안했을 것
         입니다. 상감마마의 수족 같은 분이고, 최고의 지위에 있
         는 그대를 신라의 관직으로는 표창할 도리가 없습니다.
         특별히 5백석의 증가를 보낼 테니, 상감마마께 가없는 충
         성을 다해주십시오.
김옹   성은이 망극하옵니다.
혜공왕   바라는 것이 있으면 주저말고 말해 보오. 가능한 것이라
         면 들어주겠오.
김옹   황공하오나, 들어주시겠사옵니까?
혜공왕   들어주겠으니, 말해 보오.
김옹   부사 김체신, 차박사 미추홀의…
혜공왕   (말을 끊는다.) 말하기 전에 지시했다.
김옹   (다시 이마를 대고.) 황공하옵니다.

김옹, 자신의 자리로 돌아간다.

김은거   주종검교부사, 집사부시랑, 아찬 김체신.

김체신, 꿈이 아닌가 하고, 조심스레 어전으로 나아가 넙죽 엎드린다.

만월부인   아찬이 공주 시모나를 공방으로 데려간 연유로 폐문을 당
          했지만, 그것도 역시 화랑에 어울리는 인의(仁義)의 마음에
          서 나온 것이라고 상대등으로부터 들었습니다. 상대등을
          잘 보좌해 신기화성(神器化成)에 힘쓴 공로는 그와 같은 작
          은 죄를 덮고도 남는다고 생각합니다. 그래서 그대의 폐
          문을 풀고 지위를 한 등급 올려 대아찬에 서위합니다.
김체신   황공하옵니다.

김옹은 기쁜 표정을 감추지 못하는 모습.
김체신, 자신의 자리로 돌아간다.

김은거   신기화성 도상(途上)에 있어 죽음으로서 실패의 죄를 사죄
          한 주종 대박사, 대나마, 하전 및 신기를 위해 제물이 된
          어린 여자 아이의 영령(英靈)에 묵도를 바칩니다.

일동, 묵도.

김은거　　주종 차박사, 나마, 미추홀.

미추홀, 보이지 않는 눈을 깜빡거리면서 손을 더듬으며 어전으로 나와 넙죽 엎드린다.

만월부인　신라의 왕녀이고, 혼례를 눈앞에 둔 공주를 사모한 그대
　　　　　의 대죄는 신라 국법을 억지로 바꾸더라도 용서할 수 없
　　　　　소. 신종의 극성과 함께, 바로 욕지도(欲知島)로 유배를 보
　　　　　내야 하지만 오늘의 기쁨은 오로지 박사의 솜씨, 나 혼자
　　　　　서 이것을 축하하고 싶지 않소. 특별히 그대의 죄를 용서
　　　　　하며, 공에 따라 한 등을 올려 대나마에 서위하오.
미추홀　　황공하기 그지없사옵니다.
혜공왕　　듣자니 그대는 무츠에 간다고? 뭔가 바라는 것은 없는가?
미추홀　　황공하오나 바랄 것은 없사오나, 오늘 경사스럽게 신종이
　　　　　극성된 것은 소신의 기술만이 아니오라 오로지 공주마마
　　　　　의 격려와 조력에 의한 것이옵니다.
혜공왕　　공주의?
미추홀　　황공하옵니다. 신은 거듭되는 실패에, 스승의 뒤를 따라 몇
　　　　　번 자결을 결심했는지 모르옵니다. 게다가 시력을 잃고 나
　　　　　서는 더욱 더 일을 그만두고 싶었사옵니다만, 그 때마다
　　　　　황공하게도 공주마마께서는 신을 격려해 주시고 신에게
　　　　　힘을 실어 주셨습니다. 신이 힘을 잃지 않고, 오늘 이 신종
　　　　　을 완성한 것은 오로지 공주마마의 덕분이시옵니다.

혜공왕　　　(고개를 끄덕인다.)

미추홀, 어전을 물러나, 자신의 자리로 돌아간다.

김은거　　　신종 시당(始撞).
혜공왕　　　(시하(侍下)에게) 논공행상에 공주 시모나를 더하시오.
김은거　　　논공행상. 공주, 시모나마마.

시모나, 섭정의 곁에서 내려와, 왕 앞에 넙죽 엎드린다.

혜공왕　　　누님. 누님께는 무엇을 드릴까요?
시모나　　　상감마마, 저도 공을 세운 한 사람인가요?
혜공왕　　　누님의 공에는 어떻게 보답하면 좋을까요?
시모나　　　긴히 청이 있사옵니다.
혜공왕　　　말씀해 보세요.
시모나　　　저를 일개 평민으로 해 주셨으면 하옵니다. (비장한 얼굴로
　　　　　　　왕을 올려본다.)
혜공왕　　　평민?
만월부인　　(벌떡 일어나) 시모나. 무슨 말을 하는 것이냐?
시모나　　　어마마마. 저는 평민이 되어 미추홀을 따르고 싶사옵니다.
만월부인　　무엇이라고?
시모나　　　얼굴마저 이렇게 추하게 바뀌어 버린 제가 공주로 그냥 있
　　　　　　　는다면 나라의 수치가 될 것입니다. 뿐만 아니라 미추홀에

게는 부모형제도 친척도 없고, 천지간에 몸 둘 곳이 없다
고 하옵니다. 지위 한 등을 올리고 죄를 용서받는 것보다
도 유배되는 것이 미추홀에게는 오히려 바라던 일일지도
모르옵니다. 그 미추홀을 따라 눈이 되고, 팔이 되어, 고락
을 함께 하면서 저는 묻혀서 생애를 보내고 싶사옵니다.

좌우에 늘어서 있던 궁녀들 사이에서 울음소리가 샌다. 만월부인도 얼굴을
돌리고 눈물을 닦는다.

김은거   상감마마께 아뢰옵니다. 이러한 일은 일찍이 신라의 국법
            에는 없사옵고……
혜공왕   (날카롭게 가로막으면서) 기다려라. 말하지 않아도 알고 있
            다. (공주에게) 누님. 허락하겠습니다. 마음 놓고 가십시오.
시모나   상감마마. (격해서 운다.)

시모나, 자신의 자리로 돌아간다.

김은거   (왕의 기분을 누그러뜨리려고 크게) 봉덕사 주지, 지조대사.
            일본견신라사 급찬 김초정, 주종조교 박한매, 동(同)판관
            충봉, 녹사 일상. 공로에 의해 각각 상을 내린다. 폐식 후
            남으시오.

—사이—

김은거　　　신종 시당.

　　　　　　주종 차박사, 대나마, 미추홀.

멀리서 대답하는 목소리. "예!"
　일좌(一座)의 시선이 일제히 아래 한 구석에 모인다. 미추홀, 손을 더듬어 문무백관이 기라성처럼 늘어서 있는 앞으로 나아간다. 방향을 알 수 없어 발을 멈추고 잠시 서 있다.

혜공왕　　　(황공해 서 있는 것이라 생각하고) 신경 쓸 것 없다. 가가이
　　　　　　가라. 가까이 가서 그대가 5년의 긴 세월, 심혈을 기울여
　　　　　　완성한 신종을 신라 전체에 퍼지도록 힘차게 울려 보아라.
미추홀　　　(방향을 잘 잡지 못하고 김옹 앞으로 간다.)
혜공왕　　　(시모나에게) 손을 이끌어 주세요.
시모나　　　황공하옵니다.

시모나, 미추홀을 도와 종 앞으로 인도한다.
　미추홀, 손을 더듬어 당목을 쥔다. 가슴이 벅찬지, 후유-하고 한숨을 쉬며, 잠시 감격을 누르는 행동. 일좌의 호흡은 미추홀의 호흡에 자기들도 모르게 맞추고 있다.

혜공왕　　　빨리 울려라, 애가 타는구나. 알천의 흐름도 멈추고, 봉덕
　　　　　　사의 청기와나 붉은 기둥이 날려갈 정도로 힘차게 울려
　　　　　　보라.

미추홀, 활을 당길 때와 같이, 당목을 힘차게 끌어 당겨 전력을 다해 친다. 그러나 뜻밖에도 소리가 나지 않는다.

일좌는 망연자실해 입을 벌리고 있을 뿐. 미추홀, 당황하며 한 번 더 당목을 친다. 소리는 나지만 퍼지지 않는다.

불안과 초조 속에 종이 울리는 것을 기다리고 있던 김옹은 절망과 격분 속에 칼을 뽑아서 "으음, 이 고얀 놈!" 하고 큰소리로 꾸짖고 내리친다.

미추홀, 눈은 보이지 않지만 살기를 느끼고 본능적으로 한 발 뜬다. 김옹이 한 번 더 내려치려고 하자 공주가 비명을 지르며 미추홀을 감싼다. 김옹은 지조대사와 김은거에게 두 손을 잡혀 몸부림친다.

김옹   (분노하는 마음이 넘쳐) 놓으시오! 저 바보 같은 녀석을 제
          가 하늘을 대신하여 죽여주겠소, 놓으시오!

김은거   상대등, 어전이오. 칼을 버리시오! 일국의 재상의 몸으로
          서 상감마마 어전도 분별하지 못하다니, 이 무슨 일이오!

김옹   (미친 사람처럼 절규한다) 에잇, 놓으라니까!

지조대사   검교사 어른, 어전이오! 어전이란 말이오!

김옹   스님, 놓으시오!

김은거   진정하시오, 상대등. 외국사신의 앞이기도 하오. 장소를
          분별하시오!

만월부인   (격앙해서) 시중, 상대등을 놓으시오! 스님, 그 팔을 놓으
          시오! (김옹에게) 빨리 저 맹인을 베시오, 베라니까!

김옹, 쥐고 있던 칼을 맥없이 떨어뜨린다. "상감마마" 하고 외마디를 지르고 그 자리에 엎드려 흐느껴 운다. 일국의 재상의 몸이면서 자신을 잊고 흐트러진 김옹의 모습에 둘러선 사람들은 동정의 눈으로 보고 있었다.

만월부인　(추상 같이) 왜 베지 않는가? 상감의 어전에서 바로 베어
　　　　　버려라! 주공을 베는 것도 상대등의 일이오. 상감을 비롯
　　　　　해, 신라 사람들의 앞에, 그대는 무슨 면목으로 얼굴을 들
　　　　　고 있는가? (다시 발을 구르면서) 물러가 있으라. 소리도 나
　　　　　지 않는 종을 앞에 두고 극성식 같은 것은 당치도 않소.
　　　　　안산자(案山子)를 앞에 두고 거국적으로 넙죽 엎드린 것과
　　　　　다름없소. 여러 외국 사신 앞에서 나를 망신시킨 죄, 용서
　　　　　치 않을 것이오. 그뿐인가, 어전도 거리끼지 않고 칼을 뽑
　　　　　은 것, 그럼에도 불구하고 잘도 재상의 역할을 했구려.
혜공왕　　상대등, 이것은 무슨 일인가?
김옹　　　……
만월부인　그 칼로 종을 깨시오. 울리지도 않는 종을 선대왕께 바칠
　　　　　수는 없소. 상감마마께 유언도 없이, 마음을 남기고 가신
　　　　　선대왕의 영전에 저런 벙어리 종을 바칠 수는 없소.
김은거　　상대등은 소리가 나지 않는다는 것을 알면서도 오늘 이
　　　　　자리를 마련한 게 아니요?
김옹　　　……
혜공왕　　상대등. 설마 그대는 거짓말을 한 것은 아닐 테지?
김옹　　　상감마마. 이 죄 만 번 죽어 마땅하옵니다.

혜공왕　　　그대가 죽는다 해도 나라의 대사는 남는 것. 그대는 몇 백 년 만에 한 명 있을까 말까 한, 하늘이 내리신 위대한 인물, 그대가 죽으면 신라가 가엾지 않는가!

김옹　　　　상감마마. (흐느껴 운다.)

혜공왕　　　(미추홀에게) 다시 한 번 쳐 보라.

만월부인　　시간을 두고 다시 쳐 본들, 울릴 리가 없지요. (미추홀에게) 사실대로 말하라, 그대는 죄를 두려워해, 검교사와 말을 맞춰, 거짓말을 한 것이 아니냐?

미추홀　　　천지신명께 맹세하옵니다. 확실히 이 귀로 들었음에 틀림없사옵니다.

만월부인　　정말 소리가 났다는 것이나?

미추홀　　　예! 선대왕도 바라시고, 신도 바라고 있었던 종소리가 났음에 틀림없사옵니다.

김은거　　　지금은 나지 않지를 않는가? 아직도 약삭빠른 거짓을 말하는가?

미추홀　　　이번에도 실패하면 돌아가신 사장의 뒤를 쫓을 것이라고 각오하고 주형을 떼어내었사옵니다. 종의 몸체가 흙 속에서 나타나는 것을 저희들은 오랜 동안 올려보지 못하고 엎드려 있었사옵니다. 토기와 같은 소리가 나지 않는지, 금이 가 있지는 않은지, 그것이 두려웠사옵니다. 겨우 무사한 종의 모습을 보자마자, 바로 검교사 어른께 알려드렸고, 검교사 어른은 금방 달려오셔서, 손수 종을 쳐보셨습니다. 지금도 저희들은 노랫 가사를 기억하고 있는 것처럼 이 종의 울림을 기억하고 있사옵니다. 아래쪽에서 느릿하게 종의 몸체를 감싸고 퍼져 가는 이 종의 울림을 들으면서, 5년 동안 저희와 고로를 함께 한 공방 사람들은 기쁜 나머지, 목놓아 울기 시작했사옵니다. 죽음을 각오하여 칼을 쥐고 종의 울림에 귀를 기울인 저희들이 어찌 거짓을 고하겠사옵니까?

만월부인 그럼 하룻밤 사이에 악마가 이 종에 깃들기라도 했다는 말인가?

미추홀 황공하오나, 어찌된 영문인지 도무지 모르겠사옵니다.

혜공왕 마무리하는 두 달 동안에 뭔가 잘못되지는 않았는가?

미추홀 어젯밤 종각에 매달 때도, 확실히 울렸사옵니다.

시모나 어마마마, 종소리는 시모나도 확실히 들었사옵니다.

김은거 공주마마는 요즘도 공방에 가셨사옵니까?

시모나 잠자리에서 밤중에 들었습니다.

김은거 잠자리에서?

시모나 슬픈 소리에 꿈을 깼습니다. 종소리였습니다. 봉덕사 쪽에서 점점 울려 퍼져 오는 종소리로, 저는 신종이 극성한 것이구나 하고 깨달았습니다.

만월부인 일어섭시다.

만월부인, 자리를 일어선다.

김은거, 사신들 따라서 일어선다.

시모나   (한 발 나아가 가로막으면서) 어마마마. 종을 다시 한 번 살
          펴보는 것이 좋을 것이옵니다. 이유가 있을 것이옵니다.

혜공왕   (안도의 빛을 보이며) 잘 아셨어요. (미추홀에게) 박사가 상
          세하게 살펴보게. 불순물이 들어가지는 않았는지, 깨어지
          지는 않았는지.

미추홀, 종의 몸체를 쓰다듬으면서 한 바퀴 돈다. 아무데도 이상은 발견되지
않는다. 슬픔이 복받쳐 올라, 종 앞에 엎드려 운다.
이 때, 무라사키 아가씨의 날카로운 비명.

무라사키   저기, 박사님. 여자가……, 여자가…….

미추홀   (이유를 몰라서) 뭐라고 하시는 겁니까?

시모나   무라사키 아가씨. 무슨 일입니까?

무라사키   공주님. 저기에 여자 옷자락이……, 옷자락이…….

시모나   네?

무라사키   저기에, 저 종 안에, 여자의 옷자락이 보이옵니다.

김은거   뭐라고 하는가?

무라사키   종 안에 여자가 숨어 있음에 틀림없사옵니다. 옷자락 단
          이 살짝 보였사옵니다. 제가 소리를 내자 들어갔사옵니다.

김은거   (종 앞에 가서 크게 외친다.) 거기 숨어 있는 자는 누구냐?
          (칼을 뽑아) 나오너라. 어서 나오지 못할까!

혜공왕   (반응이 없자) 끌어내는 것이 좋겠구나.

　　김은거, 종 밑에 손을 넣어 옷자락을 쥔다. 나오지 않으려고 하자 기어들어가 여자를 끌어낸다. 소복차림의 이화녀였다. 모두 이상한 경악과 놀람에 휩싸인다.

혜공왕　　누구냐?

이화녀　　(아무 말 없이 운다.)

김옹　　(경악해서) 아, 이화녀가 아니냐?

이화녀　　검교사 어른.

만월부인　　상대등, 아는 사람인가?

김옹　　아니요. 제물을 바친 이화녀라는 과부이옵니다.

미추홀　　(이화녀라고 듣고 깜짝 놀란다. 이화녀 앞으로 가서, 분노에 떠는 목소리) 뭣 하러 종 안에는 들어가 있었오? 뭣 하러 들어간 것이냐고?

이화녀　　…… (운다.)

김옹　　아직도 그대의 기분이 풀어지지 않았는가? 이제 용서해 주어도 되지 않는가? 남자 아이라면? 호패를 차고 나라를 보호하러 전장에 서야 할 터, 그러한 어머니가 신라에 지금 얼마나 있다고 생각하느냐? 나라의 행복을 위해 여자 아이를 바쳤건만 그대는 그리 원망스러운가?

이화녀　　검교사 어른…….

미추홀　　그만큼 나를 저주하고……, 나한테서 빚까지 빼앗았으면서, 아직 그대는 그런 짓을……. 나라의 대사를 망치려고 하는 것이오? 어떻게 하면 그대는 만족하겠소?

이화녀	박사님. 용서하십시오.

미추홀	종이 완성되던 전날 밤, 그대는 공방을 찾아와서, 하루라도 빨리 완성시켜 달라고 빌지 않았소?

이화녀	……

미추홀	아기의 목소리가 듣고 싶다고……종소리를 들으면서, 아기와 이야기하는 느낌으로 일생을 보내고 싶다고 하지 않았소? 나는 그 말에 힘을 얻어, 하루는커녕 한시라도 빨리 종을 완성해서, 그대를 위로하려고 했오. 그랬던 그대가 지금에 이르러 이 무슨 기막힌 짓을……. 특히 어전도 분별 못하고…….

이화녀	박사님……용서해 주십시오.

미추홀	그럼, 무엇 때문에 종 안에 들어간 것이오?

이화녀	종이 울리지 않도록, 종 안쪽에 몸을 기대고 있었사옵니다. 울리지 않으면 저 종은 녹여질 것임에 틀림없을 테니……

만월부인	이 바보 같은! 그대는 하루라도 빨리 종소리가 듣고 싶다고 박사에게 말했다고 하지 않았는가?

이화녀	예!

만월부인	하루라도 빨리 듣고 싶어하던 그 종소리를 이 자리에서 울리지 못하도록 한 것은 어째서이냐?

이화녀	섭정마마. 종이 저러한 소리를 내리라고는 꿈에도 생각하지 못했기 때문이옵니다.

만월부인	어떠한 소리를 내더냐?

이화녀　　에밀레, 에밀레 하고 슬프게 우는 소리처럼 울려 퍼졌사
　　　　　옵니다.
만월부인　뭐라고? 에밀레 하고 울음소리가 났다고.
이화녀　　그 아이는 신불의 가호로 종 안에서 편안하게 자고 있을
　　　　　것이라고만 생각하고 있었사옵니다. 종소리도 분명 그 아
　　　　　이의 숨소리처럼 유순하고, 사랑스럽고, 정이 담긴 것임에
　　　　　틀림없을 것이라고 생각하고 있었사옵니다. (갑자기 미친
　　　　　사람처럼 절규한다.) 그 아이는 이 몸을 원망하고 있사옵니
　　　　　다. 이 어미를 미워하고 있사옵니다. 이 어미 때문에 죽었
　　　　　다고, 에밀레, 에밀레 하고 울면서 호소하고 있사옵니다.
　　　　　그것은 종소리가 아니옵니다. 이 몸을 저주하는 목소리이
　　　　　옵니다. 섭정마마, 저 종을 녹여 주십시오.
미추홀　　이 신종이 그와 같은 울림을 낼 리는 꿈에도 없사옵니다.
만월부인　그 여자를 끌고 가라.
혜공왕　　박사. 한 번 더 쳐 보라.

미추홀, 다시 친다.
신라 천 년의 창공에, 웅대하고, 장려(壯麗)하고, 평화로운 소리가 흘러간다.
　식장의 여기저기에서 탄성과 함께 감격의 울음소리가 났다. 악부에서는 풍
악 소리, 궁녀들은 일제히 종각 앞으로 내려가 늘어뜨린 테이프를 손에 들고,
송가(頌歌)를 부르면서 빙글빙글 돈다.

혜공왕   5백 년 만에 나라의 대업은 이루어졌다. 마음껏 오늘의
         기쁨을 즐겨라.

시모나, 왕의 어전으로 나아간다.

시모나   상감마마. 이 관을…….

시모나, 조용히 관을 벗어서 왕께 바친 후 미추홀의 손을 잡고 어전을 물러
난다.

무라사키   (다가가서 운다.) 공주님.
시모나   무라사키 아가씨. 그대만은 저의 고충을 알아주겠지요.
무라사키   예, 공주님.

궁녀들의 송가는 공주와 미추홀, 이 두 사람의 전도를 축복하며 송별가로
바뀐다.
만월부인과 무라사키 아가씨, 등을 돌리고 조용히 운다.
단 한 명뿐인 누나를 슬프게 떠나보내는 14세 어린 왕의 가슴속은 생각할
때마다 비장함이 있었다.

—막—

싸움 (たたかひ)

| 한다 아키라 飯田彬 |

1929년 경성사범학교 졸. 1942년 6월 동경에서 기록소설 『반도의 놈』 출판, 일본출판문화협회 추천도서가 됨. 이어서 조선의 각종 잡지에 크고 작은 30편의 글을 씀. 최근 1년간 『국민문학』에 「국어에 길들이다」 「산이고요해지면」, 「싸움」을 발표함.

1

우리들이 그래, 학창시절에 사용하던 경기용 죽창(竹槍), 알아? 응, 그 죽창이야, 틀림없이.

그것이 눈에 보이지 않을 만큼 빠른 속도로 날아와서 발 주변에 폭폭 하고 꽂혔다. 그 때마다 작은 모래 먼지가 뿌옇게 불꽃처럼 일어났다. 그 흰 화염 속을 달리고 있는 것이다.

그들의 탄환으로 말하자면 마치 내가 뛰는 방향을 확실하게 예견하고 있는 것 같았다. 생각해 보면 적탄은 나를 조준해서 쏘고 있는 것인데, 그 때의 나에게는 마치 적탄이 나를 앞서는 듯, 이놈, 나를 방해한다고, 무척 화가 났다.

무의식적으로……응, 무의식이라는 것은 맞지 않을 지도 모른다. 어쨌든 어깨에 전우 한 명을 짊어지고 있고, 어떤 일이 있어도 말이지, 적어도 그 죽창이 전우의 시체 어디에도 닿아서는 안 된다고, 만약 그렇게 된다면, 내 오른쪽 배에서 왼쪽 배에 걸쳐서라도 적탄이 뚫어 주는 편이 훨씬 낫다고, 이것은 성스러운 전우애인 것이다, 물론 전우는 벌써 숨이 끊어졌지만, 숨이 끊겼는지 아닌지는 문제가 아니었다.

그들이 전우의 시체에 손가락 하나라도 건드리게 할 성 싶으냐고, 그런 의미에서의 복잡한, 그래 조리 있는 무의식이랄까, 나는 무서운 기세로 달리는 것이었다.

초조라고 하지만, 나는 내 역사상 이만큼 심한 초조에 둘러싸인 시간을 일찍이 가진 적이 없었다. 호(壕)까지 200m, 그 짧은 200m가 무한대의 공간을 만들고 있다. 그러한 무한대의 공간이 하나의 모래 먼지가 되어 내 앞길을 가로막고 있는 것이다.

등이 슬슬 뜨거워진다, 아무래도 뜨뜻미지근한 표현이다. 그래, 아주 뜨거워진 납을 등에 뒤집어 쓴 듯한 그런 뜨거움이다.

몸을 앞으로 구부려 달린다. 녹초가 되어 있는 다리지만, 어쨌든, 앞으로 앞으로 비틀거리면서, 나간다. 완전히 시간의 관념은 잃어버리고 있었다. 길고, 짧음의 문제가 아니었다. 어쨌든 전우를 건네줄 성 싶으냐고 달린 것이다.

하지만 이상해, 그 무한대의 공간이 순식간에 사라져 버렸다고 생각하니 호였다. 나는 어깨의 전우와 함께 무너지듯이 미끄러져 떨어졌다.

몇 십 발, 아니 몇 백 발, 그저 나 한 사람에게 향한 총알이었지만, 중경군(重慶軍)의 총알은 의외로 잘 맞지 않는다는 식의, 나는 그런 단순한 해석 같은 것은 하지 않는다.

총알 이불, 총알 울타리, 그 속을 비틀비틀 달려서 너, 조금도 맞지 않았다는 것이 작은 기적이 아니고 뭐라고 할 수 있는가?

이런 일은 전장에서는 아주 흔한 일이야, 그것 자체로서는 호들갑 떨 정도의 것이 아니다. 그러나 내가 이렇게 팔팔하다는 것은 상당히 위대한 사실이라고 생각하지만.

아, 그래. 나는 기적이라는 말을 썼는데, 이것은 영혼을 매개로 한 기적이야. 이야기하도록 하지.

산 서쪽의 산 속이었다.

심한 전쟁이었다. 우리들은 3일 밤낮 정도 적을 쫓고 쫓아서 산골짜기로 나왔다. 11월 27일의 일이었다. 이런 격전 속에 나에게 어떻게 날짜를 기억하고 있는가라고 내게 의아해 할 것이다. 물론 그 날짜를 처음부터 자각하고 있었다는 것은 아니다. 아, 오늘이 어머니의 기일임을 안 것은 지금부터 말하려는 기적이 일어나고 난 뒤의 일이었다.

그 산골짜기에서 드디어 마지막 적진을 공격하려고 할 때였다. 응, 지금까지와는 달리 신병을 증원하여 적은 무서울 정도로 반격해 왔다.

어쨌든 계곡을 진격하던 중의 일이다. 산위에서 총을 연발하는 데에는 전진할 도리가 없다.

이건 안 되겠다, 라고 느꼈을 때에는 진퇴양난의 전황이었다.

아, 눈이 내리고 있었어. 예뻤지. 우리들은 완전히 엎드린 채 응전하고 있었다. 철모에 쌓인 눈이 움직일 때마다 눈앞에 팔랑팔랑 떨어진다. 아름답구나, 이런 아름다운 눈 속에서 죽어 가는 나도 아름답다고 생각했다. 내 옆에서는 4명의 전우가 돌비석처럼 굳어서 계속 쏘고 있다.

너는 종종 들었을 것이다. 행군 중의 졸음이라든가, 선잠이라든가, 그건 틀림없는 사실이야. 어쨌든 우리들은 거의 3일 밤낮, 전혀 수면다운 수면은 취하지 못하고 있었다. 이것은 거꾸로 말하면 어디에서라도 바로 잔다는 것도 된다. 적의 박격포 소리를 들으면서, 그리고 또 나도 방아쇠를 겨냥해서 당기고 당겨, 아, 나는 지금 분명히 잤어, 그것이 상당히 긴 시간인 것도 같았고, 짧은 시간인 것도 같은, 아무튼 둥실둥실 떠오르는 현실감, 아무래도 묘한 표현인데, 별로 적당한 말이 없다. 계속 그런 기분이었다.

방아쇠에 손을 놓고 나는 또 잤다.

즐거운 시간이었어. 아니, 즐겁다 같은 말도 약하다, 약해. 돌아가신 어머니가 나타나셨어. 내가 7살 때에 갑자기 돌아가신 어머니가 방긋이 웃으며 나타나신 게 아닌가?

그래. 털북숭이의 내가 3살 때로 되돌아 가 있었어. 응, 평소에는 깡그리 잊고 있던 3살 때의 기억이야. 아마 나는 아장아장 걷고 있었음에 틀림없겠지만, 그 때는 어떻게 된 일인지 기던 채로 어머니를 올려다보고 있었다.

어쨌든 나는 시골에서 컸기 때문에 어렸을 때 과자 대신에 언제나 주먹밥뿐이었다. 응, 그 목소리만은 지금이라도 확실히 기억하고 있다. 어머니는 언제라도 작은, 무척 잘 만들어진 주먹밥을 내밀면서,

"자, 주먹밥이야, 아가."

늘 먹어서 익숙해진 쌀이지만 어머니의 손맛으로 만들어진 주먹밥은 어린 내 마음에도 비할 데 없이 맛있는 것이었다.

"어머니, 맛있어요, 주먹밥."

나는 지금이라도 굳게 믿고 있다. 어머니의 주먹밥은 아마 일본 전국의 어느 스시 명인도 따라올 수 없었음에 틀림없었다.

그건 그렇고 이야기를 되돌리자.

기던 채로 나도 방긋이 어머니를 쳐다보자, 어머니는 만면에 넘칠 듯 부드러운 미소로 바라보며,

"자, 주먹밥이야. 어서 오너라, 아가."

나는 조금 전 가장 즐겁다고 했는데, 이것은 또 한 편 가장 슬픈 추억도 될 듯하다. 왜냐하면 나는 그런 아름다운 어머니의 얼굴이 다시 나타나리라고는 믿을 수 없기 때문이다.

주먹밥과 어머니의 웃는 얼굴에 끌려, 나는 기던 채로 어머니에게 가까이 갔다. 그래, 분명히 어머니가 계시는 곳까지 3m쯤 되었을까? 그런데 이상하게도 이 3m가 또 무한의 거리가 되는 거야. 내가 30cm쯤 나아가면, 어머니가 그 거리만큼 멀어지고, 그리고 변함 없이 방긋방긋 웃으며 부드럽다. 나는 완전히 어리광부리며, 또 30cm 나아간다, 그리고 또 30cm.

그러나 어머니와의 거리는 전혀 좁혀지지 않는다. 어느 새인가 화가 나서,

"어머니는 참……."

어떻게 해서라도 그 주먹밥을 집으려고 나는 열심히 나아갔다. 나중에 살펴보니 분명히 나는 눈 속을 3m정도 기고 있었다.

어머니는 아직 웃고 계신다. 발버둥쳤다, 애가 탔다, 그 때였다.

나는 내 몸이 마치 우주에 매달려 있는 것 같은 느낌이 덮쳐 왔다. 다음 순간, 나는 심한 통증에 놀라 자신을 되돌렸다. 떨어진 것이었다. 나는, 지금까지 모두 함께 쏘아대고 있던 곳으로부터 오른쪽으로 3m 떨어진 곳에 있던 바위 사이에 떨어진 것이다.

응, 3m 정도나 굴러 떨어진 거야. 허리를 바위 모서리에 부딪혀 대단히 아팠다.

어머니에게, 그래, 단 하나뿐인 어머니에게 배신당한 것 같은 슬픔을

느끼면서, 나는 비틀거리며 일어섰다. 아, 그렇지만 총은 꽉 쥔 채였어. 하지만 다음 순간 나는 내 머리 위에 지금까지 듣지 못했던 큰 작렬음(炸裂音)을 들었다.

당했다는 의식과 아무것도 아닐 거라는 자각이 동시에 들었지만, 갑자기 생각난 것은 내 전우 4명의 일이었다. 나는 허리의 통증 같은 것은 어딘가에 던져 버리고 바위 모서리를 기어 올라갔다.

이것은 너무나도 심한 현실이었다. 바로 지금까지 내가 기던 채로 계속 쏘았던 장소에 정확하게 명중된 적의 박격포탄이었다. 물론 옆의 전우들의 생명이 온전할 리가 없었다.

나는 심하게 교차하는 총포탄 속을 멍청하게 앉은 채였다.

그리고 오늘은 어머니의 기일이 아니었던가? 응, 분명히 그래, 그럴 것임에 틀림없다고, 점점 명확해져 오는 의식을 마치 다른 사람의 일처럼 계속 만들어 가는 것이었다.

너는 이러한 진실을 어떻게 생각할까? 나는 조금 전 기적이라는 흔한 말을 썼지만, 결국 어떠한 사고방식을 가지든, 또 의미를 붙이든 기적임에 틀림없는 것이다. 차라리 단순하게 기적으로서 안정되는 편이 솔직하지 않을까? 언젠가 너는 나에게, 무서울 정도로 미신가가 되어 돌아왔다고 호의의 야유를 보낸 적이 있는데, 이러한 기적의 연속인 싸움이라는 엄숙한 현실에, 그래, 5년 동안이나 숨 쉬어 봐, 대개 미신가도 되지 않겠는가? 그래, 또 하나 생각났다.

내 어머니는, 이렇게 두 번까지나 나의 작은 부대에 기적을 주셨던 것이었다.

지금 말한 기적으로부터 2년쯤 지난 뒤의 일이었다. 나는 부대의 물품을 지키며 부대의 주력군을 뒤따라가고 있었다. 나는 전우 25 명과 함께 아주 작은 규모로 행군을 계속하고 있었다.

도중에서 다른 작은 수송 부대와 합류하였다. 합해서 50 명이다. 하지만 군대가 늘어난다는 것은 얼마나 든든한 것인가! 우리들은 힘차게 행군을 계속해 갔다.

지도상으로는, 아마 내일은 부대의 주력군을 따라 잡을 수 있을 것이었다. 그날 밤, 그랬다, 고양이 새끼 한 마리도 보이지 않는 어두운 부락에 숙박했다. 그날 밤이었다.

나는 또 어머니의 웃는 얼굴에 이끌려갔다. 이번에는 나는 이미 훌륭하게 성인이 되어 있는 것이 아닌가!

잠깐만, 잠깐만, 어머니는 내가 7살 때 돌아가신 것이 아닌가? 나는 꿈을, 분명히 이것은 꿈이야, 꿈을 꾸고 있는 것임에 틀림없다고. 꿈속에서 의문을 가지면서도 어머니의 웃는 얼굴에 이끌려서 얼떨결에 어머니를 따라갔다.

어머니를 따라가길 얼마 후 나는 한 그루의 큰 소나무가 보이는 들판에 나왔다. 길은 거기에서 정확하게 두 개로 나뉘어 있다. 오른쪽은 거기에서 완만하게 길게 뻗어 내려가 계곡 바닥을 돌아서 사라졌다. 왼쪽 길은 정연하게 산 위로 계속되고 있는 것이 아닌가! 어머니는 아무런 주저도 없이 오른쪽 길로 나를 데리고 가신다. 나도 아무런 의문조차 가지지 않고 오른쪽 길을 선택했다. 이윽고 계곡 사이 중간쯤에서 한 채의 인적 없는 집을 보았다.

거기에서, 바로 거기에서 말이야. 아, 우리 어머니는 사라져 버렸다. 나는 나도 모르게 어머니를 불렀지만, 그 목소리에 스스로 깨어 버렸다.

아주 캄캄한 어둠 속에 병사들의 건강한, 그리고 피로에 지친 코 고는 소리만이 가득 차 있었다.

다음날.

우리들은 주력군을 뒤따라가는 안도와 같은 기쁨으로 제각기 가슴 부풀리면서, 매우 정력적인 행진을 계속했다. 그렇게 출발해서 거의 1리(里)나 나아갔을까?

어라, 한 그루의 소나무, 들판. 틀림없이 길은 좌우 두 개로 너무나도 정확하게 나뉘어 있는 것이 아닌가?

"멈춰." 나는 나도 모르게 부대를 멈추지 않을 수 없었다. 어머니에 대한 절대적인 신뢰와, 그 즈음은 나를 완전히 사로잡아 버렸던 신비에 대한 겸허함 때문에 그렇게 하지 않을 수 없었던 것이다. 우리 부대의 병사들은 이전부터 나의 기적을 알고 있었고, 두말 않고 내 꿈을 굳게 믿어 주어, 그래서 오른쪽으로 가게 되었는데, 다른 부대는 두려운 기색을 짙게 내비추었다. 게다가 그 지휘관은,

"이 봐, 두 개의 길 중 한 쪽을 선택하는 경우, 낮은 쪽으로 가야한다는 것은 전술에도 없어, 그만 둬."

아, 나는 그러한 반대를 논리적으로 결코 무찌를 수 없는 슬픔을 절실히 느꼈어. 하지만 내 마음은 결코 왼쪽으로는 결정할 수 없다. 어쩔 수 없었다.

"그럼, 서로 다른 길을 갈까?"

우리들은 여기에 현실과 신비 어느 쪽인가에 생명을 맡기고 헤어졌다. 내 결론은 벌써 너에게 확실히 했을 것이다.

우리들은 얼마 안 있어 계곡 사이에 한 채의 허름한 집을 찾아낼 수

있었다. 우리 쪽 병사들은 펄쩍펄쩍 뛰며 기뻐했다. 거기에서 힘이 솟은 우리들은, 3리도 채 안 가서 부대의 주력군을 따라 잡았다. 하지만, 그 찰나였다, 우리들은 멀리 왼쪽 편으로, 심하게 총소리가 교차하는 것을 들었다.

나에게 전해진 나쁜 느낌은 헤어진 부대의 비극이었다. 물론 원군은 대단한 속도로 출병했다. 하지만 그 속도도 거의 맞지 않았던 것이다. 적군은 몇 십 배라고 할 만한 대부대였다라는 것만 너에게 말해 두겠다.

미리 말해 두겠는데, 나는 싸움의 전모로서 기적만을 결코 끄집어내는 것이 아니다. 그래, 나는 요즘 이런 것을 생각해 보았다. 신비와 현실의 정점에 힘차게 쐐기를 박아, 저와 같은 전과를 올리고 있는 것이 일본군이 아닌가 하고.

그러니까, 그러니까 말이야. 키스카(kiska)의 기적도, 하물며 아쯔(Attu)의 신비도, 절실하게 몸으로, 그래, 나에게는 마치 자기 자신의 일인 양 느껴진다.

2

그래.

이처럼, 여기 문에 모기장을 붙이고, 거 있잖아, 건너편 창에도 붙여 놓았잖아. 어때 살펴 봐, 한 군데라도 모기가 들어올 곳이라고는 없다. 그리고 새로운 짚 속에서 소는 걱정 없이 편안히 살찔 것이다.

너, 소를 여위지 않게 하기 위해서는 사료는 물론이지만, 모기 한 마리에도 신경 쓰지 않으면 안 된다.

아, 나는 말이지, 너의 5년 동안의 출정 속에, 이런 싸움만 열심히 하게 되었어. 저녁이구나, 소를 밖에 세워 놓고, 그리고 외양간 안을 솔잎으로 모깃불을 피운다, 그러면 안에 있는 소에게 가장 시끄러운 모든 벌레들이 허둥지둥 하는 모습으로 튀어나간다.

심하게 내쫓는다. 그리고 그것은 상당히 빠른 행동이야.

소를 재촉해서 외양간에 넣어 버린다. 나도 함께 들어가서 잠시 소의 얼굴을 쳐다본다.

여기는 마치 천국으로, 모기는 한 마리도 없고, 소는 만족한 듯 나를 쳐다보고 있고, 나는 소의 체취 속에 마음 속 깊이 행복을 느낀다.

소가 말이야, 너, 눈을 가늘게 뜨고 나를 지긋이 쳐다보고 있을 때는, 이만큼 귀여운 것이 없어. 느긋하게 되새김질하면서 다리를 구부리고 있는 풍경, 응, 그래. 정말 기듯이 아지랑이가 소리 없이 다가온다.

나는 소의 목 줄기에서 등에 이르기까지 천천히 쓰다듬어 주면서, 오늘 하루의 싸움을 생각하기로 했었다.

있잖아 너, 나의 이론으로는, 생활전이라는 것은 가장 충실한 각각의 국민생활이라는 것인데, 하지만 말이야, 역시 이것은 상당한 노력의 문제이다.

나는 내 스스로 아주 가까이에 전쟁을 느끼려고 얼마나 노력했는지 모른다. 네가 출정하고 나서는 말이야, 더욱 싸움이라는 것이 절실하게 가까이 다가 왔어.

이런 개인적인 감정으로 싸움을 받아들여서는 안 된다는 것을 아주 잘 알고 있어. 하지만 국민은 의외로 이러한 방면에서 점점 싸움을 느끼고 있는 것은 아닐까?

이렇게 해서 싸움을 가까이에서 느끼고, 나는 내 생활의 싸움을 개시한 것이었다.

너는 조금 전, 싸움은 신비와 현실의 정점에서 비로소 대단히 효과적이라고 했는데, 녀석, 무척 재미있는 말이라고 생각한다. 그러나 나는 뭐랄까, 후방의 싸움이랄까, 국민의 싸움이랄까, 이런 것은 현실 면을 드러내어 더욱 정면에 내세우고, 신비는 당분간 작아져 있으면 된다고 생각한다. 바꾸어 말하면 현실은 바로 생산에도 연결되는 거야.

나는 이런 점에서 색다르게, 국민의 싸움에 본질적인 차이를 생각하고 있는데, 어떨까?

현실이라고 하면, 너, 소는 야위어 있어서는 안 되는 것이고, 쥐는 내버려두어서는 안 되고, 호박은 더 크게 만들지 않으면 안 되는 것은 이미 정해진 것이다.

80 명의 아이들과 함께 이런 의미로는 아니지만, 피투성이의 고심을 해 왔다.

어쨌든, 들어 줘.

나의 싸움은 우선 아이의 머리를 자르는 것으로 정했다. 이것은 아무것도 아닌 것 같지만, 80 명의 아이들 머리를 항상 깔끔하게 해 놓는다는 것은 결코 쉬운 일이 아니었다. 이 일로 깨달은 것인데, 머리가 자라는 모양은 모두 한결같지 않다. 눈에 보이는 차이는 없는 듯해도 의외로 큰 차이가 있는 거야. 게다가, 그래, 얼굴형과, 머리카락의 질에 따라 같은 길이라도 그것이 똑같이는 보이지 않는다. 네가 출정하고 나서 얼마 전 계산해 보았더니, 재미있어, 총 9천 3백 명이나 되었다.-비원(悲願)의 1만 명 깎기가 될 참이야.

한 명에 2전(錢)의 이발료-아이들과의 합의로 정해진 이 요금이, 너에 대한 검소한 위문 봉지(慰問袋)가 매월 되었던 거야. 나 같은 서투른 사람이라도 9천 3백 명을 연습 무대로 했더니 대단해. 웬만한 이발소 같은 것은 내 발끝에도 못 미칠지도 모를 정도야.

어때?

너도 기르고 있어, 당장 저녁에 솜씨를 보여 주지.

이발소 다음에 시작한 것은, 있잖아, 그곳의 개간(開墾)이었다. 여기는 한 자락의 작은 도토리 숲이었다.

물론, 식량 문제를 가장 먼저 생각해서 시작한 것인데, 나는 이 대규모의 일을 하면서 종래의 교육의 개념을 완전히 청산하려고 생각했다. 응, 더욱 구체적으로 말하면 교육이라는 것과 근로가 완전한 일원성에 서있다는 것을 입증해 보이고 싶었다.

나는 이 시험을 결코 실패했다고는 생각하고 있지 않다. 게다가 의외의 사실은 말이지, 그 개간의 결과 마을 사람의 개간열을 북돋운 것이다. 너, 노력에 비례해서 수입이 적다는 것은 생각하지 않아도 좋지 않느냐? 나는 마을 사람의 그 만큼만이라도 결과를 낸 것에 크게 만족하고 있다.

물론 교과 시간은 쓸 수 없기 때문에 매일 매일 아이들과 아침 1시간을 썼다. 그리고 방과 후의 2시간을 썼다.

나무는 생각보다 작았기 때문에 뿌리 주변을 적당히 파놓고, 나무 중간 정도에 밧줄을 걸어, 81 명이 영차 하고 힘껏 끌어당겼다. 그래, 바스락거리는 것 같은 소리가 나고, 부스스 하고 한쪽의 흙이 솟아오르는가 싶더니 쑥 뽑혀 온다. 이렇게 해서 한 그루씩 뽑아 갔는데, 그 때마다 오르는 미숙한 개가(凱歌), 그 때마다 너를 생각했어.

너희들이 하나의 요새를 뚫는 기쁨에는 비할 수 없을 지도 모르지만, 끝났을 때에는 완전히 멍하게 되어 버린 것을 보자, 정말이지 열심히 한 보람이 있는 일임에 틀림없었다.

마침 초가을 아침이었다. 너, 이 높은 곳에서 저쪽 계곡에 걸친 아침이 얼마나 멋있는지 모르지. 내일 아침쯤 빨리 일어나서 상쾌한 아침을 마음껏 마셔 봐.

아지랑이랑, 안개랑, 게다가 계곡 바닥에 가라앉아 있는 집들의 밥 짓는 연기가 섞여서, 꿈속에 또 꿈이 겹쳐지는 듯한, 응, 그것이 옅어짐에 따라, 나뭇가지 끝이 먼저 나타난다.

그 다음으로 지붕, 그리고 벽, 그 색이 뭐라고 형언할 수 없는 고상하고 차분한 담백함을 가지고 있다.

그런 아침, 나와 아이들은 늘 하던 대로 나무에 밧줄을 걸치고 있었다. 언제나 하던 일이지만, 아이들은 그 나무를 크게 둘러싸고, 이번 것은 몇 번 정도 힘을 넣으면 뽑힐까 하고 멋대로 떠들고 있었다.

그런데 이것은 정말이지 멍하게 있던 토끼일 거야, 나중에 살펴보니, 그 뿌리에 토끼 구멍이 있었어. 갑자기 한 마리의 토끼가 튀어나와서 말이야, 와아 하고 시끄럽게 떠드는 아이들의, 게다가 고르고 골라 그 아이들 중에서는 가장 힘 좋은 아이의 허벅지 사이로 뛰어들었다. 아이의 일이다, 잡으려는 의지보다 오히려 본능적으로 양다리를, 방어적인 의지였을 것이다, 세게 졸랐기 때문에, 완전히 토끼의 배를 졸라 버렸다. 흔히 아무리 해도 산토끼는 잡을 수 없는 것인데, 어쨌든 팔 힘 좋은 아이가 놀라서 그야말로 목숨 걸고 졸랐기 때문에 산토끼도 정말이지 져버린 것 같다.

그렇지만 무슨 틈을 찾으려는지 비틀비틀 발버둥 친 끝에, 한꺼번에 둘러싼 아이들 중 다른 한 명한테 뛰어 들었다. 뛰어 들었다기보다, 뛰어 오른 찰나, 양손을 앞으로 내민 아이의 손 위에 달랑 올라앉은 형국이 되었다. 그 아이는 정말이지 운이 좋았어.

그 중에서 앞의 아이 다음으로 힘이 좋다. 그 아이도 설마 자신의 손에 올라앉으리라고는 생각지 못 했기 때문에 적잖이 당황했던 것 같다. 게다가 산토끼의 손톱은 날카로워서, 제법 그 아이를 할퀴고 있었다. 갑자기 양손으로 토끼를 높이 올렸다 했더니 도토리 뿌리를 향해 확 던져버렸다. 이것은 확실한 치명상이 되었다.

큰 눈알을 순간 더욱 크게 떴지만, 그대로 점점 감아버렸다.

더 이상 나무를 뽑는 소동이 없었다.

그 날 저녁은 아이들에게 토끼로 만든 국으로 영양 가득한 잔치를 벌였는데, 아이들에게 가장 즐거운 저녁 식사였던 것 같다. 이런 상황이면 근처에 더 있음에 틀림없다고, 틈틈이 토끼 사냥을 펼쳤는데, 그리 쉽지는 않지. 그래도 겨울 것까지 합치면 12, 3 마리는 잡았을 것이다.

그 모피가, 너의 조끼가 된 것이다. 모피만으로 된 조끼니까, 무척 따뜻했을 것이다.

너에게 보낸 조끼는 이런 우스꽝스러운 우연이지만, 그러나 그 우연이 좋은 동기가 된 것임에는 틀림없다.

이러한 개간과 동시에 생각난 것이 철저한 공한지(空閑地)의 활용이라는 것이었다. 우리들은 증산이라는 구호를 더더욱 검소하게―그래, 나는 모든 실용적인 토지를 최소한도로서……. 후후, 아무래도 관념적인 말투지만―도대체 인간이라는 것은 실용성을 멀리하고 더 넓은 토지를 가지고 싶어하는 것은 아닐까?

그런 것은, 요즘은 말이지……군이 말하자면 처마 밑에까지 뿌려. 응, 안 될 것은 없지, 그저 결실이 안 좋을 뿐이지. 하지만 그것은 훌륭한 토지 활용이야.

내가 제일 먼저 눈을 돌린 것은 교사(校舍) 지붕이야. 이곳만큼 널찍하게 놀고 있는 곳은 없어.

우선 그곳은, 지붕에 박 넝쿨이 뻗어 있는 흔한 풍경에서 생각난 것인데, 너, 학교 지붕을 놀려 두라는 법은 없어.

그래서 나는, 한 칸(間) 걸러 호박씨를 꼼꼼하게 뿌렸다. 그리고 대나무를 교사에 걸쳐 세우고 타고 오르게 했다.

이것은 좋은 햇빛 가리개가 되어, 커튼도 필요하지 않았다. 아이들과 함께 돌보았다. 너, 식물이란 것은 완전히 인간의 성의(誠意) 문제야. 쭉쭉 뻗어 주고 말이지……. 그 해의 지붕은 너무나도 화려한 호박밭이 되어 버렸다. 수확은 어쨌든 상당했다. 호박과 동시에 지붕에 박을 심어서, 내친 김에 박 말랭이(干瓢)를 하기로 했다. 가공으로서의 박 말랭이는 잘 되지 않았지만, 그래도 제법 아이들 집집마다의 밥상을 다양하게 만들었다.

그래, 그래. 이 일은 아이들이 모두 함께 너에게 보내는 위문편지에도 썼을 테지만 이런 우연적인 해학(諧謔)의 순간은 없었어.

호박은 지붕으로 올라가, 의외로 실하게 줄기를 뻗어서 그렇게 난데

없이 떨어지는 것은 아니지만, 그 때는 어떻게 된 것일까?

드디어 수확할 때가 되어 각각 분담한 호박을 모으기로 했다.

내 옆에 있던 아동 한 명이, 힘차게 줄기를 뽑았다. 물론 그것이 쑥 뽑힐 거라고는 꿈에도 생각하지 않았고, 그렇기 때문에 상당히 힘도 주어서 뽑았을 것인데, 갑자기 줄줄 내려와서, 그랬었어, 제일 가까이에 있던 그 녀석은 상당히 평평한, 제법 큰 녀석이었는데, 그것이 그 아이의 머리에 툭 하고, 그래, 우연이라고는 하지만, 어쩜 그렇게 공교로울까 —완전히 우산처럼 얹혀 버렸다.

뒤이어, 위에 있던 것이 앞에 덜렁 내려와, 계속해서 그 아이의 정반대의 등에 덜렁 떨어져, 결국 완전히 그 아이를 호박이 눌러 버렸다. 원래 우스운 아이였는데, 너도 알고 있듯이 호박의 줄기는 다소 아파서 생각대로 벗겨지지 않지, 거 왜 남양(南洋)의 무슨 사람 먹는 식물이 있었잖아, 완전히 그런 모습이었어.

그 와중에 다른 아이가 눈을 붙여 버려서,

"야, 호박 신(神)……"

이라는 녀석이 있는가 하니,

"×× 군(君)이 호박한테 죽었다……"

라고 떠드는 녀석이 있고, 그것 참 대단한 소동이 되어 버렸다. 바로 벗기려고 해도 안에 있는 사람이 잘못 되면 안 되기 때문에 제법 시간이 걸렸다. 이리저리 고생을 해서 겨우 벗은 것은 좋은데, 본인은 천연덕스럽게,

"너희들, 호박 집은 시원하고, 청색으로 무척 좋아. 호박 집에 산 것은 전 세계에 나 혼자야, 헤헤."

이 말에는 주위 아이들도 어이가 없어서 말을 하는 사람이 없었어.

이런, 이런, 내 싸움을 완전히 유머러스한 에피소드로 마무리해 버렸지만, 이러한 유머러스의 그늘에 있는 고심을 너는 알아주겠지?

화단 같은 것은 큰 맘 먹고 부수어 버렸다. 하지만 너, 꽃이 하나도 없는 사계는 상상 이상으로 삭막한 거야. 그래서 운동장 주위의 한 면에 메밀을 뿌렸다. 이것이 8월 중순쯤부터 가을에 걸쳐 청초한 아름다움을 지녀주어서 말이지……너, 메밀꽃의 아름다움은, 그래, 너에게도 그리운 추억이 있지 않느냐? 언제였던가, 너는 너의 약혼녀를 평하길, 메밀꽃의 시원한 아름다움이라고 하지 않았느냐?

혹은 내가 메밀을 뿌렸다는 것은 전쟁터에 있는 너에 대한 그리움의 잠재적인 연결이었는지도 모르겠구나.

선택받은 한 사람(選ばれたる一人)

시오이리 유사쿠 汐入雄作

1912년 요코하마에서 태어남. 정규 학력은 없음. 사이토 모키치(斎藤茂吉)에게서 단가를 약 6년간 배움. 『작가군(作家群)』 등의 동인으로 활동. 장·단 30편 정도의 소설을 씀. 1938년 여름 경성으로 건너와 현재에 이름.

1

오랜 기간 조선에서 살고 있어서, 나는 많은 조선인을 지기(知己)로 가지고 있다. 나는 그들과 내지인을 별스럽게 구별하고 있지는 않다고 생각한다. 사귀어 보면, 구태여 하나에서 열까지 모두 말하지는 않겠지만, 우리 내지인과 그들이 이 세상에서 서로 가장 비슷한 사람인 것을 통감한다. 내가 알고 있는 조선인은 거의 대부분 부지런하고 선량하다. 그 중에서도 이와모토(岩本) 군은 내가 가장 경애하는 한 사람이었다.

이와모토 군은 나의 동료이다. 그는 나보다 네 살 어린 29세인데, 벌써 아이를 네 명이나 둔 아버지이다. 더욱이 그의 아이들은 한 명도 남김없이 아들이다. 나에게도 아이가 세 명 있다. 하지만 위에 하나만 아들이고, 나머지는 딸이다. 조금 안타까운 느낌도 들지만, 여자도 없으면 나라가 설 수 없다고 생각하면 그렇게 풀이 죽을 일은 아니다. 어쨌든 아이가 있다는 것은 유쾌한 것이다. 책상을 나란히 하고 있기 때문에, 나와 이와모토 군과는 자주 아이 이야기를 한다. 아이 이야기 같은 건 아이가 없는 사람에게는 전혀 흥미 없는 것인데, 아이를 가진 사람들끼리라면 자기 아이의 성질이나 언행을 서로 자세히 이야기하면서 지칠 줄을 모른다. 어쨌든 두 사람이 만나면 인사 대신 다른 사람의 험담이 나오는 것이 통례지만, 아이 이야기는 아무리 해도 아무에게도 폐를 끼치지 않고, 일단 뒷맛이 좋다. 두 사람 다 막상막하로 아이 걱정이라서, 아이의 일을 이야기하기 시작하면, 서로 의기투합하는 것을 느낀다. 이런 이유로 나는 이와모토 군과 상당히 친하게 지낸다.

이와모토 군은 누구에게도 호감을 주는 사람이다. 정의감이 상당히 강한, 순수하고 정직한 남자로, 그가 근면가라는 것도 사내(社內)에 정평이 났다. 일면 성질이 급하고 화내기 쉬운 점이 있지만, 그것도 그의 경우는 결점이라기보다 오히려 애교로 보였다.

"어이, 에돗코(江戶ㄱ子-에도에서 나고 자란 사람 : 역자)!" 우리 내지인은 그를 이렇게 부르며 놀렸다. 그러면 그는, "왜." 하며 과장되게 눈을 부릅뜬다.

자주 조선인의 단점으로, 게으르고 태만하다든가, 책임감이 약하다든가, 갚아야 할 깊은 은혜를 느끼지 못한다든가, 이기적이라든가, 대부분의 사람이 가지고 있는 약점 하나하나를 예로 드는데, 그런 것을 들을 때마다 나는 이와모토 군을 떠올린다. 그에게는 조금도 그런 평이 맞지 않는다. 아니, 그런 오명도 조선인 전체에 해당되는 것은 아니고, 조선인 중에는 대체로 그런 경향의 사람이 많다는 의미가 그만 일반적으로 표현된 것이다. 어느 나라에도 게으르고 태만한 사람이 있다. 이기심 같은 것이 없는 사람은 한 사람도 없을 것이다. 하지만 사람이 공통으로 가지고 있는 이런 약점은 이성에 의해 제어된다. 말하자면 도덕의 문제다. 이와모토 군과 같은 사람이 많아지면, 이제 조선인도 근면하다,

책임감이 강하다라는 보증이 붙을 것임에 틀림없다.

이와모토 군은 가끔 우리 집에 놀러 온다. 꼭 아이와 함께이다. 내 아내와 아이는 그나 그의 아이와 매우 절친하다. 아내는 그의 국어가 능숙한 것에 언제나 감탄한다. 그가 명랑하고 선량한 인물인 것도 종종 이야기한다. 그는 아이의 가정교육에도 상당한 힘을 기울이고 있는 듯, 아이들도 무척 예의 바르고, 예절 바르다. 우리 아이와 비교해서, 나는 내심 부끄러워하지 않을 수 없다. 아버지와 마찬가지로, 혹은 그 이상으로 국어도 잘한다. 이런 점에서도 이와모토 군의 인품은 저절로 알 수 있을 것 같다. 분투가(奮鬪家)인 이와모토 군은, 회사에 없어서는 안 될 사람이다. 게다가 옳은 것은 옳다고 하고, 그른 것은 지칠 때까지 그르다고 하는 그의 태도는, 사내에 언제나 한줄기 상쾌함을 가져오고 있다. 그가 무슨 일로 화를 내거나 큰 소리를 내면 모두 통쾌하게 웃기 시작한다. 그에게 당하고 있는 당사자도 바로 웃으며 사과한다. 그러면 그도 함께 웃고, 금방 태연해져 버린다.

그 이와모토 군이 요즘 별로 기운이 없다. 일을 하고 있는 모양을 봐도 느낌 탓인지 이전만큼 마음을 쏟지 않는 것처럼 보인다. 가끔 멍하게 생각에 잠기기도 하고 한숨 같은 것을 쉬고 있을 때조차 있다.

"이와모토 에돗코는, 요즘 너무 얌전한데."

그것을 알아차린 것은 나뿐만이 아니고, 동료들도 이렇게 서로 귓속말을 하고 있었다.

지금까지 다른 사람보다 배로 명랑했던 사람이 갑자기 가라앉아 가만히 있자, 말을 거는 것도 조심스러웠지만 서로 옆자리에 앉아 있으면서도 나와 그는 언제부터인가 일 이외에는 거의 말을 하지 않게 되었다.

아이 이야기 같은 것도 전혀 나오지 않는다. 아무렇지도 않게 세상 이야기를 꺼내도, 대답하는 것조차 귀찮은 듯 응하려고 하지 않았다. 아무래도 이상하다. 하지만 정색해서 노골적으로 물어 보는 것도 주저되어 나는 얼마동안 그대로 두고 보고 있었다.

하지만 평소 친하게 지내다가 언제까지나 모른척하는 것도 이상하다. 어느 날, 회사에서 함께 돌아오는 길에 나는 드디어 입을 열었다.

"어떻게 된 거야? 뭔가 요즘 의기소침해 있는 것 같은데."

"그렇게 보입니까? 아니, 대단한 건 아닙니다만……" 하며 이와모토 군은 애매하게 미소를 지었다.

"무리하지 말게. 건강이라도 나빠진 것은 아닌가?" 열이 조금 있는 정도로는 절대로 쉬지 않는 그임을 알고 있기 때문에 나는 위로하듯 말했다.

"아니요, 별로 어디도 나쁘지는 않습니다만……"

"그럼, 어떻게 된 거야. 설마 집에 다툼이라도 있는 건 아니지?"

"그런 건 아닙니다."라고 그는 쓴웃음을 지으며, "뭐, 아무것도 아닙니다."

"아무것도 아닌 것은 아니겠지. 모두 이상하다고들 해."

"그런가요?" 얼빠져 중얼거리는 것 같은 말투였다.

"응, 어떻게 된 거야." 끈질김에 나조차 조금 질리면서 나는 한 번 더 물었다.

이와모토 군은 조금 생각하고 있는 모습이었는데,

"실은, 조금 고민하고 있는 것이 있습니다." 하며 드디어 입을 열었다.

"무엇을?" 미소를 지으면서 아무렇지도 않은 체 했다.

"제가 머리가 이상해진 것이 아닐까요?"라며 그는 반은 혼잣말처럼 말했다.

"어째서?"

"어딘가 이상한 점이 보이지 않습니까?"

"기운이 없어진 것은 신경 쓰이지만, 별로 정신이 이상하다고는 생각되지 않아."

"제 자신도 정신은 똑바르다고 생각하지만, 역시 물어 보지 않고서는 안심이 되지 않아요. 그러나 묻는 것도 두려운 느낌이 들어 오늘까지 누구에게도 묻지 않고 있었는데……"

"어째서 또 그런 것을 생각하고 있어?" 가슴이 근질거리는 것을 느끼면서, 나는 더 추궁했다.

"실은 말이죠."라며 결심한 모양으로 "최근 묘한 남자를 만났어요."

"응응." 호기심에 내달려 끄덕였는데, 바로는 대답을 하지 않아서, "그래서, 어떤 남자?" 하고 재촉했다. 하지만 우리는 잠시 동안 아무런 말없이 걸었다.

"운명 같은 남자입니다. 아니, 운명임에는 틀림없는데……" 조금 뒤에 이렇게 중얼거린 이와모토 군의 목소리에는 침통한 뭔가가 있었다.

"운명과 같은 남자?" 나는 반문했다.

하지만 이와모토 군은 그러고는 가만히 있어 버렸다. 나는 또 다시 똑같은 말을 두, 세 번 반복했지만, 한숨을 쉴 뿐이었다.

그 사이에 전철 정류소에 와 버렸다. 주변에는 벌써 땅거미가 지고 있었다. 11월도 중순이 되자 해질녘에는 추위가 몸에 스민다. 나는 생각에 잠긴 친구와 뚜렷한 이유도 없이 헤어지기 싫었다.

"또 놀러오게. 어떤 일인지 모르겠지만, 뭐, 별거 아닌 일로 끙끙 앓지 말게."라고 하며, 나는 이와모토 군의 어깨를 가볍게 두드렸다.

"네."라고 대답하고 그도 인사했다.

돌아가는 방향이 달라서 우리는 복잡한 길속을 좌우로 헤어졌다.

이와모토 군의 입에서 나온 '운명 같은 남자'라는 말은, 너무 수수께끼 같았다. 도대체 무슨 일로 고민하고 있는 것일까? 나는 여러 가지 상상을 짜냈다. 하지만 마치 구름을 잡는 듯 어떤 억측도 나오지 않았다. 쾌남아인 이와모토 군이 눈에 띄게 우울해지기 시작한 것이라서, 단순하지 않은 일로도 생각되지만, 제3자가 보면 의외로 하찮은 사소한 문제일지도 몰랐다.

다음날 나는 그가 뭔가 말을 걸어 올 것이라고 생각했지만, 전혀 그런 기척은 없고 여전히 생각에 잠겨 있는 모습이다.

나는 기회를 봐서 내 쪽에서 말을 꺼냈다.

"운명과 같은 남자가 어쨌어?"

그러자 그는 얼굴 앞에서 손을 흔들며,

"아니 조금 더 기다려 주세요." 하며 심약하게 웃었다.

'그래도' 라고 말도 못하고, 나도 더 이상 묻지도 않았다.

"만일의 경우라는 각오가 좀처럼 되지 않는 거예요." 그는 그 뒤에 이런 말을 했다.

그리고 나서 며칠 지난 일요일 오후, 이와모토 군이 불쑥 나를 찾아왔다.

"야, 잘 왔어. 자, 들어와." 나는 기쁘게 그를 맞았다.

"어머, 아이들은요?" 아내는 혼자서 온 그를 신기한 듯 보았다.

"네, 오늘은 좀……" 하며 그는 말을 흐렸다.

밖에서 놀고 있던 우리 아이들도 집으로 달려 들어와,

"아저씨, 꼬마는요?" 하고 그를 둘러쌌다.

"아, 도련님, 아가씨, 오늘은." 그는 잠시 동안 밝은 얼굴이 되었다.

"자, 모두 저쪽으로 가렴." 나는 그가 요전의 이야기 때문에 왔음에 틀림없다고 생각하여, 떠들고 있는 아이들을 내보냈다.

이와모토 군과 서로 마주보고 담배를 처음 피우는 나는 조금 무료했다. 그는 두 마디 정도 정해진 인사말을 했을 뿐 계속 가만히 있다. 느낌 때문인지 오늘은 예전보다 창백한 얼굴색이다.

가을도 끝나가는 으스스한 날이었다. 우리 집에서는 아직 화로에 불도 피우지 않았다. 방에 가만히 있으니 손발이 차가워져 온다.

"점점 추워지는군." 나는 흔히 하는 말을 했다.

"네." 그는, 그러나, 조금 끄덕였을 뿐이다.

"올해야말로 저온 생활이야. 조금 허전하지만, 뭐, 전쟁을 하고 있다고 생각하면, 이 정도는 당연해."

"그렇군요." 이번에는 뭔가 마음이 움직인 말투였다.

"가혹하고 격렬한 전국(戰局)을 직시하면, 불평 같은 건 말할 수 없지. 어쨌든 이기지 않으면 안 되니까 말이야."

"정말입니다."라며 동의하고, 머리를 갸우뚱거리듯, "그러나 일본은 이길까요?"

"그런 의문을 가지고 있나?" 나는 의외라는 얼굴을 했다.

"아니, 의문이 아닙니다."라고 부정하고, "저도 절대로 이긴다고 믿고 있습니다. 그러나 뭐랄까……일본은 어떤 승리를 할까요?"

"어떤이라니?" 상대의 말이 이해되지 않았다.

"단 한 사람의 힘의 차이가, 승패를 결정하는 경우도 있다고 생각합니다."라고, 이와모토 군은 요즘 같지 않게 눈을 빛내며, "일본이든, 미국이든, 어느 쪽 한 쪽이, 한 사람 몫만큼만 힘이 많았다는 것이 승패의 갈림길이 되지 않는다고도 할 수 없지 않습니까?"

"그런 일은 있을 수 없어. 이쪽이 필사적이라면 적들도 필사적이야." 이렇게 말했을 때, 요즘 생각하고 있는 것이 문득 내 머리에 떠올랐다.

나는 일의 절대점이라는 것을 가끔 생각한다. 우선 예를 들면, 한 사람의 중병인(重病人)이 있다고 하자. 그 환자의 생명은 하나의 주사에 의해 구해질지도 모른다. 하지만 그것도 시간의 문제다. 주사를 놓는 시기가 늦어서 죽는 경우도 있다. 이런 경우 생과 사는 어디에서 결정되는가—절대적인 순간이 있을 것이다. 이런 종류의 일은, 그밖에도 얼마든지 상정된다. 여러 가지 경우를 머리에 그리면서 나는 끝없이 상상의 유희에 잠기는 경우가 있다. 단 한 사람의 힘이 승패를 결정할지도 모른다는 그의 말은 이것과 연관되어 지극히 의미 깊게 생각되었다.

"아니, 있을 수 없는 것은 아니고, 이 전쟁의 승부는 아마 그런 부분에서 결정됨에 틀림없어. 지금까지의 전쟁도 표면에는 복잡한 이유가 있는 것처럼 보여도, 결국은 단 한 사람의 힘의 차이가 효과를 나타내고 있어."라고 나는 단정적으로 말했다.

"저도 그렇게 생각합니다. 지금 그것을 절실하게 느끼고 있습니다."라고 이와모토 군은 숨을 들이마시고 잠깐 망설인 다음, "제가 고민하고 있는 것도 실은 그 문제입니다."

뭐야, 전혀 다른 것을 이야기할 작정이었는데, 처음부터 이 이야기를

꺼내려고 하고 있었나 ─나는 다시 그의 얼굴을 보며,

"그래⋯⋯" 하며 입을 뾰족 내밀었다

"키무라(木村) 씨에게만은 이야기해 두고 싶어서⋯⋯" 그의 표정에는 뭔가 절박한 것이 감돌고 있다.

그 때 아내가 차를 가져왔다.

"이와모토 씨, 요즘 건강이라도 나쁩니까? 남편이 그런 것 같다고 하여 걱정하고 있는데⋯⋯"

"아니요, 전혀 나쁘지 않습니다. 나쁘다고 한다면 정신병이에요." 하고 그는 자조적으로 웃었다.

"어머,"라고 아내는 과장되게 놀랐다.

그는 평상시와는 다르게 암시적이다.

"어쨌든, 한 번 물어 보세." 아내가 나간 뒤 나는 일부러 다시 물었다.

"요전에도 이야기했듯이, 저는 묘한 남자와 알게 되었어요."

드디어 이와모토 군은 이야기하기 시작했다.

2

이와모토 군이 그 남자를 만난 것은 보름쯤 전, 어느 밤이었다.

낮이 확연히 짧아진 요즘, 회사에서 나올 때에는 벌써 어둑어둑하다. 집 근처에 오면 해가 완전히 저물어져 있다. 빨리 아이 얼굴을 보고 싶어서 그는 빠른 걸음으로 걸어왔다. 골목으로 꺾어들었을 때, 그는 자기도 모르게 깜짝 놀랐다. 거기에 이상한 모습의 남자가 서 있었다. 하지만 그대로 지나치려 하자, "여보세요!" 하고 불러 세웠다. 뭐라 표현할 수 없는 기분 나쁜 목소리였다. 이와모토 군은 저도 모르게 소름이 끼쳤다.

"저 말입니까?" 그러나 애써 아무렇지도 않은 얼굴로 섰다.

"네, 당신 말입니다." 하고, 그 남자는 앞에 섰다. 어두워서 잘 모르겠지만, 일본식 옷인지 서양식 옷인지도 모를, 전신에 까만 옷을 입은 작은 남자이다. 머리에도 검은 두건 같은 것을 쓰고 있다. 나이가 들었는지, 아니면 아직 아이인지 얼굴도 확실하지 않다.

"무슨 볼일이라도 있습니까?"

"이와모토 군, 당신은 너무 서두르고 있는 것이 아닌가?" 남자는 묘하게 쉰 목소리로 말했다.

이와모토 군은 대답을 못하고 그대로 서 있었다. 그 남자를 전혀 본 기억이 없다. 만난 것은 그 날 밤이 처음이다. 그런데도 자신의 이름을 알고 있는 것이 신기했다. 우선, 무엇 때문에 불러 세웠는지도 모른다.

"하하하, 놀라고 있군." 남자는 히죽 웃은 것 같다.

조금 안정되어 오자, 사람을 바보 취급한 것 같은 상대의 말투에 화가 났다. 팔 힘이라면 이런 작은 남자한테 질 턱이 없다. 한 번 겁주려고 생각하고,

"당신 누구야!" 하고 이와모토 군은 고함을 쳤다.

"누구야라니, 기가 막히는군!" 남자는 그러나, 놀라는 기색도 없이, "뭐, 그렇게 흥분하지 말게. 노상강도나 도둑은 아니니까. 안심해!"

"그럼, 도대체 무슨 볼 일이야?" 그는 용기를 내어 고자세로 나왔다.

"당신은 행복해 보이는군. 아니, 알고 있어. 귀여운 처자가 기다리고 있어. 빨리 돌아가고 싶지?"

"무슨 볼 일이냐니까?"

"그렇게 재촉하지 않아도 되잖아. 성질 급한 사람에게는, 나는 그다지 편을 들어주지 않거든." 하고, 남자는 어디까지나 침착하게 당황하지 않고, "이봐, 이와모토 군, 당신에게 한 가지 의논할 것이 있는데……"

"의논?"

"용무는 의논이라고 하지 않는가? —간단히 말하지. 어때, 당신은 죽을 각오가 되어 있나?"

"죽을 각오?"

"하하하, 또 놀라는군. 관찰한 바로는, 아무래도 죽을 각오는 없는 모양이군. 아니, 죽는다는 것을 잊고 있는 것 같군."

상대가 무슨 말을 하는지 알 수가 없다. 이와모토 군은 내심 점점 기분이 나빠졌다.

"당신은 도대체 누구야?"

"아직 모르겠나." 남자는 조소하는 것 같은 말투로, "나는 시간이야."

"시간?"

"당신들 인간과는 가장 인연이 깊은 존재지. 그러나 당신들은 너무 나를 생각하지 않아. 지금 당신도 내가 앞에 서 있지만 조금도 눈치채지 못하고 있잖아."

이런 바보 같은 일이 있을 수 있을까? 이 사기꾼 놈!—이와모토 군은 눈을 크게 떴다. 시간이 이런 모습으로 나타나리라고는 도저히 생각할 수 없는 일이다.

"하하, 의심하고 있군. 그러나 지금 시대를 생각해 봐. 내가 이렇게 출현하는 것도 그다지 신기하지 않을 거야."

남자의 목소리에는 거역하지 못 할 무엇이 있다. 이와모토는 이제 뭐가 뭔지 알 수가 없었다. 가만히 서 있을 뿐이다.

"당신들 인간은 역경에 서거나 생각지 못한 일을 당하거나 하면, 운명이라는 말을 하는 것이 버릇이다."라며 남자는 계속해서, "그러나 운명이라는 것은 없다. 결국 나의 다른 이름이다. 실체는 나다. ─그런데 당신들의 말투를 흉내내자면 당신들 조국은 중대한 운명에 직면해 있다. 그러나 당신은 아직 죽을 각오가 되어 있지 않아……."

아니, 나는 죽을 각오가 되어 있다─친구나 누구의 앞이었다면, 이와모토 군도 이렇게 말할 수 있었을는지도 모른다. 하지만 이 남자 앞에서는 바로 딱 잘라 말할 수 없었다.

"그럼, 실례." 그가 가만히 있자 남자는 갑자기 태도를 바꾸어, "당신은 서두르고 있는 것 같으니 조만간 또 보도록 하지. 놀라게 해서 미안하군. 그러나 나는 당신을 경멸하는 것이 아니야. 화내지 말게."

이렇게 말을 남기고, 신기한 남자는 어디론지 사라져 버렸다.

이와모토 군은 열심히 집 안으로 뛰어들었다.

"어머, 어떻게 된 거예요? 얼굴이 창백한데……" 아내는 눈을 동그랗게 떴다.

"아버지, 어서 오세요."

차례로 얼굴을 내미는 아이들을 보며, 그는 자기도 모르게 눈물을 글썽였다.

묘한 남자를 만난 것은 아내에게도 이야기하지 않고, 그는 죽음에 대해 새삼스럽게 생각했다. 죽음은 슬프고, 쓸쓸하고, 두려운 것이었다. 그는 감정이 복잡한 청년처럼 한숨을 쉬었다. 그렇다고는 해도 그 남자는 도대체 누구일까? 그 남자는 어째서 자신을 불러 세웠을까? ─그것은 전혀 알 수 없었다.

얼마 지나지 않아 그는 다시 그 기묘한 남자를 만났다. 어둠 속에서 그 남자의 모습을 확인하자 이번에도 놀라지 않을 수 없었다.

"아, 지난 번엔 실례." 하고 남자는 허물없는 말투로, "어때, 각오는 되었나?"

"당신은 도대체, 저에게 무엇을 요구하려고 하는 겁니까?" 이와모토 군은 이번에는 처음부터 격식을 차려서 물었다.

"아니, 기다려봐. 그렇게 간단하게 말할 수 있는 게 아니야. 당신의 모습으로 봐서는 아직 결심이 서지 않은 것 같군."

이와모토 군은 핵심을 찔려서, 부끄러운 듯 쓴웃음을 지었다.

"당신이 희망한다면, 될 수 있는 대로 단도직입적으로 가지. ─당신은 지금 죽지 않으면 안 된다고 하면 어떻게 하겠나? 늘 죽을 각오를 하고 있는 사람이야말로, 정말 위대한 사람이다. ……우선 이렇게 서두를 밝혀 두지." 하고 남자는 조금 숨을 쉬고, "그런데…… 전쟁은 점점 치열하다. 어때? 이 전쟁은 어떻게 될 것이라고 생각하는가? 당신들의 조국은 이길까?"

"무슨 말을 하는 거야. 일본은 꼭 이긴다!" 그때까지 가만히 있던 이와모토 군은 조금 분개하며 외쳤다.

"오, 대단히 힘차군. 그러나 그것은 누군가의 말을 흉내내는 것은 아니겠지?"

"물론이야. 나는 그렇게 확신하고 있어."

"확신하고 있다면, 그것을 단언하는 권리가 있다는 거군. 아니면 뭔가 확실한 증거라도 가지고 있는가?"

"정의는 꼭 이긴다. 우리나라는 정의를 위해 싸우고 있어."

"그래." 하며 남자는 냉담한 태도로, "그러나 정의는 희생을 필요로 하지."

남자의 어조에는 뭔가 절대적인 것이 있었다. 이와모토 군은 말이 막혔다.

"하하하, 말이 없군." 남자는 이상한 듯 웃으며, "봐, 전쟁은 날이 갈수록 격렬하다. 당신도 일본인이라면 가만히 있을 수 없을 것이다. 당신들 조선인에게도 마침내 징병제가 실시되었다. 당신들 동포도 총을 가지고 설 때가 온 것이다. 조선인 학생도 내지 학생들처럼 펜을 버리고 줄줄 응하고 있다. 냉혹한 나도 마음을 움직이지 않을 수 없다. ―게다가 나의 존재도 위험해져 있다. 이 격렬한 전쟁 때문에, 지구의 형태는 삐뚤어지려고 하고 있다. 나는 시간이다. 지구의 형태가 바뀌면, 나도 지금까지의 나로는 있을 수 없다. 그래서 나는 슬슬 이 전쟁에 승패를 지으려고 생각하기 시작했다."

"승패를 짓는다, 당신이?"

"그래, 어떤 일이라도 내가 결말을 짓는다." 남자는 엄숙하게 말했다.

"나도 일본의 정의는 다 알고 있다. 나는 일본 편을 들기로 결정했다."

이와모토 군은 가슴을 두근거리며 침을 삼켰다.

"하지만 조건이 있다. 나는 한 사람의 희생자를 요구하고 있다. —어때, 내가 하는 말을 믿는가? 나는 일본에 승리의 영광을 주려고 한다."라고, 남자는 그의 얼굴을 물끄러미 바라보며, "어때, 내가 하는 말을 믿는가?"라며 한 번 더 반복했다.

어떻게 대답을 하면 좋을지 망설였다. 하지만 지금은 아무래도 이 남자를 의심할 수 없는 느낌이 든다.

"믿는다." 이와모토 군은 마침내 대답했다.

"좋아, 그럼 이야기하도록 하지. ……그래, 그래, 단도직입적으로 말할 작정이었지. 실은 그 희생자로서 나는 당신을 선택한 거야."

"나를?" 그의 얼굴은 확 바뀌었다.

"그렇게 복선을 깔아 두었는데, 당신의 마음은 아직 흔들리고 있군. 의논이라는 것은 이것이다. 어때, 조국을 위해 한 목숨 내던질 마음은 없는가?"

이와모토 군은 자신도 모르게 전신을 부르르 떨었다. 머리가 지끈지끈 아프기 시작하고, 귓속이 횡 하고 울린다. 이제 대답이나 할 때가 아니다.

"어이, 왜 멍하게 있는 건가?" 하고 남자는 때릴 것 같은 목소리를 내며, "나는 당신을 선택했다. 일본의 전도는 지금 당신 한 사람의 어깨에 걸려 있는 거야. 당신 한 사람이 희생하면 나는 일본의 승리를 약속하지. ……어이, 당신 한 사람이 희생하면 일본은 빛나는 승리를 획득할 수 있다."

이렇게 말한 뒤 남자는 말을 뚝 끊고 이와모토 군의 모습을 가만히 엿보았다.

이와모토 군은 눈앞이 캄캄해지는 기분으로 가만히 서 있었다.

"대답이 없군." 가련한 듯한 말투로 중얼거리자, 남자는 다시 계속했다. "죽는 것이 두려운가……아니, 아니, 선의로 해석해 두지. 너무 갑작스러워서 바로 대답이 나오지 않는 것이겠지. 뜻밖의 일에 몹시 놀란 거야. 그렇다면 대답은 잠시 보류해도 좋아. 사실 당신들 인간에게 죽는다는 것만큼 중대한 것은 없어. 두렵다, 괴롭다, 슬프다, 힘들다, 쓸쓸하다, 생각하는 것도 싫다. ―이것이 죽음이다. 하지만 삶으로서 살아가는 것은 모두 이 규칙에서 벗어날 수 없다. 그런데도 당신들은 평소에 그것을 잊고 살고 있다. 괴로움에 가득 차 있다고 생각하면서, 당신들에게는 그만큼 이 지상이 즐거운 것이다. 지금 이 순간에 죽지 않으면 안 된다고 하면, 당신은 어떤 기분이 드는가? 당신에게는 아내가 있고, 아이가 있다. 가장 사랑하는 사람과도 영원히 헤어지는 것이다. 밝은 태양빛, 아름다운 산과 강―그것도 당신의 눈앞에서 한 순간에 사라진다……."

이와모토 군은 침을 꿀꺽 삼켰다. 돌처럼 몸이 굳어 지금은 그 남자가 말하는 것을 듣고 있을 뿐이었다. ―남자는 계속했다.

"어때, 그래도 죽을 용기가 있는가? 아니, 이런 느닷없는 질문을 받으면 당황하는 것은 당신만이 아닐 거야. 또 자신의 하나 뿐인 목숨에 관한 한, 이것은 중대한 문제다. 하지만 생각해봐. 전선의 군인은 그 목숨을 내던져 밤낮 싸우고 있다.……당신의 한 목숨과 일본의 승리를 교환하자는 것이다. 이봐, 당신의 목숨은 실로 고가가 아닌가? 뭐, 차분히 생각해봐. 하지만 거듭 말해 두지만, 일본이 이기는 것도 지는 것도 당신에게 달렸다. 일본은 국가의 흥망을 걸고 싸우고 있다. 만약 지면, 일본이라는 국가는 이 세상에서 영원히 사라져 버리는 것이다. 아니, 일본만이 아니다. 방대한 토지는 남아 있어도, 동아(東亞)에는 이미 하나의 국가조차 존재하지 않게 되는 것이다. 금후, 새로운 국가도 절대 생기지 않을 것이다. 동아의 여러 민족은 미래에는 영원히 노예가 된다. —이 것은 내가 말하는 것이니까 틀림없다. 심술궂은 것 같지만 나는 그렇게 결심했다. 어중간한 형태로 국가가 당장 끊어질 목숨을 힘겹게 유지하는 것만큼 비참한 것은 없다. 승리인가, 아니면 전 국민을 옥쇄(玉碎)할 것인가? —일본의 지도자도 그렇게 결의하고 있을 것이다. 이 부분을 잘 기억해 두게……".

이와모토 군은 이제 숨소리도 멈추는 듯한 느낌으로, 전신의 피가 모두 완전히 얼어 버린 것 같은 기분이었다. 그 남자는 또 다시 계속했다.

"나는 당신을 선택했다. 하지만 결코 강요는 하지 않는다. 당신의 의지를 존중한다. 조국을 위해서 생명을 버리는 것도 당신 자유, 오래 살고 싶으면 그래도 좋다. —내가, 일억 일본인 중에서 특별히 조선인인 당신을 선택한 것은 좀 의미가 있다. 당신들 중에는 이번 전쟁의 의의를 모르는 자도 있는 것 같다. 한 번 더 말해 두지만, 만약 일본이 진다면 일본은 물론이고, 동아의 여러 국가는 모두 망한다. 물론 새로운 작은 나라가 생긴다는 것도 전혀 불가능하다. 이것이 일본이 패배할 경우의 내 구상이다. 절대로 흔들림 없는 군은 결의이다. 당신들의 역사상 일본과 조선은 원래 다른 나라였다. 그것이 중도에 하나가 되었다. 하지만 역사 이전의 것을 당신들은 모른다. 알고 있는 것은 나뿐이다. 야마토(大和) 민족은 물론 조선 민족도, 또 다른 동아의 여러 민족도, 모두 같은 피를 이어받고 있는 것이다. 그들의 혈맥은 단 하나의 심장에 연결된다. —하지만 나는 이런 것은 너무 강조하고 싶지 않다. 어쨌든 눈앞의 현실을 직시해. 나는 당신의 결의에 묻는다, 동아를 무한히 번영시킬 것인가, 아니면 하루아침에 재기할 수 없는 멸망에 빠뜨릴 것인가?"

이와모토 군은 남자가 한숨을 쉬었을 때, 뭔가를 열심히 말하려고 했다. 하지만 남자는 그것을 손으로 가로막으며, "아니, 기다려. 더 냉정해져. ―나는 당신을 선택했다. 다른 인간은 안 돼. 반드시 당신이 아니면 안 돼. 그러나 여러 가지 사정도 있을 것이다. 10일 동안만 대답을 유예해 주겠다. 아니, 잘 생각해. ―조금 가르쳐 줄까. 뭐 죽는다는 것은 대단한 것이 아니야. 살아 있는 것은 죽기 위해서다. 인간은 죽기 위해서 살고 있는 것이다. 문제는 그 시기에 있다. 당신은 조국의 영광을 믿으며 죽을 수 있는가? 당신의 경우에는 그것이 문제다. ―하지만 혹시나 해서 미리 말해 두겠는데, 당신이 일본을 위해서 죽기로 결심해도, 당신의 죽는 방법은 결코 영웅적이지 않아. 나는 병이나 혹은 불의의 사고라는 방식으로, 당신의 생명을 뺏을 작정이다. 그러니까 당신이 조국의 승리를 위해서 숭고히 희생하였다는 것을 아무도 인정해 주지 않는다. 당신으로서는 매우 쓸쓸할 것이다. 그러나 그렇게 죽는 방법도 재미있지 않은가? 당신 친구나 지인은 당신의 죽음을 애도하러 올 것이다. 그들은 당신 영전에서 말하겠지, 이와모토 군 일본은 드디어 이겼다, 이날을 보지 못하고 간 당신은 정말로 안 됐다, 라고 ―. 어때, 이렇게 죽는 방법을 유쾌하다고는 생각하지 않는가? 아니면 당신은 역시 영웅으로 받들어지고 싶은 것인가? ……뭐, 어느 쪽이라도 좋다. 문제는 당신의 가슴 세 치에 있다. 당신이 받아들일 수 없다면 어쩔 수 없다. 나는 미국 쪽으로 갈 작정이다. 미국에서 내가 선택한 사내는 어쩌면 간단하게 목숨을 버릴 마음이 생길지도 모른다. 그들은 거는 것을 좋아하니까. 자신의 한 목숨을 국가의 흥망에 건다면 부족은 없을 것이다. ―당신이 죽은 이유는 아무에게도 말해서는 안 된다. 하지만 조금 불쌍한 것 같기도 하니까, 단 한 사람에게만은 사전에 밝혀도 괜찮도록 해 주지. 단 한 사람만이네. 그 이상은 엄금이다. 이 약속을 깨면 나는 당신의 죽음을 인정하지 않겠다. 당신은 개죽음 당한 것이 된다. 됐나, 알았지?” 하고, 남자는 이와모토 군의 얼굴을 다시 쳐다보았다.

“오늘은 조금 시간이 걸려 미안하군. 이것으로 대충 이야기해야 할 것은 다 했다. 다음은 당신의 대답을 기다릴 뿐이다. 10일 째 되는 날 다시 만나세. 그럼 이만.”

재빠르게 이렇게 말하고 난 뒤 남자는 밤의 어둠 속으로 바람처럼 사라졌다.

3

여기까지 이야기를 한 이와모토 군은 조용히 찻잔을 들어 차가워진 차를 한 입 홀짝였다. 처음에 비하면 그의 모습은 상당히 안정되어 있었다.

“도대체 이런 일이 가능할까? 시간이 인간의 모습으로 나타나다니……” 드디어 그는 다시 입을 열었다. “나는 뭔가 꿈이라도 꾼 것일까요? 당신은 그렇게 생각할지도 모르겠습니다. 우리의 상식으로는 도저히 판단할 수 없는 일입니다. 완전히 초자연적입니다. 저도 무척 의심했습니다. 그러나 아무리 생각해도 제가 그 남자를 만난 것은 엄연한 사실입니다. 저는 그것을 부정할 수 없습니다. 아니, 그 남자는 확실히 실재한다, 그 남자의 말은 절대적이다.—지금 저는 그것을 굳게 믿고 있습니다. 생각하면 할수록 그렇게 믿지 않을 수가 없습니다. 제 이성이 그렇게 시키는 겁니다."

그의 표정에는 어느새 한 점의 어두움도 없고, 눈은 아름답게 빛나고 있었다. 나는 처음부터 한 마디도 끼어들지 않고, 가끔 맞장구를 치면서 그의 이야기를 열심히 듣고 있었다.

"키무라 씨, 인간이 죽기 전에는 누구나 이런 경험을 하는 것이 아닐까요? 저는 어쩔 수 없이 그런 느낌이 듭니다. 게다가 제 경우는 매우 중대합니다. 저는 한 사람에게만은 밝혀도 된다고 하였습니다. 저는 당신에게 들려주고 싶습니다. 제가 말하는 것을 믿어주지 않아도 상관없습니다. 그러나 들어 주십시오." 그는 차츰 열띤 어조가 되었다.

"거리낌 없이 이야기해 주게. 나는 흔쾌히 자네의 말을 듣는 단 한 사람이 되어 주겠네." 나는 겨우 입을 열어 위로하듯 말했다.

"실은 오늘이 약속한 열흘째 되는 날입니다. 저는 그 남자를 만나서 대답을 하지 않으면 안 됩니다."라며 그는 잠시 눈을 반짝이면서, "부끄럽지만 저는 지금까지 죽을 결심이 서 있지 않았습니다. 그 남자를 만나서 겨우 그것을 알아 차렸습니다. 그 때, 저는 바로 대답을 할 수 없었습니다. 지금 생각하면 정말로 한심한 일입니다. 아무쪼록 웃어 주십시오. 저는 매일 매일 계속 고민했습니다. 골똘히 생각해보면, 죽는다는 것이 결코 쉽지 않은 일입니다. 저도 지금까지 몇 번인가 죽음의 공포를 맛본 적이 있습니다. 그것은 대개 제가 가장 행복을 느끼고 있을 때였습니다. 누구에게나 있는 일이겠지만 그런 때에 저는 문득 죽는다는 것을 생각합니다. 그러면 아이의 일이 바로 머리에 떠오릅니다. 아니, 아이를 생각한다는 것이 죽는다는 것을 갑자기 생각하게 하는 것일지도 모르겠습니다. 저는 아이를 위해서 살고 있다는 것을 언제나 통감합니다. 일부러 말할 것까지도 없는 것이지만 아이와 함께 살고 있다는 것은 실로 즐거운 일입니다. 하지만 그것이 언제까지 계속될지, 만약 내가 갑자기 죽어 버리면 아이들은 어떻게 될지 생각하면 안절부절 못하게 되는 경우가 있습니다. 그냥 죽는 것이라면 어쨌든, 어린 아이를 남기고 죽어 간다는 것이 저에게는 정말 참을 수 없는 노릇입니다. 아무쪼록 웃어 주십시오. 저는 얼마나 이기적인 인간인가요. 제 스스로 화가 나요. 자신의 일밖에 생각하지 않는 비열하기 짝이 없는 인간입니다. 그 남자와 만나고 나서도 저는 그런 것만 생각하고 있었던 겁니다……."

이렇게 말하고 이와모토 군은 깊은 한숨을 쉬었다. 나는 조금 상기된 그의 얼굴을 쳐다보며, 두, 세 번 끄덕여 보였다.

"저는 스스로 나라는 인간에게 정나미가 떨어집니다. 지금 생각하면 너무나 화가 납니다. 문제는 처음부터 확실히 하지 않습니까? 지극히 간단명료합니다. 조금도 생각할 여지 같은 건 없습니다. 제가 죽지 않으면 안 된다는 것은 절대적입니다. 저는 흔쾌히 죽어야 합니다. 죽음을 회피할 이유도, 권리도 전혀 없습니다. 지금에야 겨우 그것을 깨닫다니, 저는 얼마나 한심한 놈입니까? 얼마든지 마음껏 비웃어 주십시오. ―그 남자는 저의 죽음을 강요하지 않았습니다. 하지만 그 남자는 제가 바로 죽음을 결심할 것이라고 확신하고 있었음에 틀림없습니다. 그런데도 무슨 일일까요, 10일 동안의 유예를 주다니. 게다가 그 당일에야 겨우 자신이 선택할 길을 알다니……."

그는 아무리 생각해도 안타까워 죽겠다는 식으로 몸을 떨며, 손을 흔들려는 모습을 했다. 그의 어조는 조금 흔들리고, 숨쉬는 것도 거칠어졌다. 나는 의연하게 아무런 말도 하지 않은 채 그의 말 사이사이에 그저 고개만 계속 끄덕였다.

"지금 일본의 흥망은 저 한 사람의 어깨에 달려 있는 겁니다. 만약 일본이 진다면, 일본은 말할 것도 없이 동아 여러 민족은 모두 영원히 일어설 기회를 잃는 겁니다. 저는 실로 중대하기 그지없는 책임을 짊어지고 있습니다. 제가 취해야 할 길은 처음부터 확실합니다. 주저해야 할 것은 아무 것도 없습니다. 너무 늦어서 말하는 것도 부끄럽지만 저는 마침내 죽음을 각오했습니다. 생각하고 생각한 끝에 내린 결정입니다. 어이없는 녀석이라고 비웃어 주십시오. 그리고 아무쪼록 용서해 주십시오. 저는 정말 위선자입니다. 평소에는 국가를 위해서 미련 없이 깨끗하게 한 목숨을 버릴 수 있다고 생각하고 있었지만, 그 일이 눈앞에 닥치자 바로 눈앞이 캄캄해지는 남자입니다. ―하지만 지금은 확실히 마음이 정해졌습니다. 그 남자를 만나려고 기다릴 뿐입니다. 저도 역시 일본인입니다. 저는 조국의 영광을 찬양하며 죽어 가는 겁니다. 무슨 슬픈 일이 있겠습니까? 무슨 쓸쓸한 일이 있겠습니까? 국가의 흥망 앞에는 한 개인의 생사 같은 건 문제가 안 됩니다. 일단 국가가 멸망하면 재기할 수 없습니다. 개인은 죽어도, 국가가 있는 한 영원히 살 수 있습니다. 살아 있는 것은 죽는 것이라고 그 남자는 말했습니다. 그 의미를 지금에야 저도 겨우 알게 되었습니다. 죽는 것이 사는 것임을 깨달았습니다. 일본은 하찮은 저의 죽음으로 빛나는 승리를 약속 받았습니다. 제 목숨은 실로 희생의 보람이 있는 목숨입니다. 이런 영예가 또 있을까요? 저는 죽음을 결심한 지금보다 더 조국을 사랑스럽다고 생각한 적은 없습니다. 생명을 걸고 지킬 때에만 조국은 정말로 우리 조국이 돼요. 생각해 보면 제 아이에 대한 사랑은 그대로 조국에 대한 사랑이었습니다. 그렇지요, 그렇지 않습니까? 아이가 있어도 나라가 망하면 아무것도 되지 않습니다. 아이는 끊임없는 책임과 고통을 짊어질 뿐입니다. 제가 죽는다는 것은 조국에 영광을 가져옴과 동시에 아이들에게 행복을 남기는 겁니다. 제 자신을 영원한 장래에 살리는 거예요. 제 아이는 제 자신이에요. 아이는 제 세포를 받아 저를 잇고 있어요. 병리학적으로 말해도 틀림없이 제 자신입니다. 제 육체는 없어져도 자자손손에 이르기까지 언제까지라도 저는 계속 사는 것입니다. 문제는 어떻게 계속 살 것인가 하는 겁니다. 정말로 살아있다고 할 수 있는 삶을 살아갈 수 있을지 어떨지 말입니다. 미래의 제 생활은 늘 국가와 함께 있어요. 그 흥패가 결국 중대 문제가 돼요. 아내는 공기와 같은 것이라고 누군가 말했습니다. 그러나 우리들에게 국가야말로 공기와 같은 존재입니다. 요즘은 그 고마움을 느끼지 못하지만, 아무런 불안도 없이 우리가 생존해 갈 수 있는 것은 온전히 국가가 있기 때문입니다…….지금, 저는 이렇게 생각하고 있습니다. 오늘에야 내 죽음의 의의를 겨우 알게 되니, 갑자기 눈앞이 밝아진 것 같은 느낌이 듭니다. 그 남자를 만났을 때 저는 어떻게 대답해야 좋을지 몰랐습니다. 10일 동안이나 계속 고민한 것이 신기할 정도입니다. 지금은 그 남자를 만나서 죽음을 기다릴 뿐입니다. 일본의 승리의 영광이 점점 가까워지는 것을, 오로지 기다릴 뿐입니다……"

계속 이야기하는 이와모토 군의 얼굴에는 깊이 죽음을 결정한 자의 거룩함이 넘치고 있었다.

그때까지 애써 침묵을 지키고 있던 나는 마침내 참을 수가 없었다.

"이와모토 군, 고마워, 결심을 잘 해주었어. 고마워!"라며 옆으로 다가가 그의 손을 잡았다.

"아니요, 저는 누구에게도 감사받을 사람이 아닙니다. 키무라 씨, 제가 당신에게 이 문제를 밝히는 것은 제가 죽는 이유를 알아주길 바라서가 아닙니다. 일본의 승리와 제 죽음과의 관계는 아무도 몰라도 좋습니다. 자신만이 그것을 알고 죽는 것만으로 저는 더할 나위 없이 만족합니다. 그저 여러 가지 어려움이 있겠지만, 마지막에는 저도 진짜 일본인이었다는 것만을 누군가가 알아주길 바라는 그런 마음에서입니다. 아, 그러나 저는 불안합니다. 아니요, 죽는 것은 아무렇지도 않습니다. 아니, 그것을 손꼽아 기다리고 있습니다. 그 남자가 과연 오늘 올 것인가가 걱정입니다. 어쩌면 벌써 미국 쪽으로 가 버렸을지도 모릅니다. 아, 그런 일이 있으면 어떡하지……."

마지막으로 한 마디를 한 뒤 괴로워하는 것처럼 부들부들 몸을 떨면서 그는 그 자리에 푹 쓰러져 엎어졌다.

"이와모토 군, 이와모토 군, 정신 차리게!" 나는 놀라서 그를 안아 일으켜, "결심 잘 했어. 고마워, 고마워, 고마워……"라고 열심히 반복하면서 그의 어깨를 흔들었다.

"어머, 어떻게 되신 거예요?" 내 목소리를 듣고 아내도 달려왔다.

"어이, 의사, 의사를 불러 와!"

그 자리에서 벌어진 모습을 알아챈 아내는 허둥지둥 밖으로 나갔다.

"이와모토 군, 정신 차려!" 나는 또 다시 그의 어깨를 흔들어 움직였다. "선택 받은 한 사람은 자네만이 아니야. 나도 그래. 나도 죽어, 나도 죽는다고!"

　내 눈에서는 눈물이 뚝뚝 흘렀다.

　이와모토 군은 결국 조용히 눈을 떴다. 내 손에 안긴 채 뭔가 먼 곳을 바라보는 듯, 내 얼굴을 가만히 응시하고 있다. 그 눈동자 속에 나는 보살의 비원(悲願)을 보았다.

성안 (聖顔)

김사영 金士永

본명 淸川士郎. 1915년 2월 경북 상주군 이안에서 태어남. 사범학교 졸. 1940년 매일신보에 「춘풍」이라는 한글소설이 실리면서 본격적으로 소설을 쓰기로 함. 일본어로 쓴 첫 번째 소설은 1942년 봄, 조선문인 협회 현상 공모에 가작 입선된 「형제」이며, 「성안」은 두 번째 일본어 작품임.

1

　병신처럼 한쪽 어깨를 치켜올리고 푸르스름한 콧물을 흘리며, 어머니의 치마에만 매달려 걷던 울보가 저래서 시집갈 수 있을까 하고, 웃음거리가 된 것은 거짓말처럼, 분녀(粉女)는 눈코의 선이 시원하고 키가 늘씬해서 용모가 매우 빼어나다고 마을에서 소문이 났다.

　다섯 남매 중, 분녀만 딸이었다. 그것도 사십을 넘어 낳은 막내딸이었기 때문에 눈에 넣어도 아프지 않을 정도로 귀여워해, 두꺼운 솜옷을 한쪽 어깨가 들린 것처럼 보일 정도로 무겁게 입혀 열 네다섯 살의 좋은 나이가 될 때까지, 어머니는 자신의 팔을 베개로 삼아 분녀를 재웠다. 6, 7살 때부터 학문을 가르치고, 여자의 길을 익히지 않으면 안 된다고 아버지는 잔소리를 하였지만, 어머니나 분녀는 그런 것에는 전혀 아랑곳하지 않았다. 열 네다섯 살이 되어 처음으로, 울보에 겁쟁이 딸이라고 다른 사람한테 놀림을 받으면 곤란하다고 갑자기 서둘러 어머니는 한글을 가르치고 아버지는 한문을 가르쳤다. 말을 탄 일본 헌병이 마을 앞을 지난다고 해서 얼굴빛이 달라져 숨은 것까지는 좋은데, 뒤뜰

김칫독에 얼굴만 들이밀고 있는 것을 아버지께 들켜, 심하게 엉덩이를 맞아 울었을 정도로 아직 겁쟁이였지만 의외로 머리는 좋은지 시집갈 열 여덟 살까지 한글을 깨우친 건 물론이고 '천자문'에 '명심보감'까지 외웠다.

헌병이 있는 읍내를 지나 5리 떨어진 정씨 가문으로 시집간다는 소리를 듣고, 아이처럼 싫다고 머리를 흔들면서 어머니도 함께 가자고 울었지만, 바보, 언제까지나 어린 아이냐, 내 가르침을 벌써 잊었느냐고, 아버지한테 꾸중을 듣고 꿈처럼 멍하게 눈앞이 캄캄해져서 시키는 대로 옷을 입고 가마를 탔을 때는 이제 울지 않았다. 고개를 조금 숙이고, 입술을 꾹 다물고 있는 그녀의 시원한 눈코의 선이 정말로 아름다운 신부라고 마을 여자들이 하는 말이 아주 겉치레 인사말은 아니었다. 마음 약한 겁쟁이라고만 생각하고 있던 딸의 표정 뒤에 대담할 만큼 강한 의지의 번뜩임과 순진하고 외곬적인 감정을 문득 처음으로 본 늙은 부모는 다행이라고, 이제 훌륭하게 자신의 길을 걸어갈 수 있을 것이라고 가슴을 쓸어내리면서 딸의 가마를 떠나보냈다.

유서 있다는 집이 대개 그러하듯 정씨 가문은 대단한 재산은 없었지만, 집만은 널찍하게 크고, 몇 대 조부, 몇 대 조모하며 친척들의 얼굴이나 이름을 외우는 것만으로도 머리가 복잡하고, 많은 긴 담뱃대와 백발이 장엄하여, 어딘가 이국에 끌려온 것 같아서 분녀는 잠시 동안을 그저 갈팡질팡, 서도, 앉아도 붙잡혀 온 작은 새처럼 가련했다. 시부모와 남편과, 남편의 남동생과 분녀, 모두 다섯 명뿐인 작은 가족이었지만, 분녀는 눈이 돌 정도로 바빠서, 마치 슬라이드를 보는 것 같았다. 사실 손님을 치는 일도 별로 없었고, 시부모도 분녀를 예뻐해 주어서 그다지 일을 별로 시키지 않았기 때문에 매일 놀며 지낼 정도였지만 그것은 역시 기분 문제로, 지금까지 어머니의 팔을 베고 자던 분녀로서는 낯선 환경만으로도 난감하기에 충분했다. 삼시 세끼의 식사와 가끔의 의복 일 등도 시어머니를 좇아 모두 시키는 대로 하면 되었고, 2, 3일에 한 번 정도 조부모 안부 차 백부의 집을 방문하는 것도 시어머니와 함께이든지 때로는 친척 처녀들과 함께였기 때문에 그다지 힘든 일은 아니었다. 그러나 그런 간단한 일이 역시 일에 익숙하지 않은 분녀에게는 무거운 짐으로, 일거수일투족이 모두 힘들어서, 밤에 코를 골며 잠에 빠진 남편 곁에서 몰래 눈물을 삼켰다.

남편은 분녀보다 다섯 살 어린 열세 살이었다. '소학'을 살짝 겨드랑이에 끼고, 아홉살 되는 남동생과 함께 서당에 다니고 있었다. 개구쟁이로 나무타기를 잘 하여 온 마을의 까치집은 하나도 남겨 두지 않았다. 겨울이나 여름이나 흙투성이가 되어 씨름을 하고, 자주 싸움질을 하고는 울며 돌아왔다. 눈이 작고 자못 똑똑해 보이는 귀여운 얼굴이었지만, 의외로 서당에서의 행실은 나빠서 옷이나 손발에 늘 먹물만 묻었을 뿐, 3일에 한 번은 서당 선생님께 맞아, 종아리가 새빨갛게 부어서 돌아왔다.

그런 때에는 항상, '태돌아' 하고, 사랑 쪽에서 시아버지가 불러서, 한 번 더 회초리를 대었는데, 이름을 불려서 나갈 때, 무척 곤혹스러운 듯 절망스러운 눈길을 슬쩍 분녀에게 보내는 것이었다. 그 눈이 정말이지 가련해 보여, 왠지 갑자기 고향이 그리워져 분녀는 무척 슬펐다.

처음에 남편은 분녀를 남 보듯 하여 봐도 못 본 척하거나, 자신의 못된 짓을 들켰을 때는 흰 눈으로 노려보다가 얼굴을 붉히며 숨거나 했는데 금방 사이가 좋아졌다. "저 사람이 네 아내다. 너도 이제 아이가 아니니까 너무 콧물 흘리지 마라, 보기 흉하다.”라는 말을 들어도 열세 살 태돌이는 그 속내를 몰랐을지도 모른다. 아내라는 것은 연상의 여자 친구나 마음 착한 누나의 다른 호칭일 것이라는 정도로 생각하고 있었던 것 같다. 배가 고프면 밤이나 감 같은 것을 달라고 조르러 오거나, 싸움을 해서 옷을 찢으면 어머니가 모르도록 몰래 꿰매달라거나, 울며 돌아와서는 눈물을 옷소매로 닦아 달라거나, 때로는 분녀가 기가 막혀 웃음을 터뜨릴 정도로 태돌이는 아직 정말 ‘철부지’였다.

그러나 분녀는 남편이 너무 어린 것을 그다지 원망하지 않고 3년을 기다렸다. 분녀의 품을 어머니의 품으로 착각하고 있는지, 남편이 잠들어 있을 때, 자주 분녀의 유방을 더듬었는데, 분녀는 시집가서 4년째에 처음 남편의 포옹을 받았다. 뭔가 따뜻하여 날 것 같은 생활의 기쁨에 떨면서, 다음날 아침 아직 어두운데도 일어나서 벌써 아침 준비를 했는데, 역시 그림자는 빛을 항상 따라다니는 것인 듯, 그 날부터 이제 태돌은 마을 앞 술집에서 계집질을 한다는 소문이 났다.

읍내에 학교가 생겨서 전년부터 남편 태돌은 3학년에, 남동생 태식은 1학년에 편입되어 상투나 변발인 채로 계속 다니고 있었는데, 요즘에 학교는 제쳐두고 마을 앞의 작부집으로 매일 들락거리고 있다는 소문은 사실 거짓이 아니었다.

네 이놈 오늘부터 연을 끊어주마 하고 부모로부터 큰소리로 야단도 맞았다. 그래도 듣지 않고 상투를 잘라버리고 마을에서 첫 개화자라며 머릿기름을 덕지덕지 발라 한껏 멋을 낸다 싶더니, 읍내의 내지인(內地人) 상점에서 모자에 구두를 사왔을 때에는 이제 남편의 계집질도 절정이었다.

분녀는 그래도, 하며 남편의 마음을 의심하고 싶지 않았지만, 옷장 밑에 감춰진, 어머니가 주신 금비녀와 은반지를 몰래 도둑 맞았을 때에는 (그리고 그것이 갈보에게 주기 위한 남편의 짓임을 알았을 때는) 정말이지, 쿵 하고 가슴을 얻어맞은 듯한 충격으로 허공을 응시한 채, 결혼해서 처음 흘린 눈물을 훔쳤다.

남편은 얼마 후 T마을에 가거나 경성에 가거나 하면서 부모의 꾸중도 들은 척 만 척 점점 분녀로부터 멀어져 갔다. 그러나 허무하게 메말라 가는 청춘을 분녀는 그다지 원망스럽게 생각하지도 않고, 그렇다고 해서 남편의 무정(無情)을 책망하지도 않았다. 묵묵히 시부모를 섬기고, 시동생을 돌보고, 조상의 제사를 게을리 하지 않고, 스물 세 살의 봄을 맞아 장녀를 낳았다. 여자가 한 번 시집가면 죽음으로서 그 집을 지켜야 한다든가, 남편이나 남편의 집은 하늘이고 절대적이라는 등, 옛날에 아버지나 어머니로부터 배운 것을 그다지 가슴에 새겨두고 있는 것은 아니었지만, 참는 것과 체념하는 것을 분녀는 점점 알아간 것이다. 숨겨진 기쁨과도 같은 슬픈 감정이었다. 그래도 두 번째 아이를 임신해서, 남자 아이를 낳았다. 장녀인 일순(一順)은 세 살이 되었다. 완전히 개화광(開化狂)이 된 태돌은 그로부터 2년 동안 측량술을 배운다고 경성으로 간 채 편지 한 장 보내지 않았다. 우리 집안도 끝이야, 태돌이 녀석이 우리 집을 망치는 거야, 유서 있는 우리 가문의 수치야 라고, 긴 담뱃대를 두들기며 탄식하던 시부모가 유행성 감기로 며칠에 걸쳐서, 연이어 쓰러져 돌아가셨을 때, 남편은 당황하며 돌아왔지만 장례식을 끝내자 다시 상경한다고 했다.

"집안 일도 좀 생각해 주세요."

분녀가 어렵사리 기어 들어가는 목소리로 말해 봤지만 '바보' 하고 큰 소리를 치며 조문객이 아직 끊임없이 오는데도 불구하고 상복을 벗어버리고 휙 나가 버렸다.

그러나 얼마 되지 않아 시동생을 장가보내고, 별채로 분가를 시키는 등, 여러 가지로 가사를 정리해야 되어서 태돌은 집으로 돌아왔다. 그런데 무슨 바람이 불었는지 그로부터는 돌연히 방탕한 생활을 접고, 향리(鄕里) 일대의 산야를 측량하며 도는 것을 유일한 낙으로 삼아 얌전하게 집에 있게 되었다. 분녀는 기뻐했다. 경대 위에 굴러다니고 있는 흰 분을 오랜만에 가져와서 먼지를 털 정도였지만, 기뻐한 것도 잠깐 동안이다. 얼마 안 되어 그 1919년이 왔기 때문이다. 눈 깜짝할 사이에 우르르 헌병대가 집으로 들어와, 창고에서 부엌, 서까래 아래까지 뒤졌다. 분녀는 독 입구에 목을 집어넣는 일은 하지 않았지만, 방 구석에서 가슴을 누른 채 움직일 수 없었다. 태돌 형제가 잡혀간 뒤 10일만에 무사히 돌아온 것을 다행이라고 생각했지만, 그 일과 전후해서 아버지의 억울한 죽음을 알리는 소식이 왔다.

장녀 일순과 장남 갑수(甲洙)를 데리고 뛰어갔을 때는 벌써 장례식이 끝난 후였다. 가을 서리처럼 엄했던 아버지의 풍모를 다시 보지 못하고 분녀는 남편 밑으로 돌아갔다. 가족들이 차례로 죽어, 쓸쓸함은 몸에 스며들어 갔지만, 그로부터 2년 동안이 분녀의 일생에 있어서 가장 생활다운 행복한 생활이었는지도 모른다. 남편은 밖에서 집의 재산을 모으고, 아내는 안에서 집의 살림을 꾸려갔고, 아이들은 건강하게 쑥쑥 자라갔다.

그러나 둘째 아들 을수(乙洙)를 낳고 1년 후, 첫눈이 내린 겨울 밤 태돌은 일상보다 조금 늦게 측량에서 돌아와서는, 오늘은 피곤해서 빨리 잔다고 하며, 사랑에 갈 기력도 없어, 밥을 먹은 그 자리에서 자리를 깔고 잤는데 다음날 아침에는 벌써 싸늘해져 있었다. 옛날의 방탕했던 저주를 받았는지도 모른다. 서른살의 아내를 뒤로하고 스물 다섯살의 젊은 나이에 홀연히 타계했다.

너무 기막혀서 슬픔보다도 정체 모를 두려움을 견딜 수 없어, 밥을 먹는 것도 잊은 채, 꼬박 3일 동안을 꿈꾸는 듯한 모습으로 멍하게 앉아 있던 끝에, 아 나는 과부가 되었구나, 알아차렸을 때는, 아직 젊디젊은 얼굴에 실 같은 주름이 보이기 시작했다.

2

이 아이들이 클 때까지 이를 악 물고 살아야 한다, 그것이 여자의 길이라고, 일흔을 넘긴 늙은 몸을 지팡이를 의지해 5리 길을 걸어와서 말한 어머니의 말씀에, 처음 힘을 얻은 것은 아니지만, 분녀는 고향으로 돌아가는 일 같은 건 처음부터 염두에 두지 않고, 역시 남편이나 조상의 묘를 지키며 3명의 아이를 키우는 길 밖에 없다고 점점 마음을 안정시켜갔다.

유산이라고 해봤자 마을 앞의 5단 정도의 논이 있을 뿐이어서 조금 불안했지만, 명주의 명산지라서 명주 옷감이라도 부업으로 해서 생활의 길을 만들지 않으면 안 된다고, 그 겨울부터 바로 수직기(手織機)를 태식에게 사 달라고 해서 익숙하지 않은 손놀림으로 명주를 짜기 시작했다.

그 해 겨울이다. 바람이 심한 밤이었다. 물레를 치우고 쉴 때는 만일을 대비하여 언제나 문 열쇠를 잊지 않고 걸어 두었지만, 그 날 밤은 이상하게 잊어버렸다. 한밤중이었다. 깜짝 놀라서 눈을 떴을 때는 벌써 입 안이 흰 솜으로 막힌 후였다. 세 개의 검은 그림자가 숨 쉴 틈도 없이, 자신을 문 밖으로 끌어내려 한다는 것을 알아차리고 필사적으로 문고리를 부둥켜안았지만, 3명의 폭력에 저항할 기술도 없어, 문 밖에 미리 가져 온 듯한 가마니 속에 넝마나 뭐 같이 넣어졌다. 밖은 캄캄하고 별빛이 아플 정도로 차갑게 눈을 쏜 것만은 기억하고 있지만, 윙윙거리는 바람 소리도, 자신을 끌어가는 3명의 심한 숨소리도 의식하지 못했다. 멀리서 들려오는 닭 울음소리에 깜짝 놀라 정신을 차렸을 때에는 어느 정도 끌려 왔는지, 눈 위에 놓이고 있는 듯, 몸을 에는 듯한 차가움이 가슴에 스며들고, 남자들의 숨소리와 낮은 신음과 같은 속삭임이 들렸다.

이십 수년 전까지 강탈 결혼 같은 것이 있었다고 하면 놀라는 사람이 있을지도 모른다. 그렇다고는 하지만 그것은 야만인 사회에서 볼 수 있는 종류의 그런 것이 아니고, 거기에는 여러 가지 사회적인 이유나 의식적인 것을 살펴 볼 수 있다. 강탈되는 것은 물론 과부만이다. 고루한 유교 정신으로 굳어진 봉건 사회에서는 과부의 재혼은 인정되지 않았기 때문에, 이런 방법이라도 생각해 내지 않으면 안 되었을지도 모른다. 처음에는 본인이 원해서 그렇게 하거나, 친척이 그렇게 시켰거나 했던 것이, 결국에는 아내를 잃은 남자들이 과부가 어디 어디에 있다고 들으면 몰래 훔쳐 간다는 식으로까지 된 듯하다.

어쨌든 분녀는 다음날 되돌아왔다.

친척이 팔방으로 손을 써서 찾은 결과 마을에서 약 1리 정도 떨어진 주막에 숨겨놓은 것을 발견한 것이다.

그 날부터 분녀는 마을 사람이 자신을 보는 눈에, 의혹의 마음이 담겨 있는 것을 의식하지 않을 수 없었다. 태식 부부까지 뭔가 서먹서먹해 졌다고 느꼈을 때는 정말 슬펐지만, 슬퍼해 본들 어쩔 수 없고, 그것이 당연할지도 모른다고 체념했다. 일단 그런 일을 당한 이상 "너, 스스로 재혼하고 싶어서 그런 놈들을 불러들인 것이 아니냐?" 하고, 입에 담아 힐문한다고 해도 그것을 부정할 마땅한 근거를 찾아내지 못해 안절부절할 분녀도 아니었다.

그런데 그것이 의외의 방향으로 발전해 갔을 때는 놀랐다. 태식의 아내와 아이의 일로, (태식에게도 아이가 하나 생겼다.) 조금 서먹한 대립이 있고 얼마 안 되어서의 일로, 옛날부터 자주 들락거리던 하인과 밀통하고 있다는 소문이 있었다. 사실 그 하인은 옛날부터 자주 집일을 해주던 남자였고, 지금도 역시 읍내의 시장으로 심부름이나 짠 명주를 팔아 치우거나 실을 사오거나 하는 심부름으로 자주 집에 들락거리는 허물없는 사이였고, 게다가 전날 밤의 일도 있었기 때문에 날만도 했다. 소문은 꼬리를 물고 퍼져 분녀가 남자 옷을 짓고 있는 것을 봤다든가, 검은 그림자가 휙 담을 넘는 것을 봤다든가, 바로 수습되지 않을 정도로 정씨 일문은 떠들썩하게 들끓었다. 분녀의 변명 같은 것을 들어주는 사람도 없고, 결국에는 태식까지 저런 갈보 같은 여자를 쫓아내야 한다, 정씨 가문의 수치라며, 게다가 그 주인공인 하인이 어딘가로 모습을 감추어 버린 후부터는, 일이 점점 커져 결국 친족회의까지 벌어지는 소동

이 일었다. 그러나 조부만은 근교에 알려진 한학자라서, 80에 가까운 연세에도 불구하고,

"풍설을 믿는 것은 아니지만, 그런 풍설이 나온 이상 너를 우리 가문에 둘 수는 없다. 연락이 있을 때까지 고향에 돌아가 있거라."

하고, 자애(慈愛)의 말을 해 주었다. 그 이해와 관용을 유일한 위로로, 분녀는 일언반구 변명도 없이 그저 "예!" 하고, 모기 같은 목소리를 눈물과 함께 조부의 앞에 떨어뜨리고, 모자 4명은 고향으로 돌아갔다.

아침 일찍부터 밤늦게까지 허리가 빠질 정도로 명주를 짜면서 3년이 지난 어느 봄에 조부의 말씀대로 돌아오라는 소식이 왔다.

하인과의 추문은 모든 것이 태식 부부의 짓이었던 것이다. 수년 전부터 T도시에 출입하면서 미두에 손을 대고 있던 태식이 돈이 궁해져서 형수를 쫓아내고 형의 유산으로 남아있는 논 5단보를 양도받으려고 하인을 설복한 것이다. 성공한 날 새벽에, 너에게 반을 줄 테니까 어떤 소문이 나더라도 가만히 있으라고 하인을 유혹하니 하인이 솔깃하여 시키는 대로 마을에서 자취를 감추었던 것인데, 마을에 돌아와 보니 5단의 반은커녕 돈 한 푼 나누어 받지 못했다. 화가 난 하인은 사실을 털어놓는 것으로 울분을 푼 것이다. 분녀가 돌아왔을 때는 5단의 논은 이미 동생의 명의로 옮겨져 있었고, 그것도 대부분 팔린 후였다.

옛날의 무슨 이야기책에나 나올 법한 이런 고담(古談) 같은 태식의 짓을, 분녀는 원망해 본들 소용이 없었다. 오히려 분녀는 집까지 바꾸자고 하면서 자신은 별채의 초가집으로 옮기고, 의아해하는 태식 부부를 기와지붕인 안채에 살게 했다. 그렇게 하자 오히려 마음이 안정되어 분녀는 다시 다음 날부터 명주 짜기에 몰두했다. 삼시 세끼를 두 번으로 줄

였으며, 그것도 밤은 대개 죽이었다. 양반의 부인으로서 있을 수 없는 일이라고 친척들로부터 질책을 받으면서도 부끄러움을 무릎 쓰고 읍내의 시장에도 스스로 갔다 왔다. 마을의 남자 하인들처럼 산에 땔감을 주우러 가도 부끄러워하지 않았으며, 비료통을 머리에 이고도 그다지 더럽다고 생각하지 않게 되었다. 짐승처럼 손이 거칠어지고, 허리가 아프고, 핏기를 잃은 얼굴에 하나씩 보기 싫게 주름이 늘어갔지만, 아이들을 생각해 분녀는 두더지처럼 무서운 기세였다.

40년 내 처음의 가뭄이라고 전 조선이 난리던 해, 장녀를 유행성 이질로 잃었지만, 아들 둘은 무사히 자라, 둘 다 읍내까지 1리의 길을 사이좋게 학교에 다녔다.

차남 을수는 지기 싫어해서 학교 성적도 좋았지만, 장남인 갑수는 반대였다. 겁쟁이 주제에 자주 싸움을 하고는 울며 돌아왔다. 분녀는 장남의 기개 없음이 안타깝고, 맞고 돌아왔을 때는 마음을 모질게 먹고 엄하게 꾸짖었지만 역시 의지가 약하고, 더군다나 도시락을 잊고 학교에 갈 정도로 머리가 나빴다. 그러나 소심한 것치고는 정직해서, 다른 사람의 것에는 손가락 하나 대지 않고, 가을에 남동생 을수가 밤이나 감 같은 것을 훔쳐 오면 형답게, 바보, 너 도둑이냐, 하고 눈을 부릅뜨고 노려보았다.

장남이 5학년, 차남이 3학년에 올라가던 해, 분녀는 3단짜리 논 외에 작은 산림을 하나 샀다. 그렇다고는 하나 당시의 물가로 치면 대단한 것도 아니었지만, 역시 휴우 하고 한숨을 돌린 기분으로, 겨우 빛을 본 것 같은 기쁨에 명주의 수직기에 앉아도 허리의 통증을 잊을 정도였다.

토지를 사고도 다소 여유가 있었다. 그 해 가을 태식이가 먼 아저씨뻘

되는 사람의 토지를, 인장(印章)을 위조해서 저당 잡힌 일이 밝혀져, 고소소동이 벌어지고, 결국 2개월 남짓 경찰 신세를 지는 일이 발생했었다. 그때 분녀는 옷장 바닥을 털어 피 같은 5백 원을, 돌려 받을 생각도 없이 그저 주었다. 태식이 65일 만에 의기소침해서 돌아와서는 형수님, 죄송합니다, 하고 넓적 엎드려 눈물을 쏟자, 드디어 그 일은 묻혀버렸다.

그 즈음 막 개통한 기차를 구경하러 온 마을 사람이 읍내까지 갔을 때, 기독교의 전도 연설을 시장이 서는 광장에서 들었는데, 그때부터 태식은 몰래 교회에 다니기 시작했다. 세례를 받고 나서 갑자기 대담해져, 마을 사람들의 험담에도 전혀 신경 쓰지 않았으며 일요일에는 하루도 빠지지 않는 신앙인이 되었다. 분녀는 그리스도의 '그'라는 글자도 몰랐지만, 단지 태식의 성실한 생활 태도가 고맙고, 뭔가에 빌고 싶은 마음으로, 정씨 가문도 이것으로 일단 안정되었다고, 자신의 지금까지의 고생과 수고가 헛되지 않았다는 기쁨에 가슴이 부풀었다.

다음 해 봄에 장남이 졸업했다. 어머니 돌아왔어요, 하고 을수가 밝게 웃으면서 들어오는 뒤를 따라, 기념사진과 졸업증서를 가지고 갑수가 돌아왔을 때, 분녀는 축하 떡을 만들어서 기다리고 있었다. "어머니, 오늘 말이죠, 형이 울었어요." 하고 동생이 말하자, "바보." 하고 형은 웃었지만, 눈이 붉었다. "눈이 빨갛잖아." 하고 분녀도 덩달아 시끌벅적하게 웃자, "응, 울었어요. 오늘은 모두 운 걸요. 선생님도 울었어요……." 갑수는 깨끗이 고백하고 떡을 입에 가득 넣었다. 분녀는 사진을 보고 있었다. 작년 가을 묘사 때에 만들어준 명주 두루마기를 입고, 갑수는 두 번째 열의 오른쪽에서 얌전히 손을 겹쳐서 앉아 있었다. 눈이 작고 몸집이 작은 부분은 죽은 남편 그대로구나 하고 생각한 순간,

찌르르 눈이 희미해져, 큰 것이 두 방울 사진을 적셨다. 아이들이 모르게 몰래 서둘러 눈물을 닦고, "갑수야, 이제부터 어머니와 부지런히 일을 해야 한다."라고 말을 하고, 아이들과 함께 떡을 먹었지만 역시 목이 메어 힘들었다.

다음 장날 지게를 사서 받은 갑수는 그날부터 얌전하게 산에도 가고 들에도 나갔다. 보통학교만 나오면 이제 지식인이 된 양 고향을 뛰쳐나가는 것이 당연했던 그 시절이었다. 갑수는 이상하다, 그 녀석은 바보라고 수군됐지만 정말로 바보처럼 묵묵히 지게를 졌다. 점점 무뚝뚝한, 표정 없는 남자가 되어, 아들도 어머니처럼 두더지처럼 되었다.

강 건너 하천 부지를 손에 넣어 뽕을 심거나, 숙부인 태식과 함께 안채 일부를 양잠실로 개조할 때에는 이제 훌륭한 영농가가 되어 있었다. 새하얀 두루마기에 긴 담뱃대를 유유히 물고 있는 양반 선비들과는 전혀 인연이 먼 사람이 되어 있었다.

3

"너 같은 것이 상급 학교에 갈 수 있으면 내 손에 장을 지진다. 돼지 같은 너의 어머니가 보내줄 거라고 생각하나?"

졸업하던 해, 친구한테 놀림 받고 뭐라고! 하며, 불처럼 벌게 져서 다섯 살이나 위인 그 녀석의 가슴팍에 달려든 것은 좋았지만, 저만치 거칠게 내동댕이쳐진 을수는 기절해버렸다.

   그런 을수가 가여워 견딜 수가 없어 무리를 해서라도 어찌 해보려고 분녀는 갑수와 상의 끝에 농림학교에 시험을 치게 했지만 다행인지 불행인지 떨어졌다. 이번에는 사범이라도 쳐보겠느냐? 아니요. 그럼 상업학교라도? 아니요. 그럼 어디로 가겠느냐? 을수는 어디도 그만뒀다고, 힘없이 목을 옆으로 흔들고, 어머니 저도 농사를 지을래요. 어머니와 형에게 무리하게 해서까지 가고 싶지 않아요. 다음날부터 형을 따라서 들에 나갔다. 지게를 진 을수의 뒷모습이 애처로워서, 분녀는 명주 직기 위에서 한숨을 쉬었지만 본인은 의외로 명랑해서, 2, 3일 지나자 학교 일 같은 건 완전히 잊은 듯 기운찬 얼굴로 웃고 있었다.

   동생이 일을 하게 되어 갑수는 안심했는지, 중국사변이 일어나고 2년째, 진작부터 가고 싶다고 생각하고 있던 내지로 건너갔다. 그렇긴 했지만 그저 내지는 핑계일 뿐 홋카이도(北海道)의 탄광 노무자 모집에 응한 것이다.

   "나면서부터 기가 약한 너라서 걱정이다. 돈 모으려고 너무 욕심내지 말고, 몸조심해라."

   분녀는 도중에 먹으라고 떡을 싸 주고, 마을 앞 큰길까지 배웅했다. 시집 온 지 얼마 안 되는 며느리가, 토담 그늘에서 몰래 울고 있었다.

   "오랫동안 기차나 기선에 흔들리며 무사히 이 곳에 도착했습니다. 홋카이도는 상당히 먼 곳입니다. 어머니, 제가 열심히 일해서 돈 많이 벌어갈 테니까, 이제 명주 짜기는 그만 두세요." 가자마자 바로, 분녀 앞으로 편지가 오고, 3개월이 지나,

   "여러 가지 일을 배웠다. 탄광일은 힘들다. 힘들지만 참고 매일 매일 새까매져 곡괭이를 휘두르고 있다. 벼의 작황은 어떠냐? 이제 수확이

시작될 시기겠지. 집일은 모두 너한테 부탁한다."

하고, 을수 앞으로 한 통의 소식이 있은 뒤 며느리한테 두, 세 번 엽서를 보낸 이후, 완전히 1년 동안 소식이 없었다. 무뚝뚝한 갑수니까, 편지를 쓰는 것도 귀찮겠지, 소식이 없는 것이야말로 건강하게 있는 증거라고 생각하고 있으면 좋을 것을, 그러나 분녀는 이제 거의 잊어가고 있던 글자를 생각하고 생각해 스스로 붓을 들어 편지를 쓰고, 을수한테도 쓰게 하여 보냈지만 답장이 없었다. 점점 걱정이 되어 "어머니 위독, 빨리 돌아올 것" 하고 거짓 전보를 치고, 학수고대하며 기다렸지만 헛수고였다.

음력 8월 15일 밤, 분녀는 뜰로 소반을 들고 나와, 우물물을 떠놓고 아들이 무사하기를 빌었다. 태어나서 처음하는 일이었다. 마을 사람들에 섞여서, 을수와 갑수의 부인이 뒷동산에서 좋은 달이다, 내년에는 풍년이라고 떠들면서, 하늘의 달을 우러러 보고 있던 때, 분녀는 일심으로 손을 비비면서 그릇 바닥에 잠겨 있는 달을 바라보고 있었다. 안채 쪽에서 태식의 부인이 그것을 보고, "형님, 뭐 하세요?" 하고 말을 걸어도 뒤돌아보지 않았다. 그 즈음 전도 부인이 되어 있던 동서는 분녀의 행동이 화가 났는지, 혹은 방황하는 양을 구할 수 있는 좋은 때라고 생각했는지,

"그것은 미신이에요. 그런 일을 하는 것보다 그리스도님께 비세요." 하고 말해도 들리지 않는 듯, 뭔가 입 속에서 중얼거리면서 한층 힘을 주어 손을 비볐다.

달에 빌어도 역시 마음은 안정되지 않았는지, 분녀는 어느 날 몰래 고개 하나 넘어 맹인이 있는 곳에 가서, 10전을 내고 점을 치자,

"대호독선(大虎孤舟)을 타고 바다를 건넌다.

가문 날씨에 벼락이 치고, 용은 땅에 떨어진다."

어딘가에서 들은 것 같은 문구를, 진지한 듯 턱을 떨면서, 시를 읊는 조로 신음했다.

"흉조군요."

불쑥 언짢게 말하자, 보이지 않는 눈을 씀벅거리면서, "흥" 하고 콧소리를 내며, 10전짜리 동전을 입구에 집어던졌다. 분녀는 눈앞이 캄캄해질 정도로 실망하여, 복채를 적게 줬기 때문이라고는 생각할 여유도 없었다.

을수는 어머니로부터 그 이야기를 듣고, "바보 같이." 하고, 껄껄 웃고, "바보 같은 장님 녀석, 당치도 않은 말을 하는군. 어머니, 길조예요. 길조. 호랑이가 대해를 건너니까 무척 용감한 이야기이지 않습니까? 지금까지 산에만 있었던 호랑이가 단호히 용기를 내어서, 옛 보금자리를 뛰쳐나온 겁니다. 그리고 신천지를 찾아서 태평양을 마다 않고 대해를 건너는 것이니까 길조가 아니고 뭐겠습니까? 그리고 용의 이야기도 길조입니다. 땅에 있는 용이 벼락 소리를 들었으니까, 요 근래 꼭 좋은 일이 있을 거예요. 벼락 소리는 비의 전조니까, 지금 용은 비구름을 타고 하늘로 올라갈 수 있습니다."

터무니없는 해석을 무척 진지하게 계속 지껄이더니 또 껄껄 웃었다. "그렇구나." 하고 분녀도 웃었지만 마음은 개운하지 않았다.

그러나 그런 일이 있은 지 얼마 되지 않아 갑수가 돌아왔다. 장님의 말이 맞아 떨어진 것인가? 갑수는 탄광이 무너져 다리를 다쳤다면서 목발을 짚고 있었다. 창백한 안색이었다. 분녀는 갑수를 보자 갑자기,

"어째서 편지를 보내지 않았느냐?"

하고 외치며 아들의 가슴팍을 쳤다. 옛날에 갑수가 어렸을 때, 싸움에 지고 돌아오면 자주 때리던 그 모습이었다.

"편지나 전보도 받았습니다만, 이런 다리로는 움직일 수 없었고, 또 이런 일을 어머니께 알리고 싶지 않았습니다. 어머니, 걱정 끼쳐서 죄송했습니다."

갑수는 품에서 3백 원을 내놓았다. 그러나 분녀는 그 지폐 다발을 쳐다보지도 않았다. 남편이 죽고 20년 동안 돈이라고 하면 거지처럼 아끼던 분녀한테는 드문 일이라고, 몰려든 부인들은 신기해했지만, 역시 분녀에게는 돈보다도, 아들이 불구나 되지 않을까 제정신이 아니었다.

갑수는 탄광의 병원에서 거의 치료하고 왔다고 했지만, 그래도 완치되지는 않은 것 같고, 게다가 긴 여행에 지치기도 하고, 추위에 떨기도 해서 방에 들어가자 어머니한테 안긴 채 움직일 수 없었다.

한나절이나 아들의 다친 다리를 어루만지면서 울고는, 그로부터 한 달 동안 분녀는 부러진 다리에 좋다는 약을 찾아서 인근 마을을 샅샅이 다녔다. 분녀가 구해온 약이 약발이 있었는지, 갑수의 다리는 지게를 질 수 있을 만큼 나아서 목발을 불에 태워버렸지만 여전히 다리를 약간 절었다.

봄이 되자, 형과 동생은 매일 소를 몰고 들에 나갔다. 소는 갑수가 가져온 3백 원으로 산 것이다. 봄에는 주로 보리밭 일이 많았다. 중경일(中耕日)이다. 동생은 가래를 가지고 소를 쫓고, 형은 다리를 저으면서 호미로 보리 이랑에 흙을 넣으며 갔다. 비료를 잔뜩 넣은 흙에 비도 적당히 내려 주었기 때문에 보리는 한껏 자라서 아주 새까맣게 밭에 넘실

거렸다. 5월 하늘이 밝고 맑아, 스며들 것 같은 푸름 속에 시끄러울 정도로 종달새가 울고 있었다.

흙 넣는 것을 반쯤 끝내고 잠깐 쉬었다. 형은 담뱃대에 담뱃잎을 넣고, 동생은 풀 위에 길게 누워 있었다. "형." 갑자기 을수가 벌떡 일어나, "나, 지원병이 되고 싶어." 하고, 놀라서 돌아보는 형한테, "실은 전부터 형한테 이야기하려고 생각하고 있었지만, 다리가 불편한 형한테 미안해서 이야기할 수가 없었어."

을수는 얼굴에 홍조를 띠면서 형을 보지 않고 말했다. 어깨가 넓고 눈이 검게 탄 을수는 올해 스물이었다.

1938년 반도(半島)의 청년에게도 영광의 길이 열린 것이다. 어둠에 빛이었다. 그 빛을 우러러보면서 곧장 나아가면 거기는 결국 황민(皇民)으로 통하는 문이 기다리고 있을 것이었다.

"군인이 된다"는 것은, 그 말만으로도 젊은 마음을 흔들기에 충분했다. 총을 잡고 전쟁터를 뛰어다니는 자신의 모습을 상상하면 을수는 가슴이 부풀었지만 어머니가 허락해 주실까, 하고 생각하면 갑자기 힘이 빠졌다. 게다가 불편한 형을 혼자 남겨두고 가도 될 것인지? 옛날에 다섯 살이나 나이 많은 사람에게 맹렬하게 달려들었던 그 손을 쥐어보지만, 어머니와 형한테 어떻게 말을 꺼내야 좋을지 몰라 을수는 올 봄부터 전혀 일이 손에 잡히지 않았다.

그런데 5월, 밝은 대기(大気) 속에서 형과 둘이 상쾌한 피로감에 몸을 맡기면서 천천히 쉬고 있는 동안에, 이상하게도 완전히 무의식중에 자신의 속내를 고백할 수 있었다.

"응 그래, 역시 그것을 생각하고 있었구나." 갑수는 머리를 끄덕이고 잠시 가만히 있었다.

"그럼 형은 전부터 내 심중을 읽고 있었던 거야?" 형은 역시 가만히 있는 채로 후 하고 연기를 하늘에 뿜었다. 그러려니 생각해서 그런지 종달새가 한층 시끄럽게 울기 시작했다. 가만히 앉아서 하늘을 쳐다보고 있으면, 두 사람의 젊은 마음은 말 없이 서로 통하고 있었는지도 모른다. 형은 담뱃대를 허리띠에 꽂으면서도 한 번 크게 고개를 흔들었다.

"응, 가는 게 좋아. 가. 나는 홋카이도에 가서 여러 가지 일을 배웠지만, 특히 내지 청년들이 강한 것에 놀랐어. 몸만이 아니야, 몸만이라면 나도 약한 편은 아니지. 마음을 말하는 거야. 시원스럽고, 용기가 있고, 인내심 강하고. 그런데 조선 사람은 완전히 반대야. 시원스럽지 않고, 무기력하고, 자포자기하고, 금방 도망치려 하고. 주눅 들어 있어. 목표가 없었기 때문에 말이야. 큰 빛이 될 목표가. 그러나 이제 괜찮아. 확실한 길이 열렸으니까 말이야. 가는 게 좋아. 모두 —"

갑수는 신기하게 달변이 되면서, 정말은 나도 가고 싶지만 말이야, 아무래도 이런 다리로는. 정말 하늘을 차듯이 일어나더니 호미를 쥐었다.

"그런데 형, 어머니가 허락해 주실지 어떨지."

"그렇구나, …그러나 뭐 당당히 말해보는 거야."

그리고 둘은 입을 다물었지만, 그 후 열흘이 지나고 스무날이 지나도 그 일은 입 밖에도 내지 못하고, 뭔가 무거운 물건에 눌린 듯 마음이 개운하지 않았다. 어머니께 어떻게 말을 꺼내야 좋을지 걱정이었기 때문이다. 형제가 모두 몇 번이나 용기를 내어 어머니 앞에 서보았지만, 나이 쉰에 벌써 노인처럼 늙어 보이는 어머니의 고생을 생각하면 결코 말을 꺼낼 수가 없었다.

그러나 결국 기회가 왔다. 보리가 슬슬 영글기 시작했을 때, 읍내 학교에서 부인 강습회가 열렸다. 갑수의 부인이 참석하고 돌아와, 오늘 지원병에 대해 듣고 왔다며, 저녁을 먹은 후 여러 가지 이야기를 하고 있을 때, 을수는 큰맘 먹고 가슴속의 이야기를 고백한 것이다. 시대의 정세와 전국의 형편, 조선 청년의 장래, 천자님의 은혜에 보답하는 길, 이 시대를 살아가는 행복 등에 대해 을수는 진지하게 말했다. 땀이 밴 손이 떨리고 있었다.

"저는 어머니의 아들이면서 어머니의 아들이 아닙니다. 어머니는 저를, 천자님으로부터 잠시 맡아 있을 뿐입니다."

형과 달리 말이 많고 성질이 급한 을수는 흥분해서, 결국에는 스스로도 알 수 없는 높고 원대한 추상론(抽象論)을 계속 지껄이고 있었다.

쓸데없는 말 하지 말라고, 갑자기 어머니가 말씀하실 것이라고, 형제는 머뭇머뭇 어머니의 얼굴을 쳐다보았지만, 이상하게 분녀는 처음부터 끝까지 입을 다문 채 아들의 '연설' 같은 건 듣고 있지도 않는 듯 태어난 지 얼마 되지 않은 손자를 달래고 있었다. 얼마 후 보채는 손자를 며느리한테 건네주고 그을린 벽을 쳐다보며 가타부타 말이 없었다. 검게 그을린 더러운 벽 위에, 그곳만 밝게, 금테두리의 액자가 빛나고 있었다. 5년 전 농촌진흥운동이 한창이었을 때, 여자 손 하나로 일가를 잘 갱생시키고, 나아가서는 부락 전체에 유한(遊閑)의 악습을 깨닫게 한, 보이지 않는 원인을 만든 것은 대중의 모범이 되기에 충분하다고, 도지사로부터 받은 표창장이 들어 있는 액자였다.

"어머니, 한 마디로 좋다고 말씀하시면, 저런 액자를 하나 더 받을 수 있어요. 하하하."

갑수는 웃으면서,

"지금부터 진짜 양반이 되는 겁니다. 옛날에 아버지나 할아버지들은 입버릇처럼 양반 양반 했다고 하지만, 그것은 썩은 양반이고, 진짜로 우리 집이 빛날 수 있는 것은 이제부터입니다."

분녀는 그래도 여전히 잠자코 있다가 갑자기,

"이제 됐으니까 가마니를 짜도록 해라. 잘못하면 할당 받은 수량이 모자라겠다."

툭 한 마디 던지고는 짚을 끌어당겨 새끼줄을 꼬기 시작했다. 현저히 시력이 약해져, 작년부터 명주 짜기는 그만두었지만, 그 대신 가마니를 짜기 위해 밤 늦게까지 자지 않았다.

어머니의 태도가 어딘지 불만스러워, 아들들은 잠시 멍하게 있다가 다시 가마니를 짜기 위해 마주 향해 앉았지만, 어머니는 그것으로 일단 은 승낙한 셈인지, 아니면 전혀 우리들 이야기 같은 건 처음부터 듣지도 않았던 것인지, 을수는 생각이 엉켜, 꽂는 바늘이 잘 지나가지 않았다.

그런데 그로부터 10일 정도 지나서였다. 주재소로부터의 호출장이라 며 구장(区長)이 건네준 서장(書状)을 받아들고 놀라서, 다른 사람의 밤을 훔쳐먹은 이외에 나한테는 죄는 없을 텐데 하고, 머뭇거리며 가보았다. 그러자 갑자기 순사가 야, 잘 됐다 라며 말을 하길래 무슨 말인지 도무 지 알 수가 없어서,

"무슨 일입니까?"

하고, 눈을 희번덕거렸다. 요즘 지원병 모집의 취지를 일반에게 알리 기 위해서 적령자가 있는 가정으로 돌아다니고 있는데, 저번에 자네 집 에 가서 어머니한테 이야기하니, 바로 찬성해 주어서 정말 기뻤다. 그래

서 오늘 그 수속을 하려고 당신을 불렀다는 말을 듣고 을수는 너무 뜻밖의 일이라 믿을 수가 없어,

"정말입니까?"

순사의 제멋대로 자란 수염을 바라보며, 잠시 동안 바보처럼 멍했다. 어머니의 무언의 승낙을 고맙다고 생각한 순간, 코가 찡해지고 눈이 흐릿해졌다.

4

분녀는 지원병에 대해서는 귀에 딱지가 앉을 정도로 다른 사람의 소문을 듣고 있었고, 마을 상회(常會)로부터도 면의 서기들로부터 몇 번이나 듣고 있는데다가, 2개월쯤 전, 군청에서 열린 부인강습회에 출석해서 이틀 동안 그 일만 자세하게 들었던 것이다. 그래서 을수의 강연을 들을 것도 없이, 지원병에 대해 자세히 알고 있었을 뿐만 아니라 일본의 어머니로서 어떠해야 하는지를 알고 있었던 것이다. 그러나 고작 2, 3개월 동안 사람들로부터 들은 이야기만으로 부모 자식의 사랑이라는 것이 그렇게 간단하게 처리되는 것일까?

과거 5백 년 동안 문약(文弱)의 피내림은 분녀의 마음도 좀을 먹고 있었던 것이다. 아들을 천황에게 바치기 위해 애지중지 키우는 것이야말로, 정말로 아들을 사랑하는 일이라고 아무리 들어도, 그것을 마음으로부터 이해하기에는 분녀는 너무나 무지하였고, 분녀의 피 또한 일본 어

머니의 피의 혈통에서 너무나 멀었다. 을수가 만약 간다고 말을 꺼내면 어떡하지? 그 아이의 성질로는 십중팔구 간다고 말을 꺼낼 것 같다. 그녀는 걱정이었다.

"어떻게 하지! 어떻게 하지!" 분녀의 본능은 이렇게 계속 외쳤다. 그러나 두 달여 동안 생각을 하여 결국 을수가 말을 꺼냈을 때에는 분녀의 마음은 벌써 결정되어 있었다.

분녀는 정말로 속 시원히 자각하고 있던 것은 아니다. 을수의 열심에 감동했기 때문인가? 옛날 어렸을 적에 아버지와 어머니로부터 들은 옛날 무슨 장군의 어머니 이야기를 떠올렸기 때문인가? 장래의 일을 내다본 공리심이 있었기 때문인가? 갑수가 웃었던 것처럼 도지사로부터 하나 더 액자를 받고 싶었기 때문인가? 그 어느 쪽도 아니라고 분녀는 자문자답해 보는 것이었다.

스스로도 모를 막연한 마음의 움직임이었다. 눈에 보이지 않는 뭔가 큰 힘에 끌려 눈부시게 빛나는 빛 앞에 세워진 듯한, 끝없이 넓은 마음의 대범함을 맛보았다고 생각했을 때, 분녀는 이제 을수가 간다고 말을 꺼내도 자신은 이미 거부할 수 없는 일이라는 것을 알고, 일종의 체념과 같은, 그래서 마음이 개운해지는 기분이었다. 이 기분이 마침내 '일본 어머니의 마음'으로 통하는 문이 아닐까? 분녀는 점차 안정되어 갔다. 소속을 끝낸 을수가 내일 읍내에서 신체검사가 있다고 말한 밤에, 몸 씻을 물을 끓이거나, 점심 도시락을 걱정하거나 하며,

"확실히 해라. 전번 농림학교 때처럼 떨어져서 돌아오면 이번에야말로 부끄러우니까 말이야."

몇 번이나 이렇게 다짐하는 것이었다.

조선 전체의 응모자는 모집 정원을 훨씬 능가한 데다가, 그 중에는 혈서 지원을 한 열렬한 사람도 많이 있어서, 과연 합격할 수 있을지 어떨지, 을수는 바짝바짝 속을 태우며 검사하러 갔다. 그러나 다행히 읍내에서의 제1차 전형도, 본서에서의 제2차 전형도 돌파하고, 도청에서의 시험도 무사히 통과해, 가을 10월 수확이 시작되기 전에 경성의 훈련소를 향해 고향을 떠났다.

역을 가득 메운 배웅객의 무리와 '축 입소 니시무라 오츠슈(西村乙洙)'(정씨 일문은 니시무라로 창씨를 한 상태였다.)라는 깃발의 숲에 둘러싸여, 분녀는 완전히 표정을 잊은 얼굴이었다. 면내의 관공서, 학교는 물론, 인근 면에서도 학교 생도가 깃발을 가지고 몰려 올 것이다. 태어나서 처음 있는 일이었다. 아니 지금부터 이후 죽을 때까지 이런 감격은 다시 맛볼 수 없을 것이다. 만세소리와, 군가와, 악대와, 떠들썩한 환호의 외침 속에서, 수천의 시선을 마주보고, 수백의 축사에 그저 머리를 숙이면서, 아, 고맙습니다, 고맙습니다를 연발하며 분녀는 마치 죄인처럼 갈팡질팡하며, 어찌해야 좋을지 몸 둘 바를 몰랐다. 반생을 명주만 짜왔던 분녀에게 그것은 너무나 큰 감격이었다.

T시까지 배웅한다고 갑수가 다리를 절며 을수를 재촉해서 기차를 타자, 바로 기적이 울리고, 8자 수염을 휘날리며 외치는 면장의 만세에 맞추어, 모두가 손을 든 순간 분녀도 따라서 손을 들자, 순간, 와 하고 둑을 무너뜨린 것 같이 눈물이 북받쳤다. 멀어져 가는 기차 창문으로 사이좋게 얼굴을 내밀고 있는 아들들을 보자, 분녀는 오십 생애가 파노라마처럼 머리를 스쳐, 그저 이유 없이 가슴이 벅찼다. 그러나 "어머니, 울면 안 돼요. 보기 흉하니까요." 하고, 전부터 을수가 말한 것이 생각

나 입을 꾹 다물고 눈물을 참으며 수건으로 코를 풀었다.

6개월이 지나자 을수가 훈련소에서 ○○부대로 배치를 받아 한 사람의 군인이 되었다고 알려왔을 때는 4월이었다. 작년에 을수가 형을 도와 가래를 가지고 갔던 그 보리밭을, 학교 생도가 우르르 와서, 눈 깜짝할 사이에 중경도, 흙넣기도 해버렸다. 그것을 계기로 인근 면의 학교에서도, 부근의 부락 청년대에서도 근로봉사로 왔으며, 애국반(愛国班)에서도 한 달에 한 번 봉사 작업을 하게 해 달라고 해서 모내기도, 보리 베기도, 논의 제초 작업도 간단히 끝내버렸다.

이런 호의와 아름다운 습속(習俗)에 둘러싸이면서, 분녀는 완전히 새로운 눈으로 세상을 보기 시작하였다. 오십년 동안 두려움에 떨면서 주위를 의심하거나 차가운 눈으로 사람을 대하면서 단단히 닫아온 자기의 껍질을 이제 완전히 열어 버리지 않으면 안 되었다.

이렇게도 세상은 아름다웠으며, 이렇게도 사람들은 선량했던가 하고, 마음은 봄처럼 부드러워져서 눈에 보이고, 마음에 느껴지는 모든 것에 기도하고 싶은 기분이었다.

5

무리를 해서 몸을 혹사시킨 때문인지, 분녀는 거짓말처럼 기력이 약해져, 손자를 업었을 때 등이 굽어보일 정도로 마치 육십이나 칠십이 된 할머니 같아 보였다. 그럴 리가 없다고 스스로도 비참해져, 소녀처럼 등을 쭉 펴고 마음을 다잡아 보았지만, 역시 피로는 금방 와서 밤이 되면 뼈 마디마디가 아프고 녹초가 되어 죽은 듯이 몸을 내던졌다. 게다가 어느 날, 한 여름 더운 날씨 속에 목화밭의 풀을 뜯다가 비틀비틀 앞으로 엎드려 쓰러진 채 이랑 사이에서 잠시 정신을 잃었던 적이 있었다. 그 일이 있고 난 뒤부터는 갑자기 몸이 생각대로 되지 않고, 이것을 해야지 저것을 해야지, 하고 마음만 앞설 뿐 이미 옛날 같지 않았다. "어머니, 너무 무리하지 마세요." 하고 갑수나 며느리가 권해, 분녀도 이제 힘쓰는 일은 도저히 불안하다며 단념하고, 손자 상대하는 것을 유일한 즐거움으로 삼게 되었다. 그러나 손자를 상대하는 것만으로도 피로를 느낄 정도로, 분녀는 나이에 맞지 않게 늙어 있었다.

가을 수확이 끝나고 벼 공출이 일단락되자 이제 농한기였다. 예년처럼 가마니 증산운동이 시작되어, 이 겨울 동안 80장을 짜야한다고 분녀의 집에도 할당이 내려졌다. 80장은 상당한 부담이었다. 아침부터 밤까지 가마니 짜는 기계와 맞잡고 있는 짚 먼지 속의 아들 부부를 보다 못해, 가로 새끼정도라도 거들려고 분녀도 짚을 손에 들어보았지만, 손자가 보채는 데다가 어깨가 결려서 한나절도 계속하지 못했다.

분녀는 손자의 손을 끌고 매일 양지 바른 곳에서 볕을 쬐며 쉬었다. 하지만 그저 빈손으로 아이 곁에 붙어 있는 것이 마음에 결려 오랜 동안의 습관대로 물레를 가져오는 것이었다. 문을 나선 곳의 토담 그늘은 바람도 없고 조용해서 그곳만은 눈이 녹아 하얗게 흙이 말라 있었다. 강아지가 장난치고 있었다. 멍석을 깔고 손자를 달래고 있으면 몸이 따스해져, 분녀는 자주 졸았다. 갑자기 생각난 듯 물레를 바쁘게 돌려보았지만, 삐걱거리는 물레의 단조로운 소리가 쓸데없이 졸음을 불러왔다.

공처럼 등을 구부려서 꾸벅꾸벅 꿈을 좇는 할머니와, 흙투성이가 되어 흙장난에 정신이 없는 손자와 강아지, 그것은 마치 동화의 세계였다. 졸음에 지치자 분녀는 하품을 하면서 멀리 하늘을 쳐다보았다. 하늘은 몹시 춥고 푸르렀지만 밝고 높았다. 가끔 구름이 날고, 바람 속을 새가 헤엄쳤다. 멍하게 입을 딱 벌리고, 풀린 눈으로 언제까지나 하늘을 쳐다보면서, 생각하려는 것도 아닌데 자신의 일생을 머리에 그려보는 것이었다. 즐거웠다고도, 힘들었다고도 생각하지 않는다. 막연히 허전한 마음으로 살아왔다라는 것만을 그저 멍하게 생각하고 있다. 그런 희미한 생각 속에서도 두 아이를 키워낸 기쁨만은 의식의 밑바닥에 끊임없이 남아 있었다.

그런 때는 하늘 저 멀리 아득한 곳에 문득 을수의 환영을 볼 때가 있었다. 상당히 높고 먼 하늘이다. 그 위에서 을수의 넓은 이마가 빛나 보였다. 분녀는 꿈처럼 마음이 들떠, 너는 좋은 곳에 가 있다고 잠꼬대처럼 중얼거리기도 했다. 별세계에라도 있는 것 같은, 멀리 아들의 모습을 좇고 있는 동안에, 자신의 몸도 우주를 떠가는 것 같은 느낌이 들어, 분녀의 눈은 점점 생생하게 빛나기 시작했다. 그런 때의 얼굴은 마치 어린 소녀 같이 살짝 핏기가 돌며 천진난만했다. 물레 옆에서 놀다 지친 손자의 마음처럼 완전히 사유(思惟)를 멀리한 마음으로 분녀는 을수의 얼굴을 바라보고 있다. 그러자 처음에는 멀리서 작게 보이던 환영이 점점 크게 다가와 결국에는 하늘 전체에 넓게 퍼져 버린다. 순간 얼굴이 모로 기울며 흔들려 심한 현기증이 일고, 아 느낌 탓이라며 아이처럼 머리를 옆으로 흔들며 아니, 아니라고 하면서, 비로소 착각을 떨치는 것이었다.

손자의 머리를 한 번 쓰다듬고, 먼지를 털고, 천천히 실을 끌어당기기 시작했지만, 그것도 잠시, 또 꾸벅꾸벅 졸기 시작해, 아 하고 눈을 떠 하늘을 바라보다가 곧 아들의 환영을 보고는 깜짝 놀라 정신이 번쩍 드는 것이다. 이런 일을 몇 번이나 반복하고 있는 동안에 날이 저무는 일이 매일 반복되었다.

정월이 지나고 얼마 안 되어, 이윽고 마음껏 일할 수 있는 때가 왔습니다하고 을수로부터 편지가 왔다. 북지(北支)에서였다.

어느 날 밤 분녀는 몰래 뜰로 나와 소반에 냉수를 떠놓고, 오랜 동안 손을 비비고 있었다. 바늘처럼 한기가 몸을 찌르고 손이 얼어 돌처럼 딱딱해져 있었지만, 분녀는 몇 시간이고 움직이지 않아 석고처럼 희게 어둠 속에 떠 보였다. 그 후부터 자주 밤늦게 잠자리에서 빠져나와 뜰에 서 있었기 때문에 결국 며느리한테 들켜, "어머님, 좀 이상해지셨어요."라는 말도 들었지만, 전혀 신경 쓰지 않았다.

태식이 그 이야기를 듣고 "형수님, 그런 바보 같은 행동은 하지 말고, 교회에 갑시다." 하고 권하며, 성모상을 주었지만 그것도 뿌리친 채, 마치 뭔가에 홀린 것 같았다. 정말 진지했다. 뭐에 기도하는지, 왜 기도하는지 스스로도 확실히 몰랐다. 그러면서도 뭔가에 기도하지 않으면 가만히 있을 수 없을 것 같은 기분이었다. 그런 어느 날 면에서 카미다나(神棚-신을 모시는 것 :역자)가 도착했다. 면서기는 몇 번이나 카미다나에 대해 설명해 주었지만, 분녀는 확실히 몰랐다. 그러나 모르는 대로, 머리를 숙이고, 손을 모으는 동안에 점점 마음이 누그러지고 따뜻해졌다. 그것으로 충분했다. 분녀는 신이 뭔지 모른다. 그저 기도하고 싶은 마음만은 가지고 있었다. 분녀는 아침저녁으로 카미다나 앞에 앉았다. 특히 카미다나에는 전 세계에서 가장 위대한 아마테라스 오오미카미(天照大神)의 영이 모셔져 있다고 하지 않는가?

게다가 그 아마테라스 오오미카미는 천자님의 선조라고 하셨다. 그런데 아들은 지금 천자님을 위해서 북지에 정벌하러 가 있는 것이다. 이렇게 생각하자 분녀는 뭔가 자랑스러운 밝은 느낌이 드는 것 같았다.

"이제 됐어."

뭐가 좋은지 자신도 모르지만 역시 이것으로 됐다고 바보처럼 중얼거리면서, 카미다나 앞을 나와 물레를 가지고 문 앞의 양지 바른 곳으로 갔다. 손자와 강아지가 항상 그 뒤를 따른다. 볕에는 졸음과, 푸른 하늘과, 아들의 환영이 기다리고 있었다.

을수가 가고 두 번째 봄을 맞았다. 이제 요즘은 손자까지도 분녀의 흉내를 내며 붉은 손바닥을 모으면서, 중얼중얼 제멋대로 중얼거리게 되었다. 이런 손자를 데리고 분녀는 들로 나갔다. 오랜 칩거(蟄居)에서 처음 대기 속으로 나와 보니, 산도, 강도 너무나 상쾌하게 손짓해서 부르는 것 같았고, 들도 너무나 넓은 느낌이었다. 체력이 약해진 때문인가? 그런 자연 속으로 나서니 다리가 후들거리고 현기증이 날 것 같았다.

봄이라고 해도 아직 이랑 그늘이나 제방 아래에는 눈이 남아있기도 하고, 논가에는 녹다 남은 얼음이 둔한 빛을 내고 있었지만, 그런 얼음이나 눈 아래에서, 벌써 새싹이 노랗게 머리를 내밀고 있었다. 검은 흙이 논에 쑥 솟아오르고, 풍성한 배를 보이면서 뒹굴고 있다. 차가운 공기 속에 희미하게 흙 냄새가 나는 것 같았다. 산기슭에도, 제방 그늘에도 바구니를 안은 여자아이들의 흰옷이 바람에 나부끼고 있었다.

겨울 동안 푸른 것에 굶주린 그녀들이 지금 기뻐서 냉이의 새싹이나,

쑥 뿌리 등을 캐고 있는 것이다. 기분 때문인지 희미하게 아지랑이까지 흔들리고 있다. "아, 봄이다." 분녀는 소생한 듯한 밝은 기분이 들어 미끈미끈 미끄러지는 이랑의 진흙을 밟아 다지고 밟아 다지며 걸었다. 이제 곧 못자리를 준비해야 한다. 그 전에 한 번 논을 뒤엎어 두는 것이 좋다. 춘경(春耕)이다. 춘경 전에 자신의 논을 한 번 봐두고 싶어서 분녀는 나온 것이다. 논 가득 부풀어 오른 새까맣게 비옥한 흙을 분녀는 천천히 보고 싶었던 것이다.

어느 틈에 따라 왔는지 강아지가 자꾸 앞서 달려가 버드나무 숲 속으로 들어갔다 싶더니 이제 보이지 않았다. 버드나무 숲을 빠져나간 곳에 분녀의 논이 있었다. 오랜만에 먼 이랑길을 걸어와서인지, 매우 피곤해서 분녀는 자신의 논에 겨우 다다르자, 이랑에 선 채, 잠시 동안 헐떡이며 숨을 뱉었다.

5 두락의 논은 이 지방에서는 상당히 넓은 편이었고, 물 대기도 좋았다. 일대의 지반이 낮아, 오히려 물 대기가 너무 좋은 정도였고, 그 때문에 2모작이 무리였다. 아무리 이랑을 높게 쌓아도 역시 이작(裏作)은 안 되었기 때문에, 작년부터 논 네 구석에 한 칸 사방의 작은 못을 파서 배수에 힘써 보았지만 잘 되지 않았다. 그러나 어떻게든 올해부터는 2모작이 가능할 것이다. 분녀는 그런 일을 생각하면서 천천히 논을 한 바퀴 돌아보았다. 한 바퀴 돌고 버드나무 숲의 모래땅에 손자와 개를 놀게 하고 자신도 잠시 쉬더니, 분녀는 한 번 더 논이랑에 서 보았다. 몇 번 보아도 싫증나지 않는 논이었다. 이 부근 어느 논보다도 흙이 검게 보이고, 훌륭한 듯 보이는 이 논을 산 것이 서른 아홉 살 때였던가, 마흔 살 때였던가, 어쨌든 남편이 죽고 10 년째인가 9 년째였음에 틀림없다. 분녀는

생각하려는 것도 아닌데 그런 일을 생각하면서 한 군데 우뚝 선 채 언제까지나 싫증내지 않고 매끈한 흙덩이를 바라보고 있었다.

그 흙덩이 하나하나가 마치 내 아이처럼 아름답고 예쁘게 보인다. 아니 그 흙덩이 하나하나에 을수의 환영이 출렁거려 보인다. 결국에는 어느 것이 흙덩이인지, 어느 것이 아들의 얼굴인지 분간도 할 수 없게 논 전체가 빙글빙글 아름다운 그림처럼 돌아가는 듯하여 가벼운 현기증이 났다. "아, 이건 안 돼." 하고 머리를 옆으로 흔들자, 분녀는 요즘의 버릇대로 또 지나간 많은 세월을 조용히 반추(反芻)하고 있었다. 꿈 같았다. 녹을 것 같은 달콤함이 몸에 스미고, 모래땅 쪽에서 할머니, 할머니 하고 손자가 부르고 있는 것도, 개가 옷자락을 물면서 장난치고 있는 것도 모르는 듯 꿈을 좇고 있었다. 그러자 정말로 꿈속에서 탈 것을 탔을 때와 마찬가지의 쾌감을 느끼면서 분녀는 미끄러지듯 아래로 몸이 잠겨갔다. 이윽고 차가운 것이 살에 스미고, 꿈을 안은 채 풍덩하고 물속에 머리가 잠겼다.

분녀는 논 구석의 못 위에 서 있었던 것이다. 겨울 중에 얼어 있던 못의 제방이 녹아 있던 데다가, 제방 밑이 물의 힘으로 구멍이 나 있었다. 분녀는 그것도 모르고 오랜 동안 그 위에 서 있었던 것이다. 뿌지직 하고, 천천히, 천천히, 소리도 내지 않고 떨어져 나갔기 때문에, 분녀는 전혀 눈치 채지 못했다. 알아차렸을 때는 벌써 물 속에 몸이 잠겼을 때였다. 벌컥 하고 가슴 가득 물을 마시자마자 분녀는 벌써 힘이 빠져 있었다. 발버둥치면 칠수록 진흙이 발에 휘감기고, 그로부터 두, 세 번 떴다가 가라앉는 사이에 정신을 잃어갔다. 마치 거짓말 같이 물에 빠져들었다.

근처에서 나물 싹을 뜯고 있던 여자 아이들이 뛰어오고, 얼마 안 되어 분녀는 끌어올려졌지만, 휴지처럼 이랑 위에 가로놓인 채 죽어 있었다. 그러나 부근에 있던 마을 사람이 뛰어왔을 때, 분녀는 조금 진흙물을 뱉고, 후 하고 숨을 쉬고, 뭔가 입 속에서 우물우물 말을 꺼냈다 싶더니, 갑자기 확실히 의식이 돌아와, "갑수는 어디 있느냐? 갑수…을수한테…을수한테 알리지 않아도 돼…걱정하니까…" 이런 말을 띄엄띄엄 또 입을 우물거렸지만 이제 알아들을 수 없었다.

갑작스러운 소식을 듣고 태식이 제일 먼저 뛰어오고, 뒤이어 갑수가 왔다. 하지만 갑수가 다리를 절며 버드나무 숲을 달려왔을 때는, 이미 분녀는 완전히 숨을 거둔 뒤였다.

자신의 갑작스러운 죽음에 전혀 놀라지 않은 것 같은, 아무런 고통도, 불안도 없는 평온한 얼굴이었다. 자신의 논이랑이 정말이지 기분 좋은 베개인 것처럼 나른하게 머리를 눕히고 귀 아래에는 이제 막 진흙 속에서 머리를 내민 것 같은 노란 새싹을 깔고 있었다.

"마치 성모님의 얼굴 같아." 태식은 낮게 중얼거리며 눈물을 닦았다.

:: 굴레 (羈絆)

| 쿠레모토 아츠히코 呉本篤彦 |

1920년 8월 전남 제주도에서 태어남. 목포상업 졸. 1941년 10월 국민총력조선연맹 모집 작품에 처녀작 「귀착지」 입선. 이어서 「한춘(寒椿)」, 각본 「파도」 등이 입선. 1943년 9월 「금지」를 신인 추천으로 『국민문학』에 발표. 「굴레」는 1943년 11월 동지(同誌)에 발표.

1

1년에 한 번 있는 죽은 아내의 기일인데도 권(權) 노인의 일과에 다른 점은 없었다.

권 노인은 바로 머리 위에 있는 괘종시계가 나른한 듯 5시를 알리자, 나사 풀린 용수철 인형처럼 벌떡 일어났다.

그리고 서둘러 대충 침실을 정리하자, 안채를 가로질러 부엌을 한 번 둘러본 권 노인은 도마에 두는 것을 잊은, 전등불을 받아 반짝 반짝 빛나는 부엌칼을 넣자, 현관 옆의 하녀 방 미닫이문을 탁탁 두드렸다. 이 노선의 첫 열차인 6시 정각의 상경 열차 천안·경성 방면 행과, 6시 10분의 하행 열차 장항·군산 방면 행의 손님을 깨우지 않으면 안 되기 때문이다.

잠자리를 느닷없이 침범 당한 하녀장(下女長)인 오츠타(お蔦)와 아직 신참인 오미츠(お光)가 아함 하고 하품을 손바닥으로 가리면서, 쪼글쪼글한 치리멘(縮緬-바탕이 쪼글쪼글한 비단 : 역자)에 가는 띠를 두르고 장딴지를 노골적으로 내보이며 미닫이문을 삐걱거렸다.

권 노인은 현관 끝에 칸막이를 한 세면실을 들여다본 후 바로 옆에 반쯤 열려 있는 목욕탕 문을 꽉 닫았다. 그리고 나서 발소리를 죽이고 객실 앞 복도를 가로질러, 두 건물을 잇는 복도를 따라서 별채로 나가 변소를 들여다보고, 손 씻는 물을 담아두는 그릇을 살폈다. 권 노인은 한 번 다 돌아보자, 뒤뜰에 면해 있는 집안 사람들만 쓰는 세면장에 섰다. 세수를 끝내자 옷매무새를 단정하게 한 뒤, 정확히 동쪽을 향하여 하얗게 밝아오기 시작한 하늘을 향해 깊이 허리를 굽혔다. 그리고 울퉁불퉁한 양손을 딱 붙이고 안채 정면에 걸어놓은 액자 속에 늠름하게 군복을 입고 말 위에 거만한 모습으로 턱 버티고 앉아 있는 도련님 슈운이치(俊一)의 용감한 모습을 떠올리면서 조용히 눈을 감고 머리를 숙였다.

이렇게 하는 것은 누군가로부터 강요를 받아서 하고 있는 것이 아니다. 이 집에서는 오전 6시 30분에 일가가 모두 안뜰에 내려서서 이렇게 하는 것이 관례로 되어 있어서 그것이 언제부터인가 조화를 잘 이루게 된 것이다.

권 노인은 그 조회에도 물론 빠지지 않았지만, 얼굴을 막 씻은 시원한 기분으로 그저 혼자 그렇게 하는 것에 남모를 환희를 느끼고 있었다. 동료 중 누구도 잘 하지 못하는 것을 자기 혼자만 해내서 우쭐대는 아이의 득의양양함 같은 것이 있었다.

권 노인은 방으로 돌아가 '토라야(虎屋)'라고 또렷이 여관명이 들어있는 한텡(半纏-고름이 없는 겉옷: 역자)을 입자, 바로 옆방의 요리사 구(具) 씨를 두드려 깨우고 현관으로 나갔다.

"매번 감사합니다, 잊지 말고 또 오십시오." 현관으로 오르는 마루귀틀에 옷자락을 대고 손가락 세 개를 짚은 하녀들의 배웅을 받으며, 급하게 맨 넥타이를 바싹 당기면서 응수 좋게 손님이 밖으로 나오자, 권 노인은 손가방을 들고 손님의 뒤에 섰다.

아직 캄캄한 대합실에는 손님 발길도 드문드문하고, 역 구내를 둘러싸고 있는 천엽 벚나무의 완연한 향기가 진하게 코를 덮었다.

권 노인은, 발차 직전 눈을 비비면서 개찰가위를 가지고 뛰어나온, 아들 용삼(容三)과 같은 나이의, 얼굴이 익숙한 역무원한테 위세 좋은 목소리로 인사를 하고 홈으로 나갔다.

첫 열차는, 천안에서의 마지막 열차가 여기에서 머무르고, 여기에서 시발(始発)이 되어 되돌아간다.

사철(私鉄)인 이 선은 천안을 분기점으로 해서 장호원, 장항으로 뻗어 있다. 완구 기관차에 성냥갑을 두, 세 개 서로 연결한 것 같은 조잡한 열차로, 요즘은 석탄 대신에 돌멩이 같은 찌꺼기로 불을 지피기 때문에 발차까지가 보통일이 아니다. 정각보다 20분 정도나 늦어서 겨우 증기를 뿜은 열차가 기적만은 제멋대로 요란하게 울리고 난 후 덜컥덜컥 움직이기 시작했다. 권 노인은 지방을 도는 서커스의 광대처럼 깊게 허리를 숙이더니, 기차가 남긴 검은 연기가 사라질 때까지 계속 서 있었다.

하행 열차까지 배웅을 마치자 집으로 돌아와 격자문을 활짝 열고 아침 청소를 시작했다. 권 노인이 우물물을 다 긷고서 현관 바닥에 물을 뿌릴 즈음, 마님이 잠옷 그대로 변소에 가려다가 권 노인을 발견하자 종종걸음으로 다가왔다.

"어머, 할아범, 어제 저녁에 그렇게 말해 두었는데 말이야." 마님은 말리면 말릴수록 나쁜 짓을 하는 아이를 야단치듯이 눈살을 찌푸렸다.

"예, 고맙습니다."

"지금에 와서 고맙다가 아니에요. 자, 그 사이에 불단이라도 깨끗하게 치우고 말이죠, 점심 지나서 스님이 올 테니까요."

"예, 죄송합니다." 권 노인은 목에 걸고 있던 수건으로 목덜미를 문지르면서 꾸벅 머리를 숙였다.

"자, 죄송해 하지만 말고 오늘은 천천히 공양이라도 하면서 쉬세요." 마님은 빨리 말하고 안을 향해, "아무도 없나? 오츠타, 오미츠." 하고 불렀지만 대답이 없자 속이 상한 듯 거칠게 슬리퍼를 끌면서 안으로 사라졌다.

자기가 대신하겠다며 오미츠가 수선스럽게 어깨띠를 매면서 나왔지만, 권 노인은 돌아보지도 않고 현관 앞 굵은 자갈에 물을 뿌리고 있었다.

오미츠는 두, 세 번 말을 걸어도 묵묵부답인 권 노인한테 어찌할 수가 없어서, 어이없어하며 우두커니 서 있었다.

"멍청이처럼 우두커니 서 있지 말고 부엌에라도 가거라." 권 노인은 입구 양측에 연결되어 있는 동백나무 울타리의 먼지를 털어내고, 그 바로 밑에 나지막하게 울창하게 늘어서 있는 회양목 정원수 수풀에 물을 주면서 고함치듯이 말했다.

권 노인은 입구 청소를 끝내자 현관 옆 쪽문에서 안뜰로 나갔다.

"어머, 어머, 할아범, 이제 적당히 좀 해요."

마님이 아주 기가 막힌 얼굴로 나왔다.

"이것으로 이제 끝납니다."

"끝나고 안 끝나고도 없어요. 그런 일을 한 날은 죽은 사람이 성불하지를 못해요."

"예, 그럼 말씀대로 하지요."

권 노인은 뭔가 종기에라도 닿는 듯 마님 앞을 지나 방으로 돌아갔다.

권 노인은 침실과 연결되어 있는 불단 앞에 섰다. 주인인 토고로(藤五郎)가 일부러 경성까지 나가서 불구(仏具)점에서 사다준 것이다.

소나무에 옻을 검게 칠한 것뿐이지만 보기에는 안채에 있는 자색 박달나무 당목으로 만든 것과 조금도 다르지 않다. 권 노인은 원래대로 불단 위에 있는 것을 내린 후 깔개를 털어서 정중하게 깔았다.

그리고 안쪽에 먼저, '석묘해신녀(釈妙海信女)'라고 죽은 아내의 계명(戒名)이 표시되어 있는, 묵흔이 엷어진, 칠도 하지 않은 나무로 만든 위패를 세우고, 그 앞에 동제(銅製)의 향로를 놓고, 놋으로 만든 촛대를 오른쪽에, 왼쪽에 불기(仏器)를 놓았다. 야스코(靖子) 아가씨가 공물로 준 꽃바구니를 그 옆에 얹었다. 녹슨 그대로의 뾰족한 모양의 작은 바구니에 백등(白藤)과 장미를 곁들인 것으로, 백등에 장미 뿌리 다발이 잘 조화되어 얌전함 속에도 화려함이 감돌았다. 마님이 어제 저녁 늦게까지 준비해준 공물을 쌓아 올리자, 준비는 끝났다. 점심때가 지나 스님이 왔다. 평소에는 대대로 내려온 가게의 어떤 도련님처럼 칠칠치 못한 평복 차림으로 단가(檀家:어떤 절의 묘지를 가지고 있으면서 그 절의 재정을 돕는 집 : 역자)를 방문해서는 서툰 바둑만 두던 사람이 법의를 입자 꽤 훌륭해 보인다.

권 노인이 선향(線香)을 피우고 합장명목(合掌瞑目)을 끝내자, 스님 뒤에 권 노인, 그 오른쪽에 마님, 야스코 아가씨, 오츠타, 오미츠 순으로 늘어섰다.

"기일 전날 밤 와서 경을 읽으면서 방귀를 크게 꼈기 때문에 모두가 왕생한 것이라고, 있잖아, 옷이 날개라고 가사를 입으니까 스님으로도 보이지만 그 사람이야말로 진짜 파계승이라고요." 하고, 오츠타가 험담하는 스님이지만 그의 낭랑하게 맑은 독경 소리를 듣고 있는 동안에 영검한 것이 있는 것처럼 권 노인은 혼자서 머리가 숙여졌다.

권 노인은 새롭게 북받쳐 오르는 감개에 몸을 던졌다. 그것은 죽은 아내의 기일 때마다 여자의 몸에 다달이 찾아오는 달거리처럼 주기적으로 몸을 조르는 것이었지만, 오늘은 그 사람이 죽은 달 죽은 날이라고 생각하자 한결 깊은 뭔가가 있었다.

아직 생생하게 뇌리에서 떠나지 않는, 몹시 강렬한 추억이 기름 부은 장작불처럼 부지지 타올랐다. 15년 전의 오늘이다. 너무 가난한 생활에 견디지 못하고 달랑 옷만 하나 걸치고 고향 서산을 내쫓기듯 해서, 3일 밤낮 먹지도 마시지도 못하고 이 마을에 다다른 것이었다. 죽지 못해서 살고 있는 듯한 비통한 숙명에 내몰리면서, 옹암포(瓮岩浦)의 뱃짐 인부라도 할 수 있었으면 하는, 지푸라기라도 잡는 심정이었다.

한 밤중이 되자 아침부터 비가 내릴 기미였던 하늘을, 번개가 굉장한 꼬리를 길게 남기며 북북 찢었나 싶더니, 하늘의 일각이 무너지기라도 한 듯 쟁반을 뒤집는 억수같은 비가 내렸다. 아내 분녀(粉女)는 집을 나올 때부터 지병인 신장병이 더욱 악화되어, 아직 7살밖에 안 된 용삼(容三)의 손을 꼭 쥔 채, 한 발자국도 움직일 수가 없었다.

비가 심하게 땅바닥을 두드리고 바람이 무섭게 으르렁거렸다. 권(權)씨는 심신이 지쳐버려 물을 흡수한 해면처럼 되어 있었지만, 얼굴을 때리는 빗방울 바늘에 견디지 못하고, 바로 역 앞에 있는 토라야의 현관 앞을 향해 뛰어갔다. 이는 말할 것도 없고 잇몸을 덜덜 떨면서 가슴과 가슴에 얼굴을 묻자, 이번에는 숨 돌릴 틈도 없이, 옆으로 세게 치는 파도 같은 비에, 부모, 자식 3명은 포개어진 채 푹 쓰러져 버렸다. 권씨가 눈을 뜬 것은 토라야의 어떤 방이었다. 이 집의 외아들인 슈운이치가 중등학교의 수험 공부로 밤을 새고 집에 돌아오는 중에 세 사람이 길에 쓰러진 것을 발견한 것이다. 권씨가 의식을 되찾은 때에는 분녀는 이미 숨을 거둔 뒤였다.

이 여관의 주인인 에조에 토고로(江添藤五郎) 부부는 지나가는 사람이라고는 생각되지 않을 정도로 여러 가지로 마음을 써 주었다. 토고로 부부는 날이 새는 것을 기다려 바로 인부를 고용해 분녀의 장례 전송을 해 주었다. 그리고 이대로는 연고 없는 망자가 되어 성불하지 못할 거라며, 일본식으로 불단을 마련해 친절하게 제사까지 지내주었다. 그것이 오늘까지 계속되고 있는 것이다.

2

아내 제사가 있기 하루 전 날 해질녘쯤 권 노인은 아들로부터 소포와 서류를 받았다.

권 노인은 재빨리 욕심내듯 봉투를 뜯었다.

광산 쪽이 바쁘고, 게다가 증산주간에 들어가서 이번에도 어머니 제사에 가지 못한다, 아버지 혼자서 쓸쓸히 맞이할 것을 생각하니 마음이 괴로워서 견딜 수 없다, 그래서 적지만 우편 환어음 20원과 쇠고기 장조림을 별편의 소포로 보내니, 불단에 올려 주면 좋겠다는 것이었다.

그리고 끝맺음은 아내가 아들을 낳았다는 것, 산모와 아이도 다 건강하다는 것, 아버지도 첫손자의 얼굴이 보고 싶을 것이라며 이것을 계기로 아버지와 한 집에서 살고 싶다는, 편지지 7장에 걸친 긴 편지였다.

권 노인은 혹시나 해서 한 글자씩 읽더니, 한 번 더 읽고는 안쪽에 넣고 환어음권을 삼가 불단에 올렸다.

소포를 풀자 밀감 상자 속에 납땜 봉을 한 분유 깡통이 4개 있었다. 봉을 자르자 속이 메슥거릴 정도로 심한 냄새가 코를 덮었다. 썩어 있었던 것이다.

권 노인은 그래도 조금 덜어서 불기에 담았다. 검게 잘 익어 있고, 깨를 뿌려놓은 모양도, 간장의 간도 보기에 맛있어 보였다.

죽은 아내는 거의 힘든 감정을 말하지 않는 여자였지만, 언제나 밥상 위에 오르는 한 가지 뿐인 김치에는 가끔 한숨을 쉬는 경우가 있었다.

그런 때에는 늘 일생에 한 번이라도 좋으니 쇠고깃점이라도 사와서 부글부글 간장에 조리고, 파를 잘게 썰어 깨를 가득 뿌려 맛을 내, 뱃속 벌레를 깜짝 놀라게 해주고 싶다고, 절실하게 중얼거리는 것이었다. 권 노인은 아내의 제삿날마다 늘 고기를 보내주는 아들의 심정을 꼭 껴안아 주고 싶을 정도로 애처롭게 생각하는 경우가 한 두 번이 아니었다.

아들은 고기 가게 앞에 서서 이 고기를 자르게 하면서 어떤 생각을 했을까? 아들은 이 고깃점을 가지고 집에 다다르면서 푸념하고 있던 어머니의 부드러운 모습을 떠올렸을 것이다. 그리고 아내와 함께 간을 보면서, 어머니가 살아 계셨을 때의 추억을 서로 이야기했을 것이다. 이것을 우편국의 창구에 내밀면서 어머니 생전의 집착을 얼마라도 누그러뜨릴 수 있었던 기쁨에 감개무량한 뭔가가 있었을 것이다. 그리고 밤에는 낮의 피로에도 끄덕 않고, 아내와 함께 뜬눈으로 여러 가지 일을 이야기하며 새었을 것이다. 혹은 어머니가 살아 계실 즈음에 한 번도 그것을 해 드리지 못한 슬픔에 떨면서 절망적으로 쓰러져 울고 있었을지도 모른다.

편부 슬하의 아이이지만 비뚤어지는 일도 없이, 내 아이라고는 생각되지 않을 정도로 새로 난 대나무처럼 쑥쑥 자란 용삼을 권 노인은 정말 착한 아이라고 생각하는 것이었다.

슈운이치의 남동생처럼 자라 소학교, 공업학교 모두 주인이 부모 대신으로 학비를 대주었고, 강원도(江原道) 강릉(江陵)에서 3리나 산 속으로 들어간 광산에 근무하게 된 뒤, 주인의 주선으로 작년 봄에 아내까지 맞이했다. 소학교를 다닐 때부터 무슨 일이 있을 때마다 사사건건 개천에서 용 난다는 말이 바로 이런 거야 하고 오츠타한테 미움을 받아 싫은 소리를 들었지만 신경 쓰지 않고 권 노인은 웃어 온 것이다. 권 노인은 아들이 졸업하면 부자가 사이좋게 같이 살 것이라고 바랐던 만큼, 따로 떨어져 사는 것이 따돌림당한 것 같은 쓸쓸함은 있었지만, 그 틈을 아들의 서신이 메워 주었다. 용삼은 열흘에 한 번은 일이 있든 없든 장문의 편지를 보내 주었다.

세 번에 한 번 꼴로 부피가 너무 나가서 부족한 요금을 내는 경우조차 있었다. 권 노인은 그것이 아들의 마음을 헤아리는 저울로 생각되어, 부족 요금을 징수하는 흰 부전(符箋)이 붙어 있지 않을 때는 왠지 모르게 섭섭함을 느낄 정도였다.

권 노인은 전등 아래 책상을 다시 향하자, 수첩에 끼워 놓은 몽땅 연필을 집어서, 심에 침을 발라 서툴고 불안한 글자로 아들에게 편지를 썼다.

"권 노인 있어요?"

"예!" 권 노인은 연필을 쥔 채로 뒤돌아보았다.

막 목욕을 끝낸 듯 오츠타는 흰 맨 다리를 보이면서 회양목 빗을 아무렇지도 않게 가로 꽂고 있었다.

"뭐 하세요? 격에 맞지도 않게 골똘한 얼굴로 말이에요."

"별로, 아무것도 않해."

"알았다! 그건 뭐예요? 사랑에 근심하고 있군요."

"농담도 쉬엄쉬엄 해, 무슨 낯으로." 권 노인은 오츠타를 따라 소리 없이 웃자, 이상하게 신명이 나서 아들의 편지에 대해 이야기했다.

오츠타는 책상에 턱을 괸 채 창 밖으로 눈을 돌리면서, 담배로 원을 그리며 내뿜고 있었는데, "권 노인은 행운아에요, 닮고 싶어요." 하고 진지한 얼굴로 웃었다. 권 노인은 15년 동안 티격태격하던 오츠타가 아들 이야기를 듣고 진지한 얼굴로 차분하게 대해 주는 것이 기뻤다.

그래서 어떤 집안 이야기라도 오츠타에게만은 모두 말하였고, 오츠타도 역시 그랬다.

"아, 맞다, 맞아! 신(申) 씨가 앞에서 기다리고 있어요." 오츠타가 일어나면서 생각난 듯이 말했다. 신 씨라는 사람은 2년 전까지 이 집에서 목욕불을 지피던 사람으로 동운(東雲)호텔 개관과 함께 동운으로 이직한 동료이다.

권 노인은 또 그 일일지도 모른다고 생각하자 신물이 났다. 권 노인은 일부러 개의치 않고 목욕불 입구로 가서 장작을 다시 지피고, 손님이

나니와부시(浪花節-일본 샤미센(三味線) 음악의 하나로 로쿄쿠(浪曲)라고도 함 : 역자)

를 끝내기를 기다려 목욕물의 온도를 물었다.

가락에서 대사(台詞)로 옮긴 손님한테, 등을 씻어드릴까요 하고 물었지만, 대사를 계속하면서 머리를 흔들었기 때문에 하녀 방으로 갔다.

권 노인은 손님한테 목욕물 온도를 확인하도록 오미츠한테 타이르고 밖으로 나왔다. 목욕물 온도를 묻는 것도 남자와 여자에 따라 손님의 기분이 다르기 때문이었다.

권 노인은 신이 권하는 대로 변두리 술집에 들어갔다. 밀가루 봉지 속에 넣은 것 같은 얼굴을 한 작부가 그릇에 탁주를 넘치도록 부어, 앞 손님의 젓가락 흔적이 확실히 남아 있는 김치와 콩나물과 함께 내놨다.

권 노인은 이런 곳을 거의 기웃거린 적이 없었기 때문에 그것만으로도 드문 일이었다.

신은 아우성치듯 술을 권하더니, 단숨에 들이키듯 연거푸 4, 5 잔을 기울였다.

"할 이야기가 뭔가?" 권 노인은 한 잔을 겨우 다 마시자 달콤새콤한 쓴맛에 눈살을 찌푸리면서 손바닥으로 입 주위를 닦았다. 주인한테, 거절하지 않은 것과 숙박부를 주재소에 가져갈 시간이 다가온 것이 걱정이었다.

"다른 게 뭐 있겠나, 늘 같은 말이지. 이 자리에서 듣기 좋은 대답을 해 주지 않겠나?" 신은 남은 술을 단숨에 들이키고는 혀로 핥으면서 말했다. 권 노인은 예상하고 있던 것인 만큼 흥분한 얼굴로 가만히 있었다.

"생각해 봐, 그 쪽에서는 자네의 어디가 마음에 들었는지 모르지만 토라야에 나쁘지만 않으면 와주었으면 하신다. 그거야 자네가 토라야에 충성하는 마음을 모르지는 않지만, 자네는 토라야에 할 만큼은 했고,

이제 나이가 들지 않나? 지금이 적기야. 이러지도 저러지도 못하게 된 상황에서 눌려 헤어나지 못하는 것보다, 지금 처신을 정하는 편이 상책이라고 생각하는데. 억지로 권하지는 않겠지만……" 신은 넌지시 비추듯 말을 흐리고 김치를 젓가락으로 집었다.

권 노인은 작두콩 모양의 담뱃대를 뻐끔뻐끔 빨고만 있었다. 상대할 마음이 들지 않았기 때문이다. 내지인 경영의 여관으로는 토라야 한 채밖에 없던 이 마을에 동운호텔이 생긴 것은 2 년 전의 일이다. 이 마을은 바다의 보고라고 불리는 안면도, 안흥, 오천을 주변에 두고, 대전을 뺀 강경, 공주와 옛날부터 충남 3대 시장의 하나로 꼽히고 있으며, 이 마을에서 거의 반 리나 떨어진 옹암포 등은 해산물을 사러 오는 손님으로 활기찬 것이 속요(俗謠)로 노래가 불릴 정도였다. 그러던 것이 중국 사변 이후 지하 자원의 확보가 강조되면서부터 한층 화려한 각광을 받고 있다.

내지의 삼릉계(三菱系)에서 이 마을에서 그리 멀지 않은 청양에 금광맥을 맞춘 것을 계기로 크고 작은 무수한 광산이 우후죽순처럼 생겼다.

금, 은, 동, 니켈, 텅스텐, 석면, 코발트 등이 주산물이다. 광산 경기에 대대로 이어오던 유서 깊은 가문을 거의 다 탕진해서 운수가 꽉 막혀 버린 방탕한 자식이 자포자기하는 심정으로 딱 돈을 댄 싸구려 민둥산이 총독부 기사의 검증 후 2백만 원의 코발트 광으로 바뀌기도 했다. 불행이 바뀌어 행복이 되었다. 화복(禍福)은 꼬인 새끼줄과 같다고 하지만, 어제의 거지가 올챙이배를 두드리며 만족하는 등, 기적 같은 일이 일상다반사처럼 속출했다.

아마가사키(尼崎)에서 온 50만 원 정도의 동양석면회사가 단 번에 3

백만 원으로 증자해, 도쿄, 오사카, 아마가사키, 교토, 개성, 해주, 평양에 출장소를 내는 판국으로, 오뎅 대(台) 속에서 부은 문어 다리와 같은 관서 사투리가 마을 구석구석을 덮었다.

'동운호텔'이 시끌벅적하게 개점하고, 고양이 손을 빌리고 싶을 정도로 붐비고 있던 '토라야'가 뻐꾸기가 울 정도로 고요히 쇠퇴해지기 시작한 것은 요즘이다. 동운호텔은 일본식과 서양식을 절충하여 대리석으로 만든 3층 건물인데, 경성 주변에 내놓아도 뒤지지 않는 건물이었다.

이 호텔이 세워지고 나서부터 지금까지의 단골이 갑자기 태도를 바꿔 토라야를 돌아보지 않게 되었다. 권 노인이 자랑하는, 목에 15년이나 관록이 붙은 곡조로, 자, 토라야입니다라고 아무리 불러도 감감 무소식이었다.

권 노인은 상대가 상대라서 도저히 제대로 실력 대결이 되지 않는 것이라고, 반은 체념하고 있으면서도 안타까워 견딜 수가 없었다.

"이렇게 불경기가 계속되니, 권 노인도 늙었다는 것인가?" 2층 난간에 기대어 손님을 기다리는 오츠타한테 권 노인은 억지로 웃어 보였지만, 자신의 잘못처럼 머리를 들 수가 없었다. 거기에 딱 맞추어서 슈운이치가 출정하고 얼마 안 된 작년 여름에 주인이 뇌일혈로 쓰러졌다. 감기 기미로 2, 3 일이 지난 뒤, '오토츠, 여름 감기는 개도 안 걸린다고 하던데'라고 말을 하고, 예의 오츠타의 반조 크기 다다미에서 이불을 덮고 땀이라도 내는 것이 좋다고, 매실소주를 연거푸 4, 5 잔을 마신 뒤 그 자리에 쓰러져 버린 것이다.

겨우 생명은 건졌지만 악성 중풍으로 반신불수가 되어 자리에 앓아 누운 채였다. 변함 없이 계속되는 병에 마님은 차라리 내지로 귀국하자고 했지만, 토고로는 환자라고는 생각되지 않을 정도로 눈을 부릅뜨고 고함을 쳤다. 당신과 함께라면 어떤 고생도 마다하지 않는다고, 자기 나름대로의 불평을 진짜인 양 퍼뜨리고, 단물을 빨아먹을 대로 빨아먹고는 도망치는 유녀(遊女)같은 근성은 딱 질색이다, 나는 조선 개척자의 한 사람이다, 한 번 현해탄을 건너온 이상 이 땅에 뼈를 묻는다는 것이 주인의 입버릇이다. 주인이 드러눕고 나서는 여관은 점점 더 쇠퇴해져 열 명 남짓의 하녀가 두 명으로 줄었다. 하녀나 요리사가 고양이 눈동자처럼 바뀌었다. 가불을 떼먹고 밤에 도망치듯 행방을 감추는 사람도 있고, 부모로부터 편지가 왔다며 잔뜩 주의를 시키고 교묘히 빠져나간 사람이 다음날에는 인연이 있어 동운에 신세지게 되었다고 신소리를 하기도 했다. 신 씨도 그 중의 한 사람이다. 단지 변하지 않는 것이라면 어릴 때부터 기른 것과 마찬가지인, 이 집과 함께 신맛 단맛 다 맛보아 온 오츠타 뿐이었다. 권 노인은 종이풍선과 같은 인정의 천박함을 탄식하면서도 이를 악 물고 꺾이지 않았다. 도련님이 돌아와서 쇠퇴한 집을 눈으로 보면 어떤 마음일까를 생각하니 안절부절못했다.

신의 권유가 이번이 처음이 아니고, 다른 데에서도 2, 3 번 귀찮게 권유해 왔었다.

"가만히 있지 말고 뭐라고 말 좀 해보게. 부처님 얼굴도 세 번이라는 말이 있잖아. 자네가 대나무집에 불난 것처럼 튕겨도 내가 눈감고 있는 것은 나 혼자를 위한 게 아냐. 나도 부탁한 보람이 있는 놈이라고 주인으로부터 칭찬 받을 속셈이 있음에 틀림없지만, 일단 하기 시작한 일이니 해보겠다고 자네를 위해서 여러 번 찾아가서 부탁했네. 몇 번이나 말한 대로 우리 쪽에서는 지금의 배는 뛰어, 길게 말하지 않겠네, 잘 생각해 보라고."

"의리, 인정은 그런 것이 아니야. 주인님은 정체도 모르는 우리들을 죽음의 문턱에서 오늘날까지 눈물이 날 정도로 보살펴주셨네. 이 은혜는 아무리 마차를 끄는 말처럼 계속 일한들 절대로 나 한 대(代)로 갚을 수 없네." 권 노인은 아이들한테 설교하듯이 띄엄띄엄 말했다. "쳇, 빌어먹을 재밌지도 않아, 부귀영화를 눈앞에 두고 무슨 말이야. 정말 바보 영감 아닌가." 신이 비웃는 것을 뒤로 하고 "나는 자네처럼 똑똑하지 않아도 좋네." 권 노인은 담뱃대를 톡 두드린 후 허리에 꽂고 밖으로 나갔다. 권 노인은 아무 상관도 없이 문득 아들의 편지를 떠올리고 가슴에 손을 넣었다. 그 때 두꺼운 감촉이 마음 구석구석까지 깨끗하게 씻어내 주는 것 같았다.

3

벚꽃이 지고 새 잎이 나올 즈음이 되었다.

여관도 슬슬 새 단장을 하지 않으면 안 되었기 때문에 권 노인은 아침부터 여름 준비에 바빴다.

야스코 아가씨도, 오츠타, 오미츠도 머리에 수건을 쓰고 어깨띠를 두른 후 콧등에 촉촉하게 땀을 흘리며 분투했다. 청소를 끝내고 방을 다 정리하자, 미닫이문을 떼어내어 발로 바꾸었다. 뒤의 창고에 보관해 두었던 제등(提灯)과 풍경도 나와, 뜰의 수풀에서 불어오는 미풍에 흔들렸다. 죽부인부터 유카타(浴衣), 부채가 모이자, 방이 완전히 여름 같이 시원스럽게 바뀌고, 오츠타나 오미츠는 정월을 맞이한 아이처럼 떠들었다. 점심 가까이가 되어 여름 단장은 끝났다. 권 노인은 툇마루에 앉자, 상쾌한 피곤에 넋이 빠져 담뱃대에 불을 붙였다. 하녀의 일이 이번에 처음인 오미츠는 모든 것이 신기한 지, 제등을 보거나 풍경을 만져보고 있었는데, "있잖아요, 발이라는 것은 이상하네요. 밖에서 방을 엿보면 확실히 안 보이는데, 방에서는 잘 보여요." 하고 째지는 목소리를 냈다. 특별히 이상한 것도 없었지만 모두는 서로 권한 듯 소리를 내어 웃었다. 거칠 것 없는 웃음소리가 그대로 뜰에 감도는 공기에 스며들어가는 듯했다.

작년에 여학교를 나와 얼마 되지 않았다고 하는 데도, 이케노보 류(池坊流)의 꽃꽂이 면허를 가지고 있는 야스코 아가씨는, 아직 계절에는 조금 이른 수국과 속새를 취향을 살린 등바구니에 담아 방마다 장식했다. 집안이 깔끔하게 정리되자, 아침 즈음에 청소를 막 끝낸 안뜰이 조금 지저분해서 권 노인은 깔아놓은 돌에 물을 뿌렸다. 앞에 물을 다 주자 점심시간이라서 권 노인은 방으로 돌아갔다. 고약한 냄새가 얼굴을 돌리게 했다. 권 노인은 방의 창문을 열어젖히고 하녀 방을 찾아왔다.

"저, 미안하지만, 한 번만 더 저것을 빌려주지 않겠나?"

"어머, 요즘은 무슨 일이에요? 틈만 있으면 매일 향수, 향수, 무슨 일 있는 것 아니에요?"

"나도 산다고 하면서 그만 잊어버려서 말이지, 이번만 좀 빌려 줘."

"어머, 어이가 없어. 산다고 하는 것을 보니 벌써 병이 난 게지요. 뭐예요, 남자가 이런 걸 그리 많이 뿌리고, 발정 난 고양이처럼 어정버정

한 날에는 앞날이 걱정돼요. 보기 좀 흉해요.”

“아, 알았어.” 권 노인은 오츠타의 손에서 향수병을 낚아채자, 불단 위부터 시작하여 방의 구석구석까지 뿌렸다. 아들이 보내온 것이라 버릴 수가 없었다.

코를 쿵쿵거리면서 향수병을 돌려주러 나가는 참에 오츠타가 왔다.

“어머, 이 냄새, 도대체 무슨 일이에요?”

오츠타가 소매로 코를 막는데 권 노인은 불단 위를 가리키면서 입을 삐죽 내밀었다.

오츠타는 권 노인의 손가락 끝에 깜짝 놀라 얼굴을 돌리고, “아버지가 부르세요, 자, 빨리, 빨리.” 하고 모르는 얼굴로 서둘렀다. 권 노인이 부엌 쪽으로 사라지자, 오츠타는 불단 앞에 털썩 앉자마자, “어머, 이 사람은.” 하고 중얼거렸다.

오츠타는 불단에 몰래 손을 모으더니 향수병이 빌 때까지 장조림 위에 쏟아 부었다.

그리고 옷장 안에 둘둘 만 채 잊혀진 듯 아무렇게나 내팽개쳐져 있던 셔츠와 양말을 하나로 뭉쳐 방을 나왔다.

권 노인은 무슨 일일까 하면서 주인 앞에 다소곳이 앉았다. 주인은 사모님을 지팡이 삼아 어렵사리 일어났다.

“용삼이의 일인데, 저번에 동양석면회사의 서무과장님이 오셨을 때에 부탁해 두었는데 오늘 허락이 떨어져서 말이야. 급하게 이력서와 사진이 필요하다고 하네. 갑작스러운 일 같아 어떨지 모르겠네만 바로 편지 보내게. 야스코한테 쓰게 할까 생각했지만 역시 자네가 보내는 편이 좋을 듯 생각되어서 말이야.”

주인님은 언제 이런 것까지 걱정하고 계셨는가? 권 노인은 꿈꾸는 듯한 기분으로 머리가 땅에 닿도록 엎드렸다. "요전에 용삼이한테서 아들을 낳았다는 편지를 받고, 오츠타가 이것을 계기로 함께 살게 하면 어떤가 하는 말을 하기 전부터, 나도 생각하고 있던 것이었는데, 그만 몸이 불편해서 게을러져 못했었네." 주인은 숨이 끊어질 것처럼 입가를 실룩거리며 말했다.

"할아범, 이제 할아범도 쓸쓸해하지 않아도 돼. 하는 김에 사카에마치(栄町) 초등학교 앞에 지은 집 말이야, 그 집이 이번에 비었으니 그것을 쓰게. 거기라면 수도도 있고, 3칸이나 되니까 아들 식구네 셋에게는 적당할 거야."

사모님이 입가에 웃음을 지으며 말을 거들었다. 권 노인은 너무나도 의외의 기쁨에 말도 제대로 할 수 없었다. 권 노인은 꿈이라면 깨지 말아 달라고 볼을 꼬집으면서 방으로 돌아갔다.

이것으로 일생을 건 유일의 동경이 결실을 맺었다. 지금까지 주인 부부가 적당한 여자를 물색해서 후처로 맞이하라고 권하는 것을 딱 잘라 거절하여 온 것은 몸소 돌보아 키운 용삼과 한 집에 사는 날을 생각해서였다. 다른 사람보다 배 이상 생각하는 아들과의 사이에 조금이라도 금이 가지 않게 하고 싶었기 때문이었다. 권 노인은 좋은 일이든 나쁜 일이든, 우선 자신을 아들의 입장에 두고 아들 본위로 뭐든지 해왔다.

권 노인은 이제 그 장조림을 버려도 되겠다고 생각했다. 버려야 할까, 어떻게 하면 좋을까? 아들 마음 그 자체인 것을 쓰레기처럼 쓰레기통에 버려질 물건이 아니었다. 그렇다고 해서 이상한 데 버려서 어쩐지 불안한 사람 손에 만져지고 발로 차이는 일도 참을 수 없었다.

권 노인은 안절부절못하면서 밤이 깊어지는 것을 기다렸다. 밤이 찾아오는 것이 여느 때보다 열 배, 스무배는 더 긴 것 같았다.

권 노인은 11시 마지막 열차가 떠나자 여관 뒷정리를 끝내고, 불단 위의 장조림을 원래의 분유 깡통에 넣어, 아직 뜯지 않은 분유 깡통과 함께 나무 상자에 넣어 못을 박았다.

그것을 보자기에 싸더니 작은 삽을 한 손에 들고 발소리를 죽여 뒷문을 나갔다.

집집이 앞문은 모두 닫혀 있었다.

밤바람이 부드럽게 얼굴을 스쳤고, 짙은 녹색의 플라타너스 가로수에서는 풀숲에서 풍기는 훗훗한 열기 냄새와 같은 냄새가 살며시 풍겨왔다.

권 노인은 묵묵히 마을 변두리로 나갔다.

자신의 발소리에 쫓기는 듯한 발놀림이었다. 여기저기 논에서 개구리가 개굴개굴 울고 있다. 권 노인이 개나리 고개라고 불리는 경사가 완만한 고개를 넘자 들이 나왔다.

그리고 도둑이라도 된 듯 사방을 둘러본 후 슬그머니 밭으로 숨어들었다.

권 노인은 보자기를 조심스럽게 놓고 삽 소리를 죽이며 땅을 팠다.

4, 5일 전의 비를 흡수한 땅이 찰싹 손에 들러붙어서, 그 부드러운 감촉이 그대로 아들의 포동포동한 마음 같았다. 권 노인은 상자 두 배 정도의 구멍을 판 뒤 보자기를 풀어 조용히 넣었다.

권 노인은 그 위에 꼼꼼하게 흙을 다 덮고서는 일어났다. 발로 땅을 고르려고 생각했기 때문이다. 권 노인은 묻은 지 얼마 안 되는 땅 위에 한 발작 발을 가져가려고 하더니만 갑자기 다시 웅크려 손바닥으로 고르기 시작했다.

툭, 툭, 둔한 소리가 들에 메아리쳤다. 권 노인은 미친 것처럼 계속 두드렸다.

깨끗한 별빛이 달빛처럼 밝은 밤으로, 별 눈의 깜빡임이 반짝반짝 눈에 스몄다. 별빛에 넋이 나가 있는 동안에, 눈가를 부드러운 것이 기고 있었는데, 주르르 넘쳐 땅바닥에 떨어졌다.

눈물이 멈추지 않고 주르르 흘러내렸다. 권 노인은 그것을 닦으려고도 않고 정신을 차리지 못한 듯 언제까지나 땅바닥을 계속 두드렸다.

4

다니던 근무처 퇴직 수속이 생각 외로 시간이 걸려 용삼은 여름도 한창 지나고 나서야 돌아와 동양석면회사의 공무과에 근무하게 되었다. 광산은 집에서 넉넉히 1리는 되었다. 아침 7시부터 오후 6시까지의 힘든 근무였지만 용삼은 피로를 모르는 얼굴이었다. 권 노인은 여관방에서 옮겨 아들과 함께 기거하게 되었다. 매일 얼굴을 볼 수 있는 것만으로도 가슴이 부풀어서, 소꿉장난 같은 세대(世帶)에 방해하고 싶지 않았지만 아들 부부가 소매에 매달리듯 말하고, 주인 부부까지 그것을 권했다. 옮기고 보니 어렵게 여기고 있던 거치적거리는 것도 없고, 며느리도 피를 나눈 딸처럼 세세한 데까지 생각이 미칠 정도로 자신의 주변을 보살펴주어서, 권 노인은 역시 오길 잘 했다고 생각했다. 단 하나 걱정되는 것은 아들이 필요 이상으로 보살펴주는 것이었다.

용삼은 권 노인이 여관에서 돌아올 때까지 자지 않았으며, 늘 잠자리에 드는 것을 확인한 다음에야 잠들었다. 이 선의 열차는 1시간 늦어지는 것은 보통이었다. 이런 때에 권 노인이 집에 돌아오는 것은 한밤중인 1, 2시쯤이었다. 그래도 아들 부부는 잠을 자지 않고 광산에서 특별히 드물지도 않은 일이나 근처에서 있었던 강아지 싸움 같은 이야기까지 꺼냈다.

그래도 다음날은 권 노인이 일어나는 5시까지는 일어나 아이처럼 맑은 얼굴을 하고 있었다.

권 노인은 신경 쓰지 말고 먼저 자라고 권했지만, 아버지가 돌아와서 뭔가 이야기를 나누지 않으면 잠이 오지 않는다고 아들은 말했다. 권 노인은 틈만 나면 아이를 돌보았다. 그것이 무엇보다도 즐거웠고, 그 이상의 것을 아들 부부는 들어주지 않았다. 새해 들어 60의 나이가 되고 보니, 그 이상의 일을 할 수 있다고도 생각되지 않았다. 태어나서 반 년하고 조금밖에 안 되는 손자는 벌써 이가 두 개나 나고, 붙임성 있게 웃고, 기기도 한다.

권 노인은 손자를 데리고서는 보통의 할아버지가 되었다. 업기도 하고, 안아서 하늘 높게 들어올리기도 하고, 서울 구경 시켜주마 하고 아직 움푹한 관자놀이를 양손으로 잡고서 북쪽 하늘 높이 들어 올려서는 울리기도 했다.

눈을 돌리고 싶어질 정도로 거친 애무였다. 권 노인은 이렇게 하고 있으면 아내를 잃고 나서 15 년, 바싹 말라버린 피가 단번에 따뜻하게 맥박이 뛰는 것을 느끼는 것이었다.

"뭐야, 빈 가게 에비스(惠比寿-상가의 수호신 : 역자)에 공물을 바친 것처럼 잘난 척은." 하고 오츠타의 버릇대로의 빈정이 나올 정도로 권 노인은 혼자서 마음이 두근두근 했다. 산다고 하는 즐거움을 지금에 와서 비로소 알게 된 것 같다.

초가을에 접어든 어느 아침이었다.

권 노인은 아침 2 번 열차를 배웅하고 여관에 돌아왔는데, 입구에서부터 집안이 심상치 않은 무거운 분위기에 싸여 있다는 것을 느꼈다.

자유롭지 않은 주인이 오랜 만에 일어나서 불단에 제향을 올리고 있는 것이었다. 주인과 함께 마님, 야스코 아가씨, 오츠타와 오미츠가 사이좋은 남매처럼 늘어섰다. 눈가가 부어 있는 듯한 권 노인은 혹시 하고 불길한 예감이 들자 등줄기로 차가운 것이 한줄기 흘러내렸다. 끝에 있는 오미츠 옆에 앉은뱅이걸음으로 다가가자 오미츠의 속삭임으로 도련님의 전사를 알았다.

바로 지금 막 원대(原隊)에서 전사의 공전이 있었다는 것이었다. 권 노인은 어찔어찔 현기증이 나는 것을 겨우 참았다.

방 정면에 걸려 있던 사진 액자가 어느 틈엔가 불단 위에 모셔져 검은 리본이 둘러져 있었다. 멍하게 흐려졌다가 보이는 사진 속의 도련님은 꼭 다문 입가에 희미하게 미소까지 머금은 채 늘 그 모습 그대로였다.

오미츠한테 재촉을 받고서야 권 노인은 비로소 자신의 차례라는 것을 알아차리고 불단 앞으로 다가갔다. 아지랑이가 가득 낀 것처럼 눈앞이 흐려지고, 앉아 있는 다다미가 그대로 소리도 없이 땅 밑으로 꺼지는 것 같았다.

권 노인은 얼빠진 것처럼 도련님의 사진에 넋이 나가 있었는데 겨우 겨우 향을 피운 후 그 자리에 있을 수가 없어서 방으로 뛰어 돌아갔다. 방에 돌아가서 혼자 아무리 생각해 보아도 도련님이 전사했다는 것을 믿을 수 없었다. 뭔가 모두한테 놀림을 받는 느낌이 들어 감쪽같이 한 방 먹은 것이 아닌가 하고도 생각했다. 도련님의 전사를 골똘히 생각할 틈이 없을 만큼 집안을 발칵 뒤집어 놓은 것 같은 분주한 날이 사흘이나 계속되었다. 아침, 저녁은 제법 쌀쌀해졌지만 낮에는 아직 더워서 여름 기운이 식지 않았는데도 얼굴 표정이 굳은 상복의 손님이 이마를 닦으며 끊이지 않았다. 사흘째 저녁쯤이 되어 겨우 손님의 발길이 끊어졌다. 휴우 하고 숨 돌림 틈도 없이 주재소의 주임이 왔다. 권 노인은 손님이 왔다고 방 전체를 돌며 찾았지만 마님과 아가씨의 모습이 보이지 않아서, 거의 쓰지 않는 다실 앞에 섰다. 권 노인은 다실의 미닫이문을 열고서는 저도 모르게 놀라서 숨을 죽였다. 마님과 아가씨가 말을 잊은 것처럼 마주 앉아 있었기 때문이었다.

두 사람은 권 노인이 미닫이문을 연 것도 모르고 있었다. 야스코 아가씨가 조용한 모습으로 일어나더니 찻잔 씻는 곳으로 들어가 잠시 후 양손에 청자에 담긴 물을 가지고 얌전히 들어왔다.

행동이 변해서일까, 얼굴에는 윤이 나고 빛이 어리고, 향기 높은 기품이 서리고, 허리띠 옆에 꽂은 밝은 홍색의 작은 비단보도, 다다미를 밟는 발의 조신한 움직임도, 느긋하고 대범한 기품으로 빛났다. 묽은 찻통과 찻잔, 국자와 찻잔 씻은 물을 담는 그릇이 차례차례 옮겨져 왔다. 야스코 아가씨는 조용히 앉더니 찻잔과 묽은 차통을 무릎 근처에 늘어놓고, 허리에 꽂은 비단보로 금마키에(蒔絵-금·은가루로 칠기 표면에 무늬를 놓는 일본 특유의 미술 공예 : 역자)의 묽은 차 통을 닦았다. 그리고 국자로 솥의 뜨거운 물을 퍼서 그것을 찻잔에 부었다. 부드럽게 뜨거운 김을 피우면서 뜨거운 물이 찻잔 속으로 떨어져간다.

정말 너무 맑아서 권 노인은 자신의 마음까지 맑아지는 것 같았다.

바스락거리지도 않는 부드러운 바람이 툇마루 끝에 감돌고, 뜰은 온화하고 깊은 숨을 쉬고 있는 것 같았다. 아직 떼어내지 않은 풍경이, 불고 있다고도 생각되지 않는 바람에 희미한 여운을 남기며 소리를 내고, 제등이 그것에 화답하듯 희미하게 흔들렸다. 해는 완전히 서쪽으로 기울고, 길게 뻗은 햇살이 중간 뜰의 작은 인공 언덕을 감쌌다. 작은 인공 언덕의 나무숲 사이로 비쳐드는 햇빛이 창문에 밝게 비쳐, 그 빛을 옆에서 받은 야스코 아가씨의 얼굴은, 조각이라도 보는 것처럼 가지런해 한층 고상하게 보였다. 야스코 아가씨는 찻잔의 뜨거운 물을 그릇에 쏟더니, 쟁반에 묽은 찻통을 올리고 뚜껑을 조용히 열었다.

이윽고 야스코 아가씨는 수수(数穂) 차센(茶筅-말차를 휘저어 거품을 내는 도구 : 역자)으로 솜씨 좋게 차를 만들더니 부드러운 손놀림으로 손님인 마님 앞에 권했다. 화로 옆 윗목 근처에 앉아 있던 마님은 무릎걸음으로 다가가더니, 찻잔을 받아 자리로 돌아가 조용히 입으로 가져갔다. 모든 동작이 말없는 채였다.

"한 잔 더 드시겠어요?" 처음으로 야스코 아가씨가 권하는 인사를 했다.

"그냥 둬." 마님이 조용히 말했다. 가만히 지켜보는 동안 권 노인은 방안에서 뿜어 나오는 무거운 분위기에 몸을 옴짝달싹할 수도 없었다. 마님은 물론 야스코 아가씨도 눈물이라는 것을 모르는 것일까? 우는 것을 잊은 것일까? 체면이고 뭐고 없이 울부짖어도 충분하지 않을 것인데, 아무 일도 없었다는 듯이 태평스럽게 차를 만들고 계신다. 그것을 골똘히 생각하고 있는 동안에 권 노인은 문득 지금의 조용한 모습과 단려(端麗)로 시치미 떼고 있는 두 사람의 얼굴 속에 눈물도, 슬픔도 하나하나 최대한 싸서 숨겨놓은 것 같은 느낌이 들었다. 그러자 스스로도 놀랄 정도로 도련님의 전사가 새로운 사실로 가슴에 되살아나, 권 노인은 참을 수 없는 아픔과 슬픔이 눈물과 함께 복받쳐와 "마님!" 하고 낮게 신음한 뒤 맥없이 문지방 가에 쓰러졌다.

5

도련님의 전사는 막다른 어두운 그늘이 되어 권 노인을 따라다녔다. 아무런 변화도 없이 아침을 보내고 밤을 맞이하는 것이 이상하게 느껴지고, 불안해서 권 노인은 시종 뭔가에 쫓기는 듯한 황망함을 느꼈다.

권 노인은 끊임없이 15년 전의 그 밤을 떠올렸다. 그 때에 도련님을 우연히 만나지 않았다면, 자기는 물론이고 아내나 아들도 모두 운명을 달리 했을 것이다. 그런데도 생명을 구해준 은인은 벌써 이 세상에 없고, 자신이 그 생명 대신인 양 태평스럽게 살아가고 있다. 권 노인은 여기에 생각이 미치자 뭔가 심한 천벌이 지금이라도 머리 위에 떨어질 것 같은 느낌이 들었다.

권 노인은 쫓기는 듯한 어수선함을 견디지 못하고 음력 12월도 다가

온 즈음에 아들한테 일을 졸랐다. '올해에는'이라며 자기도 처지를 잘 알면서 불쑥 말을 꺼낸 것이다. 동양석면회사에서는 광산에서 파낸 광석을 가마니에 넣어 짐마차에 싣고, 광산에서 1리 반이나 떨어져 있는 옹암포까지 날라서, 거기에서 기선으로 아마가사키까지 바닷길로 수송을 하고 있었다. 짐마차 인부가 스무 명 남짓 있었지만 그래도 모자랐다. 말이나 짐차 모두 자기가 부담해야 하는 청부제도로 한 번 왕복하는데 3원이 시세였다.

용삼은 권 노인의 갑작스러운 이야기에 매우 당황한 듯이 아내를 향해 얼굴을 찌푸리면서, 아버지가 이제 망령이 시작된 것 같다고 중얼거릴 정도였다. 상대해 주지 않는 아들한테 권 노인은 속을 끓이다 고자세로 고함을 쳤다. 그러자 회사 쪽으로 교섭을 해서 짐마차를 한 대 빌려 주었다.

빌리는 비용은 하루에 3 원이었다. 그러나 하루 세 번은 왕복할 수 있으니까, 빌리는 비용을 지불하고 한 달에 2백 원은 남는다는 계산이 나온다. 권 노인은 아침 9 시의 2 번 열차를 배웅하고 나서, 낮잠에 할당되어 있는 오전 두 시간과, 오후의 한가한 몇 시간을 그대로 수송에 할당하기로 했다. 처음 얼마동안은 익숙하지 않아서 한 번 왕복만으로 숨이 가빠 계속할 수 없을 것 같았다. 그렇지만 익숙해지자 의외로 그렇지 않은 것에, 나는 아직 나이 들지 않았구나 하고, 팔의 알통을 황홀한 듯이 바라보았다. 권 노인은 지금까지 5천 원 남짓 저금을 해 두었다. 다달이 급료와 손님으로부터 받은 1, 2 원의 팁이 쌓이고 쌓인 것이다. 권 노인은 이 돈 중에서 지금 아내의 불단을 안채에 있는 것 같은, 자색 박달나무 당목으로 만든 훌륭한 것을 사려고 생각했다.

그것은 지금이라도 2백 원을 꺼내면 쉽게 장만할 수 있었지만 미루고 있었다. 이 불단만 사면 남는 것은 그대로 아들의 생활 양식으로 물려줄 작정이었다. 그러나 권 노인은 짐마차를 끌면서 이 꿈을 깨끗하게 묻었다.

도련님이 일부러 경성까지 나가 애써 사주신 불단을 돈이 조금 모였다고 버리는 것이 오늘에사 비로소 두려웠다. 불단은 지금 그대로도 좋았다.

도련님의 황송할 정도의 진심이 담겨 있는 이 불단은 후광이 날 정도로 고마운 것이다. 용삼이가 제몫을 하게 되었으니까, 자신의 힘으로 자신의 길을 닦아 갈 것이다. 그러면 이 돈은 그대로 허공에 뜨게 된다. 그렇다면 짐마차로 모은 것과 합쳐 그대로 도련님한테 돌려주어야지. 도련님은 여관을 다시 지을 것이라고 하면서도 몸이 불편해서 연기하였지만, 이제 조금만 더 있으면 동운호텔보다 몇 배 훌륭한 집이 설 것이다. 그 때에 이 돈이 변소 하나라도 지을 때 도움이 되면 좋겠다, 그래서 이 집이 옛날처럼 아니, 옛날보다 더 번창해지면 도련님의 영혼도 어느 정도 누그러질 것이다.

매우 미진하긴 하지만 도련님의 은혜도 갚을 수 있다. 권 노인은 거기에 생각이 미치자, 지금까지의 불안함도, 어수선함도 조금은 멀어진 것 같아 말에 가하는 채찍도 가벼웠다.

새해가 밝았다. 소나무 장식도 떼어낸 어느 날 저녁, 권 노인은 용암포까지 3 번째의 마차를 끌고 난 뒤, 9 시를 넘긴 즈음 집으로 돌아오는 길이었다.

낮에는 조각구름 하나 없었던 하늘이 해가 떨어지자 먹구름으로 덮여, 얼음처럼 차가운 바람이 길가의 쓰레기 하나 남기지 않고 날카롭게 불고 지나갔나 싶더니, 목화를 채친 것 같은 눈이 펄펄 내렸다. 권 노인은 요 몇 년 사이에 보기 드문 눈에 올해는 풍년일지도 모른다고 생각했다. 눈 위를 삐걱거리는 마차 바퀴자국이 끽끽 밤의 정적을 깨고, 점점 눈도 뜨지 못할 정도로 눈이 내려 논이나 두렁은 물론 집집의 처마도 흰색 일색으로 뒤덮었다. 바람의 으르렁거리는 소리는 점점 높아져, 내린 눈이 하늘에 흩날렸다.

권 노인은 차가움을 넘어 아프기까지 한 귀를 문지르며, 얼어서 마음대로 움직이지 않는 채찍을 들고 있는 손을 호호 불면서 옹암포의 마을을 지났다. 이 때, 권 노인은 저도 모르게 귀를 쫑긋 세웠다. 캉, 캉, 캉……캉, 캉, 캉, 세 개씩 사이를 두고 나는 화재를 알리는 종이 새벽녘 꿈속에서 들리는 듯 권 노인의 귓가에서 울렸다.

권 노인은 마차 위에서 발돋움하듯 우뚝 서서 사냥개처럼 사방을 돌아보았다.

마을 안을 흔드는 발소리가 계속되었다.

"어이, 역 앞에 불이 났다, 역 바로 앞에 화재다!" 바람 사이를 뚫고 토막토막 외치는 웅성거림이 날카로운 가시를 품고 권 노인의 귀를 찔렀다. 권 노인은 몇 번이나 정강이를 깨면서 가까운 나무 위로 뛰어올랐다.

눈을 품은 바람이 숨을 막히게 했다. 바로 머리 위에서 와삭와삭 부러질 때까지 비명을 지르고 있는 나뭇가지가 불길한 예감으로 권 노인을 꽁꽁 묶고 있었다. 역 일대가 새빨갛게 불에 타서, 끊임없이 내리는 눈 속을 불꽃놀이처럼 불똥이 물보라처럼 떨어지고는, 옻을 흘려보낸 것 같은 하늘에 빨려 들어가고 있었다.

“아, 여관이다.” 권 노인은 나무에서 굴러 떨어졌다. 권 노인은 강하게 허리를 받혔지만 무턱대고 뛰기 시작했다. 연일의 노동으로 녹초가 되어 있던 다리가 마주 보는 바람에 흔들거렸다.

숨을 쉬기 힘들다기보다는 숨을 쉬지 않고 달리고 있는 것 같았다. 달리는 눈앞에 안채에 엎드린 채로 그냥 있을 주인이 황망하게 보였다. 그 모습이 사라지자 검은 리본 속의 도련님의 눈망울이 아찔하게 왔다 갔다 했다.

권 노인은 불덩이처럼 겹겹이 쌓인 사람들을 뚫고 가서는 저도 모르게 멍하니 그 자리에 못 박혔다. 불길이 완전히 돌아 별채를 다 태워버린 불이 입맛을 다시며 안채 일각을 둘러쌌다.

소방수가 뛰어가 두 줄의 호스로 화염에 덤볐지만, 풀무에 걸어차인 것 같은 화염은 점점 퍼져서 현관 앞까지 둘러쌌다.

“위험해요, 주인님! 위험해요!” 권 노인은 저도 모르게 외쳤다. 주인이 눈색을 바꾸며 화염 속으로 뛰어들려고 하고 있었다.

“안채가 위험해! 불단이 위험해!” 입가에 경련을 일으키며 아우성치면서 몸부림치고 있던 주인이 필사적으로 매달리고 있는 하녀들과 마님 아가씨를 뿌리치더니 비틀거리면서 화염 속으로 들어갔다. 둘러싸고 있는 많은 사람들의 아우성치는 소리가 흔들렸다. “아.” 권 노인은 순간 철퇴로 정수리를 쾅 하고 맞은 것 같은 느낌이 들었다. 불단 위에 있는 도련님의 말 위에 앉은 모습이, 화염에 이글이글 희롱되고 있는 광경이 뇌리를 스쳤다. 15년 동안의 아찔한 장면들이 필름 한 장 한 장처럼 황망하게 눈앞을 지나갔다. “으!” 권 노인은 신들린 것처럼, 앞에 달리는 사람의 물통을 빼앗아 홈빽 덮어쓰더니 뛰어들려는 주인의 허리를 안고 마님 쪽으로 보낸 뒤 화염 속에 몸을 던졌다.

안채 앞에 다다르자, 불길이 이글이글 권 노인을 둘러쌌다. 안채에 한 발작을 내딛었을 때, 권 노인은 불단도, 도련님의 사진도 그대로인 것을 보았다. 권 노인은 몸을 몽땅 털어내듯 불단을 목표로 뛰어들었다.

다 탄 안채의 일각이 무너져 권 노인을 둘러쌌다. 권 노인은 저도 모르게 두 세 발작 물러나서 거북이처럼 목을 움츠렸다. 이 때 권 노인은 누군가가 활을 떠난 화살처럼 자신을 목표로 뛰어 들어오는 것을 보았다.

몸 한 부분이 베이는 것 같은 아픔에 권 노인은 정신을 차렸다. 물을 마시고 싶었지만 목이 바짝 말라서 목소리가 나오지 않았다. 가늘게 눈을 뜨자 바늘 끝으로 찌르는 것처럼 눈이 따끔거렸다. 눈에 힘을 주자 놀랄 정도로 가까이에 주인 부부의 얼굴이 있었다. “할아범, 정신이 들었어요, 할아범!”

마님의 목소리에 권 노인은 처음 자신이 붕대에 감겨 있다는 사실을 알았다. 나는 어떻게 된 것일까? 여기는 도대체 어디인가?

금방은 떠오르지 않았다. 권 노인은 서둘러 이 자리의 공기를 들이마시더니 기억을 더듬었다. 그러자 주인 부부 뒤에 머리카락을 헝클어뜨린 채 우두커니 서 있는 오츠타와 오미츠한테서 화염을 앞에 두고 두 사람이 주인님한테 매달려 있던 환영이 두둥실 떠올랐다.

“아, 그랬었어.” 권 노인은 불단을 발견한 부분까지는 아직 기억이 있었다.

“주인님, 불단은?” 권 노인은 목소리를 쥐어짰다. 스스로도 들리지 않았다.

“무사해, 고마워, 할아범과 용삼이 덕분으로 말이야.” 마님한테 부축을 받고 있던 주인은, 기침을 하면서 바로 옆을 눈으로 가리켰다.

"움직이면 안 돼요, 자, 제가 마주 보게 해 줄 테니까." 오츠타가 눈가를 연 채, 몸에 손을 대어서, 권 노인은 아기처럼 해 주는 대로 맡겼다.

용삼은 붕대로 둘둘 말린 채 쿨쿨 깊은 잠에 빠져 있었다. 그 때 쏜살같이 뛰어온 사람이 아들이었던가? 아들이 나를 구해 주었는가?

"용삼아!" 권 노인은 몸이 아픈 것도 잊어버리고 아들을 흔들었다. 용삼은 귀찮은 듯 몸을 돌렸다. 용삼은 힘없는 눈으로 현기증이 날 것처럼 권 노인을 바라보고 있었지만, "아버지!" 하고 외치면서 흰 손을 내밀었다. 잠겨 가는 것 같은 힘없는 목소리였다. 권 노인은 침대에서 내려와서 아들의 손을 꽉 잡았다.

이런 것이 지금까지 가까이에 있었는가 하고 의심하고 싶어질 정도로 따뜻한 손의 감촉이었다. 권 노인은 아들의 손을 쥔 채 말하고 싶은 것이 너무나도 많았다. 그렇지만 아무것도 말할 수 없었다. 권 노인은 깜빡깜빡 눈물을 글썽이기 시작하는 아들의 눈가를 바라본 채 꿀꺽꿀꺽 침만 삼켰다. 그 순간 지나자 유쾌하여 몽롱한 상태가 되었다. 오래 동안 탕에 잠겨 있다가 나왔을 때처럼 몸도, 마음도 녹는 듯한 나른한 기분이었다.

권 노인은 어렴풋이 마음의 심지가 따뜻해져 오는 것을 느끼면서, 현기증이 날 정도로 새하얀, 가장자리 담황색 테두리가 쳐진 예쁜 손수건이 야스코 아가씨의 윤이 나는 손바닥 안에서 쭈글쭈글해진 것만 바라보고 있었다.

역자 노상래

경북 상주에서 태어났다. 영남대학교를 졸업하고, 동대학원에서 『카프
문인전향연구』로 박사학위를 받았다. 『한국문인전향연구』가 문화관광부
선정 우수학술도서가 되기도 했다.
요즈음은 해방 전 이중어소설 연구에 몰두하고 있다.

신반도문학선집 제1집

초판인쇄 2008년 2월 20일
초판발행 2008년 2월 28일

편자 이시다 코조(石田耕造)
역자 노상래
발행 제이앤씨
등록 제7-220호

132-040 서울시 도봉구 창동 624-1 북한산 현대홈시티 102-1206
TEL (02)992-3253 / FAX (02)991-1285
e-mail jncbook@hanmail.net / URL http://www.jncbook.co.kr

ISBN 978-89-5668-589-2 93810   정가 15,000원